「빨간 머리 앤」 두 번째 이야기

# 에이번리의 앤

*Anne of Avonlea*

『빨간 머리 앤』 두 번째 이야기

*Anne of Avonlea* 에이번리의 앤

루시 모드 몽고메리 지음 | 김지혁 일러스트 | 정지현 옮김

# Contents

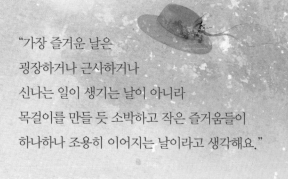

"가장 즐거운 날은
굉장하거나 근사하거나
신나는 일이 생기는 날이 아니라
목걸이를 만들 듯 소박하고 작은 즐거움들이
하나하나 조용히 이어지는 날이라고 생각해요."

## 01

## 화난 이웃

8월의 어느 날 오후, 프린스에드워드 섬의 한 농가 현관 앞 돌층계에 소녀가 앉아 있었다. 큰 키에 호리호리한 몸매, 적갈색 머리칼과 잿빛 눈동자를 가진 '열여섯 살짜리' 소녀는 자못 심각한 표정으로 고대 로마 시인 베르길리우스의 시구를 해석하느라 정신이 없었다.

하지만 산들바람이 포플러나무에 장난스럽게 귓속말을 속삭이고, 붉은 양귀비꽃이 체리 과수원 한구석에 흐드러지게 피어나며, 추수를 앞둔 비탈길에 푸른 안개가 걸쳐 있는 8월의 오후는 옛 시인의 시와 씨름하기보다는 꿈을 꾸기에 좋은 시간이었다. 베르길리우스의 시집을 떨어뜨린 것도 모른 채 앤은 양손으로 턱을 괴고 해리슨 씨네 집 위로 하얀 솜털구름이 뭉게뭉

게 피어오르는 하늘을 바라보며 멋진 상상을 했다. 그것은 어느 한 교사가 학생들에게 커다란 포부를 불어넣어 미래의 지도자로 키워 내는 꿈이었다.

현실을 냉정하게 생각해 본다면, 에이번리의 학교가 유명해질 가능성은 거의 없어 보였다. 하지만 열정을 바쳐 학생들을 가르친다면 어떻게 될지 누가 알겠는가. 앤은 선생님이 아이들에게 좋은 영향을 준다면 무엇이든 가능할 거라는 장밋빛 이상을 가지고 있었다. 그리고 40년 후 어느 유명인사와 함께 있는 즐거운 장면에 빠져들었다. 그 학생이 무엇으로 유명해질지는 상상하지 않았지만, 대학 총장이나 캐나다 수상이면 좋겠다고 생각했다. 훌륭한 제자가 앤의 쪼글쪼글해진 손을 잡고 오래전 에이번리 학교에서 선생님의 가르침 덕분에 야망을 키웠고 성공할 수 있었다고 말하는 장면이었다. 하지만 불쾌한 방해꾼의 등장에 기분 좋은 상상은 산산조각 나고 말았다.

얌전한 저지종 소가 어슬렁거리며 지나간 뒤 5초쯤 흘렀을 때 해리슨 씨가 나타났다. 사실 '나타났다'는 표현은 난데없이 마당으로 쳐들어온 모습에 비하면 지나치게 상냥한 표현이었다.

해리슨 씨는 다짜고짜 울타리를 뛰어넘어 와서는 자리에서 일어나 놀란 얼굴로 쳐다보는 앤에게로 씩씩거리며 다가왔다. 해리슨 씨는 얼마 전 이웃집으로 이사 온 사람으로 한두 번 그의 모습을 보긴 했어도 실제로 마주친 것은 처음이었다.

지난 4월 초 앤이 퀸스 전문학교에서 돌아오기 전에 초록 지붕 집 서쪽에 살던 농장 주인인 로버트 벨 씨가 J. A. 해리슨 씨에게 농장을 팔았던 것이다. 해리슨 씨에 관해 알려진 사실은 이름과 뉴브런즈윅 출신이라는 것뿐이었다. 그러나 해리슨 씨는 에이번리에 이사 온 지 한 달도 채 되지 않아 별난 사람이라는 평판을 얻었다. 레이철 린드 부인은 해리슨 씨를 '괴짜'라고 불렀다. 린드 부인이 무척이나 수다스러운 면이 있긴 했지만 해리슨 씨는 확실히 괴짜다운 데가 있었다.

우선 해리슨 씨는 혼자 힘으로 살림을 꾸려 갔고 집 주변 여자들이 어리석지 않기를 원한다고 대놓고 말했다. 이에 에이번리의 여자들은 해리슨 씨가 집을 가꾸거나 요리하는 방식에 관해 끔찍한 소문을 퍼뜨리는 것으로 복수했다. 해리슨 씨는 화이트샌즈의 존 헨리 카터라는 어린 남자아이를 일꾼으로 고용했는데 소문은 존의 입에서 흘러나왔다. 우선 해리슨 씨의 집에는 식사 시간이 정해져 있지 않았다. 해리슨 씨는 시장기가 느껴질 때마다 '한입씩' 먹었다. 그럴 때 존 헨리가 근처에 있으면 함께 나눠 먹었지만 그렇지 않으면 해리슨 씨가 시장기를 느낄 때까지 기다려야만 했다. 존 헨리는 일요일마다 집으로 돌아가 배를 채웠고, 집을 나서는 월요일 아침마다 어머니가 음식 '바구니'를 안겨 주는 덕분에 그나마 굶어 죽지 않는 거라고 불평했다.

설거지만 해도 그렇다. 해리슨 씨는 비 오는 일요일이 아니면 절대로 설거지를 하지 않았다. 빗물을 받아 둔 통에 한꺼번에 그릇을 넣어 씻은 다음 저절로 마를 때까지 놔두었다.

해리슨 씨는 누구보다 계산적이었다. 앨런 목사의 봉급을 위해 헌금해 달라는 부탁을 받자, 설교가 얼마의 값어치가 있는지 두고 봐야 한다고 했다. 해리슨 씨는 뭔가를 제대로 알아보지 않고 돈을 쓰는 법이 없었다. 린드 부인이 선교 단체에 헌금을 부탁하기 위해 해리슨 씨를 찾아갔을 때였다. 해리슨 씨는 뒷말이나 하고 다니는 여자들이 있는 에이번리가 그 어느 곳보다 이교도가 많다면서 린드 부인이 책임지고 그 여자들을 기독교인으로 개종시킨다면 기꺼이 헌금을 하겠다고 했다. 린드 부인은 얼른 자리를 뜨면서 로버트 벨 씨의 부인이 세상을 떠난 게 오히려 다행이라며, 생전에 무척 자랑스러워했던 그 집이 지금 어떤 꼴이 됐는지 알면 슬퍼할 거라고 했다.

린드 부인이 분개하며 마릴라 커스버트에게 말했다.

"벨 부인은 이틀에 한 번씩 부엌 바닥을 반드시 닦았잖아요. 당신이 지금 그 꼴이 어떤지 봐야 한다니까요! 치맛자락을 들어 올리고 걸어야 했다니까요."

해리슨 씨는 진저라는 앵무새를 키웠다. 에이번리에는 앵무새를 키워 본 사람이 없어서 그의 행동은 점잖지 못한 일로 여겨졌다. 게다가 해리슨 씨의 앵무새는 보통이 아니었다. 존 헨리 카터의 말을 빌리자면, 이렇게 불경스러운 새는 처음이었다. 그 앵무새는 지독한 욕쟁이였다. 만약 아들을 위한 다른 일자리만 있었더라면 카터 부인은 당장에 그 집에서 아들을 빼내 왔으리라. 한번은 존 헨리가 새장 가까운 곳에서 몸을 굽혔다. 그 순간 뒤에서 앵무새가 존 헨리의 목덜미를 물어뜯었다. 불쌍한 존 헨리가 일요일에 집으로 돌아왔을 때, 카터 부인은 그 상처를 모두에게 보여 주었다.

잔뜩 화가 난 표정으로 코앞에 서 있는 해리슨 씨를 보는 순간 이 모든 일들이 앤의 머릿속을 훑고 지나갔다. 해리슨 씨는 아무리 기분이 좋을 때라도 잘생겼다고 할 수 없는 얼굴이었다. 땅딸막한 체구에 대머리였다. 게다가 화가 나서 얼굴이 붉으락푸르락하고 파란 눈은 튀어나올 정도였으니, 세상에서 이렇게 못생긴 사람은 처음이었다.

갑자기 해리슨 씨가 씩씩거리며 입을 열었다.

"절대로 그냥 넘어가지 않겠어. 이제 더는 못 참아. 알겠어, 아가씨? 지금이 벌써 세 번째라고! 참는 것도 유분수지. 내가 아가씨 숙모한테 다시는 이런 일이 없게 하라고 분명히 못박아 두었는데…… 또…… 또 그랬다고……. 도대체 무슨 꿍꿍이속인지 궁금하군."

"무슨 일 때문에 그러는지 말씀해 주시겠어요?"

앤이 고고한 태도로 물었다. 앤은 개학을 앞두고 학생들을 제대로 지도하기 위해 바르고 고상한 태도를 열심히 연습했지만,

화가 난 이웃 해리슨 씨 앞에서는 무용지물이었다.

"무슨 일? 맙소사, 그래, 생각 좀 해야겠군. 무슨 일이냐면 말이지, 아가씨, 아가씨 숙모의 저지종 소가 또 내 귀리 밭에 들어왔다는 거야. 30분도 채 안 됐어. 벌써 이번이 세 번째라고. 지난 화요일과 어제. 그때 내가 분명히 아가씨 숙모에게 다시는 그런 일이 없게 하라고 했지. 그런데 또 이런 일이 일어났다고. 숙모는 어디 있지? 당장 만나야겠어. 이 J. A. 해리슨의 뜻을 분명히 전달해야겠다고."

"마릴라 커스버트 아주머니를 말씀하시는 거라면 그분은 제 숙모가 아니에요. 그리고 지금은 먼 친척의 병문안을 하러 이스트그래프턴에 가셨고요."

앤은 한마디 한마디마다 품위를 담아 말했다.

"제 소가 귀리 밭에 들어갔다니, 정말 죄송합니다. 그 소는 커스버트 아주머니의 소가 아니라 제 소예요. 매슈 아저씨가 3년 전 저에게 주셨거든요. 어린 송아지였을 때 벨 씨한테 사셨죠."

"죄송하다고? 아가씨, 그 말은 전혀 위로가 안 되는군. 그 녀석이 내 귀리 밭을 어떻게 망쳐 놨는지 한번 가서 보라고. 밭한가운데서 가장자리까지 완전히 짓밟아 놨어."

"정말 죄송합니다."

앤이 단호하게 되풀이해서 사과했다.

"하지만 아저씨가 울타리를 튼튼하게 고쳐 놓으셨다면 돌리가 울타리를 부수고 들어가지는 못했을 거예요. 아저씨의 귀리밭과 우리 집 목장 사이에 있는 아저씨네 울타리를 며칠 전에 보았는데 상태가 별로 좋지 않더군요."

"내 울타리는 멀쩡해."

해리슨 씨는 더욱 화난 목소리로 쏘아붙였다.

"감옥의 울타리도 저 극성맞은 소를 막지는 못할 거야. 이 빨간 머리 애송이야, 내 말 잘 들어. 아가씨 말대로 저 소가 아가씨 거라면 여기서 누런색 표지로 된 소설 따위나 읽을 시간에 제대로 보살피란 말이야."

해리슨 씨는 앤의 발치에 떨어져 있는 아무 잘못도 없는 황갈색 표지의 베르길리우스 시집을 깔보듯 쏘아보았다.

그 순간, 앤의 얼굴이 머리카락만큼 붉어졌다. 빨간 머리는 늘 앤의 약점이었다.

"귀밑에 간신히 몇 가닥 남은 머리보다 빨간 머리가 훨씬 나아요!"

앤이 발끈해서 대꾸했다.

앤의 그 말은 치명적이었다. 해리슨 씨는 자신이 대머리라는 사실에 매우 민감했다. 해리슨 씨는 또다시 화가 머리끝까지 솟구쳐 아무 말도 하지 못하고 앤을 노려보았다. 이내 평정심을 되찾은 앤은 그 순간을 유리하게 활용했다.

"아저씨의 심정도 이해해요. 귀리 밭에서 소를 발견하고 얼마나 속상하셨을지 상상이 돼요. 아저씨의 심한 말씀을 마음에 담아 두진 않을게요. 앞으로 돌리가 귀리 밭에 들어가는 일이 없을 거라고 약속드리죠. 제 명예를 걸고요."

"그래, 그래야지."

해리슨 씨는 약간 누그러진 어조로 중얼거렸다. 하지만 여전히 화가 풀리지 않은 듯 쿵쿵거리며 돌아갔다. 해리슨 씨가 사라질 때까지 으르렁거리는 소리는 멈추지 않았다.

잔뜩 속이 상한 앤은 마당을 가로질러 말썽꾸러기 소를 우리에 가두고는 곰곰이 생각했다.

"울타리를 부서뜨리지 않는 이상 나오지 못하겠지. 지금은 얌전해 보이네. 귀리를 먹고 배탈이 났나 보군. 지난주에 시어러 아저씨가 팔라고 했을 때 팔 걸 그랬나 봐. 하지만 가축을 한꺼번에 다 같이 팔 수 있을 때까지 기다렸다가 경매 시장에 내놓는 게 좋다고 생각했는걸. 해리슨 씨가 괴짜라는 소문은 아무래도 사실인가 봐. 친절한 느낌이라곤 눈곱만치도 없었어."

앤은 언제나 주변 사람들에게 관심을 기울여 왔던 것이다.

앤이 집 안으로 들어가려는데 마릴라 커스버트가 마차를 타고 뜰 안으로 들어왔다. 앤은 얼른 달려가 차를 준비했다. 두 사람은 차를 마시며 이 문제를 의논했다.

마릴라가 말했다.

"빨리 경매가 끝났으면 좋겠구나. 가축이 저렇게 많은데, 돌봐 줄 사람이라고는 믿음직스럽지 못한 마틴뿐이라니. 너무 힘들어. 게다가 마틴은 아직 돌아오지도 않는구나. 숙모 장례식에 간다고 하루만 쉬게 해주면 어젯밤까지 돌아오겠다고 철석같이 약속을 해놓고선 말이다. 도대체 숙모가 몇 명인지 모르겠어. 1년 전에 우리 집에 취직한 뒤 벌써 돌아가셨다는 숙모만 해도 네 명이나 돼. 빨리 추수가 끝나고 배리 씨가 농장을 맡게 되면 좋겠어. 마틴이 오기까지는 돌리를 우리에 가둬 놔야겠다. 레이철 말대로 문제가 산더미 같구나. 가엾은 메리 키스가 죽으면 그 애들은 어떻게 되는지. 메리가 브리티시컬럼비아에 사는 오라버니한테 아이들 문제로 편지를 보냈는데, 아직 답장을 못 받았대."

"어떤 아이들인데요? 몇 살이래요?"

"여섯 살이래. 쌍둥이고."

"아, 저는 해먼드 아주머니가 쌍둥이를 많이 낳은 걸 본 후로 쌍둥이에 관심이 많아졌어요."

앤이 안달하며 물었다.

"애들은 예쁜가요?"

"맙소사. 그건 알 수가 없었단다.

어찌나 지저분하던지 말이야. 데이비가 흙장난을 하고 있어서 도라가 부르러 나갔는데 글쎄 커다란 진흙탕 속에 도라의 머리를 미는 거야. 도라가 울음을 터뜨리니까 자기도 얼굴을 박고 진흙탕 속에서 뒹굴더구나. 절대로 울 만한 일이 아니란 걸 보여 주려고 말이야. 메리 말로는 도라는 굉장히 착한데 데이비는 심한 말썽꾸러기래. 예의범절이라고는 전혀 없다더구나. 하긴 애들이 갓난아기였을 때 아빠가 죽었고 메리는 계속 몸이 아파 누워 있었으니까."

"제대로 보살핌을 받지 못하는 아이들을 보면 안타까워요."

앤이 진지하게 말했다.

"저도 아주머니가 받아 주시기 전까지는 그랬잖아요. 외삼촌이 그 아이들을 꼭 돌봐 주었으면 좋겠네요. 그런데 키스 아주머니는 아주머니와 어떤 사이예요?"

"메리? 나하고는 먼 친척 관계야. 메리의 남편이 내 팔촌이었지. 린드 부인이 오는구나. 메리 소식이 궁금해서겠지."

앤이 간절하게 부탁했다.

"해리슨 씨하고 소 얘기는 하지 마세요."

마릴라는 그러겠다고 약속했다. 하지만 그럴 필요가 없었다. 린드 부인이 자리에 앉자마자 이야기를 꺼냈다.

"오늘 카모디에서 돌아오다가 해리슨 씨가 이 집 소를 귀리밭에서 쫓아내는 걸 봤어요. 잔뜩 화가 난 것 같던데. 해리슨 씨가 여기 와서 소란을 피우지 않았나요?"

앤과 마릴라는 몰래 은밀한 미소를 주고받았다. 에이번리에서 린드 부인을 피해 갈 수 있는 일은 없었다. 사실 그날 아침 앤은 마릴라에게 이런 말을 했었다.

"한밤중에 방에 들어가 문을 닫고 블라인드까지 친 다음 재채기를 해도 다음 날 린드 아주머니는 감기가 어떤지 물어볼걸요!"

"그랬다더군요. 난 외출 중이었는데 해리슨 씨가 와서 앤에게 따끔하게 한 소리 했다는군요."

마릴라가 고개를 끄덕이며 이야기했다.

"정말 기분 나쁜 사람이었어요."

앤이 진절머리 난다는 듯 머리를 흔들며 말하자 린드 부인도 진지하게 대꾸했다.

"정말 맞는 말이야. 난 로버트 벨이 뉴브런즈윅 출신한테 집을 팔았을 때부터 문제가 생길 줄 알았지. 낯선 사람들이 자꾸 몰려드니, 에이번리가 어떻게 되려고 그러는지 원. 이러다 밤에 잠자는 것도 불안해지겠어."

"외부에서 또 사람이 오나요?"

마릴라가 물었다.

"아직 못 들었어요? 우선 돈넬 집안이 있잖아요. 돈넬 가족이 피터 슬론의 옛 집을 빌렸대요. 돈넬네 가장이 피터네 방앗

간을 맡게 되었거든요. 동부 출신인데, 그 집 사람들에 대해선 아무도 아는 게 없어요. 그리고 무책임한 티모시 코튼네 가족이 화이트샌즈에서 이사 올 예정이고요. 그 가족은 우리 마을 사람들한테 폐만 끼칠 거예요. 티모시 코튼은 폐결핵에 걸렸고 손버릇이 안 좋은 데다, 부인은 게을러서 아무것도 안 하려고 하죠. 설거지도 앉아서 한다니까요. 그리고 조지 파이 부인이 고아가 된 남편의 조카 앤서니 파이를 거둬들였어요. 앤, 그 애는 너희 학교에 다니게 될 텐데, 말썽 좀 일으킬 게다. 이상한 학생이 또 하나 있어. 폴 어빙이 할머니하고 살러 미국에서 오거든. 마릴라, 그 애 아빠 스티븐 어빙이 그래프턴의 라벤더 루이스를 차버린 거 기억하죠?"

"스티븐 어빙이 라벤더를 차지는 않았죠. 둘이 말다툼을 했고……. 내 생각엔 두 사람 모두의 잘못 같았어요."

"뭐, 어쨌든, 스티븐 어빙은 라벤더하고 결혼하지 않았잖아요. 사람들 말에 따르면, 라벤더는 그 후로 좀 이상해져서 메아리 오두막으로 불리는 그 작은 돌집에서 쭉 혼자 살고 있고요. 스티븐은 미국으로 떠나 삼촌하고 사업하면서 양키 여자하고 결혼했지요. 그 후 고향에는 돌아오지 않았고, 스티븐의 어머니가 한두 번 아들을 만나러 갔죠. 스티븐의 아내가 2년 전에 죽어서 잠시 어머니 집에 아들을 맡긴다네요. 지금 폴의 나이는 열 살인데 착한 학생일지는 모르겠구나, 앤. 너도 알다시피 양키들은 도무지 알 수가 없잖니."

린드 부인은 프린스에드워드 섬을 제외한 곳에서 태어나거나 자란 사람이라면 무조건 좋지 않게 보았다. 물론 착한 사람일 수도 있지만 일단 의심하고 보는 게 좋다고 여겼다. 특히 린드 부인은 '양키들'에 대한 선입견이 있었다. 린드 부인의 남편이 예전에 보스턴에서 일할 때 고용주에게 10달러를 사기당했다. 천사는 물론이고 왕이나 그 어떤 권력자조차 그게 미국 전체의 책임이 아니라고 린드 부인을 설득할 수 없었다.

마릴라가 쌀쌀맞게 말했다.

"어린 전학생 몇 명이 에이번리 학교를 흐려 놓지는 못할 거예요. 또 폴 어빙이 제 아빠를 닮았다면 괜찮겠죠. 거만하다는 말은 들었지만, 스티브 어빙은 이 근방에서 가장 훌륭한 소년이었으니까. 손자가 온다니 어빙 부인이 무척 좋아하겠어요. 남편이 죽은 후 외로워했는데."

"그래요, 괜찮은 애일 수도 있겠죠. 하지만 에이번리 애들하고는 확실히 다른 데가 있을 거예요."

린드 부인이 결론을 내리듯 말했다. 사람이든, 장소든, 물건이든 린드 부인은 자기만의 생각을 꺾지 않았다.

"그나저나 앤, 마을 개선회를 시작한다고 들었는데, 어떻게 된 거니?"

앤이 얼굴을 붉히며 말했다.

"지난번 토론 모임에서 몇몇 친구들과 이야기를 나눈 것뿐이에요. 다들 좋은 생각인 것 같다고 했어요. 앨런 목사님과 사모님도 그러셨고요. 요즘 여러 마을에 개선회가 있거든요."

"하지만 결국 곤란한 일만 생길 거야. 그만두는 게 좋을 게다, 앤. 사람들은 개선되는 걸 별로 좋아하지 않거든."

"아, 우리가 개선하려는 건 사람들이 아니에요. 에이번리 마을이죠. 우리 마을을 더 아름답게 바꿀 수 있는 방법이 많아요. 예를 들어 농장 위쪽에 있는 끔찍하게 낡은 집을 허물라고 레비 볼터 아저씨를 설득한다면 그게 개선 아닐까요?"

그 말에는 린드 부인도 수긍했다.

"그건 그래. 그 폐가는 줄곧 우리 동네의 흉물이었으니까. 그래서 너희가 어떤 조건도 내걸지 않고 마을 사람들을 위해 레비 볼터를 설득한다면 나도 정말 지켜볼 거야. 앤, 개선회 아이디어는 확실히 좋아 보이는구나. 형편없는 양키 잡지에서 본 것 같긴 하지만, 너를 기운 빠지게 하고 싶지는 않다. 학교 수업만으로도 바빠질 텐데, 마을 개선에는 신경 쓰지 말라고 친구로서 조언하고 싶단다. 하지만 이미 마음먹은 이상 네가 꼭 하리라는 걸 알지. 넌 항상 무슨 일이든 끝까지 하고야 마는 성격이니까."

앤의 굳게 다문 단호한 입 모양은 린드 부인의 추측이 틀리지 않았음을 말해 주었다. 앤은 마음속으로 이미 마을 개선회의 모습을 그리고 있었다. 화이트샌즈 학교에서 아이들을 가르칠 예정이지만 금요일 밤에 집으로 돌아와 월요일 아침까지는 항상 집에 있게 될 길버트 블라이스도 개선회를 만들자는 의견을 반겼다. 게다가 다수 젊은이들은 이따금씩 회의 명목으로 만나 '재미있게' 어울리는 일이라면 무조건 환영한다고 했다. '개선' 이 정확히 무슨 일을 의미하는지 앤과 길버트 외에는 몰랐지만 말이다. 두 사람은 이상적인 에이번리의 모습이 그려질 때까지 개선에 대해 의견을 나누고 계획을 세웠다.

린드 부인에게는 전해 줄 이야기가 또 있었다.

"카모디 학교에는 프리실라 그랜트가 가게 됐다더구나. 앤, 그 애랑 같이 퀸스 전문학교에 다녔지?"

"네, 맞아요. 프리실라가 카모디로 오는군요. 정말 잘됐네요!"

앤이 외쳤다. 앤의 잿빛 눈동자가 밤하늘의 별처럼 반짝였다. 그 모습을 본 린드 부인은 새삼스럽게 언제쯤 앤 셜리가 예쁜지 안 예쁜지 알 수 있을까 하는 질문을 자신에게 하게 되었다.

## 02

# 성급한 결정과 때늦은 후회

　다음 날 오후, 앤은 다이애나 배리와 물건을 사러 마차를 끌고 카모디로 향했다. 물론 다이애나는 개선회에 들어오겠다고 약속한 터였다. 두 소녀는 카모디로 갔다 오는 내내 개선회에 대한 이야기만 나누었다.

　"무엇보다 저 마을 회관 페인트칠부터 시작해야 해."

　에이번리 마을 회관을 지나면서 다이애나가 말했다. 마을 회관은 사방에 가문비나무가 우거진 우묵한 골짜기에 세워진 허름한 건물이었다.

　"저 건물은 보기만 해도 부끄럽다니까. 레비 볼터 아저씨한테 집을 허물라고 하기 전에 마을 회관부터 손을 봐야 해. 그런데 우리 아빠는 절대 불가능할 거래. 레비 볼터는 구두쇠라서 그런 일에 시간을 내줄 리가 없다는 거야."

그래도 앤은 희망을 가지고 말했다.

"만약 나무판자를 뜯어내 땔감으로 패주겠다고 하면 어떨까. 남자애들더러 대신 집을 허물라고 할지도 몰라. 처음에는 일이 느리게 진행되어도 실망하지 않고 최선을 다해야 해. 한번에 모든 걸 개선할 순 없으니까 먼저 '여론'을 바꿔야 해."

다이애나는 여론을 바꾼다는 말의 정확한 의미를 몰랐다. 하지만 그 말이 멋지게 들리는 데다 목표가 확실한 모임의 일원이 된다는 사실이 자랑스럽게 느껴졌다.

"앤, 어젯밤에 개선회가 할 수 있는 일이 생각났어. 카모디하고 뉴브리지, 화이트샌즈의 길이 만나는 삼각 공터 알지? 어린 가문비나무들이 무성하잖아. 그걸 없애고 그곳에 자작나무 두세 그루만 남겨 두면 훨씬 멋지지 않을까?"

"훌륭해. 자작나무 아래에는 소박한 의자를 놔두는 거야. 봄이 되면 공터 가운데에 화단을 만들어 제라늄을 심고."

"그래. 하이럼 슬론 아주머니네 소가 길에 나오지 못하게 막을 수 있는 방법만 찾으면 돼. 그 소가 제라늄을 다 먹어 치울 테니까 말이야."

다이애나가 웃음을 터뜨리며 말했다.

"앤, 네가 말한 '여론'이 뭔지 이제 알 것 같아. 저기 볼터 아저씨네 집이 보인다. 저렇게 많은 까마귀 떼를 본 적 있니? 심지어 길가 나무에 앉아 있어. 난 창문이 떨어져 나간 낡은 집만 보면 눈이 튀어나온 유령이 생각나."

다이애나의 말에도 앤은 꿈꾸듯 말했다.

"난 저 집을 보면 괜스레 마음이 슬퍼. 행복한 과거를 그리워하면서 슬퍼하는 것처럼 느껴지거든. 마릴라 아주머니가 그러는데 예전에는 대가족이 살았고 정원에는 덩굴장미가 있는 예쁜 집이었대. 어린아이들이 많아서 항상 웃음소리와 노랫소리가 끊이지 않았고. 하지만 이젠 텅 비어 버렸어. 저곳을 왔다 갔다 하는 거라곤 바람뿐이지. 정말 얼마나 외롭고 슬플까! 한밤중이 되면 옛 식구들이 돌아올지도 몰라. 그 어린아이들과 장미, 노랫소리의 유령이 돌아오면 잠시나마 저 낡은 집은 다시 젊고 즐거워진 꿈을 꾸겠지."

다이애나는 고개를 절레절레 흔들었다.

"앤, 난 저 집에 대해 그런 상상을 한 적이 없어. 예전에 우리가 유령의 숲에 정말로 유령이 나오는 상상을 했다가 우리 엄마하고 마릴라 아주머니가 얼마나 언짢아하셨는지 기억해? 지금도 난 해가 지면 혼자 그곳을 지나갈 수 없어. 만약 볼터 아저씨네 집에도 유령이 나온다는 상상을 한다면 앞으로 지나다니기가 무서울 거야. 그리고 예전에 그 집에 살던 아이들은 죽지 않았어. 모두들 다 커서 잘 지내고 있어. 그중 한 명은 푸줏간 주인이 됐고. 그리고 꽃과 노랫소리는 유령이 될 수 없는걸."

앤은 한숨 소리가 나오려는 걸 꾹 참았다. 앤은 다이애나가 좋았고 둘은 좋은 친구 사이였다. 하지만 상상의 세계에 들어갈 때는 혼자라는 사실을 앤은 오래전에 깨달았다. 그곳으로 이어지는 마법의 길은 가장 친한 친구와도 함께 걸을 수 없었다.

두 소녀가 카모디에 있는 동안 천둥이 치고 소나기가 내렸다. 하지만 계속되지는 않았다. 나뭇가지에 맺힌 빗방울이 반짝거리고 나무마다 향긋한 내음을 풍기는 우거진 골짜기를 지나서 집으로 돌아오는 길은 즐거웠다. 그러나 초록 지붕 집 쪽 샛길로 마차를 돌리는 순간, 아름다운 풍경을 망치고 있는 무언가가 눈에 들어왔다.

오른쪽 앞으로 해리슨 씨네 귀리밭이 널따랗게 펼쳐져 있었다. 빗물을 머금은 울창한 귀리밭 한가운데, 귀리가 무성하게 잘 자란 그곳에서 두 사람을 쳐다보고 있는 것은 바로 저지종 소였다!

그 모습을 본 앤은 당장 말고삐를 내리고 굳은 입술로 자리에서 일어났다. 마차에서 내린 앤은 잽싸게 울타리를 넘었다. 다이애나가 무슨 일인지 알아차리기도 전이었다.

"앤, 돌아와! 그렇게 젖은 땅으로 가면 드레스를 망칠 거야. 망칠 거라고. 어휴, 내 말이 안 들리나 봐! 혼자서는 소를 끌어 내지 못할 텐데, 내가 가서 도와줘야겠어."

앤은 미친 듯이 귀리 사이를 헤치고 나아갔다. 다이애나도 얼른 내려 말을 기둥에 묶었다. 예쁜 줄무늬 드레스의 스커트 자락을 어깨 위까지 들어 올린 다이애나는 울타리를 넘어 정신 나간 친구 쪽으로 달리기 시작했다. 다이애나는 앤보다 달리기가 빨라서 곧바로 따라잡을 수 있었다. 게다가 앤은 젖은 치맛자락이 착 달라붙어 달리는 데 방해가 되고 있었다. 두 사람의 발자국으로 엉망이 된 귀리밭을 해리슨 씨가 본다면 가만히 있지 않을 것이다.

"앤, 제발 멈춰! 숨차 죽겠어. 너도 홀딱 젖었잖아."

가엾은 다이애나가 숨을 헐떡이며 말했다.

"저 녀석을…… 꼭…… 끌어내야 해……. 해리슨 씨가…… 보기 전에…… 그럴 수만…… 있다면…… 난 흠뻑 젖어도…… 괜찮아."

앤이 헐떡거리며 말했다.

하지만 저지종 소는 달콤한 귀리밭에서 나올 생각이 전혀 없어 보였다. 두 소녀가 숨을 헐떡거리며 다가가면 어느새 소는 몸을 홱 돌려 반대쪽 구석으로 달아나 버렸다.

"저 녀석을 막아! 뛰어, 다이애나. 뛰어!"

앤이 소리치자 다이애나가 뛰었다. 앤도 뛰었다. 하지만 못된 소는 마치 뭐에 홀린 듯 정신없이 밭을 휘젓고 다녔다. 다이애 나는 속으로 저 소가 미쳤다고 생각했다. 두 사람은 거의 10분 이 지나서야 소를 한쪽 귀퉁이의 샛길로 내보낼 수 있었다.

앤은 화가 머리끝까지 치밀어 올랐다. 길 바로 바깥에 세워진 마차를 봤을 때도 앤의 화는 조금도 누그러지지 않았다. 마차에서는 카모디의 시어러 씨가 아들과 함께 신나게 웃고 있었다.

"앤, 지난주에 내가 소를 팔라고 할 때 팔았으면 좋았을 텐데."

시어러 씨가 껄껄 웃었다.

"괜찮다면 지금 팔게요. 지금 당장 데려가셔도 좋아요."

붉게 상기된 얼굴에 온통 헝클어진 머리의 소 주인이 말했다.

"그래, 지난번에 말한 것처럼 20달러를 주마. 여기 있는 우리 아들 짐이 카모디까지 몰고 가면 되니까. 오늘 아침에 도착한 가축들하고 같이 시내로 가게 될 거야. 브라이턴의 리드 씨가 저지종 소가 필요하다고 했거든."

5분 후 짐 시어러와 저지종 소는 길을 떠났고 충동적인 행동을 해버린 앤은 20달러를 든 채 초록 지붕 집으로 마차를 몰았다.

"마릴라 아주머니가 뭐라고 하실까?"

"아, 마릴라 아주머니는 개의치 않으실 거야. 돌리는 내 소인데다 경매에서도 20달러 이상은 받지 못할 테니까. 휴, 하지만 해리슨 씨가 보면 돌리가 또 귀리밭에 들어갔다는 걸 알 텐데. 다시는 그런 일이 없도록 하겠다고 맹세했는데! 소에 관해서는 절대로 맹세를 해선 안 된다는 걸 깨달았지 뭐야. 울타리를 뛰어넘거나 부수고 나갈 수 있는 소는 도무지 믿을 수가 없다니까."

린드 부인의 집에 갔다가 돌아온 마릴라는 돌리가 팔린 사실을 이미 알고 있었다. 린드 부인이 창가에서 거래가 이루어지는 모습을 목격했고 나머지까지 추측해서 이야기해 준 것이다.

"앤, 네가 너무 성급하긴 했지만 소를 판 건 잘한 일 같구나. 울타리에서 어떻게 나왔는지 원. 널빤지를 부수고 나온 게 분명해."

"그 생각은 못 했어요. 지금 가서 살펴봐야겠어요. 마틴은 아직도 돌아오지 않았어요. 아무래도 다른 숙모님이 또 돌아가신 모양이에요. 피터 슬론 아저씨와 팔순 노인의 이야기 같아요. 얼마 전 저녁에 슬론 아주머니가 신문을 보다가 슬론 아저씨에게 '팔순 노인 한 사람이 또 죽었다고 나왔네요. 도대체 팔순이 뭐예요, 영감?'이라고 물었대요. 슬론 아저씨는 그들의 존재는 들어 본 적이 없지만 죽어 가고 있다니, 위독한 사람들이라는 것밖에는 모르겠다고 했대요. 마틴의 숙모님들도 그런 경우인가 봐요."

"마틴은 다른 프랑스인들과 똑같아. 그 사람들은 단 하루도 믿을 수가 없다니까."

마릴라가 넌더리 난다는 듯 말했다.

마릴라가 앤이 카모디에서 산 물건들을 내려다보고 있을 때 농장 마당 쪽에서 날카로운 비명 소리가 들려왔다. 그리고 곧바로 앤이 양손을 꽉 쥐고 부엌으로 황급히 들어왔다.

"앤 셜리, 이번엔 또 무슨 일이지?"

"아, 마릴라 아주머니, 어쩌면 좋아요? 너무 끔찍해요. 전부

다 제 잘못이에요. 아, 전 일을 벌이기 전에 신중히 생각하는 법을 언제 배울 수 있을까요? 제가 언젠가 큰 사고를 칠 거라는 린드 아주머니의 말대로 정말로 사고를 쳐버렸어요!"

"앤, 넌 정말 사람 속을 태우는구나. 도대체 무슨 일을 벌인 거냐?"

"해리슨 아저씨의 저지종 소를 팔았어요……. 해리슨 아저씨가 벨 아저씨에게 산 그 소를…… 시어러 아저씨한테 팔았다고요! 우리 돌리는 지금 우리 안에 있어요."

"앤 셜리, 너 지금 꿈꾸고 있니?"

"저도 꿈이라면 좋겠어요. 하지만 꿈이 아니에요. 악몽 같기는 하지만요. 해리슨 아저씨의 소는 지금쯤 샬럿타운에 있을 거예요. 아, 마릴라 아주머니, 이제야 고민이 해결된 줄 알았는데, 제 평생 가장 끔찍한 문제가 생기고 말았어요. 이걸 어떻게 해야 하죠?"

"방법은 하나밖에 없다. 해리슨 씨한테 가서 말하는 것밖에. 돈으로 받기 싫다고 하면 우리 소를 대신 줄 수도 있어. 그 집 소만큼 튼튼한 녀석이니까."

"하지만 해리슨 아저씨는 엄청나게 화를 낼 거예요."

앤이 괴로워하며 말했다.

"그렇겠지. 걸핏하면 화내는 사람 같으니까. 네가 원한다면 내가 가서 얘기하마."

"아니에요. 비겁해지고 싶지 않아요. 모두 제 잘못인데 아주머니한테 대신 벌을 받게 할 순 없어요. 제가 직접 갈 거예요. 지금 당장이요. 안 좋은 일일수록 빨리 처리하는 게 좋으니까요."

가엾은 앤은 모자와 20달러를 들고 나가다가 우연히 열린 식품 저장실 안을 보게 되었다. 테이블에는 앤이 그날 아침에 구운 견과류 케이크가 놓여 있었다. 핑크색 설탕을 입히고 호두로 장식해서 특별히 맛있게 만들어진 케이크였다. 앤은 금요일에 마을 개선회 조직에 관한 일로 초록 지붕 집에서 열릴 에이번리 젊은이들의 모임에 그 케이크를 가져갈 생각이었다. 하지만 그보다는 해리슨 씨의 화를 누그러뜨리는 게 더 중요하지 않을까? 앤은 직접 요리를 해야만 음식을 먹을 수 있는 남자의 마음을 이 케이크로 누그러뜨려야겠다고 생각했다. 앤은 얼른 케이크를 상자에 넣었다. 사과의 선물로 해리슨 씨에게 가져다줄 참이었다.

'물론 해리슨 아저씨가 나에게 사과할 기회를 준다면 말이야.'

앤은 씁쓸하게 생각했다. 그러고는 울타리를 넘어 몽롱한 8월의 저녁 햇살에 황금빛으로 물든 들판 너머로 나 있는 지름길을 걷기 시작했다.

'꼭 사형장으로 끌려가는 죄수가 된 기분이야.'

## 03
# 해리슨 씨의 집

 

울창한 가문비나무 숲을 등지고 서 있는 해리슨 씨의 집은 흰 페이트를 칠한, 처마가 낮은 옛날식 집이었다.

소매 달린 셔츠를 입은 해리슨 씨는 포도나무 그늘이 드리워진 베란다에서 저녁마다 피우는 파이프 담배를 즐기고 있었다. 그는 집 쪽으로 걸어오는 낯익은 얼굴을 보자마자 자리에서 벌떡 일어나 쏜살같이 집 안으로 들어가 현관문을 닫았다. 해리슨 씨는 놀라기도 했고 전날 벌컥 앤에게 성질을 부린 게 부끄럽기도 해서 불편한 터라 그런 거였다. 하지만 해리슨 씨의 행동은 앤에게 남아 있는 일말의 용기마저도 앗아가 버렸다.

"해리슨 아저씨가 지금까지 언짢아하고 있을 텐데, 내가 방금 한 짓을 알면 어떻게 나오실까?"

앤은 괴로움에 잠긴 채 문을 두드렸다. 그런데 놀랍게도 해리슨 씨는 어색하게 웃으며 문을 열어 주었다. 약간 초조함이 섞여 있었지만 부드럽고도 상냥한 목소리로 안으로 들어오라고 했다. 그는 파이프는 치워 두고 코트로 갈아입은 상태였는데 매우 정중하게 먼지 가득한 의자에 앉으라고 앤에게 권했다. 새장 쇠창살 사이로 못된 황금색 눈을 내밀고 있는 앵무새의 말소리만 아니었다면 기분 좋은 손님맞이가 될 뻔했다. 앤이 자리에 앉자마자 진저가 조잘거렸다.

"맙소사, 저 빨간 머리 애송이가 여긴 왜 왔지?"

해리슨 씨와 앤은 누가 더 붉은지 알 수 없을 만큼 둘 다 얼굴이 붉어졌다.

"저 녀석은 신경 쓰지 말거라. 항상 헛소리를 하거든. 원래는 선원이었던 동생의 앵무새였지. 선원들은 별로 고운 말을 쓰지 않는데 앵무새들은 워낙 흉내를 잘 내잖니."

해리슨 씨가 성난 얼굴로 진저를 노려보며 말했다.

"네, 그래요."

가엾은 앤이 대답했다. 그 상황에서 해리슨 씨에게 화를 낼 수 없다는 것만은 분명했다. 주인 허락도 없이 소를 팔아 치운 마당에 앵무새한테 기분 나쁜 말을 들었다고

뭐라 할 처지가 아니었다. 하지만 다른 때 '빨간 머리 애송이'라는 말을 들었다면 분명히 앤은 화를 냈을 터였다.

앤이 결연한 표정으로 말문을 열었다.

"해리슨 아저씨, 고백할 게 있어서 왔어요. 그게 뭐냐면…… 뭐냐 하면…… 저지종 소에 관한 거예요."

해리슨 씨가 신경질적으로 소리쳤다.

"맙소사, 또 내 귀리밭에 들어간 거야? 아니 뭐, 그래도 괜찮으니 신경 쓰지 마라. 별 차이는…… 없으니까. 어제는 내가 너무 성급했지. 오늘 또 그랬대도 괜찮다."

앤이 한숨을 내쉬며 말했다.

"아, 그거라면 얼마나 좋을까요. 하지만 이번에는 열 배는 더 심한 일이에요. 전 도저히……."

"맙소사, 혹시 밀밭에 들어간 거냐?"

"아니…… 그게 아니라……."

"그럼 양배추 밭이로구나! 대회에 출품하려고 키우는 양배추 밭에 들어간 게로구나?"

"양배추 밭이 아니에요, 해리슨 아저씨. 제가 찾아온 이유를…… 전부 다 말씀드릴 테니 제발 끝까지 들어 주세요. 중간에 끼어드시면 더 초조해지거든요. 제 이야기가 다 끝날 때까지만 가만히 계셔 주세요. 그다음에는 얼마든지 말하셔도 좋아요."

앤은 이렇게 말해 놓고도 여전히 생각에 잠겼다.

"한마디도 하지 않으마."

해리슨 씨는 그렇게 했다. 하지만 침묵의 약속을 하지 않은 진저는 계속 시끄럽게 굴었다. 중간에도 계속 '빨간 머리 애송이'라고 외치는 바람에 앤은 짜증이 났다.

"어제 저희 집 저지종 소를 울타리에 가둬 놓았어요. 그런데 오늘 아침 카모디에 다녀오는 길에 보니, 또 아저씨네 귀리밭에 들어가 있는 거예요. 다이애나랑 같이 잡으려고 쫓아다녔죠. 얼마나 힘들었는지 상상도 못 하실 거예요. 저는 옷이 몽땅 젖은 데다 피곤했고 짜증도 났어요. 마침 그때 시어러 아저씨가 지나가시며 소를 팔라고 하시는 거예요. 그래서 당장 20달러에 팔았어요. 하지만 그건 제 실수였어요. 마릴라 아주머니가 돌아오실 때까지 기다렸다가 상의를 했어야 하는 건데. 하지만 전 생각 없이 행동할 때가 많아요. 저를 아는 사람이라면 누구라도 그렇게 말할 거예요. 시어러 아저씨는 오후 기차에 실어 보내려고 그 자리에서 소를 끌고 갔어요."

"빨간 머리 애송이."

진저가 무시하는 투로 말했다.

이쯤 되자 해리슨 씨는 자리에서 일어났다. 다른 새라면 엄청나게 무서워할 표정으로 바라보았지만 진저는 꿈쩍도 하지 않았다. 해리슨 씨는 새장을 옆방에 갖다 놓고 문을 닫았다. 진저는 날카로운 소리를 지르고 욕지거리를 퍼붓는 등 평소의 못된 행동을 다 했지만 결국 혼자라는 사실을 알게 되자 뿌루퉁해져서 입을 다물었다.

해리슨 씨는 다시 자리에 앉으며 말했다.

"자, 얘기를 계속해 보려무나. 선원이었던 내 동생은 저 새한테 예의라는 걸 전혀 가르치지 않았어."

"저는 집으로 돌아가 차를 마시고 우리 쪽으로 가 보았어요. 해리슨 아저씨……."

앤은 몸을 앞으로 기울이고 어린아이처럼 두 손을 꽉 움켜쥐고는 커다란 잿빛 눈동자로 해리슨 씨의 당황한 얼굴을 간절하게 쳐다보았다.

"저희 집 소가 우리에 그대로 있는 거예요. 제가 시어러 아저씨한테 판 소는 아저씨네 소였어요."

해리슨 씨는 전혀 예상치 못한 결말에 멍한 표정으로 입을 열었다.

"맙소사, 그런 말도 안 되는 일이!"

"제겐 그런 말도 안 되는 일이 자주 일어나곤 해요. 그래서 저뿐만 아니라 다른 사람들까지도 곤경에 빠뜨린 적이 많아요. 전 그런 애로 유명하거든요. 이만한 나이면 그러지 않을 때도 됐다고 생각하시겠지만…… 다음 3월이면 열일곱 살이 되는데 아직도 말썽만 부리니. 해리슨 아저씨, 아저씨가 저를 용서해

주기를 바란다면 너무 큰 바람일까요? 아저씨의 소를 되찾기에
는 너무 늦었지만, 소를 판 돈을 드릴게요. 아니면 저희 집 소
를 드릴 수도 있어요. 아주 훌륭한 소거든요. 제가 얼마나 죄송
한 마음을 가지고 있는지 모르실 거예요."

해리슨 씨가 담담한 표정으로 말했다.

"쯧쯧, 더 이상 아무 말하지 않아도 된다. 대단한 일도 아니
야. 하나도. 살다 보면 사고가 생기게 마련이지. 나도 가끔은
성급할 때가 있어. 심할 정도로. 게다가 내 생각을 입 밖에 내
지 않고는 못 견디니, 사람들은 눈에 보이는 대로만 받아들이
지. 만약 그 소가 내 양배추 밭에 들어갔더라면…… 아니다. 신
경 쓰지 마라. 양배추 밭에 들어가지 않았으니 됐다. 너희 소로
받는 게 좋겠구나. 넌 그 소를 팔고 싶어 했으니까."

"감사합니다. 화내지 않으셔서 정말 기뻐요. 화내실까 봐 걱
정했거든요."

"어제 내가 그 난리를 쳤으니 오늘 이렇게 찾아와서 사실대
로 말하기가 무척 겁났을 테지? 하지만 걱정하지 않아도 돼. 난
끔찍할 정도로 사실대로 말하는 노인네니까. 있는 그대로 말해
야 직성이 풀려."

"린드 아주머니도 그러세요."

앤이 자기도 모르게 중얼거렸다.

"누구? 린드 부인? 나를 그 늙은 수다쟁이 여편네랑 똑같이

취급하지는 마라. 난 절대로…… 그렇지 않으니까. 그 상자에 든 건 뭐지?"

해리슨 씨가 발끈하며 말했다.

"케이크예요. 아저씨 드리려고 가져왔어요. 아무래도…… 케이크를 자주 못 드실 것 같아서요."

뜻밖에도 해리슨 씨가 상냥하게 나오자 앤의 마음은 깃털처럼 가볍게 날아가는 듯했다.

"그건 그렇지. 난 케이크를 아주 좋아하는데 말이야. 이렇게 고마울 데가 있나. 위쪽은 맛있어 보이는데. 속까지도 다 맛있으면 좋겠구나."

앤이 명랑한 표정으로 자신 있게 말했다.

"정말 맛있어요. 앨런 사모님은 아시는 일인데, 지금까지 제가 만든 케이크 중엔 맛없는 케이크도 있었어요. 하지만 이번 케이크는 괜찮아요. 개선회 모임에 내려고 만든 거지만 또 만들면 돼요."

"케이크 먹는 걸 좀 도와줘. 주전자에 물을 올릴 테니 같이 차를 마시자고. 어때?"

앤이 미심쩍은 표정으로 말했다.

"제가 차를 끓이면 안 될까요?"

해리슨 씨는 빙그레 웃으며 대답했다.

"내가 끓이는 차를 못 믿겠다는 말이지. 하지만 틀렸단다. 난 네가 마셔 본 것 중에서 가장 맛있는 차를 만들 수 있어. 하지만 네가 만들고 싶다면 그렇게 해라. 다행히 지난 일요일에 비가 내렸으니 깨끗한 그릇이 많이 있을 게야."

앤은 얼른 일어나 움직였다. 먼저 찻주전자를 여러 번 물에 씻은 후 차를 넣었다. 그런 다음 스토브에 올리고 테이블을 준비하고 식품 저장실에서 접시를 가져왔다. 식품 저장실의 상태를 본 앤은 기겁했지만 현명하게도 아무 말도 하지 않았다. 해리슨 씨는 앤에게 빵과 버터, 복숭아 통조림이 있는 곳을 알려주었다. 앤은 정원에서 꺾어 온 꽃다발로 테이블을 장식했고 테이블보에 묻은 얼룩은 보지 않으려고 애썼다. 곧 차가 준비되었고 앤은 해리슨 씨와 마주 보고 앉아 차를 따라 주며 학교와 친구들, 앞으로의 계획에 대해 마음껏 수다를 떨었다. 앤 스스로도 믿기 어려울 정도로 분위기가 편안했다.

해리슨 씨는 옆방에 혼자 있는 진저가 외로울 거라며 데려왔다. 앤은 그 누구라도, 그 무엇이라도 용서할 수 있을 것 같은 마음으로 진저에게 호두를 주었다. 하지만 이미 마음이 크게 상해 버린 진저는 모든 호의를 거절했다. 그저 우울하게 횃대에 걸터앉은 채 깃털을 마구 헝클어 초록색과 황금색으로 된 공처럼 보이게 만들었다.

"왜 진저<sup>생강 또는 연한 적갈색이라는 뜻: 옮긴이</sup>라고 이름 지으셨어요?"

앤은 진저라는 이름이 저렇게 멋진 깃털에 어울리지 않는다고 생각하며 물었다.

"선원이었던 동생이 지은 이름이지. 아마 앵무새 녀석의 고약한 성질머리 때문인지도 모르겠구나. 하지만 난 녀석을 많이 아낀단다. 얼마나 아끼는지 알면 놀랄 거다. 물론 녀석도 단점이 있어. 이리 저리 돈이 많이 들었지. 녀석이 욕을 잘해서 싫어하는 사람들도 있지만 녀석의 욕하는 버릇은 도저히 고칠 수가 없어. 나도 노력해 봤고 다른 사람들도 노력해 봤지만 말이다. 앵무새에 편견을 가진 사람들도 있어. 참 우스운 일이지? 어쨌든 난 앵무새가 좋다. 진저는 나한테 좋은 친구야. 난 절대로 녀석을 포기하지 않을 거야. 세상의 그 무엇과도 바꿀 수가 없지."

해리슨 씨는 마치 앤이 진저를 포기하라고 말하기라도 한 것처럼 마지막 말을 힘주어 말했다. 앤은 특이하고 까다롭고 성질 급한 해리슨 씨가 좋아지기 시작했다. 차를 다 마시기도 전에 두 사람은 꽤 가까운 친구가 되어 있었다. 해리슨 씨는 마을 개선회에 진심으로 찬성한다고 했다.

"그래. 한번 해봐라. 이 마을에는 개선해야 할 게 많지. 사람들도……."

"글쎄요."

앤이 재빨리 말했다. 물론 앤은 자기 자신이나 몇몇 친구들에게라면 에이번리와 마을 사람들에게 쉽게 고칠 수 있는 사소한 단점이 있다고 인정할 터였다. 하지만 다른 지방에서 이주해 온 해리슨 씨에게는 그런 말을 듣고 싶지 않았다.

"에이번리는 아름다운 마을이에요. 사람들도 정말 좋고요."

맞은편에 앉은 앤의 붉어진 얼굴과 성난 눈빛을 보고 해리슨 씨가 말했다.

"넌 욱하는 성질이 있구나. 네 머리 색깔에 잘 어울려. 물론 에이번리는 괜찮은 곳이야. 그렇지 않았으면 내가 여기로 오지도 않았겠지. 하지만 단점도 있다는 걸 너도 인정할 테지?"

앤이 한결같은 태도로 대답했다.

"그래서 이곳이 더 좋은걸요. 전 결점이 없는 장소나 사람은 싫어요. 완벽한 사람은 하나도 재미없을 것 같거든요. 밀턴 화이트 부인은 지금까지 완벽한 사람을 만나 본 적이 없지만 얘기는 몇 번 들어봤대요. 남편의 전부인이 그랬대요. 완벽주의였던 첫 번째 아내와 살았던 남자와 결혼한다면 얼마나 불편할까요?"

해리슨 씨가 설명하기 힘든 흥분한 목소리로 말했다.

"완벽주의인 아내와 결혼하는 게 더 불편하지."

차를 다 마신 후 해리슨 씨가 몇 주일은 버틸 만큼 접시가 있다고 했지만 앤은 설거지를 하겠다고 고집을 부렸다. 바닥도 청소하고 싶었지만 빗자루가 보이지 않는 데다 아예 집 안에 빗자루가 없을까 봐 해리슨 씨에게 물어보기도 겁났다.

해리슨 씨가 떠날 채비를 하는 앤에게 말했다.

"가끔씩 와서 말벗이 되어다오. 별로 멀지도 않고 이웃이니까 말이지. 네가 말한 개선회에 관심이 가는구나. 아주 재미있을 것 같아. 가장 먼저 누구를 개선시킬 거지?"

"사람들에게는 관여하지 않을 거예요. 저희가 개선시키려는 건 장소뿐이에요."

앤은 목소리에 힘을 주어 말했다. 해리슨 씨가 개선회를 만들겠다는 계획을 놀리는 것은 아닌가 싶었기 때문이다.

해리슨 씨는 창가에 서서 앤이 돌아가는 모습을 지켜보았다. 나긋나긋하고 소녀의 모습을 간직한 아가씨가 저녁노을이 비친 들판을 가볍고 경쾌하게 걸어가는 모습을.

"난 외롭고 심술궂은 노인네지만 저 아이는 다시 젊은 시절로 돌아간 기분을 느끼게 해주는구먼. 가끔씩 느껴 보고 싶은 기분 좋은 느낌이야."

해리슨 씨가 소리 내어 말했다. 이에 진저가 비웃듯 깍깍거렸다.

"빨간 머리 애송이."

해리슨 씨는 앵무새에 대고 주먹을 흔들었다.

"고약한 새 같으니. 선원인 동생이 널 데려왔을 때 네 목을 비틀어 버렸어야 했다는 생각이 들 뻔했어. 다시는 나를 곤란

46

하게 하지 않을 거지?"

앤은 즐겁게 집으로 돌아가 마릴라에게 이야기를 전했다. 마
릴라는 앤이 오랫동안 돌아오지 않자 찾아 나서려고 하던 참이
었다.

앤이 이 이야기의 행복한 결말에 대해 말하기 시작했다.

"세상은 좋은 곳이지요, 마릴라 아주머니? 린드 아주머니는
세상엔 별로 좋은 일이 없다고 하셨어요. 기분 좋은 일을 찾으
려고 할 때마다 실망만 하게 된다고. 기대와 다르다고 말이에
요. 맞는 말인지도 몰라요. 하지만 거기에는 좋은 점도 있어요.
나쁜 일도 예상했던 것과는 다르게 훨씬 좋게 바뀔 수도 있으
니까요. 전 해리슨 아저씨네 집에 갈 때만 해도 당연히 나쁜 결
과를 예상했었어요. 하지만 해리슨 아저씨는 저를 친절하게 맞
아 주었고 우린 즐거운 시간을 보냈어요. 서로에게 아량을 베
푼다면 정말로 좋은 친구가 될 수 있을 것 같아요. 모든 일이
잘 돼서 다행이에요. 하지만 마릴라 아주머니, 다시는 누구 소
인지 확인하지도 않고 파는 일은 절대로 없을 거예요. 그리고
전 앵무새가 싫어요!"

# 04

## 의견 차이

어느 날 해 질 무렵, 제인 앤드루스와 길버트 블라이스, 앤 셜리는 바람에 가볍게 흔들리는 가문비나무 그늘이 드리워진 울타리 옆에 서 있었다. **자작나무 길**과 큰 길이 만나는 곳이었다. 제인과 앤은 오후 시간을 함께 보냈고 집으로 걸어가는 길에 길버트를 만났다. 세 사람은 운명적인 내일에 대해 이야기를 나누었다. 내일은 학교가 시작되는 9월 첫날이었다. 제인은 뉴브리지, 길버트는 화이트샌즈에서 학생들을 가르칠 예정이었다.

앤이 한숨을 쉬었다.

"너희 둘은 나보다 유리하잖아. 너희를 알지 못하는 학생들을 가르치게 됐으니까. 하지만 내가 가르칠 학생들 중에는 나랑 같이 공부했던 하급생들도 있어. 린드 아주머니는 내가 아예 모르는 선생님이 아니기 때문에 학생들이 예의 바르게 굴지 않을 수도 있다면서 첫날부터 엄격하게 대하라서. 하지만 난 엄격한 선생님은 싫은걸. 아, 정말 내 책임이 막중한 것 같아!"

"우리 모두 잘할 거야."

제인이 편안한 표정으로 대꾸했다. 제인은 학생들에게 좋은 영향을 주겠다는 욕심이 없었다. 다만 적당히 봉급을 받고, 학교 운영 위원회를 만족시키고, 좋은 평가를 받아 우수 교사 명단에 오르길 바랄 뿐이었다. 제인에게 그 이상의 욕심은 없었다.

"질서를 바로잡는 게 가장 중요해. 그러려면 교사는 약간 엄격해야 해. 학생들이 말을 듣지 않으면 벌을 줘야만 해."

"어떻게?"

"물론 회초리를 들어야지."

앤이 충격을 받아 소리쳤다.

"아, 제인. 설마 정말로 그러진 않겠지. 제인, 그러면 안 돼!"

"난 그렇게 할 거야. 꼭 그래야만 한다면."

제인이 단호하게 말했다.

"난 절대로 아이를 때리진 않을 거야. 난 회초리가 효과적이라고 생각하지 않거든. 스테이시 선생님도 회초리를 들지 않으셨지만 교실의 질서가 바로잡혀 있었잖아. 필립스 선생님은 항상 아이들을 때렸지만 전혀 질서가 잡히지 않았고. 매질을 하지 않고 아이들과 잘 지낼 수 없다면 차라리 교사가 되지 않는 게 나아. 더 좋은 방법이 있어. 일단 아이들의 애정을 얻으려고 애쓴다면 아이들이 날 잘 따를 거야."

앤도 똑같이 단호하게 대꾸했다.

"그렇지 않으면?"

현실적인 제인이 되물었다.

"그래도 때리지는 않을 거야. 난 그게 아무 도움이 안 된다고 확신해. 아, 제인, 아무리 학생들이 말썽을 일으켜도 제발 때리지는 말아 줘."

"길버트, 넌 어떻게 생각해? 회초리가 꼭 필요한 학생들도 있다고 생각하지 않니?"

제인이 물었다.

"아이를 때리다니……. 정말 잔혹하고 야만적이라고 생각하지 않아? 어떤 아이라도 말이야……."

앤의 얼굴은 붉게 상기되었다.

자신의 진짜 믿음과 앤의 이상에 부합하고 싶은 마음 사이에서 갈등하던 길버트가 천천히 입을 열었다.

"글쎄. 양쪽 모두 일리 있는 말이야. 난 아이들을 때리는 것에 대해 크게 찬성하진 않아. 앤, 네 말대로 아이들을 다룰 수 있는 다른 좋은 방법이 있으니까. 신체적 처벌은 마지막 수단이 되어야 해. 하지만 다른 한편으로는 제인의 말대로 다른 방법은 도저히 통하지 않는 아이들도 있다고 생각해. 그런 아이들은 매가 필요하고 매로 개선될 수 있지. 신체적 처벌은 최후의 수단이 되어야 한다는 게 내 신조야."

길버트는 평소와 다름없이 옳은 말로 양쪽 모두를 만족시키려고 애썼지만 결국 어느 쪽도 만족시키지 못했다. 제인이 머리를 흔들었다.

"난 아이들이 말썽을 부리면 때릴 거야. 그게 아이들을 설득하는 가장 간단하고 쉬운 방법이야."

앤은 실망한 눈빛으로 길버트를 쳐다보았다.

"난 절대로 때리지 않을 거야. 그건 올바르지도 않고 필요하지도 않다고 느껴."

앤이 다시 확고하게 말했다.

"만약 남학생이 네 말을 듣지 않고 대든다면 어떻게 할래?"

제인이 물었다.

"방과 후에 남으라고 해서 상냥하지만 단호하게 말할 거야. 찾으려고만 하면 누구나 장점이 있으니까. 그걸 찾아서 발전시켜 주는 게 교사의 임무야. 퀸스 전문학교에서 교수님이 해주신 말씀이잖아. 매질을 하면 아이의 장점을 찾을 수 있을 거라고 생각해? 레니 교수님은 학생들한테 읽기와 쓰기와 셈을 가르치는 것보다 바르게 자랄 수 있도록 도와주는 게 중요하다고 하셨어."

"하지만 장학사는 학생들이 읽기와 쓰기와 셈을 제대로 배웠는지 검사하잖아. 아이들이 그 기준에 미치지 못하면 좋은 점수를 받을 수 없어."

제인이 이의를 제기했다.

"난 장학사에게 좋은 평가를 받는 선생님보다 학생들이 나를 사랑하고 훗날 큰 도움이 되었다고 기억해 주는 편이 더 좋아."

앤이 단호하게 말하자 길버트가 물었다.

"말썽을 부려도 전혀 벌을 주지 않을 거야?"

"물론 벌을 줘야겠지. 생각만으로도 싫지만 말이야. 쉬는 시간에 교실에 남게 하거나 뒤에 세워 두거나 쓰기 숙제를 시키면 되지."

"여학생한테 남학생 옆에 앉히는 벌을 주는 건 아니겠지?"

제인이 장난스럽게 말했다.

길버트와 앤은 서로 쳐다보며 멋쩍게 웃었다. 예전에 앤이 길버트와 같이 앉는 벌을 받고서 너무나 슬프고 비참해한 적이 있었기 때문이다.

"무엇이 최선인지는 시간이 말해 주겠지."

헤어질 때 제인은 마치 철학자라도 된 것처럼 말했다.

앤은 나뭇잎이 바스락거리고 풀고사리 향기가 퍼지는 자작나무 길을 따라 초록 지붕 집으로 향했다. 제비꽃 골짜기를 거쳐 전나무 아래 어둠과 빛이 입맞춤을 나누는 버드나무 연못을 지나 예전에 다이애나와 함께 이름 붙인 연인의 오솔길까지 걸어갔다. 앤은 숲과 들판, 어스름한 여름 저녁의 달콤함을 즐기며 천천히 걸었다. 그리고 내일부터 시작될 새로운 일에 대해 진지하게 생각했다. 초록 지붕 집 마당에 도착하자 열린 부엌 창문에서 린드 부인의 시끄럽고 단호한 목소리가 흘러나왔다.

"린드 아주머니가 내일에 대해 나에게 조언을 해주러 오셨나 봐. 하지만 들어가지 않을래. 린드 아주머니의 조언은 후추 같거든. 적은 양이면 훌륭하지만 많으면 너무 맵지. 해리슨 아저씨네 집에 가서 수다나 떨어야겠다."

앤이 얼굴을 찡그리며 중얼거렸다.

젖소 사건 이후 앤이 해리슨 씨의 집을 찾아가 이야기를 나눈 것은 이번이 처음이 아니었다. 앤은 그 후 종종 해리슨 씨를 찾아갔고 두 사람은 좋은 친구가 되었다. 물론 해리슨 씨 스스로 자랑스럽게 여기는 솔직함이 가끔 앤을 괴롭히기도 했지만. 진저는 여전히 앤에게 '빨간 머리 애송이'라고 빈정거리며 인사했다. 해리슨 씨는 진저의 버릇을 고쳐 주려고 앤이 집에 놀러 올 때마다 자리에서 벌떡 일어나 '맙소사, 예쁜 아가씨가 또 오는군.'처럼 칭찬의 말을 외쳤지만 소용없었다. 진저는 해리슨 씨의 계략을 눈치챘는지 무시했다. 앤은 해리슨 씨가 평소에 얼마나 앤의 칭찬을 많이 했는지 전혀 알지 못했다. 앤 앞에서는 칭찬을 하지 않았기 때문이다.

"내일 쓸 회초리를 구하러 숲에 다녀오는 모양이구나?"

해리슨 씨가 베란다 계단으로 올라오는 앤에게 인사를 건넸다.

"아뇨, 해리슨 아저씨, 전 절대로 학교에 회초리를 두지 않을 거예요. 물론 지휘봉은 필요하겠지만, 그건 칠판을 가리킬 때만 쓸 거고요."

앤이 발끈하며 대꾸했다. 앤은 항상 모든 것을 진지하게 받아들이기 때문에 좋은 놀림감이 되었다.

"그럼 회초리 대신 채찍으로 때리려고? 그게 더 낫겠구나. 맞을 때는 회초리가 더 아프지만 채찍으로 맞으면 더 오래 욱신거리지."

"전 그런 건 절대 사용하지 않을 거예요. 학생들을 때리지 않을 거니까요."

해리슨 씨가 정말로 깜짝 놀라서 물었다.

"맙소사, 그럼 질서는 어떻게 잡으려고?"

"애정으로 지도할 거예요, 해리슨 아저씨."

해리슨 씨가 말했다.

"그건 안 통할 거야. 전혀 안 통할 거다, 앤. '매를 아끼면 아이를 망친다.'는 말도 있잖니. 내가 학교 다닐 적에는 선생님한테 매일 맞았다. 말썽을 부리지 않아도 속으로 말썽 부릴 일을 꾸미고 있을 거라고 맞았지."

"해리슨 아저씨, 그때랑은 교육 방식이 많이 달라졌어요."

"하지만 인간의 본성은 바뀌지 않아. 내 말을 명심해라. 매를 들지 않으면 어린 녀석들을 다스릴 수 없을 거야. 불가능해."

"전 최선을 다할 거예요."

앤이 대답했다. 앤은 의지가 매우 강했고 자신의 주장을 끝까지 굽히지 않는 성격이었다.

"넌 아주 고집이 세구나. 뭐, 두고 보면 알겠지. 언젠가 네가 화가 나면…… 너 같은 머리 색깔을 가진 사람들은 성질이 불같으니까 말이지……. 매를 들지 않겠다는 생각 따위는 다 잊어버리고 아이들을 때리게 될걸. 넌 아직 교사가 되기에는 어린 나이니까. 나이도 너무 어리고 어린애 같지."

그날 밤 앤은 우울한 기분으로 잠자리에 들었다. 다음 날 아침, 잠을 설친 앤은 창백한 얼굴에 침울한 표정이었다. 마릴라는 깜짝 놀라서 앤에게 뜨거운 생강차를 만들어 주겠다고 했다. 앤은 생강차가 무슨 효과가 있을지 의심스러웠지만 꾹 참고 홀짝거리며 마셨다. 만약 그게 나이와 경험을 늘어나게 해 주는 마법의 차라면 얼마든지 마실 수 있을 것 같았다.

"마릴라 아주머니, 실패하면 어쩌죠?"

"어떤 일이든 하루 만에 실패하는 건 없단다. 아이들을 가르칠 많은 날이 남아 있잖니. 앤, 넌 아이들한테 모든 걸 가르치고 아이들의 결점을 하루아침에 다 고쳐 줘야 한다고 생각하지. 하지만 그렇게 하지 못했다고 실패라고 생각한다면 큰 문제야."

## 05

# 훌륭한 선생님

그날 아침, 앤은 난생처음 **자작나무 길**의 아름다움을 느끼지 못한 채 발걸음을 옮겼다. 학교에 도착했을 때 교실 안은 조용하고 고요했다. 이전 선생님이 새로운 선생님인 앤이 왔을 때 얌전히 앉아 있도록 학생들에게 일러두었던 것이다. 교실로 들어간 앤은 '빛나는 아침의 얼굴들'이 밝고 호기심 어린 눈동자를 하고 단정하게 줄지어 앉아 있는 모습을 보았다. 앤은 모자를 벗으며 자신이 느끼는 것만큼 겁먹고 바보스럽게 보이지 않기를, 엄청나게 떨고 있다는 사실을 학생들이 눈치채지 않기를 바랐다.

앤은 첫날 아이들에게 할 인사말을 고민하느라 어젯밤 12시까지 잠을 이루지 못했다. 힘들게 고치고 다시 쓰고 외웠다. 서

로 돕고 열심히 배워야 한다는 좋은 내용이 들어간 멋진 인사
말이었다. 딱 하나 문제가 있다면 지금 그 내용이 하나도 기억
나지 않는다는 것이었다.

마치 1년처럼 느껴지는 10초가 흐르고…… 앤이 기어 들어가
는 소리로 말했다.

"자, 성경책을 꺼내세요."

책상 덮개가 덜커덕거리는 소리를 틈타서 앤은 가쁜 숨을 몰
아쉬며 의자에 털썩 주저앉았다. 아이들이 성경 구절을 읽는
동안 앤은 떨리는 마음을 진정시키고 어른의 땅으로 나아가고
있는 어린 순례자들을 살펴보았다.

물론 대부분은 앤이 익히 잘 아는 아이들이었다. 앤의 동급생
들은 지난해에 졸업했지만 나머지는 전부 앤과 함께 학교를 다
닌 하급생들이었다. 이번에 새로 입학한 1학년과 에이번리로
새로 이사 온 열 명을 제외하고. 앤은 이미 잘 아는 아이들보다
전학생들에게 흥미를 느꼈다. 물론 그들도 나머지 아이들처럼
평범한 학생일 수 있지만 그중에 뛰어난 학생이 있을지도 몰랐
다. 생각만 해도 설레는 일이었다.

한쪽 구석 책상에 혼자 앉아 있는 아이가 앤서니 파이였다.
어둡고 부루퉁한 표정의 앤서니는 적대감이 담긴 검은 눈동자
로 앤을 빤히 쳐다보고 있었다. 곧장 앤은 그 소년의 애정을 얻
어 파이 집안 사람들을 당황하게 만들어야겠다고 마음먹었다.

또 다른 구석에도 낯선 아이가 아티 슬론 옆에 앉아 있었다. 들창코에 주근깨투성이 얼굴, 희끄무레한 속눈썹으로 둘러싸인 환한 파란색의 커다란 눈동자를 가진 쾌활해 보이는 작은 소년이었다. 돈넬 씨의 아들인 듯했다. 많이 닮은 것으로 보아 그 아이의 여동생인 듯한 아이가 통로 건너편에 메리 벨과 함께 앉아 있었다. 앤은 그 아이의 옷차림을 보고 엄마가 어떤 사람일지 궁금해졌다. 그 아이는 가장자리가 풍성한 면 레이스로 장식된 빛바랜 분홍색 실크 드레스를 입고 때 묻은 실내화에 실크 스타킹을 신고 있었다. 아이의 옅은 갈색 곱슬머리는 부자연스럽게 잔뜩 말린 채 자기 머리보다 더 큰 분홍색 리본이 올려 있었다. 표정으로 보아 자신의 옷차림에 매우 만족하는 눈치였다.

앤은 어깨까지 오는 비단처럼 부드러운 옅은 황갈색 머리를 한 작고 핼쑥한 아이가 아네타 벨이라고 생각했다. 아네타의 부모는 원래 뉴브리지 학군에 살았지만 북쪽으로 약 45미터 떨어진 곳으로 이사했다는 이유로 에이번리에 전학을 오게 되었다. 의자 하나에 비좁게 같이 앉은 창백한 얼굴의 세 소녀는 코튼네 아이들이 분명했다. 갈색 긴 곱슬머리에 적갈색 눈동자를 하고 자신의 성경책 끄트머리로 잭 길리스를 새침하게 쳐다보는 꼬마 미인은 프릴리 로저슨이었다. 프릴리의 아버지는 얼마 전 두 번째 부인을 얻어서 그래프턴의 할머니 집에서 지내던 프릴리를 집으로 데려왔다. 뒷자리에 앉아 손발을 쉬지 않고 움직이는 큰 키의 부산한 소녀는 앤이 모르는 학생이었다. 나중에야 에이번리에서 숙모와 살러 온 바버라 쇼라는 것을 알았다. 또한 앤은 바버라가 통로를 지날 때 자신의 발이나 다른 학생의 발에 걸려 넘어지지 않는 일을 거의 찾아보기 힘들다는 사실도 알게 되었다.

앤은 맨 앞 책상에 앉은 남학생과 눈과 마주쳤을 때 천재를 발견한 것처럼 갑자기 가슴이 벅차올랐다. 앤 생각에 이 아이는 폴 어빙이 분명했다. 에이번리의 아이들과는 다를 거라는 린드 부인의 추측은 맞았다. 아니, 앤이 보기에 폴 어빙은 그 어떤 아이와도 달랐다. 앤은 자신을 골똘히 바라보는 짙은 파란 눈동자에서 자기와 같은 영혼을 지닌 아이라는 걸 깨달았다.

앤은 폴이 열 살이라고 알고 있었지만 폴은 기껏해야 여덟 살 정도로밖에 보이지 않았다. 폴은 지금까지 본 그 어떤 아이보다 아름다운 얼굴을 하고 있었다. 후광과도 같은 밤색 곱슬머리로 에워싸인 얼굴은 정교하고 섬세하며 고상했다. 삐죽 내민 게 아니라 원래 도톰한 진홍색 입술은 보드라워 보였고, 양쪽 입꼬리는 예쁘게 말려 올라가 겨우 보조개를 면할 수 있는 지점에서 끝나 있었다. 폴은 몸보다 마음이 훨씬 성숙해 보였고 사색에 잠긴 듯 진지하고 의젓한 표정이었다. 앤이 부드러운 웃음을 지어 보이자 곧바로 미소로 답했다. 마치 내면에서 불빛이 켜진 것처럼 머리에서 발끝까지 아이의 온몸이 환하게 밝아졌다. 무엇보다 그것은 의도적인 노력이나 목적이 아니라 마음에서 저절로 우러나온 미소, 즉 보기 드물 만큼 훌륭하고 착한 성격이 그대로 드러난 것이었다. 미소를 주고받은 앤과 폴은 첫마디를 나누기도 전에 친한 친구가 되었다.

그날 하루는 꿈처럼 흘러갔다. 앤은 나중에 그날 무슨 일이 있었는지 정확히 떠오르지 않았다. 마치 자기가 아니라 다른 사람이 아이들을 가르친 기분이었다. 앤은 그저 기계적으로 수업을 했다. 아이들은 꽤 얌전히 굴었고 꾸중이 필요한 아이는 단 두 명뿐이었다. 몰리 앤드루스가 귀뚜라미 두 마리를 교실 통로로 몰고 가다 들켰다. 앤은 몰리를 한 시간 동안 교단에 세워 두었고 귀뚜라미를 압수했다. 몰리는 귀뚜라미를 압수당한 것을 더욱 심한 벌로 느끼는 것 같았다. 앤은 귀뚜라미를 상자에 담아 집으로 돌아가는 길에 제비꽃 골짜기에 놓아주었다. 하지만 몰리는 시간이 꽤 지난 후에도 앤이 귀뚜라미를 집으로 가져가 혼자만 가지고 논다고 믿었다.

또 다른 문제를 일으킨 학생은 앤서니 파이였다. 앤서니는 물병에 남은 물을 오렐리아 클레이의 목 뒤에 뿌렸다. 앤은 쉬는 시간에 앤서니를 교실에 남겨 두고 신사가 어떻게 행동해야 하는지에 대해 이야기하면서 신사는 절대로 숙녀의 목에 물을 뿌리지 않는다고 꾸짖었다. 교실의 모든 남학생이 신사다웠으면 좋겠다는 말도 했다. 앤의 짧은 설교는 상냥하고도 감동적이었다. 하지만 안타깝게도 앤서니는 전혀 감동받지 않았다. 여전히 불만스러운 표정으로 앤의 말을 듣고 있을 뿐이었다. 나갈 때는 버릇없게 휘파람까지 불었다. 앤은 한숨을 내쉬었지만 곧 앤서니의 애정을 얻는 것은 로마가 하루아침에 이루어지지 않은 것처럼 시간이 걸리는 일임을 떠올리며 다시 기운을 차렸다. 사실 파이 집안 사람들이 사랑받을 자격이 있는지 의심스러웠다. 하지만 앤은 앤서니가 나아질 거라는 희망을 가졌다. 불만스러운 표정 뒤에 숨겨진 속마음은 오히려 착한 아이일지도 모르는 일이었다.

수업이 끝나고 아이들이 전부 돌아가자 앤은 녹초가 되어 의자에 앉았다. 머리가 지끈거리고 의욕이 꺾여 버린 기분이었다. 사실 끔찍한 사건은 일어나지 않았기 때문에 의욕이 꺾일 이유는 없었다. 하지만 앤은 무척 피곤했고 아이들을 가르치는 일이 결코 좋아지지 않을 거라는 쪽으로 생각이 기울었다. 좋아하지도 않는 일을 날마다 40년 동안이나 해야 한다면 얼마나 끔찍할까. 앤은 당장 교실에서 울음을 터뜨릴지, 자신의 하얀 방이 있는 집으로 돌아갈 때까지 기다려야 할지 고민했다. 앤이 마음을 정하기 전에 딸깍거리는 발소리가 들리고 현관 쪽에서 뭔가가 휙 움직였다. 앤은 낯선 부인과 마주 서게 되었다. 최근에 해리슨 씨가 샬럿타운의 상점에서 봤다는 과한 옷차림의 여자 이야기가 떠올랐다.

"최신 유행과 끔찍한 악몽이 정면으로 부딪힌 것처럼 보이더 라니까."

그 부인은 옅은 푸른색 여름용 실크 드레스 차림이었는데, 퍼 프나 프릴, 셔링이 들어갈 수 있는 곳이라면 빠지지 않고 들어가 있었다. 머리에는 커다란 하얀색 시폰 모자를 썼는데, 모자에는 다소 지저분해 보이는 세 개의 긴 타조 깃털 장식이 달려 있었 다. 커다란 검정색 점이 박힌 분홍색 시폰 베일은 모자의 챙에서 부터 어깨까지 주름 장식처럼 늘어져, 뒤쪽에 달린 가벼운 끈 장 식 2개와 나풀거렸다. 게다가 작은 몸집을 가득 메울 만큼 온갖 장신구를 하고 강한 향수 냄새까지 풍겼다.

"난 돈넬 부인이에요. H. B. 돈넬. 오늘 점심을 먹으러 집으 로 돌아온 우리 딸 클래리스 앨마이러가 한 말 때문에 선생님 을 만나러 왔어요. 엄청나게 거슬리는 이야기였거든요."

그녀가 입을 열었다.

"무슨 말씀이신지."

앤이 떨며 대답했다. 그날 오전에 돈넬 집안 아이들과 있었던 사건을 떠올리려고 했지만 생각나는 게 없었다.

"클래리스 앨마이러가 그러는데, 선생님이 우리 애들 성 '돈 넬'의 앞 글자 '돈'을 강조해서 발음했다고 하더군요. 셜리 양, 뒤 글자 '넬'을 강조하는 게 우리 성의 정확한 발음이에요. 앞으로는 이 사실을 기억해 주세요."

"그렇게 하겠습니다. 이름 철자를 틀리는 게 얼마나 기분 나쁜 일인지는 저도 잘 알고 있거든요. 이름을 잘못 발음하는 것은 훨씬 기분 나쁜 일일 거예요."

앤은 웃음이 터져 나오려는 것을 참으며 대답했다.

"당연히 그렇지요. 그리고 클래리스 앨마이러가 말하길 선생님이 우리 아들을 제이콥이라고 불렀다더군요."

"자기 이름이 제이콥이라고 말했으니까요."

앤이 이유를 설명했다.

"그럴 줄 알았어요."

뒤 글자를 강조해 발음하는 돈넬 성을 가진 H. B. 돈넬 부인이 말했다. 세상이 얼마나 타락했으면 애들이 그렇게 생각이 없는지 모르겠다는 투였다.

"그 애의 취향은 아주 서민적이에요. 셜리 양. 난 그 애가 태어났을 때 세인트 클레어라고 지어 주고 싶었지요. 아주 귀족적인 느낌이 들잖아요, 안 그래요? 그런데 남편이 아이의 삼촌 이름을 따서 제이콥이라고 지어야 한다고 우겼지요. 그래서 어떻게 됐을까요, 셜리 양? 돈 많은 노총각 제이콥의 이름으로 결국 양보했죠. 그런데 제이콥 삼촌은 우리 아들이 다섯 살 되었을 때 결혼했고 지금은 아들이 셋이나 있어요. 이렇게 배은망덕한 경우를 들어 봤나요? 결혼식에 초대하던 걸 생각하면……. 뻔뻔하게도 우리한테도 청첩장을 보냈더라고요. 그래서 전 그 집으로 찾아가 더 이상 제이콥이라는 이름은 없다고 말했지요. 난 그날부터 아들을 세인트 클레어라고 불렀어요. 그 애가 반드시 그 이름으로 불려야 한다는 내 생각은 단호해요. 남편도 고집을 꺾지 않고 계속 아들을 제이콥이라고 부르고 있고 아이도 이해할 수 없게 그 천박한 이름을 더 좋아해요. 하지만 그 애 이름은 세인트 클레어고 앞으로도 그래야만 해요. 셜리 양, 그 사실을 꼭 좀 기억해 주겠어요? 고마워요. 난 클래리스 앨마이러에게 그저 오해였을 뿐일 테니 말 한마디 하면 바로잡을 수 있다고 했지요. 돈넬의 뒤 글자를 강조해서 발음할 것, 제이콥이 아니라 세인트 클레어라고 불러 줄 것, 아시겠죠? 고마워요."

H. B. 돈넬 부인이 자리를 떠난 후, 앤은 교실 문을 닫고 집으로 향했다. 언덕 아래에 이르렀을 때 자작나무 길 옆에 폴 어빙이 보였다. 폴은 앤에게 에이번리 아이들이 '쌀 백합'이라고 부르는 앙증맞은 야생난초를 한 움큼 내밀었다.

폴이 수줍게 말했다.

"받아 주세요, 선생님. 라이트 씨의 들판에서 꺾은 거예요. 선생님에게 이걸 드리려고 다시 왔어요. 선생님께서 좋아하실 것 같아서요. 또……."

폴은 커다랗고 예쁜 눈동자를 들었다.

"저는 선생님이 좋아요."

"고맙기도 해라."

앤이 향기로운 꽃다발을 받으며 말했다. 폴의 말은 마치 마법의 주문이라도 되는 듯 앤의 피로와 좌절감을 없애 주었다. 앤의 가슴에서는 춤추는 분수처럼 희망이 솟아올랐다. 앤은 축복 기도 같은 향기로운 야생난초를 손에 들고 발걸음도 가볍게 자작나무 길을 걸어갔다.

"오늘 어땠니?"

마릴라가 궁금해하며 물었다.

"한 달 후에야 말씀드릴 수 있을 것 같아요. 지금은 뭐라 말씀드릴 수가 없어요. 생각들이 온통 뒤죽박죽이에요. 복잡하고 흐릿해진 기분이에요. 그래도 오늘 해낸 일은 클리퍼 라이트에게 A가 A라는 걸 가르쳤다는 거예요. 그 애는 그걸 몰랐거든요. 나중에 셰익스피어나 『실낙원』<sup>영국의 시인 존 밀턴이 쓴 대서사시: 옮긴이</sup>의 밀턴이 될지도 모르는 애를 처음 가르친다니 굉장하지요?"

나중에는 린드 부인이 와서 앤을 격려해 주었다. 마음씨 좋은 린드 부인은 학생들을 자기 집 대문 앞에 불러 세워 놓고 새로운 선생님을 어떻게 생각하는지 물어보았던 것이다.

"앤, 다들 네가 정말 좋다고 하더구나. 앤서니 파이만 빼고 말이야. 사실대로 말할 수밖에 없겠어. 그 애는 네가 '다른 여자 선생님과 마찬가지로 하나도 좋지 않다.'고 했어. 그게 너에 대한 그 애의 생각이라는구나. 하지만 신경 쓰지 마라."

"신경 쓰지 않을 거예요. 앤서니 파이가 저를 좋아하게 만들 거예요. 인내와 상냥함으로 그 애의 마음을 얻을 수 있을 거예요."

앤의 조용한 대답에 린드 부인이 조심스럽게 말했다.

"글쎄, 파이 집안 사람은 알 수가 없거든. 그 집 사람들은 정반대로 행동하는 경우가 많지. 그리고 돈넬 부인 말인데, 그 여자는 절대로 내게 돈넬의 뒤 글자를 강조해서 발음하게 만들지 못할 거야. 돈넬은 앞 글자를 강조해서 발음하는 거지. 언제나 그랬어. 그 여자는 제정신이 아니야. 집에서 퍼그종 개를 키우는데 이름이 '여왕'이고 식구들과 같이 식탁에서 자기 접시에다 밥을 먹는다지 뭐니. 토마스가 그러는데 돈넬 씨는 지각 있고 일도 열심히 하는 사람이지만 부인 고르는 재주는 없는 것 같다더구나."

# 06

# 각양각색의 사람들

9월의 어느 날, 프린스에드워드 섬의 모래 언덕 너머로 상쾌한 바람이 불어왔다. 붉은색 길은 들판과 숲속으로 길게 이어져 울창한 가문비나무 한구석을 휘감아 돌았다. 하늘거리는 고사리 덤불 위로 어린 단풍나무들이 펼쳐지며 시냇물이 빛나는 골짜기로 흘러갔다. 그 골짜기에는 미역취와 짙은 파란색 과꽃이 띠 모양을 이루고 있었고, 여름 언덕에는 무수히 많은 귀뚜라미가 즐겁게 피리 소리를 냈다. 살진 갈색 조랑말이 그 길을 따라 걸어가고, 두 소녀가 젊음과 삶에 대한 소박하고 값진 이야기를 즐겁게 주고받으며 뒤따랐다.

앤은 행복을 느끼며 숨을 내쉬었다.

"아, 에덴동산에서나 있을 수 있는 날이야. 그렇지 않니, 다이애나? 공기 속에는 마법이 들어 있어. 추수를 앞둔 저 자줏빛 골짜기를 봐, 다이애나. 그리고 죽어 가는 전나무 냄새를 맡아 봐! 에벤 라이트 아저씨가 울타리 기둥을 자르고 있는 저 작은 골짜기에서 나는 냄새야. 이런 날에 살아 있다는 건 축복이야. 죽어 가는 전나무 냄새는 천국의 냄새야. 앞구절은 워즈워스의 말이고 나머지 뒷구절은 앤 셜리가 지어낸 말이야. 천국에는 죽어 가는 전나무가 없을 것 같아, 그렇지? 하지만 천국의 숲속을 거닐면서 죽은 전나무 냄새가 나지 않는다면 천국은 완벽하지 않을 거라고 생각해. 아마 천국에서는 죽음 없이도 그런 냄새가 날지도 몰라. 그래, 그럴 거야. 저 향기로운 냄새는 전나무의 영혼이 분명해. 물론 천국에서는 그냥 영혼이겠지만."

"나무에는 영혼이 없어. 하지만 죽은 전나무 냄새는 아주 좋아. 난 쿠션을 만들어서 전나무 잎으로 채울 거야. 너도 만드는 게 좋을 거야, 앤."

현실적인 다이애나가 말했다.

"그래야 할 것 같아……. 낮잠 잘 때 써야지. 그럼 분명히 나무 요정이 되는 꿈을 꿀 거야. 하지만 지금은 이렇게 화창하고 좋은 날 밖을 걷는 에어번리의 여교사 앤 셜리로 만족할래."

"그래, 정말 사랑스러운 날이야. 하지만 우리에겐 힘든 일만 기다리고 있는걸. 앤, 도대체 왜 이 길을 조사하겠다고 나선 거

니? 에이번리의 괴짜들은 전부 이 길가에 산다고 해도 과언이 아니잖아. 아마 우린 구걸 온 거지 취급을 받게 될 거야. 이 길은 정말 최악이라고."

다이애나가 한숨을 내쉬었다.

"그래서 선택한 거야. 물론 우리가 부탁했다면 길버트와 프레드가 이 길을 맡아 줬을 거야. 하지만 다이애나, 난 에이번리 마을 개선회에 책임을 느껴. 먼저 만들자고 제안한 사람이 나니까. 그래서 내가 가장 힘든 일을 맡아야 한다고 생각해. 너에게는 정말 미안해. 하지만 넌 괴짜들이 사는 집에 갔을 때 아무 말도 하지 않아도 돼. 얘기는 내가 할게. 린드 아주머니는 내가 잘할 거라고 하셔. 린드 아주머니는 개선회를 찬성해야 할지 말지 모르시겠대. 앨런 목사님 부부가 개선회를 찬성하는 입장이라는 걸 생각하면 찬성하고 싶다가도 마을 개선회가 미국에서 시작되었다는 걸 생각하면 또 거부감이 든다는 거야. 갈팡질팡하는 린드 아주머니에게 개선회의 존재를 정당화하려면 성공하는 수밖에 없어. 프리실라가 다음 모임을 위한 보고서를 쓸 거야. 프리실라는 뛰어난 작가의 조카니까 분명 글솜씨가 좋을 거야. 그런 건 유전이잖아. 난 프리실라가 샬럿 E. 모건 부인의 조카라는 걸 알았을 때 느꼈던 전율을 잊을 수 없을 거야. 『에지우드의 나날들』, 『장미 정원』을 쓴 작가의 조카와 친구라는 사실이 정말 근사하게 느껴졌거든."

"모건 부인은 어디 사는데?"

"토론토. 프리실라가 그러는데 모건 부인이 내년 여름에 프린스에드워드 섬을 방문할 예정인데 가능하면 만남을 주선해 주겠대. 너무 좋아서 믿어지지 않아. 잠자리에 누워 상상하는 일만으로도 즐거운 일이지."

에이번리 마을 개선회가 구성되었다. 길버트 블라이스가 회장, 프레드 라이트가 부회장, 앤 셜리가 서기, 다이애나 배리가 회계 담당자로 결정되었다. '개선론자'로 불리는 이들은 2주일에 한 번씩 회원의 집에서 모이기로 했다. 계절이 너무 늦어 버려서 개선시킬 만한 게 많지 않지만 다음 여름 활동을 계획하면서 의견을 모으고, 토론하고 보고서를 쓰고 읽으며 앤의 말대로 여론을 바꾸는 데 집중하기로 했다.

물론 반대 시선도 있었다. 만만치 않은 조롱의 말들이 그들을 신경 쓰이게 했다. 엘리샤 라이트 씨는 이 모임의 이름을 '연애 클럽'이라고 지어야 한다고 말했다. 하이럼 슬론 부인은 개선론자들이 하는 일이란 길가를 전부 갈아서 제라늄을 심는 것이라는 말을 들었다고 했다. 레비 볼터 씨는 이웃들에게 개선론자들이 모든 사람의 집을 허물고 개선회의 허가를 거친 설계도에 맞게 다시 짓게 만들 거라고 경고했다. 제임스 스펜서 씨는 개선회에 교회의 언덕을 깎아 주면 좋겠다는 바람을 전했다. 에벤 라이트 씨는 앤에게 개선론자들이 조시아 슬론 할아버지의 수염을 좀 다듬도록 설득해 달라고 말했다. 로렌스 벨 씨는 개선회가 원한다면 창고를 하얗게 칠하기는 하겠지만, 소축사 창문에 절대로 레이스 커튼은 달지 않겠다고 말했다. 그런가 하면 메이저 스펜서 씨는 카모디 치즈 공장으로 우유를 가져다주는 일을 하는 개선회 회원 클리프턴 슬론에게 마을 사람 모두가 내년 여름에 우유 가판대에 손수 페인트칠을 하고 자수가 달린 장식을 중앙에 놓아두어야 하는 것이 사실이냐고 물었다.

인간의 본성은 본래 그런 법이기에 개선회는 투지를 잃지 않고 그해 가을에 가능한 일들에 집중하여 열심히 뛰어들었다. 다이애나네 집 응접실에서 열린 두 번째 모임에서 올리버 슬론은 마을 회관의 지붕을 고치고 페인트칠을 하기 위한 기부금을 모으자고 제안했다. 줄리아 벨은 숙녀답지 않은 일이라고 불평하면서도 동의했다. 길버트가 그 안을 표결에 부쳤고 만장일치로 채택되었다. 앤은 진지하게 회의록을 작성했다. 다음 사안은 그 안을 처리할 소위원회를 구성하는 것이었다. 거티 파이는 모든 영예가 줄리아 벨에게만 돌아가서는 안 된다며 제인 앤드루스를 소위원장으로 제안했다. 예상대로 이 건도 재청이 나왔고 표결에 부쳤다. 제인은 답례로 거티를 길버트, 앤, 다이애나, 프레드 라이트와 함께 소위원회 구성원으로 지목했다. 소위원회는 따로 모여 활동 지역을 나눴다. 앤과 다이애나는 뉴브리지 길을, 길버트와 프레드는 화이트샌즈 길을, 제인과 거티는 카모디 길을 맡기로 했다.

"왜냐하면…… 파이 집안 사람들이 전부 카모디 길에 사는데 그 사람들은 집안 누군가가 기부금을 받으러 다니지 않으면 1센트도 내지 않을 거야."

유령의 숲을 지나가면서 길버트가 앤에게 설명했다.

앤과 다이애나는 다음 토요일부터 일을 시작했다. 길 끝까지 마차를 타고 다니며 집집마다 기부금을 모으기 시작했다. 제일 먼저 '앤드루스네 자매'에게 부탁했다.

다이애나가 말했다.

"캐서린 아주머니가 집에 혼자 있다면 뭔가 얻을 수 있을 거야. 엘리자 아주머니도 같이 있다면 불가능할 거고."

하지만 불행하게도 엘리자는 집에 있었다. 게다가 평소보다 훨씬 암울해 보였다. 엘리자 아주머니는 인생이란 눈물의 계곡과 같으며 소리 내어 웃는 웃음은 물론이고 미소 역시 지극히 에너지 낭비로 비난받아 마땅한 일이라고 여기는 사람 같았다. 앤드루스 자매는 50년 동안이나 결혼을 하지 않은 채 살았는데 세상의 순례를 끝낼 때까지도 그럴 것 같았다. 들리는 말에 따르면, 캐서린은 희망을 완전히 버리지 않았지만 태어날 때부터 비관적이었던 엘리자는 희망을 가진 적이 한 번도 없었다. 그들은 마크 앤드루스 소유의 너도밤나무 숲 한 귀퉁이 햇살이 잘 드는 곳에 지어진 작은 갈색 집에서 살았다. 엘리자는 그 집이 여름에 끔찍하게 덥다고 불평했다. 하지만 캐서린은 겨울에는 따뜻하고 사랑스러운 집이라고 습관처럼 말했다.

엘리자는 헝겊 조각을 이어 붙이고 있었다. 꼭 필요해서가 아니라 그저 캐서린이 코바늘로 뜨고 있는 경박한 레이스에 대한 불만의 뜻이었다. 앤과 다이애나가 찾아온 이유를 설명하는 내내 엘리자는 얼굴을 찡그렸고 캐서린은 미소를 지었다. 캐서린은 엘리자가 눈길을 보낼 때마다 죄책감이 서린 당혹감을 보이며 미소를 멈추었다. 그러나 곧바로 다시 미소를 지었다.

"나에게 낭비할 돈이 있다면 불에 태워서 타는 모습을 지켜볼망정 마을 회관에는 1센트도 쓰지 않겠어. 마을에 전혀 도움이 안 되니까. 젊은이들이 집에서 잠자리에 들어야 할 시간에 만나 노닥거리는 장소일 뿐이야."

엘리자가 냉정하게 말했다.

"오, 엘리자. 젊은이들한테는 놀잇거리가 필요해."

캐서린이 이의를 제기했다.

"난 그럴 필요성을 못 느끼겠어. 캐서린 앤드루스, 우리가 젊을 때는 마을 회관이며 어디며 쏘다니지 않았잖아. 날이 갈수록 세상이 나빠지고 있어."

"난 갈수록 좋아지고 있다고 생각해."

캐서린이 단호하게 말했다.

"네 생각은 중요하지 않아, 캐서린 앤드루스. 사실은 사실이니까."

엘리자의 목소리에서 심한 모멸감이 묻어났다.

"엘리자 언니, 난 항상 좋은 쪽으로 생각하고 싶어."

"좋은 쪽이라는 건 없어."

"아니, 있어요. 앤드루스 아주머니, 세상엔 좋은 게 많아요. 정말 아름다운 세상인걸요."

더 이상 듣고만 있을 수 없었던 앤이 소리쳤다.

"네가 나처럼 오래 살았다면 그렇게 생각하지 않을 거야. 개선에 대한 열정도 없어질걸. 너희 엄마는 어떠시니, 다이애나? 요즘 아주 안 좋아 보이던데. 앤, 마릴라는 언제쯤 눈이 멀어 버릴 것 같으냐?"

엘리자가 불쾌한 듯 쏘아붙였다.

"의사 선생님 말씀이 조심하기만 한다면 더 나빠지지 않을 거라고 하셨어요."

앤이 떨리는 목소리로 대답했다.

엘리자는 고개를 저었다.

"의사들은 항상 환자를 기분 좋게 해주는 말을 하지. 내가 마릴라라면 쓸데없는 희망은 갖지 않을 거야. 최악의 상황에 대비하는 게 낫지."

"최선의 상황에도 대비해야 하지 않을까요? 최선의 상황도 최악의 상황만큼 일어날 가능성이 있으니까요."

앤이 가라앉은 목소리로 말했다.

"내 경험에 따르면 그렇지 않아. 난 쉰일곱 살이고 넌 고작 열여섯 살인데 뭘 알겠니? 이제 그만 돌아가. 너희들의 개선회가 에이번리를 더 이상 나쁘게 만들지만 않았으면 좋겠구나. 별로 기대도 안 하지만 말이야."

엘리자가 쌀쌀맞게 말했다.

앤과 다이애나는 인사를 하고 함께 밖으로 나와 살진 조랑말을 힘껏 빠르게 몰았다. 너도밤나무 숲 아래 모퉁이를 돌자마자 뚱뚱한 체구의 누군가가 앤드루스 씨의 목초지를 뛰어오면서 그들을 향해 마구 손을 흔드는 모습이 보였다. 캐서린 앤드루스였다. 그녀는 말하기조차 힘들 만큼 숨이 찼지만 앤의 손에 25센트짜리 동전 두어 개를 쥐어 주었다.

"마을 회관을 페인트칠하는 데 기부하는 돈이야. 1달러를 내고 싶지만 엘리자가 알아챌 거야. 달걀 판 돈에서 더 많은 돈을 꺼내 쓸 수가 없구나. 난 너희들의 개선회에 관심이 많아. 너희들이 좋은 일을 많이 할 거라고 생각해. 난 낙관주의자야. 엘리자와 같이 살려면 그럴 수밖에 없지. 내가 없어진 걸 엘리자가 알아차리기 전에 빨리 가봐야겠다. 내가 닭 모이를 주러 간 줄 알거든. 모금 운동이 잘되었으면 좋겠구나. 엘리자의 말에는 신경 쓰지 마. 세상은 계속 나아지고 있으니까. 정말로."

캐서린이 숨을 헐떡이며 말했다.

다음은 대니얼 블레어의 집이었다. 바큇자국이 깊이 팬 길을 지나며 다이애나가 말했다.

"대니얼 블레어 씨의 부인이 집에 있느냐가 관건이야. 부인이 집에 있다면 우린 1센트도 얻지 못할 거야. 사람들이 그러는데 대니얼 블레어 씨는 아내 허락 없이는 이발도 못한대. 좋게 말하자면 아주 꼼꼼하지. 너그럽기 이전에 정확하게 따져봐야 한다는 게 부인의 생각이야. 하지만 린드 아주머니 말로는 지나치게 '재기만' 하다 보니까 너그러워질 틈이 없대."

앤은 그날 저녁, 대니얼 블레어 씨 집에서 있었던 일을 마릴라에게 전해 주었다.

"말을 묶어 놓고 부엌문을 두드렸어요. 아무도 나오지 않았지만 부엌문이 열려 있었고 식품 저장실에서 말하는 소리가 들렸어요. 누군가 무시무시한 말을 하고 있었죠. 무슨 말인지는 알 수 없었지만 다이애나가 그러는데 욕을 하고 있었대요. 항상 조용하고 온화한 성격의 블레어 씨가 그러다니, 믿을 수 없어요. 하지만 적어도 그럴 만한 이유가 있었던 것 같아요. 왜냐하면 블레어 씨가 홍당무처럼 벌게진 얼굴로 부엌문으로 나왔는데 얼굴에 땀이 비 오듯 쏟아지고 있었거든요. 블레어 씨는 부인의 커다란 체크무늬 앞치마를 두르고 있었어요. '이 몹쓸 앞치마를 도저히 벗을 수가 없어. 끈이 너무 꽉 묶여 있어서 풀 수가 없어. 그러니 이해를 좀 해다오.'라고 말했어요. 우리는 괜찮다고 말하고 안으로 들어가 앉았죠. 블레어 씨도 자리에 앉았고요. 앞치마를 뒤쪽으로 돌려 말아 올렸지만 그래도 난처해하면서 우리가 가엾게 여길까 봐 걱정하는 눈치였어요. 다이애나가 좋지 않은 때에 찾아온 것 같다고 말했죠. 그랬더니 블레어 씨가 억지로 웃음을 지으며 '전혀 그렇지 않아.'라고 했어요. 아시다시피 블레어 씨는 항상 친절하잖아요. '약간 바쁘기는 하지. 케이크 구울 준비를 하느라. 몬트리올에 사는 처제가 오늘 밤에 도착한다고 전보가 왔거든. 그래서 아내는 기차역으로 마중 나가면서 나더러 차와 함께 먹을 케이크를 만들어 놓으라고 했지. 요리 방법을 적어 주고 어떻게 해야 하는지도 설명해 줬는데 난 벌써 절반은 잊어버린 것 같구나. 취향에 따라서가 도대체 무슨 뜻이지? 그걸 어떻게 알 수 있지? 내 취향이 다른 사람의 취향과 다르면 어쩌라고? 작은 레이어 케이크 하나에 바닐라 한 스푼이면 충분할까?' 전 블레어 씨가 점점 더 가엾게 느껴졌어요. 자신의 본분을 벗어난 일을 하고 있는 것처럼 보였거든요. 말로만 듣던 공처가를 직접 만난 기분이었어요. '블레어 씨, 마을 회관을 위해 기부해 주시면 제가 케이크 반죽을 대신 해드릴게요.'라는 말이 입 밖으로 나올 뻔했다니까요. 하지만 고통에 잠긴 사람에게 그건 너무 심한 흥정이라는 생각이 들었어요. 그래서 아무런 조건도 걸지 않고 대신 케이크 반죽을 해드리겠다고 했지요. 블레어 씨는 그 제안을 덥석 받아들였어요. 결혼하기 전부터 직접 빵을 자주 만들었지만 케이크는 도저히 능력 밖인 것 같다며, 하지만 아내를 실망시키기는 싫다면서요. 블레어 씨는 저에게도 앞치마를 가져다주었어요. 다이애나가 계란을 깨뜨리고 제가 반죽을 했어요. 블레어 씨는 바쁘게 뛰어다니며 필요한 재료를 가져다주었어요. 어느새 앞치마에 관한 건 까맣게 잊어버렸죠. 블레어 씨는 케이크 굽는 건 직접 할 수 있다고 했어요. 그건 익숙하다고. 그러고 나서 기부자 명단을 보여 달라고 하더니 4달러를 내놓았어요. 말하자면 우리는 답례를 받은 거나 마찬가지였어요. 하지만 1센트도 내놓지 않았더라도 전 블레어 씨를 도운 게 진정으로 기독교도다운 행동이라고 생각해요."

다음으로 들른 곳은 시어도어 화이트의 집이었다. 앤과 다이애나 모두 첫 방문이었고, 친절하지 않은 화이트 부인과도 별로 안면 없는 사이였다. 앤과 다이애나는 뒷문으로 가야 할지 현관으로 가야 할지 고민했다. 속삭이며 의논하고 있을 때 신문을 한아름 든 화이트 부인이 현관문에서 나타났다. 화이트 부인은 현관 바닥부터 계단, 그리고 의문의 방문객들이 서 있는 곳까지 신문지를 한 장 한 장 깔았다.

화이트 부인이 초조하게 말했다.

"잔디밭에 신발을 닦고 신문지 위로 걸어와 주겠니? 방금 온 집안을 청소했거든. 먼지가 더 쌓이는 건 볼 수 없어. 어제 비가 내려서 길이 진흙투성이니까."

신문지를 밟고 걸어가면서 앤이 귓속말로 속삭였다.

"제발 웃지 마. 그리고 제발 부탁인데, 다이애나, 저 부인이 무슨 말을 하든 날 쳐다보지 말아 줘. 도저히 표정 관리가 안 될 것 같단 말이야."

신문지는 복도를 지나 먼지 하나 없이 깨끗한 응접실까지 이어졌다. 앤과 다이애나는 조심조심 가장 가까운 의자에 앉아 용건을 설명했다. 화이트 부인은 단 두 번 말을 끊었을 뿐 점잖게 귀를 기울였다. 한 번은 모험심 강한 파리를 쫓아내기 위해, 또 한 번은 앤의 드레스에서 카펫으로 떨어진 아주 작은 풀 조각을 줍기 위해서였다. 앤은 몹시 죄책감을 느꼈다. 하지만 그 자리에서 바로 화이트 부인은 2달러를 기부했다.

"우리가 돈을 받으러 또다시 들르는 일이 없도록 하기 위해서일 거야."

밖으로 나왔을 때 다이애나가 말했다. 화이트 부인은 앤과 다이애나가 묶어 놓은 말을 풀기도 전에 신문지를 다시 주워 모았다. 앤과 다이애나는 마당을 지나가면서 화이트 부인이 부지런히 복도를 비질하는 모습을 보았다.

"화이트 부인이 세상에서 가장 깔끔한 여자라는 말을 들었는데, 이제부터는 그 말을 믿어야겠어."

다이애나가 웃음을 터뜨리며 말했다.

"화이트 부인에게 자식이 없어서 다행이야. 만약 아이들이 있었다면 엄청 고통스러웠을 거야."

앤이 굳은 표정으로 말했다.

스펜서 씨네 집에 들렀을 때는 이사벨라 스펜서 부인이 에이번리 마을 사람들에 대해 심술궂은 말을 하는 바람에 앤과 다이애나는 우울해졌다. 토마스 볼터 씨는 한 푼도 낼 수 없다며 거절했다. 20년 전 마을 회관이 처음 지어질 때 자기가 추천한 위치에 지어지지 않았다는 이유에서였다. 지극히 건강해 보이는 에스터 벨 부인은 자신의 고통과 통증에 대해 30분이나 설

명하면서 내년 이맘 때쯤에는 무덤에 들어가 있을 테니, 기부를 못할 것이라고 슬퍼하며 50센트를 냈다.

그러나 최악의 방문은 사이먼 플레처의 집이었다. 그 집 마당으로 들어갈 때 현관 창문에서 내다보는 두 얼굴이 보였다. 그런데 앤과 다이애나가 문을 두드리고 한참 동안 기다렸지만 아무도 나오지 않았다. 두 소녀는 심기가 불편해지고 화가 난 채로 사이먼 플레처의 집을 떠났다. 앤조차도 의욕이 꺾였다고 시인할 정도였다. 하지만 그 후 분위기가 반전되었다. 슬론 네 집안 몇 군데를 방문해서 후한 기부금을 받았고 끝날 때까지 이따금씩 무시당하기도 했지만 그럭저럭 잘 지나갔다. 마지막으로 방문한 곳은 연못 다리 옆에 있는 로버트 딕슨의 집이었다. 앤과 다이애나는 그곳에서 집이 가까웠지만 '예민'하기로 유명한 딕슨 부인의 기분을 상하게 하고 싶지 않아서 차를 내오겠다는 호의를 거절하지 않았다.

그들이 딕슨네 집에 있을 때 제임스 화이트 부인이 들어왔다.

"로렌조네 집에 다녀오는 길이에요. 지금 그는 에이번리에서 가장 기쁜 사람일 거예요. 아들이 태어났으니까요. 딸 일곱을 낳은 후에 태어난 아들이니 정말 대단한 일이지요."

앤은 그 말에 귀를 쫑긋 세웠고 집으로 돌아가는 길에 말했다.

"지금 곧바로 로렌조 화이트 씨 댁으로 가자."

"하지만 그 집은 화이트샌즈 길에 있고 우리가 맡은 구역에서 너무 멀어. 길버트하고 프레드가 곧 그 집으로 모금을 하러 갈 텐데."

"길버트하고 프레드는 다음 주 토요일에나 갈 수 있을 텐데 그때는 이미 늦어. 그때가 되면 행복감도 줄어들 거야. 로렌조 화이트 씨는 야박한 성격이지만 지금이라면 기꺼이 기부할 거야. 이렇게 좋은 기회를 놓칠 수는 없어, 다이애나."

앤이 단호하게 말했다.

앤의 추측은 사실로 증명되었다. 마당에서 만난 화이트 씨는 부활절의 태양처럼 환하게 빛났다. 그는 앤이 기부를 부탁하자 기꺼이 응했다.

"당연하지, 당연하고 말고. 가장 기부금을 많이 낸 사람보다 1달러 많은 금액으로 내 이름을 올려다오."

"그럼 5달러인데요. 대니얼 블레어 씨가 4달러를 낸다고 하셨거든요."

앤은 약간 불안해하며 말했다. 하지만 로렌조 화이트 씨는 조금도 움찔하지 않았다.

"그래, 그럼 5달러……. 여기 있다. 자, 이제 집으로 들어가지. 보여 줄 만한 아주 귀한 게 있거든. 아직 몇 명밖에 못 본 거야. 보고 너희들의 의견을 좀 얘기해 다오."

"만약 아기가 예쁘지 않으면 뭐라고 하지?"

들뜬 로렌조 화이트 씨를 따라 집으로 들어가면서 다이애나가 겁에 질린 채 귓속말을 했다.

"칭찬할 만한 게 분명 있을 거야. 아기들은 원래 다 그러니까."

앤이 가볍게 대답했다.

하지만 아기는 정말로 예뻤다. 두 소녀가 통통한 아기를 보고 진심으로 즐거워하는 모습을 본 화이트 씨는 5달러가 조금도 아깝지 않았다. 하지만 로렌조 화이트 씨가 기부한 것은 그때가 처음이자 마지막이었다.

앤은 몹시 피곤했지만 공공의 이익을 위하여 그날 저녁 한 가지 일을 더했다. 어김없이 베란다에서 진저를 옆에 두고 파이프 담배를 피우는 해리슨 씨를 만나러 들판을 가로질러 갔다. 엄밀히 말하자면 해리슨 씨네 집은 카모디 길에 있었고 제인과 거티의 담당이었지만 그들은 해리슨 씨와 안면이 없던 터라 자신 없어 하면서 앤에게 부탁했다.

하지만 해리슨 씨는 1센트도 기부할 수 없다며 딱 잘라 말했다. 앤이 아무리 설득해도 소용없었다.

"개선회에 관심을 보이셨잖아요, 해리슨 아저씨."

앤이 투덜거리며 말했다.

"그래, 관심은 있지. 하지만 주머니를 열 정도는 아니다, 앤."

"오늘 같은 경험을 몇 번만 더 했다가는 엘리자 앤드루스 아주머니처럼 나도 비관주의자가 될 것만 같아."

앤은 잠들기 전 거울에 비친 자신의 모습을 보면서 혼잣말을 했다.

# 07

# 책임감

포근한 10월의 어느 날 저녁, 앤은 의자에 기댄 채 한숨을 쉬었다. 테이블 위에는 교과서와 공책이 널려 있었지만 바로 눈앞에 놓인 글자가 빼곡하게 적힌 종이들은 공부나 학교 업무와는 상관없는 내용이었다.

"무슨 문제 있어?"

때마침 열린 부엌문으로 들어오다 앤의 한숨 소리를 들은 길버트가 물었다. 당황한 앤은 얼굴을 붉히며 자신이 쓴 글을 교과서 아래로 쑤셔 넣었다.

"아무것도 아니야. 해밀턴 교수님이 조언한 대로 내 생각을 글로 적어 본 것뿐이야. 하지만 생각처럼 써지지 않아. 하얀 건 종이고 검은 건 검은 잉크일 뿐인 그저 딱딱하고 바보 같은 글처럼 보여. 상상은 그림자 같아서 우리에 가둬 놓을 수 없지. 춤추듯 움직여서 다루기가 힘드니까. 하지만 계속 노력한다면 비결을 찾을 수 있을지도 몰라. 너도 알다시피 난 여유 시간이 별로 없잖아. 학생들의 과제와 작문 검사를 끝낼 때까지는 내 이야기를 쓰고 싶단 생각도 잘 들지 않아."

"앤, 넌 학교에서 아주 잘하고 있어. 아이들 모두가 널 좋아해."

길버트가 돌계단에 앉으며 말했다.

"아니, 전부는 아니야. 앤서니 파이는 날 좋아하지 않고 앞으로도 그럴 거야. 설상가상으로 그 애는 날 존경하지도 않아. 날 아주 업신여긴다니까. 너한테 솔직히 말하는데 난 걱정이 돼. 나쁜 애는 아니야……. 그저 말썽꾸러기일 뿐이지. 그렇다고 다른 애들보다 더 말썽을 부리는 건 아니야. 내 말을 듣지 않는 일도 드물어. 하지만 마치 참고 있다는 표정으로 업신여기는 듯한 태도가 문제야. 앤서니의 그런 태도가 딴 아이들에게도 나쁜 영향을 줘. 난 그 애의 행동을 바꾸려고 여러 가지 노력을 했어. 하지만 절대로 불가능할까 봐 두려워지기 시작했어. 난 그 애 마음에 드는 선생님이 되고 싶어. 아주 귀여운 녀석이거든. 파이 집안 아이이긴 하지만 그 애가 받아 준다면 난 그 애를 좋아할 수 있을 것 같아."

"아마 집에서 쓸데없는 이야기를 들어서 그럴 거야."

91

"전적으로 그런 건 아니야. 앤서니는 독립적인 애라 스스로 결정을 내리는걸. 그 애는 지금까지 쭉 남자 교사에게 배웠고 여자 교사는 하나도 좋을 게 없다고 생각해. 인내와 친절함이 효과가 있을지는 두고 봐야겠지. 난 어려움을 극복하는 일을 좋아하고 아이들을 가르치는 일도 재미있으니까. 폴 어빙이 다른 아이들에게 부족한 모든 걸 채워 주고 있어. 길버트, 그 애는 정말 사랑스럽고 천재이기까지 해. 그 애는 나중에 세계적으로 이름을 날릴 거야."

길버트가 말했다.

"나도 가르치는 일이 좋아. 우선은 좋은 공부가 되니까. 앤, 난 지금까지 학교를 다니면서 배운 것보다 단 몇 주 동안 화이트샌즈에서 아이들을 가르치면서 배운 게 더 많아. 우리 둘 다 꽤 잘하고 있는 것 같다. 뉴브리지에서도 제인을 마음에 들어 한다고 하더라. 화이트샌즈에서도 나를 꽤 좋아하는 것 같고. 앤드루 스펜서 씨만 빼고 말이야. 어젯밤에 집으로 가다가 피터 블루웨트 부인을 만났는데 부인이 말하길, 스펜서 씨가 내 교육 방식을 마음에 들어 하지 않는다고 하더라. 그걸 말해 줘야 할 의무가 있는 것 같다면서."

앤이 생각에 잠긴 듯한 표정으로 말했다.

"사람들이 말해 줘야 할 의무가 있는 것 같다고 할 땐 좋은 내용이 아니라는 거 생각해 본 적 있어? 왜 상대방에 대한 좋은 이야기를 해주는 게 의무라고는 생각지 않는 걸까? H. B. 돈넬 부인은 어제도 학교로 찾아와서 나에게 말해 줘야 할 의무인 것 같다며 이런 얘기를 전해 줬어. 내가 아이들에게 동화책을 읽어 주는 걸 하몬 앤드루스 씨가 마음에 들어 하지 않고, 로저 슨 씨는 프릴리의 산수 실력이 빨리 나아지지 않고 있다고 생각한다고. 만약 프릴리가 석판 너머로 남자애들을 쳐다보는 시간을 줄인다면 산수 실력이 훨씬 나아질 거야. 아무래도 잭 길리스가 프릴리의 산수 문제를 대신 풀어 주는 것 같아. 아직 현장을 잡지 못했지만 말이야."

"그런데 성스러운 이름으로 불려야 한다고 돈넬 부인의 아들 은 설득시켰어?"

앤이 웃음을 터뜨리며 대답했다.

"응, 하지만 꽤 힘든 일이었어. 처음에 내가 세인트 클레어라 고 불렀을 때는 두세 번 부르기 전까지 알아차리지도 못했어. 다른 남학생들이 쿡쿡 찌르니깐 억울한 표정으로 쳐다보던걸. 마치 존이나 찰리라는 이름으로 부른 것처럼 자기를 말하는지 전혀 몰랐다는 표정이었어. 그래서 하루는 방과 후에 남게 해 서 상냥하게 타일렀어. 어머니가 세인트 클레어라는 이름으로 불러 주기를 바라고 그런 어머니의 바람을 외면할 수가 없다 고. 내 설명을 다 듣고는 이해했어. 사리에 밝은 녀석이지. 내 가 세인트 클레어라고 부르는 건 괜찮지만 다른 아이들이 그런

93

다면 '마구 두들겨 패겠다.'고 했어. 물론 그렇게 심한 말을 하면 안 된다고 야단쳤지. 그 후로는 다 잘되고 있어. 나만 세인트 클레어라고 부르고 다른 애들은 제이콥이라고 불러. 그 애는 나중에 커서 목수가 되고 싶다고 말했는데, 돈넬 부인은 대학 교수로 만들고 싶어 해."

대학 이야기가 나오자 길버트는 새로운 생각이 났고, 둘은 한동안 서로의 계획과 소망에 대해 이야기를 나누었다. 둘은 여느 젊은이들처럼 진지하게 희망에 찬 자신의 미래를 이야기했다. 이들에게 미래는 멋진 가능성으로 가득한 아직 밟지 않은 길이었다.

마침내 의사가 되기로 결정을 내린 길버트가 말했다.

"의사는 정말로 멋진 직업이야. 사람이라면 평생 뭔가와 투쟁해야 하는 법이야. 누군가 인간을 가리켜 투쟁하는 동물이라고 말하지 않았나? 난 병과 통증, 무지와 싸우고 싶어. 전부 우리의 몸을 이루고 있는 것들이지. 난 힘들지만 진정한 가치가 있는 일을 하고 싶어, 앤. 인류가 시작된 이후로 축적된 인간의 지식에 조금이나마 보탬이 되고 싶어. 나보다 앞서 살았던 사람들이 나에게 많은 도움을 준 것처럼 나도 감

사의 의미로 후손들을 위해 뭔가 도움을 주고 싶거든. 그거야 말로 인간이 인류를 위하는 길이라고 생각해."

"나는 세상을 아름답게 하는 일을 하고 싶어. 물론 학문적 업적을 남기는 일이 고귀한 꿈이라고 생각하지만. 난 사람들에게 더 많은 걸 알려 주기보다는 나로 인해서 사람들이 더 즐거워졌으면 좋겠어. 만약 내가 태어나지 않았다면 불가능했을 자그만 즐거움이나 행복한 생각들을 가질 수 있었으면 좋겠어."

앤이 꿈꾸듯 말했다.

"난 네가 그 꿈을 매일 이루고 있다고 생각해."

길버트가 감탄하며 말했다.

길버트의 말이 맞았다. 앤은 태어난 순간부터 빛을 가진 아이였다. 앤의 미소나 말 한마디는 사람들에게 최소한 그때만이라도 햇살처럼 환한 빛을 주었다. 희망과 사랑, 선함으로 가득했다.

길버트가 아쉬워하며 일어섰다.

"난 맥퍼슨네 가봐야겠다. 오늘 무디 스퍼전이 안식일을 지키려고 퀸스 전문학교에서 집으로 온댔거든. 보이드 교수님이 나에게 빌려 주기로 한 책을 가져다주기로 했어."

"난 마릴라 아주머니의 차를 준비해야겠어. 키스 부인 댁에서 곧 돌아오실 거야."

마릴라가 돌아왔을 때 앤은 차를 준비해 놓았다. 난롯불이 경쾌하게 탁탁 타오르고, 서리를 맞아 하얗게 변한 고사리와 루비색 단풍나무 잎이 꽂힌 꽃병은 식탁을 빛내고, 햄을 넣은 샌드위치에서 나는 맛있는 냄새가 집 안 가득 퍼졌다. 하지만 마릴라는 깊은 한숨을 내쉬며 의자에 주저앉았다.

"눈이 아프세요? 두통 때문에 그러세요?"

앤이 불안해하며 물었다.

"아니, 피곤해서 그래. 걱정도 되고. 메리하고 그 아이들 때문에…… 메리의 병세가 더 심해졌어……. 얼마 못 버틸 거야. 쌍둥이가 어떻게 될지 모르겠구나."

"애들 삼촌한테서는 아직도 연락이 없어요?"

"메리 앞으로 편지가 왔어. 벌목장에서 일하고 있대. 어쨌든 봄까지는 아이들을 맡을 수가 없단다. 봄에 결혼을 하고 나서야 아이들을 데려갈 집이 생긴다고. 그러니 겨울 동안은 이웃들에게 아이들을 맡겨야 할 것 같다는 거야. 메리는 이웃들한테 부탁할 수가 없대. 메리는 이스트그래프턴 사람들하고 잘 지내지 못했거든. 그건 사실이지. 어쨌든 앤, 메리는 내가 아이들을 맡아 주기를 바라고 있어. 직접 말하진 않았지만 그런 눈치야."

"어머나! 당연히 맡으셔야죠, 마릴라 아주머니. 그러실 거죠?"

앤이 흥분해서 손뼉을 치며 외쳤다.

"아직 결정을 못했다. 앤, 난 성급하게 서두르지 않으니까.

팔촌은 아주 먼 친척이야. 게다가 여섯 살짜리 아이 두 명을 맡는다니 생각만 해도 힘든 일이야. 쌍둥이라니."

마릴라가 날카롭게 대꾸했다.

마릴라는 쌍둥이가 한 아이보다 두 배는 더 힘들 거라고 생각했다.

"쌍둥이는 아주 흥미로워요. 적어도 한 쌍일 때는요. 두 쌍이나 세 쌍이 있어야 지겹죠. 그리고 아이들을 맡으면 제가 학교에 가 있는 동안 덜 지루하실 거예요."

앤이 말했다.

"별로 즐거울 것도 없을 게다. 걱정만 되고 성가시기만 하겠지. 내가 너를 처음 맡았을 때의 나이만 되어도 그 애들이 그리 힘들지는 않을 거야. 도라는 착하고 조용하니까 괜찮아. 하지만 데이비는 성가시지."

앤은 평소 아이들을 좋아하는 데다 키스네 쌍둥이들이 가엾게 느껴졌다. 고아였던 어린 시절의 기억은 앤에게 아직도 생생하게 남아 있었다. 앤은 자신의 의무라고 생각하는 일에는 엄청난 헌신을 한다는 것이 마릴라의 유일한 약점이라는 사실을 잘 알기에 능숙하게 이야기를 이끌어 나갔다.

"데이비가 말썽꾸러기라면 당연히 더 좋은 교육을 받아야 할 필요가 있겠죠, 마릴라 아주머니? 만약 우리가 그 애들을 맡지 않으면 누가 맡을지도 모르고, 어떤 영향을 끼칠지도 모르잖아요. 옆집에 사는 스프롯 부부가 아이들을 맡는다고 생각해 보세요. 린드 부인이 그러는데 헨리 스프롯 씨처럼 교활한 사람은 없대요. 그 집 아이들 입에서 나오는 말은 믿을 수가 없대요. 쌍둥이들이 그런 걸 배운다면 정말 끔찍하지 않을까요? 아니면 위긴스 부부가 쌍둥이를 맡는다고 생각해 보세요. 린드 부인 말로는 위긴스 씨는 집안 살림 중에 팔 수 있는 건 전부 다팔고 가족들에게 탈지유만 먹인대요. 친척의 아이가 굶어 죽는걸 바라지는 않으시겠죠? 비록 팔촌의 자식이기는 하지만요. 마릴라 아주머니, 전 아이들을 맡는 게 아주머니 의무라고 생각해요."

마릴라는 침울하게 동의했다.

"그런 것 같구나. 메리한테 아이들을 맡아 주겠다고 말해야겠다. 앤, 그렇게 좋아할 건 없다. 너도 할 일이 배로 늘어날 거야. 내가 시력 때문에 바느질을 할 수 없으니, 네가 아이들의 옷을만들고 고쳐 줘야 할 거야. 넌 바느질을 좋아하지 않잖니?"

앤이 차분하게 말했다.

"전 바느질이 싫어요. 하지만 아주머니가 기꺼이 아이들을 맡으신다면 저도 의무감을 가지고 바느질을 할 수 있어요. 뜻깊은 일을 하려면 싫어하는 일도 마땅히 해야 한다고 생각해요."

## 08

# 마릴라, 쌍둥이를 데려오다

린드 부인은 부엌 창문가에 앉아 뜨개질을 하고 있었다. 몇 년 전 저녁에 매슈 커스버트가 린드 부인이 '입양아'라고 부른 아이와 함께 언덕을 내려오고 있을 때처럼. 하지만 그때는 봄이었고 지금은 늦가을이라 나뭇잎이 전부 떨어지고 들판도 메마른 갈색이었다. 에이번리 서쪽 어두컴컴한 숲 너머로 해가 자줏빛과 황금빛 장관을 이루며 넘어가고 있을 때 갈색 말이 끄는 마차가 언덕을 내려오는 모습이 보였다. 린드 부인은 얼른 창밖을 내다보았다.

"마릴라가 장례식에서 돌아오네요."

린드 부인이 부엌의 긴 의자에 누워 있던 남편에게 말했다. 토마스 린드는 요즘 들어 누워 있는 시간이 많았지만 자신의

집안일보다 남의 일에 더 눈치가 빠른 린드 부인은 그 사실을
아직 눈치채지 못하고 있었다.

"쌍둥이를 데리고 오네요. 그래요. 흙받이 너머로 몸을 기울
여 조랑말의 꼬리를 잡고 있는 데이비를 마릴라가 제자리로 끌
어당겼어요. 도라는 제자리에 얌전히 앉아 있네요. 저 애는 항
상 방금 풀을 먹이고 다림질을 한 듯한 느낌이라니까요. 아이
고, 가엾은 마릴라. 이번 겨울에는 아주 바쁘겠어요. 마릴라가
애들을 맡을 수밖에 없는 상황이라는 게 이해가 가요. 앤도 도
와줄 테고. 앤은 아이들이 온다는 소식에 아주 기뻐하고 있고
애들 다루는 솜씨가 뛰어나니까요. 아이고, 매슈가 앤을 데려
와서 마릴라가 아이를 키우게 됐다는 사실에 모두들 코웃음을
친 게 엊그제 같은데, 이제 쌍둥이를 데려오다니. 사람 일이란
정말 알 수 없다니까요."

통통한 조랑말이 린드네 집 쪽에 있는 다리를 건너 초록 지붕
집으로 이어지는 길을 달려갔다. 마릴라의 표정은 어두워 보였
다. 이스트그래프턴에서 10마일이나 달려오는 동안 데이비 키
스는 무엇에 홀리기라도 한 듯 한시도 쉬지 않고 움직였다. 도
저히 데이비를 가만히 앉아 있게 할 수 없었던 마릴라는 데이
비가 마차 뒤로 넘어가 목이 부러지거나 흙받이 앞으로 넘어가
말의 뒷발굽에 깔릴까 봐 내내 걱정이었다. 마릴라는 급기야
집에 도착해서 매를 맞을 줄 알라고 데이비를 협박해야만 했

다. 그러자 데이비는 마릴라의 무릎에 놓인 말고삐 위로 기어와서는 통통한 팔로 마릴라의 어깨를 두르고 곰처럼 껴안았다.

"거짓말인 거 다 알아요. 마릴라 아주머니는 가만히 있지 않는다고 때릴 것 같지 않아요. 아주머니도 저만큼 어릴 때 가만히 있는 게 힘들지 않았어요?"

데이비는 애교스럽게 마릴라의 주름진 볼을 살짝 어루만졌다.

"아니, 난 어른들이 얌전히 있으라고 하면 얌전히 있었다."

마릴라는 데이비의 갑작스러운 애교에 굳어 있던 마음이 풀렸지만 엄격하게 말하려고 애썼다.

"그건 아주머니가 여자애라 그랬을 거예요. 아주머니도 옛날에는 여자애였어요. 생각만 해도 웃기지만요. 도라도 얌전히 앉아 있을 수 있지만 그건 하나도 재미없어요. 여자애들은 느린가 봐요. 도라, 내가 널 재미있게 해줄게."

데이비가 한 번 더 마릴라를 껴안은 다음 꿈틀꿈틀 제자리로 돌아가면서 말했다.

데이비가 말하는 '재미있게'란 도라의 곱슬머리를 잡아당기는 거였다. 도라는 외마디 비명을 내지르더니 울음을 터뜨렸다.

"오늘은 엄마 장례식 날이잖아. 어쩜 그렇게 말썽을 피울 수 있는 거지?"

마릴라가 절망적인 심정으로 소리쳤다.

"엄마는 늘 죽고 싶다고 했어요. 엄마는 아픈 게 지겹다고 했어요. 엄마가 죽기 전날 밤에 저하고 오랫동안 이야기를 했어요. 아주머니가 겨울 동안 저하고 도라를 맡아 줄 테니까 착하게 굴라고 했어요. 전 착한 아이가 될 거예요. 하지만 얌전히 앉아 있는 것 말고 막 뛰어다니는 건 착한 게 될 수 없나요? 엄마는 저더러 도라한테 상냥하게 굴고 잘 지켜 주라고 했어요. 전 그렇게 할 거예요."

데이비가 아무렇지도 않게 말했다.

"머리카락을 잡아당기는 게 상냥하게 구는 거니?"

"다른 사람은 못 잡아당기게 할 거예요. 그렇게 하기만 해보라지. 전 아프게 잡아당기지 않았어요. 도라가 우는 건 여자애라서 그래요. 전 제가 남자애인 게 좋지만 쌍둥이인 건 싫어요. 지미 스롯은 여동생이 까불면 '난 너보다 나이가 많으니까 내가 더 잘 알아.'라고 해요. 그러면 동생은 아무 말도 못해요. 하지만 전 도라한테 그럴 수 없어요. 도라는 그게 사실이 아니라고 생각할 테니까요. 제가 말을 몰아 볼게요. 전 남자잖아요."

데이비는 주먹을 쥐고 얼굴을 찡그리며 말했다.

마차가 집 앞 마당으로 접어들자 마릴라는 감사한 마음이 들었다. 가을 저녁의 바람에 갈색 나뭇잎들이 살랑거렸다. 앤이 문으로 나와 그들을 맞이했고 쌍둥이를 안아서 내려 주었다. 도라는 앤의 입맞춤을 얌전하게 받아들였고 데이비는 앤의 환영에 힘껏 포옹을 하며 "저는 데이비 키스입니다."라고 명랑하게 인사했다.

저녁 식사 테이블에서 도라는 숙녀처럼 행동했지만 데이비의 행동은 정반대였다.

마릴라가 나무라자 데이비는 이렇게 말했다.

"전 너무 배가 고파서 얌전하게 먹을 수가 없어요. 도라는 저의 반만큼도 배고프지 않아요. 전 여기까지 오는 동안 많이 움직였잖아요. 이 자두 케이크는 너무 맛있어요. 우리 집에서는 오랫동안 케이크를 못 먹었거든요. 엄마는 아파서 케이크를 만들 수 없었고, 스프롯 부인은 빵을 굽는 게 너무 힘든 일이라고 했어요. 위긴스 부인은 케이크에 자두를 넣지 않았고요. 한 조각 더 먹어도 돼요?"

마릴라라면 안 된다고 했겠지만 앤은 두 번째 조각을 큼지막하게 잘라 주었다. 그러면서 앤은 데이비에게 '고맙습니다.'라고 말해야 한다고 일렀다. 데이비는 그저 앤을 보며 활짝 웃더니 한입 크게 케이크를 베어 물었다. 케이크를 다 먹은 뒤에야 입을 열었다.

"한 조각 더 주면 고맙다고 말할게요."

"안 돼. 벌써 케이크는 많이 먹었어."

마릴라의 단호한 말투가 마지막을 뜻한다는 사실을 앤은 익히 알고 있었지만 데이비는 이제부터 배우게 될 터였다.

데이비는 앤에게 눈을 찡긋하더니 테이블 위로 몸을 기울여 도라의 첫 번째 케이크 조각을 홱 낚아챘다. 도라가 한 입 살짝 베어 물고 손에 들고 있던 것을 입을 크게 벌려 한 번에 넣어 버렸다. 도라의 입술이 떨렸고 경악한 마릴라는 할 말을 잃었다. 앤은 곧바로 최대한 '선생님'답게 말했다.

"오, 데이비. 신사는 그런 행동을 하지 않아."

케이크를 다 먹고 겨우 말할 수 있게 되었을 때 데이비가 말했다.

"저도 알아요. 하지만 전 신사가 아니에요."

"신사가 되고 싶지 않니?"

충격을 받은 앤이 물었다.

"물론 되고 싶어요. 하지만 다 클 때까지는 될 수 없잖아요."

데이비의 버릇을 고칠 기회를 엿본 앤이 서둘러 대답했다.

"될 수 있단다. 신사는 어렸을 때부터 되기 시작하는 거야. 신사는 절대로 숙녀의 물건을 낚아채지 않고……, 감사하다는 말도 잊지 않고……, 머리카락을 잡아당기지도 않아."

"그럼 신사는 하나도 재미없겠네요. 그럼 전 어른이 될 때까지 기다렸다가 신사가 될래요."

데이비가 천진난만하게 말했다.

마릴라는 체념한 듯한 표정으로 도라에게 케이크를 새로 잘라 주었다. 도저히 데이비를 당해 낼 수 없었다. 장례식에 참여한 데다 오랜 시간 동안 마차를 끌고 와야 해서 무척 힘든 하루였다. 그날만큼은 마릴라도 엘리자 앤드루스처럼 미래를 비관적으로 바라보았다.

쌍둥이는 예쁘장한 외모 빼고는 닮은 점이 하나도 없었다. 도라의 길고 단정한 곱슬머리는 절대로 헝클어지는 일이 없었다. 그런가 하면 데이비의 금발 곱슬머리는 항상 헝클어져 있었다. 도라의 적갈색 눈동자는 부드럽고 순했지만 데이비의 눈동자는 장난스럽고 분주하게 움직였다. 도라의 코는 곧았지만 데이비의 코는 확실한 들창코였다. 도라의 입술은 '다소곳'했지만 데이비의 입술에는 웃음기가 가득했다. 게다가 데이비는 한쪽 볼에만 보조개가 있어서 웃을 때마다 한쪽으로 치우친 익살스러운 모습이 되었다. 그 조그만 얼굴에는 구석구석마다 웃음과 장난기가 배어 있었다.

"그만 재우는 게 좋겠다."

아이들을 조용히 시키는 가장 좋은 방법이라는 생각에 마릴라가 말했다.

"도라는 나랑 같이 자고 데이비는 서쪽 지붕 방에 재워라. 데이비, 혼자 자는 게 무섭지 않겠지?"

"무섭지 않아요. 하지만 전 지금 안 잘 거예요."

데이비가 스스럼없이 말했다.

"아니, 넌 지금 자야 해."

마릴라의 짧은 한마디에는 데이비마저도 꼼짝 못하게 만드는 뭔가가 있었다. 데이비는 순순히 앤과 함께 윗층으로 올라갔다.

"어른이 되면 제일 먼저 밤새도록 안 잘 거예요. 그 느낌이 어떤지 알고 싶으니까요."

데이비가 앤에게 속삭였다.

그 후 몇 년이 지나도록 마릴라는 쌍둥이가 초록 지붕 집에 처음 온 일주일을 떠올릴 때마다 몸이 떨렸다. 그 일주일이 그 후의 시간들보다 특별히 끔찍해서가 아니라 아직 익숙하지 않아서였다. 데이비는 한시라도 말썽을 부리지 않을 때가 없었다. 하지만 그중에서도 가장 큰 말썽은 데이비가 온 지 이틀째 되던 일요일 아침에 일어났다. 마치 9월의 어느 날처럼 안개가 흐릿하게 낀 포근한 날이었다. 마릴라가 도라를 챙겨 주는 동안 앤은 교회에 갈 채비를 하기 위해 데이비의 옷을 입혔다. 처음에 데이비는 세수를 하지 않겠다고 고집을 피우며 버텼다.

"어제 마릴라 아주머니가 닦아 줬어. 그리고 장례식 날에 위긴스 부인이 비누로 박박 문질러 줬고. 일주일에 그거면 충분해. 난 깨끗한 게 뭐가 좋은지 모르겠단 말이야. 지저분한 게 훨씬 편해."

"폴 어빙은 매일 혼자서 세수를 해."

앤이 타이르듯이 말했다.

데이비는 초록 지붕 집에 온 지 고작 이틀밖에 지나지 않았지만 앤을 잘 따랐다. 그리고 앤이 입에 침이 마르도록 칭찬하는 폴 어빙을 싫어했다. 폴 어빙이 매일 세수를 한다면 데이비 키스도 그렇게 해야만 했다. 데이비는 몸단장에 관한 다른 일들도 폴 어빙이 그렇게 한다는 이유로 순순히 따랐다. 모든 준비가 끝났을 때 데이비는 아주 말쑥한 꼬마 신사가 되어 있었다. 앤은 교회의 커스버트 집안 지정석으로 데이비를 데려가면서 엄마라도 된 듯 데이비가 자랑스러웠다.

처음에 데이비는 누가 폴 어빙일까 생각하느라 또래의 소년들을 힐끔거리면서 얌전하게 있었다. 찬송가 두 곡을 부르고 성경을 읽는 동안은 무사히 지나갔다. 앨런 목사가 기도할 때 사건이 벌어졌다.

로레타 화이트가 데이비의 앞자리에 앉아 있었다. 로레타의 머리는 앞으로 약간 기울어져 있었고 두 갈래로 땋아 내린 머리 사이로 드러난 하얀 목덜미는 느슨한 레이스 프릴로 둘러싸여 있었다. 로레타는 통통하고 얌전한 여덟 살짜리 소녀였다. 생후 6개월에 처음 엄마 품에 안겨 교회에 온 후로 한 번도 말썽을 부린 일이 없었다.

데이비는 주머니에 손을 넣어 송충이를 꺼냈다. 털북숭이 송충이가 꿈틀거렸다. 그것을 본 마릴라가 데이비의 손을 꽉 잡으려고 했지만 늦어 버렸다. 데이비는 로레타의 목에 송충이를 떨어뜨렸다.

앨런 목사의 기도가 중반에 이르렀을 때 찢어지는 듯한 날카로운 비명이 연신 울려 퍼졌다. 신자들은 모두 고개를 들었다. 로레타 화이트는 드레스 뒷부분을 움켜잡고 이리 뛰고 저리 뛰었다.

"으아…… 엄마…… 엄마…… 악…… 이것 좀…… 꺼내 주세요……. 저 나쁜 남자애가…… 내 목 뒤로…… 집어 넣었어요. 으악! 더 아래로 내려가고 있어요……. 으악!"

화이트 부인은 굳은 얼굴로 자리에서 일어나 괴로움으로 몸부림치는 로레타를 밖으로 데려갔다. 로레타의 비명 소리가 멀어지자 앨런 목사는 기도를 계속했다. 하지만 모두들 집중할 수가 없었다. 마릴라는 평생 처음 성경 구절이 눈에 들어오지 않고 앤도 창피함으로 붉어진 얼굴을 하고 앉아 있었다.

집으로 돌아왔을 때 마릴라는 데이비를 방에 가두고 나오지 못하게 했다. 저녁 식사 때까지도 용서해 주지 않고 빵과 우유만 주었다. 앤이 음식을 가져다주면서 슬픈 얼굴로 옆에 앉았지만 데이비는 창피해하기는커녕 즐겁게 음식을 먹었다. 하지만 데이비는 앤의 슬픈 눈빛이 마음에 걸렸다.

데이비가 생각에 잠긴 얼굴로 말했다.

"내 생각엔…… 폴 어빙이라면 교회에서 여자애의 목에 송충이를 떨어뜨리지 않겠지. 그렇지?"

앤이 슬프게 대답했다.

"틀림없이 그렇겠지."

데이비는 고개를 끄덕였다.

"약간 미안하기는 해. 하지만 아주 크고 멋진 송충이였단 말이야. 교회 계단에서 잡았어. 그냥 놔주면 아까울 것 같았어. 솔직히 그 여자애가 비명 지르는 게 재미있지 않았어?"

화요일 오후에는 초록 지붕 집에서 교회의 여성 자선 협회 모임이 있었다. 앤은 마릴라를 돕기 위해 서둘러 학교에서 돌아왔다. 언제나 깔끔하고 얌전한 도라는 풀을 먹인 하얀색 드레스에 검은색 허리띠를 하고 자선 협회 회원들과 함께 응접실에 앉아 있었다. 도라는 어른들이 질문을 할 때만 얌전하게 대답하고 조용하게 있었다. 어느 모로 보나 모범적인 아이 모습이었다. 반면 데이비는 흙투성이가 되어 마당에서 진흙을 뭉치며 놀고 있었다.

마릴라가 진력이 난 듯 말했다.

"내가 그래도 된다고 했다. 그러는 편이 다른 말썽을 부리는 것보다 나을 것 같아서. 진흙을 만들면서 놀면 지저분해지기밖에 더 하겠니? 데이비는 우리가 차를 다 마신 다음에 부르도록 하자. 도라는 우리하고 같이 마시고. 차마 데이비를 회원들과 한 테이블에 앉으라고 할 수가 없구나."

앤이 회원들에게 차를 마시라는 말을 전하기 위해 응접실로 갔을 때 도라가 보이지 않았다. 재스퍼 벨 부인이 데이비가 현관문으로 와서 도라를 밖으로 불러냈다고 말했다. 앤은 급하게 식품 저장실로 가 마릴라에게 그 말을 전했고, 그들은 의논 끝에 두 아이 모두 나중에 차를 마시게 하자고 결정했다.

티 타임이 절반 정도 지났을 때 비참해 보이는 몰골을 한 사람이 부엌에 나타났다. 마릴라와 앤은 경악스러운 눈빛으로, 자선 협회 회원들은 재미있다는 듯이 쳐다보았다. 드레스와 머리가 흠뻑 젖은 여자아이였다. 마릴라가 새로 산 물방울무늬 카펫에 물을 뚝뚝 흘린 채 흐느끼는 저 아이가 과연 도라가 맞을까?

"도라, 어떻게 된 거니?"

앤은 죄인이라도 된 것처럼 이런 사건이 절대로 일어나지 않을 세상에서 유일한 집안인 재스퍼 벨 부인을 바라보면서 소리쳤다.

"데이비가 돼지우리 울타리를 걸으라고 했어요. 전 하기 싫었는데 데이비가 저더러 겁쟁이라고 놀렸어요. 돼지우리로 떨어져서 드레스가 더러워졌고 돼지들이 덤벼들었어요. 드레스가 엉망으로 더러워졌는데 데이비가 펌프 아래에 서 있으면 깨끗하게 빨아진다고 했어요. 데이비가 물을 퍼 올려서 그대로 다 맞았는데 드레스가 하나도 깨끗해지지 않았어요. 예쁜 허리띠하고 구두도 다 엉망이 됐어요."

도라가 엉엉 울면서 말했다.

마릴라가 도라를 위층으로 데려가 낡은 옷으로 갈아입히는 동안 앤은 아래층에서 회원들을 대접했다. 데이비는 저녁도 굶은 채 방으로 보내졌다. 앤은 해 질 무렵 데이비의 방으로 가서 진지하게 이야기했다. 앤이 전적으로 신뢰하는 방법이었다. 앤은 데이비의 행동에 몹시 속상했다고 말했다.

"지금은 나도 속상해. 하지만 문제는 꼭 그런 행동을 하고 난 다음에야 미안한 마음이 든다는 거야. 도라가 드레스를 버릴까 봐 진흙 뭉치는 걸 도와주지 않는다고 해서 화가 났어. 폴 어빙이라면 떨어질 게 뻔한 여동생더러 돼지우리 울타리 위로 올라가라고 하지 않겠지?"

데이비도 인정했다.

"그래. 폴 어빙이라면 그런 일은 생각하지도 않을 거야. 폴은 완벽한 꼬마 신사니까."

데이비는 눈을 꼭 감고 한동안 이 문제에 대해 생각하는 듯했다. 그러더니 슬그머니 기어와서 앤의 목을 껴안고 발개진 얼굴을 앤의 어깨에 파묻었다.

"앤 누나, 내가 폴처럼 착한 애가 아니라면 날 조금도 좋아하지 않을 거야?"

"난 널 좋아해. 하지만 너무 말썽을 부리지 않는다면 네가 조금 더 좋아질 거야."

앤이 진심을 담아 말했다. 어쨌든 간에 데이비는 좋아하지 않을 수 없는 아이였다.

"오늘…… 다른 장난을 또 했어. 지금은 잘못했다고 느끼지만 사실대로 말하기가 무서워. 화내지 않을 거지, 응? 마릴라 아주머니한테 말하지 않을 거지, 응?"

데이비가 목소리를 낮춰 말했다.

"모르겠어, 데이비. 마릴라 아주머니한테 말해야 할 수도 있어. 하지만 다시는 안 한다고 약속한다면 말하지 않는다고 약속할게. 그게 뭐든 간에."

"다시는 안 할게. 어쨌든 올해는 더 재미있는 일이 있을 것 같지 않으니까. 지하 저장고 계단에서 생각해 낸 장난이야."

"데이비, 도대체 무슨 짓을 한 거니?"

"마릴라 아주머니의 침대에 두꺼비를 넣어 놨어. 지금 가서 꺼내 와도 돼. 하지만 앤 누나, 그냥 놔두는 게 더 재미있지 않을까?"

"데이비 키스!"

앤은 어깨에 매달려 있는 데이비의 팔을 뿌리치고 자리에서 벌떡 일어나 마릴라의 방으로 달려갔다. 이부자리가 약간 헝클어져 있었다. 앤이 불안에 떨며 이불을 확 젖혔더니 정말로 두꺼비가 나왔다. 두꺼비는 베개 아래에서 앤을 향해 눈을 꿈뻑거리고 있었다.

"저 끔찍한 녀석을 어떻게 내보낸담?"

앤은 몸을 떨면서 탄식했다. 부삽을 떠올린 앤은 마릴라가 식품 저장실에서 바쁘게 움직이는 사이 부삽을 가지러 살금살금 내려갔다. 두꺼비를 아래층으로 쫓기는 쉽지 않았다. 두꺼비는 부삽에서 세 번이나 폴짝 뛰어내렸고 한번은 복도에서 사라지기도 했다. 체리 과수원에 두꺼비를 놓아둔 후에야 앤은 기나긴 안도의 한숨을 내쉬었다.

"만약 마릴라 아주머니가 알았다면 앞으로 침대에 누울 때마다 불안했을 거야. 꼬마 죄인이 때마침 죄를 뉘우쳐서 다행이야. 다이애나가 창문에서 신호를 보내고 있네. 기뻐. 난 정말 기분 전환이 필요해. 학교에서는 앤서니 파이 때문에, 집에서는 데이비 키스 때문에 완전히 녹초가 되어 버렸지 뭐야."

## 09

# 색깔 정하기

"그 성가신 레이철 린드가 오늘 또 왔었지 뭐냐. 교회에 쓸 카펫을 사는 데 기부금을 내라고. 난 그 여자가 내가 아는 그 누구보다 싫어. 그 여자는 온갖 예를 들어 가며 설교와 성경을 돌덩이처럼 던진다니까."

해리슨 씨가 몹시 노여워하며 말했다.

베란다 끄트머리에 걸터앉아 11월의 잿빛 저녁, 방금 쟁기질 한 들판에서 불어오는 따사로운 서풍과 정원 아래 뒤틀린 전나무 사이에서 들려오는 노랫소리를 즐기고 있던 앤이 꿈꾸는 듯한 표정으로 뒤돌아보았다.

"문제는 아저씨와 린드 부인이 서로를 전혀 알지 못한다는 거예요. 서로 좋아하지 않는 사람들의 문제는 항상 그거예요.

저도 처음에는 린드 부인을 좋아하지 않았어요. 하지만 린드 부인을 알게 되면서 좋아하게 되었지요."

"린드 부인을 좋아하게 되는 사람도 있을지 모르겠다만, 내가 바나나를 계속 먹는 이유는 바나나를 좋아하라는 말을 들어서가 아니야. 그리고 내가 그 여자를 몰라서라는데, 참견하기 좋아하는 여자라는 건 확실히 알지. 대놓고 그렇게 말해 줬고."

해리슨 씨가 투덜거리자 앤이 나무라듯 말했다.

"오, 린드 부인이 많이 속상하셨겠어요. 어떻게 그런 말을 하실 수 있어요? 저도 오래전에 린드 부인에게 심한 말을 한 적이 있어요. 하지만 그건 제가 이성을 잃어서 그런 거였어요. 일부러 그런 말을 할 수는 없었을 거예요."

"어쨌든 사실이니까. 난 누구한테든 사실을 말해야 한다고 믿는다."

앤이 반박했다.

"하지만 아저씨는 모든 진실을 말하는 게 아니잖아요. 진실 중에서도 나쁜 부분만 말하시잖아요. 보세요, 아저씨는 제 머리가 빨간색이라는 말은 수없이 하셨지만 제 코가 예쁘다는 말은 한 번도 안 하셨어요."

"굳이 말하지 않아도 잘 알고 있을 거 아니냐."

해리슨 씨가 껄껄 웃었다.

"전 제 머리가 빨갛다는 것도 잘 아는걸요. 옛날보다 색깔이 진해지기는 했지만요. 그러니까 그 말씀도 굳이 안 하셔도 된다고요."

"이런, 네가 그렇게 신경 쓰인다니, 다시는 말하지 않으마. 네가 좀 이해해 다오, 앤. 내가 솔직하게 말하는 버릇이 있어서. 사람들이 그걸 개의치 말아야 하거늘."

"하지만 신경 쓰지 않을 수가 없는걸요. 그런 습관은 전혀 도움이 되지 않는다고 생각해요. 핀과 바늘로 사람을 찔러 놓고 '실례합니다. 하지만 신경 쓰지 마세요. 이건 제 버릇일 뿐이니까요.'라고 말하는 사람이 있다면 어떻게 생각하시겠어요? 미쳤다고 생각하시겠죠? 린드 부인이 참견하기 좋아하는 성격이라는 건 맞는 말일지도 몰라요. 하지만 린드 부인에게 가난한 사람을 도와주는 상냥한 마음을 가졌다는 말은 해주신 적이 없잖아요? 린드 부인은 티모시 코튼이 부인의 젖소 농장에서 훔친 버터가 든 항아리를 아내에게는 린드 부인에게 산 거라고 했을 때도 한마디 하지 않았어요. 코튼 부인이 린드 부인을 만났을 때 버터에서 순무 맛이 난다고 불평했는데도 린드 부인은 그저 제대로 만들지 못해서 미안하다고 사과했어요."

해리슨 씨가 마지못해 인정했다.

"그 여자한테도 좋은 면이 있는 것 같구나. 대부분의 사람이 그렇지. 나한테도 좋은 점이 있을 거야. 넌 전혀 눈치채지 못했겠지만. 어쨌든 난 카펫을 위한 기부는 한 푼도 하지 않을 생각

118

이다. 여기 사람들은 쉴 새 없이 돈을 구걸한다니까. 나한테는 그렇게 보여. 마을 회관에 새로 페인트칠을 하기로 한 일은 어떻게 되어 가고 있지?"

"잘되고 있어요. 지난 금요일 저녁에 개선회 모임이 있었는데 마을 회관의 페인트칠과 지붕을 새로 씌우기에 충분한 돈이 모였어요. 해리슨 씨, 많은 사람이 흔쾌히 기부해 주었어요."

앤은 상냥한 아가씨였지만 필요할 때면 이따금씩 은근한 독설을 하기도 했다.

"무슨 색깔로 칠하려고?"

"예쁜 초록색으로 정했어요. 물론 지붕은 짙은 빨강으로 할 거고요. 로저 파이 씨가 오늘 시내에서 페인트를 사다 주기로 했어요."

"페인트칠은 누가 하고?"

"카모디의 조슈아 파이 씨가 할 거예요. 지붕 작업도 맡았는데 거의 끝났어요. 그분한테 맡길 수밖에 없었어요. 파이 집안 사람들이 모두 입을 모아서 이야기했거든요. 아시다시피 파이 집안이 네 가족이나 되잖아요, 조슈아한테 일을 맡기지 않으면 기부금을 한 푼도 내지 않겠다고 했어요. 물론 파이 집안에 맡기지 말자는 의견도 있었지만, 파이 집안 사람들의 기부금이 전부 합해서 12달러나 되는데 포기하기에는 너무 아까웠어요. 린드 부인 말로는 파이 집안 사람들은 뭐든지 앞장서기를 좋아한대요."

"조슈아라는 자가 일을 제대로 하는지가 관건이겠지. 일만 잘하면 성이 파이든 푸딩이든 상관없으니까."

"손재주는 좋기로 유명한데 좀 특이하다는 소문은 있어요. 말수가 거의 없거든요."

"그건 별로 특이한 것도 아니구나. 여기 사람들은 그걸 까다 롭다고 말하겠지. 나도 에이번리에 올 때까지만 해도 말수가 없었는걸. 하지만 곧 어쩔 수 없이 대꾸하는 말이라도 해야만 했어. 안 그랬다가는 린드 부인이 내가 벙어리라고 생각해서 나한테 수화를 가르쳐 주기 위한 모금 활동을 벌였을 테니까. 벌써 가는 건 아니지, 앤?"

해리슨 씨가 건조하게 말했다.

"가봐야 해요. 오늘 저녁에 도라의 옷을 바느질해야 하거든 요. 게다가 지금쯤이면 데이비가 또 새로운 장난으로 마릴라 아주머니의 속을 썩여 놨을 게 분명해요. 오늘 아침에 일어나 자마자 데이비가 한 말은 '앤 누나, 어둠이 어디로 간 거야? 난 그게 궁금해.'라는 거예요. 세상의 반대편으로 넘어갔다고 말해 줬는데 아침을 먹고 난 후 그게 아니라는 거예요. 우물 속으로 들어갔다고. 마릴라 아주머니가 그러는데 오늘만 해도 데이비 가 우물통 위에 매달려서 어둠 아래로 내려가려고 하는 걸 네 번이나 붙잡았대요."

해리슨 씨가 말했다.

"그 녀석은 장난꾸러기야. 어제는 우리 집에 와서 진저의 꼬리 깃털을 여섯 개나 뽑았지 뭐냐. 내가 창고에서 돌아오기 전에 말이야. 그 후로 진저가 기운이 하나도 없어. 그 애들 때문에 고생이 많겠구나."

"가치 있는 것에는 문제가 따르기 마련이죠."

앤은 속으로 데이비가 다음에 어떤 말썽을 부리든 진저에게 대신 복수를 해주었으니 한 번은 눈 감아 주기로 결심하면서 말했다.

그날 저녁 로저 파이 씨는 마을 회관에 칠할 페인트를 집으로 가져왔고 퉁명스럽고 뚱한 조슈아 파이는 다음 날부터 페인트칠을 시작했다. 그는 아무런 방해도 받지 않고 작업할 수 있었다. 마을 회관은 '아랫길'이라고 불리는 곳에 위치해 있었다. 그 길은 늦가을이 되면 항상 축축하고 진흙투성이여서 사람들은 카모디로 갈 때 훨씬 거리가 먼 '윗길'로 다녔다. 회관은 주변이 빽빽한 전나무 숲으로 둘러싸여 가까이 가지 않으면 보이지도 않았다. 덕분에 별로 사교적이지 않은 조슈아 파이 씨는 홀로 즐겁게 페인트칠을 할 수 있었다.

그는 금요일 오후에 일을 마치고 카모디의 집으로 돌아갔다. 그가 떠난 직후에 회관 주변을 지나가던 린드 부인은 새로운 회관의 색깔을 보고 싶은 호기심에서 용감하게도 진흙탕을 헤치고 아랫길로 가보았다. 가문비나무가 서 있는 모퉁이를 돌자 회관이 보였다.

회관의 모습은 린드 부인의 눈에 아주 이상하게 보였다. 그녀는 말고삐를 떨어뜨리고 양손을 들어 올린 채 "하느님, 맙소사!"를 외쳤다. 그녀는 믿을 수 없다는 듯 빤히 쳐다보았다. 그러고는 미친 듯이 웃음을 터뜨렸다.

"뭔가 착오가 있었던 게 분명해⋯⋯. 분명 그럴 거야. 파이네 집안 사람들은 절대 실수하지 않는 줄 알았는데."

린드 부인은 집으로 돌아오는 동안 몇 사람과 마주쳤고 그들에게 회관에 대한 이야기를 해주었다. 그 소식은 마치 산불처럼 번져 나갔다. 집에서 교과서를 열심히 읽고 있던 길버트 블라이스는 해 질 무렵 아버지 밑에서 일하는 아이로부터 그 소식을 전해 듣고 초록 지붕 집으로 헐레벌떡 달려왔다. 도중에 만난 프레드 라이트와 함께였다. 초록 지붕 집 앞마당에는 다이애나 배리와 제인 앤드루스, 앤 셜리가 나뭇잎이 다 떨어진 커다란 버드나무 아래 문가에 실의에 잠겨 있었다.

"사실이 아니지, 앤?"

길버트가 외쳤다.

"사실이야. 린드 부인이 카모디에서 돌아오던 길에 들러서 나에게 말해 주셨어. 오, 정말 끔찍한 일이야! 개선의 노력이 다 무슨 소용이람!"

비극의 주인공처럼 보이는 앤이 대답했다.

"뭐가 끔찍해?"

마릴라를 위해 사온 상자를 들고 나타난 올리버 슬론이 말했다.

"아직도 못 들은 거야? 아주 간단해…… 조슈아 파이가 초록 대신 파랑으로 회관을 칠하고 가버렸어. 짐마차나 손수레를 칠하는 아주 밝은 파란색으로 말이야. 린드 부인 말이 그 색을 건물에 칠해 놓으니 정말 끔찍하더래. 특히 지붕이 빨간색인 경우에는 말이지. 지금까지 보거나 상상했던 그 무엇보다. 그 말을 처음 들었을 때 너무 놀라서 뒤로 넘어갈 지경이었어. 우리가 그렇게 애썼는데 억장이 무너지는 것 같아."

제인이 역정을 내며 물었다.

"어떻게 그런 실수를 할 수 있지?"

다이애나가 흐느꼈다.

결국 이 터무니없는 재앙에 대한 원망의 화살은 파이 집안으로 향했다. 원래 개선회 회원들은 머튼 해리스사 페인트를 사용할 생각이었다. 머튼 해리스사 페인트 통에는 색표에 따라 번호가 매겨져 있었다. 따라서 표를 보고 페인트 색깔을 고른 다음 번호로 주문하면 되었다. 그들이 원하는 색은 147번 초록이었다. 로저 파이 씨가 아들인 존 앤드루를 통해 개선회 회원들에게 시내에 나가는 김에 페인트를 사다 주겠다는 말을 전했고, 회원들은 존 앤드루에게 147번으로 사다 달라고 전했다. 존 앤드루는 분명히 그렇게 했다고 주장했지만 로저 파이 씨는 존 앤드루가 157번이라고 했다고 주장했다. 그 문제는 아직까지도 결론이 나지 않았다.

개선회 회원들은 그날 밤 내내 실망을 거두지 못했다. 초록 지붕 집에도 우울한 분위기가 짙게 감돌아 데이비마저 풀이 죽어 있었다. 앤은 그 어떤 위로에도 그저 울기만 했다.

"마릴라 아주머니, 전 거의 열일곱 살이 다 된 숙녀지만 오늘은 울고 싶어요. 정말 억울해요. 우리 개선회의 끝을 알리는 것만 같아요. 비웃음만 사다 없어질 거라고요."

앤이 흐느끼며 말했다.

하지만 현실에서는 꿈과 마찬가지로 반대로 흘러가는 경우가 많은 법이다. 에이번리 사람들은 비웃지 않았다. 그저 화를 낼 뿐이었다. 자신들이 낸 돈으로 이루어진 페인트칠이었기에 그들은 실수에 원통해했다. 주민들의 분노는 파이 집안 사람들에게로 집중되었다. 로저 파이와 존 앤드루는 서로에게 잘못을 미루었다. 그리고 페인트 통을 열었을 때 페인트의 색깔을 보고 잘못된 게 아닌지 추호도 의심하지 않은 조슈아 파이는 타고난 바보임에 틀림없었다. 그는 비난이 자신에게 향하자 자신의 개인적인 의견이 어떻든 간에 에이번리 사람들의 색깔 취향은 자기가 관여할 바가 아니라고 응수했다. 자신은 회관의 페인트 색깔을 평가하는 일이 아니라 칠하는 일을 맡았을 뿐이니, 일한 돈은 받아야 한다고.

개선회는 치안 판사인 피터 슬론 씨와 상의한 끝에 쓰라린 마음으로 조슈아 파이에게 돈을 지불했다.

피터 슬론이 말했다.

"돈은 꼭 줘야 해. 조슈아한테 책임을 물을 수는 없어. 페인트가 무슨 색깔인지 사전에 듣지 못한 상태에서 그저 페인트칠을 하라는 말만 들었다고 하니까. 하지만 참 안타까운 일이다. 회관이 정말 끔찍한 모양새가 되어 버렸으니."

실의에 잠긴 회원들은 개선회를 바라보는 마을 사람들의 시선이 더 나빠지리라고 생각했다. 하지만 오히려 마을 사람들의 시선은 연민으로 바뀌었다. 사람들은 열의에 찬 젊은이들이 목표를 위해 그렇게 열심히 노력했는데 이용만 당했다고 생각한 것이었다. 린드 부인은 회원들에게 포기하지 말고 끝까지 밀어붙여서 세상에는 일을 망치지 않고 잘 해내는 사람들도 있다는 사실을 파이 집안 사람들에게 보여 주라고 했다. 메이저 스펜서 씨는 농장 앞쪽 길을 따라 난 나무 그루터기를 전부 없애고 자비를 들여 잔디를 뿌리겠다는 말을 전해 왔다. 그리고 하이럼 슬론 부인은 어느 날 학교에 들러 영문도 모르는 앤을 손짓으로 부르더니 개선회가 오는 봄에 교차로에 제라늄 화단을 만들고 싶다면 자기네 집 소는 걱정하지 않아도 된다고 했다. 화

단을 망치는 동물을 안전한 곳에 가둬 두겠다는 것이다. 해리
슨조차도 터져 나오는 웃음을 참으면서 안타까운 마음을 표시
했다.

"신경 쓰지 마라, 앤. 페인트는 해가 지날수록 흉측하게 벗겨
진단다. 그 파랑 페인트는 지금이 가장 보기 싫으니 시간이 지
나면 색이 바래서 더 나아 보일거야. 어쨌든 지붕을 새로 하고
페인트칠도 했잖아. 이제부터는 빗물 샐 걱정 없이 사람들이
회관에 있을 수 있겠지. 어쨌든 너희는 큰일을 해낸 거야."

앤이 실의에 가득 찬 표정으로 말했다.

"하지만 이제부터 에이번리의 파란색 마을 회관은 이웃 마을
의 웃음거리로 자리 잡을 텐데요."

그리고 실제로도 그렇게 되었다.

## 10

# 말썽꾸러기 데이비

11월의 어느 날 오후, 자작나무 길을 지나 학교에서 집으로 돌아가던 앤은 삶이란 정말로 경이로운 것이라고 다시 한 번 느꼈다. 그날은 좋은 하루였다. 앤의 작은 왕국에서는 모든 일이 수월하게 지나갔다. 세인트 클레어 돈넬이 이름 때문에 다른 남자애들과 싸우는 일도 일어나지 않았고, 프릴리 로저슨은 치통으로 얼굴이 퉁퉁 부어 주변 남자애들에게 눈길 한 번 주지 않았다. 바버라 쇼는 바가지에 든 물을 바닥에 흘리는 딱 한 번의 사고만 일으켰고, 앤서니 파이는 아예 학교에 오지도 않았다.

혼잣말하는 어린 시절의 버릇을 아직도 고치지 못한 앤이 말했다.

"올 11월은 정말 좋아! 보통 11월은 우울하기만 한 달이었는데. 마치 한 해가 가고 있다는 사실을 깨닫고 슬피 울거나 조바심 내는 일밖에는 할 수 없을 것 같아서 말이야. 하지만 올해는 우아하게 나이를 먹고 있어. 백발과 주름이 있어도 매력적일 수 있다는 사실을 아는 기품 있는 노부인 같아. 낮에는 화창하고 해가 질 무렵은 상쾌해. 지난 2주일 동안은 정말 평화로웠어. 데이비도 얌전하게 굴었고. 데이비가 나날이 좋아지고 있는 것 같아. 오늘은 숲속이 굉장히 조용하구나. 나무 꼭대기에서 바람이 살랑거리는 소리 말고는! 저 멀리 해변에서 들려오는 파도 소리 같아. 숲은 얼마나 사랑스러운지! 나무들아, 너희들은 정말 예뻐! 난 너희들을 하나하나 친구처럼 모두 사랑해!"

앤은 자리에 멈춰 서서 한 손을 어린 자작나무로 뻗어 크림색의 줄기에 입맞춤했다. 마침 길모퉁이를 돌아 오던 다이애나가 그 모습을 보고 웃음을 터뜨렸다.

"앤 셜리, 넌 어른이 된 척만 하고 있어. 혼자 있을 때는 아직도 어린애 그대로잖아."

앤이 명랑하게 말했다.

"글쎄, 한때 어린 소녀였던 버릇에서 완전히 벗어날 수 있는 사람은 하나도 없을걸. 난 14년 동안이나 어린애였고 어른과 비슷해진 건 겨우 3년밖에 안 되었어. 난 숲속에서는 언제까지나 어린애가 된 기분이야. 학교에서 집으로 돌아가는 길이 내가 유일하게 꿈꿀 수 있는 시간이거든. 잠들기 전에 30분 정도를 제외하고 말이야. 가르치고 공부하고 마릴라 아주머니를 도와 쌍둥이를 보살피느라 공상할 시간이 없거든. 매일 밤 초록 지붕 집의 동쪽 지붕 방에서 잠자리에 들기 전 내가 얼마나 멋진 모험을 하는지 모를 거야. 난 항상 내가 아주 멋지고 당당하고 화려한 누군가가 되는 상상을 해. 프리마돈나나 적십자의 간호사나 여왕이 되는 상상 말이야. 어젯밤에는 여왕이었어. 여왕이 된다는 건 상상만으로도 정말 멋진 일이야. 아무런 불편 없이 온갖 재미를 즐길 수 있거든. 언제든 싫어지면 여왕을 그만둘 수도 있고. 현실에선 그럴 수 없지. 하지만 숲속에선 색다른 상상을 할 수가 있어. 나는 오래된 소나무에 사는 요정이야. 혹은 쪼글쪼글해진 나뭇잎 아래에 숨어 있는 조그만 갈색의 숲속 요정이거나. 방금 네가 본 것처럼 내가 입맞춤하고 있던 자작나무는 내 자매야. 차이가 있다면 저 애는 나무고 난 여자애라는 거지. 하지만 그것도 진짜 차이라고는 할 수 없어. 그나저나 어디 가는 중이니, 다이애나?"

"딕슨네 집에. 앨버타가 새 드레스를 만들 건데 천을 자르는 걸 도와주기로 했거든. 앤, 저녁에 네가 그리로 와서 우리 함께 집으로 걸어오면 어때?"

"아마도…… 프레드 라이트가 시내에 나가고 없을 테니까. 내가 대신 갈까?"

앤이 순진한 표정으로 해맑게 말했다.

다이애나는 얼굴을 붉히며 고개를 돌리고는 걸어갔다. 하지만 기분이 상한 것은 아니었다.

앤은 그날 저녁 딕슨네 집으로 갈 생각이었지만 그러지 못했다. 초록 지붕 집에 도착해 보니 다른 생각은 모조리 잊게 만드는 사건이 기다리고 있었기 때문이다. 앤은 마당에서 마릴라와 마주쳤다. 마릴라의 눈에는 핏발이 서 있었다.

"앤, 도라가 없어졌어!"

"도라가 없어졌다고요?"

앤은 대문에 매달려 빙 돌고 있는 데이비를 쳐다보았다. 재미있다는 듯이 반짝이는 데이비의 눈빛이 수상했다.

"데이비, 도라가 어디 있는지 아니?"

데이비가 확고하게 대답했다.

"아니, 몰라. 저녁을 먹은 이후로 못 봤어. 맹세해."

"난 1시부터 나가 있었어. 토마스 린드 씨가 갑자기 아파서 레이철이 나더러 당장 와 달라고 했거든. 내가 나가기 전까지만 해도 도라는 부엌에서 인형을 가지고 놀고 있었고, 데이비는 헛간 뒤에서 진흙으로 장난을 하고 있었어. 30분 전에 집에 왔는데…… 도라가 보이지 않는 거야. 데이비도 내가 외출한 후로 도라를 보지 못했다고 하고."

마릴라가 말했다.

"정말 못 봤어요."

데이비가 진지하게 말했다.

"분명히 근처에 있을 거예요. 도라는 혼자서는 절대 멀리 가지 않아요. 얼마나 겁이 많은 앤지 잘 아시잖아요. 아마 집 안 어느 방에선가 잠들어 있을지도 몰라요."

앤이 말했다.

마릴라는 고개를 저었다.

"집 안 구석구석 다 뒤져 봤어. 별채 어딘가에 있을지도 모르겠구나."

앤과 마릴라는 집 근처를 뒤지기 시작했다. 심란해진 두 사람은 집 안과 마당, 별채까지 구석구석 다 뒤졌다. 앤은 도라의 이름을 부르며 과수원과 유령의 숲을 돌아다녔다. 마릴라는 초를 들고 지하 저장고를 살폈다. 데이비는 번갈아 두 사람을 따라다니면서 도라가 있을 만한 곳을 열심히 말해 주었다.

"정말 알다가도 모를 일이구나."

마릴라가 끙 앓는 소리를 냈다.

"도대체 어디 있는 걸까요?"

앤도 괴로워하며 말했다.

"우물 속으로 떨어졌는지도 몰라요."

데이비가 쾌활하게 말했다.

앤과 마릴라는 두려운 표정으로 서로를 바라보았다. 그들은 도라를 찾아 헤매는 내내 그 생각이 머릿속을 떠나지 않았지만 차마 입 밖으로 내지 못했다.

"그럴지도…… 모르겠구나."

마릴라가 낮은 목소리로 말했다.

앤은 당장이라도 기절할 것 같았지만 우물로 달려가 아래를 내려다보았다. 양동이는 안쪽 선반에 놓여 있었다. 깊은 우물 아래로 어렴풋이 반짝이는 물이 보였다. 이 집의 우물은 에이번리에서 가장 깊었다. 만약 도라가 정말로…… 앤은 상상조차 할 수 없었다. 앤은 몸을 떨면서 뒤돌아섰다.

"가서 해리슨 씨를 모셔 와라."

마릴라가 손을 초조한 듯 비비며 말했다.

"해리슨 씨도 존 헨리도 지금 없어요. 둘 다 시내에 나갔어요. 배리 씨를 모셔 올게요."

앤과 함께 온 배리 씨는 따리 모양으로 감은 밧줄을 들고 왔다. 그 밧줄에는 땅을 파는 데 쓰는 쇠스랑의 갈퀴 모양이 연결되어 있었다. 마릴라와 앤은 두려움에 몸을 떨며 옆에 서 있었고 배리 씨는 우물 아래를 훑었다. 데이비는 문에 걸터앉아 재미있어 죽겠다는 표정으로 세 사람을 바라보고 있었다.

마침내 배리 씨가 고개를 저으며 안도의 한숨을 내쉬었다.

"도라는 저 아래에 없어요. 도대체 어디로 간 건지 알 수 없는 일이네요. 이봐, 꼬마야, 너 정말 네 동생이 어디 있는지 몰라?"

데이비가 기분이 상한 듯이 대꾸했다.

"모른다고 열 번도 넘게 말했어요. 부랑자가 들어와서 데려 갔는지도 모르죠."

"말도 안 되는 소리. 앤, 혹시 도라가 해리슨 씨네 쪽으로 가진 않았을까? 도라는 네가 그 애를 한 번 데려간 후로 줄곧 해리슨 씨의 앵무새에 대해 이야기했잖니?"

도라가 우물에 빠졌을지도 모른다는 끔찍한 두려움을 겨우 내려놓은 마릴라가 날카롭게 소리치자 앤이 말했다.

"도라가 혼자서 그렇게 멀리까지 가진 않았겠지만 그래도 한 번 가볼게요."

그때 데이비를 쳐다본 사람은 아무도 없었지만 만약 쳐다보 았다면 데이비의 표정에 확연한 변화가 생겼다는 것을 눈치챘 으리라. 데이비는 살그머니 문에서 내려와 통통한 두 다리로 헛간을 향해 힘껏 달리기 시작했다.

앤은 별 기대감 없이 해리슨 씨의 집을 향해 서둘러 들판을 가로질러 갔다. 해리슨 씨의 집은 문이 잠겨 있고 커튼 가리개 도 쳐져 있었으며 안에 사람이 있는 것 같은 흔적이 전혀 없었 다. 앤은 베란다에 서서 큰 소리로 도라의 이름을 불렀다.

뒤쪽의 부엌에서 갑자기 진저가 새된 비명을 지르더니 사납 게 욕지거리를 내뱉었다. 앤은 진저의 시끄러운 소리 사이로 해리슨 씨가 공구실로 사용하는 마당의 작은 별채에서 들려오는 애처로운 울음소리를 들었다. 잽싸게 문으로 달려가 빗장을 벗긴 앤은 눈물로 범벅된 얼굴로 뒤집어진 못통 위에 덩그러니 앉아 있는 자그만 여자아이를 보았다.

"오, 도라! 도라, 너 때문에 얼마나 놀랐는지 아니! 어떻게 여기까지 온 거야?"

도라가 훌쩍이며 말했다.

"데이비하고 진저를 보러 왔는데, 하지만 진저를 보진 못했어. 데이비가 문을 발로 차는 바람에 진저가 욕만 했어. 그다음에 데이비가 나를 여기로 데려와서 문을 닫고 가버렸어. 난 밖으로 나갈 수가 없었어. 울고 또 울었어. 정말 무서웠어. 아, 너무 배고프고 추워. 난 언니가 오지 않을 줄 알았어."

"데이비가?"

앤은 더 이상 말이 나오지 않았다. 앤은 무거운 마음으로 도라를 데리고 집으로 갔다. 도라를 무사히 찾았다는 기쁨도 데이비의 행동에 대한 괴로움에 묻혀 버렸다. 도라를 가둬 놓은 것은 용서해 줄 수도 있다. 하지만 데이비는 거짓말을 했다. 눈하나 깜짝하지 않고 모두를 속였다. 앤은 그 사실만큼은 절대로 눈감아 줄 수가 없었다. 어찌나 실망감이 컸던지 자리에 주저앉아 울고 싶은 심정이었다. 앤은 데이비를 마음 깊이 아끼게 되었는데…… 지금 이 순간까지 알지 못했다. 그 때문에 데

이비가 고의로 거짓말을 했다는 사실에 앤은 너무도 큰 상처를
받았다.

마릴라는 아무 말 없이 앤의 이야기를 들었다. 데이비에게는
하나도 좋을 것이 없다는 뜻이었다. 배리 씨는 웃음을 터뜨리
며 데이비를 따끔하게 혼내 주라고 조언했다. 배리 씨가 집으
로 돌아가자 앤은 흐느끼며 떨고 있는 도라를 달래 주고 저녁

을 먹인 후 침대에 눕혔다. 앤이 다시 부엌으로 돌아갔을 때 엄
한 표정의 마릴라가 거미줄투성이에 불만스러운 얼굴을 한 데
이비를 데리고, 아니 끌고 오다시피 하면서 들어왔다. 마릴라
는 데이비가 헛간의 가장 어두컴컴한 구석에 숨어 있는 것을
발견한 터였다.

마릴라는 데이비를 바닥 한가운데에 있는 매트로 밀어 넣고

동쪽 창가로 가서 앉았다. 앤은 서쪽 창가에 축 처진 채 앉아 있었다. 두 사람 사이에 사건의 범인이 서 있었다. 데이비의 등은 마릴라를 향했는데 겁에 질려 움츠러들어 있었다. 하지만 앤을 향한 데이비의 얼굴은 약간 창피해하는 듯했지만 자신을 이해하는 친구를 보는 듯한 표정이었다. 마치 자신이 잘못을 저질렀고 벌을 받을 것임을 알지만 나중에 앤과 그 일에 대해 웃으며 이야기할 수 있을 거라고 생각하는 것 같았다.

그러나 앤의 회색 눈은 그런 데이비에게 웃음으로 답하지 않았다.

"어떻게 그런 행동을 할 수 있니, 데이비?"

앤이 슬픔에 잠겨서 물었다.

데이비가 불편한 듯이 몸을 꼼지락거렸다.

"장난으로 그런 거야. 여기 와서 너무 오랫동안 끔찍할 정도로 잠잠하고 조용해서 깜짝 놀라게 해주면 재미있을 것 같았거든. 재미있었잖아."

데이비는 약간 겁에 질리기도 하고 후회하는 마음도 있었지만 자신의 장난을 떠올리며 싱긋 웃었다.

"하지만 넌 거짓말을 했어, 데이비."

앤은 더더욱 슬픈 표정이 되었다.

데이비는 어리둥절한 표정으로 말했다.

"거짓말이라니? 뻥치는 거 말이야?"

"사실이 아닌데 사실인 것처럼 꾸며서 말하는 거 말이야."

"당연히 그랬지. 만약 그러지 않았다면 누나와 마릴라 아주머니가 놀라지 않았을 테니까. 난 그렇게 말해야만 했어."

데이비가 솔직하게 인정했다.

전혀 잘못을 뉘우치지 않는 데이비의 태도를 보자 앤은 더 이상 버틸 수 없었다. 앤의 눈에서 굵은 눈물방울이 떨어졌다.

앤의 목소리가 떨렸다

"아, 데이비, 어쩜 그럴 수 있니? 그게 잘못이란 걸 모르겠니?"

데이비는 겁에 질렸다. 앤 누나가 울다니⋯⋯. 내가 앤을 울리다니! 데이비의 작은 심장에서 후회라는 감정이 솟아나 가슴을 가득 채웠다. 데이비는 앤에게 달려가 무릎 위에 올라 앉아 목에 팔을 두르고는 울음을 터뜨렸다.

"뻥치는 게 잘못인 줄 몰랐어. 그게 잘못이란 걸 내가 어떻게 알았겠어? 스프롯 씨네 집 애들은 날마다 뻥치는걸. 절대 뻥이 아니라고 맹세까지 해. 폴 어빙이라면 거짓말은 안 할 거야. 나도 그 애처럼 착해지려고 무지 노력했는데. 이제 앤 누나는 다시 날 사랑하지 않겠지. 뻥치는 게 잘못된 거라고 누나가 나한테 말해 줬다면 안 그랬을 거야. 앤 누나, 누나를 울게 해서 정말로 미안해. 다시는 그러지 않을게."

데이비는 앤의 어깨에 얼굴을 파묻고 엉엉 울었다. 데이비를 이해하게 된 앤은 꼭 안아 주었다. 그리고 데이비의 곱슬머리 위로 마릴라를 쳐다보았다.

"마릴라 아주머니, 데이비는 거짓말이 잘못이라는 걸 몰랐대요. 다시는 거짓말을 하지 않겠다고 약속한다면 이번에는 용서해 줘야 할 것 같아요."

"다시는 하지 않을게요. 이제는 그게 나쁘다는 걸 알았어요."

데이비가 흐느끼며 말했다.

"내가 앞으로 또 뻥을 친다면……."

데이비는 속으로 적절한 벌을 찾느라 머뭇거렸다.

"날 산 채로 가죽을 벗겨도 좋아, 앤 누나."

"'뻥'이라고 하지 마, 데이비. '거짓말'이라고 해야지."

앤이 선생님답게 말했다.

"왜? 거짓말은 되고 뻥은 안 돼? 알고 싶어. 그 말이 그 말인데."

눈물범벅이 되어 호기심 가득한 눈으로 앤을 올려다보며 데이비가 말했다.

"그건 속어야. 어린아이가 쓰면 안 되는 말이야."

"하면 안 되는 일이 너무도 많아. 이렇게 많을 줄은 몰랐어. 뻥……, 아니, 거짓말이 얼마나 쓸모 있는데 하면 안 된다니 안타깝지만, 난 다시는 거짓말을 하지 않을 거야. 이번에 거짓말한 거에 대해서는 무슨 벌을 줄 거야? 궁금해."

데이비가 한숨을 쉬며 말했다.

앤이 간절한 눈빛으로 마릴라를 쳐다보았다.

"난 저 아이에게 너무 엄하게 하고 싶진 않다. 거짓말이 잘못된 거라고 아무도 저 애에게 말해 준 사람이 없었을 테지. 스프롯네 아이들은 데이비에게 어울리는 상대가 아니었어. 가여운 메리는 몸이 아파서 제대로 교육을 못 시켰을 테고. 거짓말을 하면 안 된다는 걸 여섯 살짜리가 저절로 알 수는 없을 테니까. 무엇이 옳은지 전혀 모른다고 가정하고 처음부터 시작해야 할 것 같구나. 하지만 도라를 가둔 벌은 받아야 해. 저녁을 굶기고 재우는 것밖에는 생각나지 않는데, 그 벌은 너무 자주 줬어. 혹시 다른 방법이 생각나니, 앤? 넌 상상력이 좋으니까 생각나는 게 있을 게야."

"하지만 벌은 너무 끔찍한걸요. 전 기분 좋은 일들만 상상해요. 그렇지 않아도 세상에는 이미 불쾌한 일들이 가득해서 더 이상 상상하지 않아도 돼요."

앤이 데이비를 껴안으며 말했다.

결국 데이비는 평소처럼 다음 날 정오까지 굶는 벌을 받게 되었다. 데이비는 무슨 생각을 했던 모양인지 앤이 방으로 돌아간 후 얼마 안 지나 조그만 목소리로 앤의 이름을 불렀다. 앤이 보니 데이비는 침대 위에 팔꿈치를 무릎에 대고 손으로 턱을 받치고 앉아 있었다.

데이비가 진지한 목소리로 입을 열었다.

"앤 누나. 누구든지 뻥…… 아니, 거짓말을 하는 게 나쁜 거야? 궁금해."

"그래, 물론이지."

"어른도?"

"그래."

"그렇다면…… 마릴라 아주머니도 거짓말을 하니까 나쁜 거네. 그리고 나보다 더 나빠. 난 거짓말하는 게 잘못인 줄 몰랐는데 마릴라 아주머니는 알고 있었잖아."

데이비가 반박하자 앤이 성난 얼굴로 말했다.

"데이비 키스, 마릴라 아주머니는 한 번도 거짓말을 한 적이 없어."

"정말로 했는걸. 지난 화요일에 매일 밤 기도하지 않으면 나쁜 일이 생길 거라고 했어. 난 무슨 일이 생기나 보려고 일주일 넘게 기도를 하지 않았어. 그런데 아무 일도 생기지 않았는걸."

데이비가 억울해하며 말을 끝마쳤다.

앤은 웃음이 터져 나올 것 같았지만 지금 웃으면 큰일이라는 생각에 간신히 참고는 마릴라의 체면을 지키려고 애썼다.

"데이비 키스, 그래서 오늘 너한테는 나쁜 일이 생겼잖니!"

앤이 진지한 목소리로 말했다.

데이비는 믿지 못하겠다는 표정으로 비웃듯 말했다.

"저녁을 굶고 자게 된 걸 말하는구나. 하지만 그건 나쁜 일이 아니야. 물론 싫긴 하지만 이 집에 온 후로 그런 적이 많았기 때문에 이젠 익숙해졌는걸. 내가 저녁을 굶는다고 절약되는 것도 아니야. 난 항상 아침을 두 배로 먹으니까."

"네가 저녁을 굶게 된 걸 말하는 게 아니야. 네가 오늘 거짓말을 하게 된 걸 말하는 거야. 그리고 데이비⋯⋯."

앤은 침대의 발판 쪽으로 몸을 기대고 데이비를 향해 한 손가락을 흔들었다.

"거짓말을 하는 건 남자아이에게 일어날 수 있는 정말로 나쁜 일이야. 가장 나쁜 일이라고 할 수 있지. 그러니까 마릴라 아주머니는 사실을 말한 거야."

"하지만 난 나쁜 일이란 건 신나는 일인 줄 알았는데."

데이비가 시무룩하게 대꾸했다.

"네가 그런 생각을 한 게 마릴라 아주머니 잘못은 아니야. 나쁜 일이 꼭 신나는 건 아니야. 아주 끔찍하고 바보 같을 때가 더 많아."

"하지만 마릴라 아주머니와 누나가 우물 아래를 쳐다볼 때는 끔찍하게 재미있었어."

데이비가 무릎을 끌어안으며 말했다.

앤은 아래층으로 내려갈 때까지 줄곧 진지한 표정으로 있다가 응접실에서 주저앉아 배를 잡고 실컷 웃어 댔다.

"뭐가 그리 재미있는지 나도 좀 알았으면 좋겠구나. 오늘은 웃을 일이 별로 없어서."

마릴라가 지친 표정으로 말했다.

"제 이야기를 들으면 웃음을 터뜨리실 거예요."

앤의 말에 마릴라는 정말로 웃음을 터뜨렸다. 앤을 입양한 후로 마릴라가 얼마나 유연해졌는지 보여 주는 일이었다. 하지만 마릴라는 곧바로 한숨을 내쉬었다.

"어느 목사가 어린아이에게 그렇게 말하는 걸 듣기는 했는데, 데이비한테는 말하지 말걸 그랬구나. 하지만 데이비가 내 기분을 상하게 만든 건 사실이야. 네가 카모디로 음악회를 보러 간 날 저녁에 내가 데이비를 재우고 있었지. 데이비가 나중에 커서 하느님이 소중한 분이라는 걸 알기 전까지는 기도를 왜 해야 하는지 모르겠다고 하지 뭐냐. 앤, 그 아이를 어떻게 해야 할지 도무지 모르겠구나. 정말이지 그 애는 못 당하겠어. 자신이 없구나."

"그런 말씀 마세요, 마릴라 아주머니. 제가 여기 처음 왔을 때 얼마나 못된 아이였는지 생각해 보세요."

"앤, 넌 못된 애가 아니었어. 절대로. 정말로 못된 게 뭔지 겪고 나니 이제야 그걸 실감하겠구나. 물론 넌 자주 말썽을 일으켰지만 의도는 항상 선했지. 하지만 데이비는 못된 장난을 즐기고 있어."

"오, 전 데이비도 정말로 못된 애가 아니라고 생각해요. 그냥 장난이 심할 뿐이에요. 아시다시피 여긴 데이비한테 너무 조용하잖아요. 같이 놀 남자애도 없으니 항상 머릿속으로 다른 궁리를 하는 거예요. 도라는 워낙 얌전해서 남자애랑 같이 놀기에는 적합하지 않잖아요. 데이비를 학교에 보내면 큰 도움이 될 거예요, 마릴라 아주머니."

"안 돼. 우리 아버지는 일곱 살 전에는 절대로 학교에 보내면 안 된다고 말씀하셨지. 앨런 목사님도 똑같은 말을 하셨고. 집에서 쌍둥이에게 공부를 좀 가르치는 건 괜찮지만 학교는 일곱 살 전까지는 안 돼."

마릴라가 단호하게 말했다.

"그럼 집에서 데이비를 바꾸도록 해봐야겠어요. 결점도 있지만 데이비는 정말 사랑스러운 아이예요. 전 그 애를 사랑하지 않을 수 없어요. 마릴라 아주머니, 이런 말은 하면 안 되겠지만, 전 얌전하고 착한 도라보다 데이비가 더 좋아요."

앤이 명랑하게 말했다.

"나도 그런 것 같구나. 도라는 말썽 한 번 일으키지 않는데 불공평한 일이야. 그렇게 얌전한 애는 또 없을 거야. 집에 있는 줄도 모를 때가 많잖니."

마릴라도 말했다.

"도라는 너무 착해서 탈이에요. 옆에서 뭐라고 하지 않아도 혼자 알아서 얌전하게 굴 거예요. 태어날 때부터 다 교육을 받고 나온걸요. 그 애는 우리가 필요 없는 것 같아요. 우리는 우리를 필요로 하는 사람을 더 사랑하게 되는 것 같아요."

앤의 말에 마릴라도 동의했다.

"데이비에게도 뭔가 필요하긴 하지. 레이철은 회초리라고 하겠지만."

# 11
## 이상과 현실

앤은 퀸스 전문학교 시절의 친구에게 쓰는 편지에 이렇게 적었다.

아이들을 가르치는 건 정말로 흥미로운 일이야. 제인은 단조로운 일이라고 하지만 난 그렇게 생각하지 않아. 매일 언제나 즐거운 일이 생기고 아이들은 재미있는 말을 하니까. 제인은 아이들이 우스꽝스러운 발표를 할 때마다 벌을 준대. 아마도 그래서 단조롭다고 느끼는 걸 거야. 오늘 오후에는 꼬마 지미 앤드루스가 '반점'이라는 단어를 쓰려고 했는데 쓰지 못했어. 그런데

"쓰지는 못하지만 무슨 뜻인지는 알아요."라고 하더라.

무슨 뜻이냐고 내가 묻자 "세인트 클레어 돈넬의 얼굴이에요, 선생님."이라고 했어. 세인트 클레어는 정말로 주근깨가 많거든. 하지만 아이들 앞에서는 말하지 않으려고 노력해. 나도 한때 주근깨가 많았고 그 당시를 똑똑히 기억하고 있으니까. 하지만 세인트 클레어는 별로 신경 쓰지 않는 것 같아. 집으로 돌아가는 길에 그 애가 지미를 때린 건, 지미가 그 애를 '세인트 클레어'라고 불렀기 때문이었거든. 세인트 클레어가 지미를 때렸다는 사실을 정식으로 들은 건 아니기 때문에 모르는 척하려고 해.

어제는 로티 라이트에게 덧셈을 가르치고 있었어. "한 손에 사탕이 3개 있고 다른 손에는 2개 있다면 사탕이 전부 합쳐서 몇 개지?"라고 물었어. 로티는 "한입 가득요."이라고 답했지. 그리고 자연 시간에 아이들한테 두꺼비를 죽이면 안 되는 이유를 물었더니 벤지 슬론이 진지하게 대답했어. "두꺼비를 죽이면 다음 날 비가 오기 때문이에요."

스텔라, 웃음을 참는 게 너무 힘들어. 집에 올 때까지 즐거움을 아껴 두어야만 해. 마릴라 아주머니가 그러는데 동쪽 지붕에서 아무 이유 없이 신나게 웃어 대는 소리를 들을 때마다 불안해진대. 그래프턴에 사는 남자가 처음에 그렇게 아무 이유 없이 웃다가 결국 미쳤다는 거야.

토마스 아 베켓12세기 영국 캔터베리 대주교와 헨리 2세의 대법관을 지낸 인물. 헨리 2세의 교회 정책에 반대하여 죽임을 당했고 뒤에 성인으로 추대됨: 옮긴이이 뱀성인saint와 뱀snake의 철자를 혼동한 것을 빗대어 하는 이야기: 옮긴이으로 시성되었다는 사실을 알고 있었니? 로즈 벨이 그랬어. 윌리엄 틴들16세기 영국의 종교 개혁가. 성경을 처음으로 영어로 번역한 사람: 옮긴이이 신약을 썼대영어로 번역했다는 것을 직접 쓴 것으로 잘못 표현한 것을 빗대어 하는 이야기: 옮긴이. 또 클로드 화이트는 '빙하'가 창틀을 끼우는 사람이라지 뭐니빙하를 뜻하는 glacier를 발음이 똑같은 glass에 사람을 뜻하는 접미사 er이 붙은 것으로 생각한 것: 옮긴이!

나는 아이들을 가르치는 일 중에서 가장 흥미롭고도 어려운 일이 아이들에게 진짜 생각을 말하게 만드는 것이라고 생각해. 지난주 폭풍우가 몰아쳤던 날, 점심시간에 아이들과 둘러앉아 나를 친구로 생각하고 이야기를 해보라고 했어. 가장 원하는 게 뭔지 말해 달라고 했지. 인형, 조랑말, 스케이트처럼 평범한 대답들도 나왔지만 아주 독창적인 대답도 있었어. 헤스터 볼터는 '주일학교에 입고 가는 드레스를 입고 매일 응접실에서 밥을 먹는 것'이고, 해나 벨은 '노력하지 않고도 착해지는 것'이라고 했고, 열 살 마저리 화이트는 과부가 되고 싶대. 그 이유를 물으니 아주 진지한 얼굴로 결혼을 하지 않으면 사람들이 노처녀라고 부르고 결혼을 하면 남편이 시키는 대로 해야 하지만 과부는 둘 다 피할 수 있기 때문이래. 가장 인상적인 대답은 샐리 벨의 대답이었어. 샐리는 '신혼여행'을 원한대. 그게 무슨 뜻인지 아냐고 물으니 아마도 아주 멋진 자전거일 거래. 결혼한 사촌 오빠가 신혼여행으로 몬트리올에 다녀왔는데, 그 사촌 오빠는 항상 최신 자전거를 가지고 있다나!

또 언젠가는 아이들에게 지금까지 가장 버릇없이 굴었던 일에 대해서 말해 보라고 했어. 고학년들은 입을 열지 않았지만 3학년 아이들은 거리낌 없이 대답해 주었지. 엘리자 벨은 '숙모가 물레로 돌리려던 양털 뭉치에 불을 지른 일'이래. 일부러 그랬냐고 물어보니 '전적으로' 그런 건 아니었다는 거야. 불이 붙나 보려고 끝부분에만 조금 붙였는데 순식간에 털뭉치 전체가 타버렸대. 에머슨 길리스는 헌금해야 할 10센트로 사탕을 사먹었고. 아네타 벨이 저지른 가장 나쁜 행동은 '묘지에 자라는 블루베리를 따먹은 것'이래. 윌리 화이트는 '주일용 바지를 입은 채로 양 우리 지붕에서 여러 번 미끄럼을 탄 것'이고. "하지만 여름 내내 주일학교에 헝겊을 덧댄 바지를 입고 가는 벌을 받았어요. 벌을 받으면 잘못을 뉘우치지 않아도 돼요."라고 윌리는 말했지.

네가 아이들이 쓴 글을 직접 읽어 볼 수 있다면 좋을 텐데. 아이들이 최근에 쓴 글을 베껴서 보내 줄게. 지난주에는 4학년 아이들에게 아무 내용이나 좋으니까 나에게 편지를 쓰라고 했어. 가본 적이 있는 곳이나 지금까지 본 것 중에서 흥미로운 물건이나 사람에 대해 써도 좋다고 했지. 편지지에 써서 봉투에 내

주소와 이름을 쓰라고 했어. 누구의 도움도 받지 않고 혼자서 말이야. 지난 금요일 아침에 내 책상에 편지가 한 더미 쌓여 있었어. 그날 저녁, 아이들을 가르치는 일에는 고통만이 아니라 즐거움도 따른다는 사실을 새롭게 깨달았어. 네드 클레이가 쓴 주소와 철자, 문법을 그대로 옮겨 볼게.

프린스에드워드 섬

초록 지붕 집

셜리 선생님께

새

선생님께 저는 새에 대해 쓸 거예요. 새는 정말로 쓸모 있는 동물이에요. 우리 고양이는 새를 잡아요. 이름은 윌리엄인데 아빠는 톰이라고 불러요. 줄무늬고 지난겨울에 한쪽 귀가 얼었어요. 그래도 우리 고양이는 잘생겼어요. 우리 삼촌도 고양이를 입양했어요. 어느 날 삼촌네 집에 와서는 가지 않더래요. 삼촌 말은 고양이가 사람보다 더 잘 까먹는대요. 삼촌은 고양이를 흔들의자에서 자게 해주었고 숙모는 삼촌이 자식들보다 고양이를 더 아낀다고 말해요. 그건 옳지 않아요. 우리는 고양이에게 친절하게 대하고 새 우유를 줘야 하지만 자식보다 잘

해 줘서는 안 돼요. 이제 더 쓸 말이 생각나지 않아요.

에드워드 블레이크 클레이

세인트 클레어 돈넬의 편지는 늘 그렇듯 짧고 간결했어. 세인트 클레어는 절대로 말을 낭비하지 않거든. 나는 그 애가 악의를 가지고 주제를 선택했거나 추신을 넣었다고 생각하지 않아. 요령이나 상상력이 부족하기 때문이지.

셜리 선생님께

선생님은 우리가 본 적 있는 이상한 것에 대해 쓰라고 하셨어요. 저는 에이번리 마을 회관에 대해서 설명하겠습니다. 마을 회관은 문이 두 개 있어요. 하나는 안쪽 문이고 하나는 바깥쪽 문이에요. 창문은 여섯 개고 굴뚝은 하나예요. 끝은 두 개고 옆도 두 개예요. 파란색으로 페인트칠을 했어요. 바로 그것 때문에 이상해요. 마을 회관은 카모디 길 아래쪽에 있어요. 에이번리에서 세 번째로 중요한 건물이에요. 나머지는 교회와 대장간이에요. 마을 회관에는 토론 클럽과 강연, 콘서트가 열려요.

제이콥 돈넬 올림

추신: 마을 회관은 아주 새파란 색이에요.

아네타 벨의 편지는 놀랍게도 꽤 길었어. 사실 작문은 아네타의 특기가 아닐 뿐더러 평소엔 세인트 클레어만큼이나 간단한데 말이지. 아네타는 조용한 소녀로 얌전하게 행동하는 모범적인 아이야. 하지만 아네타의 편지에는 독창성이 전혀 없었어. 그 내용은 다음과 같아.

친애하는 선생님께

저는 제가 선생님을 얼마나 사랑하는지에 대해 쓰려고 해요. 저는 제 온 마음을 다해 선생님을 사랑해요. 제 모든 것을 다해 선생님을 사랑하고 영원히 선생님을 섬기고 싶어요. 그렇다면 저에게는 가장 큰 영광일 거예요. 그래서 저는 학교에서 얌전하게 굴고 공부를 배우려고 열심히 노력해요.

선생님, 선생님은 정말 아름다우세요. 선생님의 목소리는 음악 같고 선생님의 눈은 이슬이 맺힌 팬지 같아요. 선생님은 키 크고 위풍당당한 여왕이에요. 선생님의 머리카락은 물결 모양의 황금색이에요. 앤서니 파이는 빨간색이라지만 앤서니의 말은 무시하셔도 돼요.

선생님을 안 지는 몇 달밖에 되지 않았지만 제가 선생님을 몰랐던 적이, 선생님이 제 인생에 들어와 축복해 주시고 신성하게 만들어 주시지 않았던 적이 없었다는 사실을 믿을 수 없네요. 저는 앞으로도 올해를 제 인생에서 가장 멋진 해로 기억할 거예요. 선생님을 저에게 데려다준 해니까요. 그리고 우리가 뉴브리지에서 에이번리로 이사 온 해니까요. 선생님에 대한 사랑은 제 인생을 풍요롭게 만들어 주었고 온갖 해악에서도 지켜 주었어요. 사랑하는 선생님, 모두 선생님 덕분이에요.

저번에 선생님이 검정 드레스에 머리에는 꽃을 달고 있었던 모습이 얼마나 예뻤는지 저는 절대로 잊지 못할 거예요. 저는 선생님의 그런 모습을 영원히 보고 싶어요. 선생님과 제가 모두 늙어서 백발이 될 때까지도요. 사랑하는 선생님, 선생님은 언제나 저에겐 젊고 아름다운 모습일 거예요. 저는 항상 선생님을 생각해요. 아침에도 한낮에도 땅거미가 질 때도. 저는 선생님이 웃을 때, 한숨을 쉴 때, 심지어 선생님이 오만해 보일때조차 선생님을 사랑해요. 저는 선생님의 짜증 난 얼굴을 한번도 본 적이 없어요. 앤서니 파이는 선생님이 항상 짜증 난 얼굴이라고 하지만요. 하지만 선생님이 그 애를 짜증 난 얼굴로 본다고 해도 놀랍지 않아요. 걘 그래도 싸니까요. 저는 선생님이 무슨 옷을 입어도 좋아요. 선생님은 새 옷을 입고 올 때마다 더욱 사랑스럽게 보여요.

사랑하는 선생님, 안녕히 주무세요. 이제 해가 지고 별들이 빛나고 있어요. 선생님의 눈처럼 밝고 아름다운 별들이에요. 내 사랑, 저는 선생님의 손과 얼굴에 입맞춤을 해요. 신이 선생님을 모든 악으로부터 보살펴 주시고 보호해 주시기를.

참 대단한 편지였지만 난 좀 당황스러웠어. 절대로 아네타가 썼을 만한 내용이 아니라는 것을 알았거든. 다음 날 학교에서 쉬는 시간에 아네타와 시냇가를 산책하면서 편지에 대해 사실 대로 말해 달라고 했지. 아네타는 울음을 터뜨리며 사실을 고백했어. 한 번도 편지를 써본 적이 없어서 어떻게 써야 할지, 뭐라고 써야 할지 몰랐대. 그런데 엄마의 화장대 맨 위 서랍에 옛 '연인'이 보낸 연애편지가 한 묶음 있었대.

"아빠가 쓴 편지가 아니었어요." 아네타는 흐느끼며 말했어. "성직자가 되려고 공부하던 사람이었어요. 그래서 사랑스러운 편지를 쓸 수 있었죠. 하지만 엄마는 그 사람과 결혼하지 않았어요. 엄마는 그 남자가 무슨 말을 하는 건지 절반은 이해할 수 없었대요. 하지만 전 그 편지가 멋지다고 생각해서 선생님께 쓰는 편지에 여기저기 베껴 넣었어요. '여인'이라고 쓰인 부분은 '선생님'으로 바꿨고 제 마음대로 생각나는 부분을 집어넣거나 다른 말로 바꾸기도 했어요. '분위기'는 '드레스'로 바꿨어요. '분위기'가 뭔지 모르지만 입는 거라고 생각했거든요. 선생님이 차이를 모를 거라고 생각했어요. 다 제가 쓴 게 아니라는 걸 어떻게 아셨는지 모르겠어요. 선생님은 엄청나게 똑똑한가 봐요."

난 아네타에게 남의 편지를 베껴서 자기가 쓴 것처럼 하는 건 잘못이라고 말해 줬어. 하지만 아네타가 오직 들켰다는 것만 뉘우치고 있는 것 같아서 걱정이야.

"하지만 전 정말로 선생님을 사랑해요." 아네타가 흐느껴 울었어. "목사님이 쓴 말을 베낀 거지만 전부 사실이에요. 전 정말로 온 마음을 다해 선생님을 사랑해요."

이런 상황에서 누군가를 야단친다는 건 정말 힘든 일이야.

이번에는 바버라 쇼의 편지야. 원래 편지에는 얼룩이 많이 묻어 있었어.

선생님께

선생님께서는 놀러 갔던 일에 대해 써도 된다고 하셨죠. 전 어딘가에 놀러 간 적이 딱 한 번밖에 없어요. 지난겨울에 메리 숙모네 집에 간 거예요. 메리 숙모는 아주 특별한 부인이고 훌륭한 주부예요. 처음 간 날 저녁에는 차를 마셨어요. 제가 물병을 깨뜨렸어요. 메리 숙모는 결혼할 때부터 있었던 물병이고 그동안은 아무도 깨뜨린 사람이 없었다고 하셨어요. 자리에서 일어나서는 제가 숙모의 드레스를 밟아서 주름이 다 찢어졌어요. 다음 날 아침에 일어났을 때는 대야에 물주전자를 떨어뜨려서 둘 다 깨졌고 아침을 먹을 때는 테이블보에 찻잔을 엎었어요. 점심때는 메리 숙모를 도와 접시를 치우다가 도

자기 접시를 떨어뜨려 산산조각 났어요. 그날 저녁에는 계단에서 굴러 발목을 삐는 바람에 일주일 동안 누워 있어야만 했어요. 메리 숙모는 조셉 숙부에게 제가 온 집 안의 물건을 부수지 않은 게 다행이라고 하셨대요. 발목이 다 나았을 때는 집에 돌아갈 때가 되었어요. 저는 어딘가를 방문하는 것을 그다지 좋아하지 않아요. 학교에 가는 게 훨씬 더 좋아요. 특히 에이번리로 이사 온 후에는 더욱요.

존경하는 마음으로 바버라 쇼

**윌리 화이트의 편지는 이렇게 시작했어.**

존경하는 선생님께

저는 우리 용감한 숙모에 대해서 말씀드리고 싶어요. 숙모는 온타리오에 사는데 어느 날 헛간으로 나갔다가 마당에 있는 개 한 마리를 보았어요. 아무런 상관도 없는 개였기 때문에 숙모는 막대기로 세게 치면서 헛간으로 몰고 가 가둬 놓았어요. 그런데 잠시 후 어떤 남자가 서커스에서 도망친 상상의 사자(질문: 윌리가 순회 동물원의 사자를 이야기한 걸까?)를 찾으러 왔어요. 그 개가 바로 사자였고 우리 용감한 숙모는 막대기로 사자를 헛간에 가둔 거였어요. 숙모가 잡아먹히지 않은 것이 놀랍지만 어쨌든 숙모는 매우 용감했어요. 에머슨 길리스

는 숙모가 사자를 개라고 생각했기 때문에 전혀 용감한 행동
이 아닌 거래요. 하지만 에머슨은 용감한 숙모가 없고 삼촌들
밖에 없기 때문에 질투가 나서 그러는 거예요.

　가장 훌륭한 편지는 맨 마지막을 위해 아껴 두었어. 내가 폴
이 천재라고 할 때마다 넌 비웃지만, 이 편지를 보면 폴이 평범
한 애가 아니라는 걸 확신할 수 있을 거야. 폴은 할머니와 함께
멀리 해변에 살기 때문에 같이 놀 친구가 없어. 진짜 친구는 없
지. 퀸스 전문학교 교수님이 학생들을 '편애'하면 안 된다고 하
셨지만 폴 어빙을 학생들 중에서 가장 사랑하게 되는 건 어쩔
수 없어. 하지만 아무런 해는 되지 않는다고 생각해. 모두가 폴
을 사랑하니까. 린드 부인마저도. 린드 부인은 자기가 미국인
을 그렇게 좋아하게 되다니, 믿을 수 없다고 해. 학교의 남학생
들도 폴을 좋아해. 폴은 꿈과 환상의 세계에서 살지만, 전혀 약
하지도 않고 여자애 같지도 않거든. 아주 남자답고 누구와 싸
워도 지지 않을 거야. 얼마 전에는 세인트 클레어 돈넬과 싸웠
어. 세인트 클레어가 영국 국기가 미국 성조기보다 훨씬 멋지
다고 했거든. 결과적으로 비긴 싸움이었고 서로의 애국심을 존
중하기로 합의했지. 세인트 클레어 말로는 자기는 가장 세게
칠 수 있지만 폴은 가장 많이 칠 수 있대.

　폴의 편지야.

친애하는 나의 선생님께

아는 사람 중에서 흥미로운 사람에 대해 써도 된다고 하셨죠. 제가 아는 가장 흥미로운 사람은 바위 사람들이고 선생님께 그 이야기를 들려드릴게요. 지금까지 아빠와 할머니에게만 말했지만 선생님께도 알려 드리고 싶어요. 선생님은 이해심이 많으시니까요. 세상에는 이해심 없는 사람들도 정말 많은데 그런 사람들한테는 말해 봤자 아무런 소용이 없어요.

바위 사람들은 해변에 살아요. 겨울이 오기 전에는 거의 매일 저녁마다 만나러 갔어요. 이제는 봄이 올 때까지 보러 갈 수 없지만 그들은 계속 거기에 있을 거예요. 그 사람들은 절대로 변하지 않으니까요. 그게 바로 그들의 멋진 점이에요. 노라는 제가 가장 먼저 알게 된 바위 사람이에요. 그래서 저는 노라를 가장 사랑하는 것 같아요. 노라는 앤드루스 만에 살고 머리와 눈이 까만색이고 인어와 물의 정령들에 대해 잘 알아요. 선생님도 노라가 들려주는 이야기를 들어 보셔야 해요. 노라 말고도 바위 사람들 중엔 쌍둥이 선원도 있어요. 쌍둥이 선원은 한곳에 살지 않고 항상 항해를 하지만 저에게 말을 걸기 위해 자주 해변으로 와요. 둘 다 유쾌한 뱃사람이고 세상의 모든 것을 보았고 세상 밖에 있는 것도 보았어요. 쌍둥이 선원 중 동생에게 한번은 어떤 일이 있었는지 아세요? 항해를 하다가 달숲으로 곧바로 들어간 거예요. 선생님도 아시다시피 달숲은 보름달이 바다에서 떠오를 때 물 위에 만들어진 길이에요. 쌍둥이 선원 중 동생은 달숲을 따라 항해하다가 달 위로 올라갔어요. 달에는 작은 황금색 문이 있었어요. 그 문을 열자 그 속으로 들어가 항해를 하게 되었어요. 달에서 멋진 모험을 했지만 그 얘기를 하려면 이 편지가 너무 길어질 거예요.

그리고 동굴에 사는 황금 부인 이야기도 해드릴게요. 어느 날 저는 해변 아래쪽에서 커다란 동굴을 발견하고 그 안으로 들어갔다가 황금 부인을 발견했어요. 황금 부인은 황금색 머리가 발까지 닿고 황금처럼 반짝이는 드레스는 살아 있는 것처럼 빛났어요. 하루 종일 황금색 하프를 연주해요. 자세히 귀를 기울이면 언제라도 해변에서 하프 소리를 들을 수 있지만 대부분의 사람은 바위 사이를 지나는 바람 소리일 뿐이라고 생각해요. 저는 노라에게 황금 부인에 대해 말하지 않았어요. 노라가 기분 상할까 봐 걱정되었거든요. 노라는 제가 쌍둥이 선원하고 오랫동안 이야기를 나눠도 속상해해요.

저는 항상 줄무늬 바위에서 쌍둥이 선원을 만나요. 쌍둥이 선원 중 동생은 성격이 좋지만 형은 가끔씩 몹시 사나워 보일 때도 있어요. 저는 쌍둥이 선원 중 형이 의심스러워요. 해적도 될 수 있을 것 같아요. 정말 알 수 없는 사람이에요. 한번은 그가 욕을 하기에 또 다시 욕을 할 거면 다시는 날 보러 해변으로 오지 말라고 했어요. 왜냐하면 전 할머니에게 욕하는 사람과는 어울리지 않겠다고 약속했거든요. 그는 잔뜩 겁을 먹더니 제가 용서해 준다면 해가 지는 곳으로 데려가 주겠다고 했어요. 그래서 다음 날 저녁에 저는 줄무늬 바위에 앉아 있었고 쌍둥이 선원 중 형이 마법의 배를 타고 왔어요. 저는 그 배에 탔어요. 그 배는 마치 조개껍데기의 속처럼 온통 진줏빛에 무지갯빛이었고 돛은 달빛 같았어요. 우리는 해가 지는 곳까지 곧장 항해를 했어요. 선생님, 생각해 보세요. 저는 지는 해 안에 있었던 거예요. 그게 어떨 거라고 생각하세요? 일몰은 마치 거대한 정원처럼 꽃들이 만발해 있어요. 구름은 꽃들의 침대였고요. 우리는 온통 황금색인 거대한 항구까지 항해를 했고 저는 장미꽃만 한 미나리아재비로 가득한 커다란 초원에서 내렸어요. 저는 거기에서 오랫동안 머물렀어요. 1년은 된 것 같았는데 쌍둥이 형이 말하길 몇 분밖에 지나지 않았대요. 해가 지는 곳에서는 여기보다 시간이 훨씬 늦게 흘러요.

사랑하는 선생님의 제자 폴 어빙

추신: 선생님, 물론 이 편지의 내용은 사실이 아니에요.

# 12

## 엉망진창 하루

그날 아침은 전날 잠을 이루지 못할 정도로 밤새 계속된 치통과 함께 시작되었다. 혹독하게 춥고 흐린 겨울날 아침에 일어난 앤은 삶이 지루하고 허무하며 무의미하게 느껴졌다.

앤은 좋지 않은 기분으로 학교에 갔다. 볼이 부풀어 오르고 얼굴이 아팠다. 교실은 춥고 연기가 자욱했다. 난로에 불이 잘 붙지 않아 아이들이 몸을 떨며 난로 주위로 모여들었다. 앤은 평소에는 낸 적 없는 날카로운 목소리로 아이들을 제자리로 돌려보냈다. 앤서니 파이는 평소처럼 잔뜩 거들먹거리며 제자리로 돌아갔다. 앤서니는 짝꿍의 귓가에 뭐라고 소곤거리더니 앤을 보고 씩 웃었다.

그날 아침 앤에게는 끼익 소리를 내는 아이들의 연필 소리가 엄청나게 크게 들렸다. 바버라 쇼는 산수 문제를 다 풀고 앤의 책상으로 걸어오다가 석탄 통에 걸려 넘어져 엄청난 사고를 쳤다. 석탄이 교실 사방에 나뒹굴었고 바버라의 석판은 산산조각 났으며 바버라가 자리에서 일어나자 석탄 먼지를 뒤집어쓴 바버라의 얼굴을 보고 남학생들이 폭소를 터뜨렸다.

앤은 2학년 읽기반 아이들이 책 읽는 것을 듣다가 뒤돌아서 싸늘하게 말했다.

"정말이지, 바버라, 뭔가에 걸려 넘어지지 않을 자신이 없으면 그냥 자리에 앉아 있도록 해. 네 또래 여자애가 그렇게 칠칠맞지 못한 건 부끄러운 일이야."

가엾은 바버라는 눈물과 석탄가루가 뒤범벅되어 괴기한 얼굴이 되고 말았다. 다정하고 이해심 많은 선생님이 그렇게 말한 적은 처음이었기에 바버라는 가슴이 아팠다. 앤도 양심이 찔렸지만 그럴수록 더 화가 날 뿐이었다. 2학년 읽기반 아이들이 그 수업을 기억하는 것은 그 후로 끔찍한 산수 계산을 계속해야 했기 때문만이 아니었다. 앤이 딱딱하게 굳은 얼굴로 수학 문제를 풀고 있던 그때, 세인트 클레어 돈넬이 숨을 헐떡거리며 도착했다.

앤이 차갑게 말했다.

"30분 늦었어, 세인트 클레어. 이유가 뭐지?"

"엄마가 저녁에 먹을 푸딩을 만드는 걸 도와드려야 했어요,

선생님. 저녁에 손님이 오는 데다 클래리스 앨마이러가 아프거든요."

세인트 클레어는 정중한 목소리로 대답했지만 아이들 사이에서는 역시나 웃음이 터져 나왔다.

"벌로 네 자리에 앉아서 산수책 84쪽에 있는 여섯 문제를 풀도록 해."

앤이 말했다. 세인트 클레어는 앤의 차가운 말투에 놀란 듯했지만 순순히 자리로 가서 석판을 꺼냈다. 그러더니 옆 통로에 있는 조 슬론에게 몰래 작은 꾸러미를 건넸다.

하이럼 슬론 부인은 최근에 얼마 되지 않는 수입에 보태려고 '호두 케이크'를 만들어 팔고 있었다. 그 케이크는 남자아이들 사이에서 인기가 많았다. 지난 몇 주 동안 앤은 이 케이크 때문에 애를 먹었다. 아이들은 학교로 오는 도중에 슬론 부인에게 산 케이크를 학교로 가져왔고, 수단과 방법을 가리지 않고 수업 시간에 친구들과 나누어 먹었다. 앤은 더 이상 학교로 케이크를 가져오면 압수하겠다고 했다. 그런데 세인트 클레어 돈넬이 과감하게도 슬론 부인이 사용하는 파랗고 하얀 줄무늬 종이로 포장된 꾸러미를 앤 바로 앞에서 건넨 것이었다.

"조, 그 꾸러미를 이리 가져와."

앤이 차갑게 말했다.

깜짝 놀란 조는 창피해하면서 앤의 말을 따랐다. 통통한 개구쟁이 조는 겁먹을 때마다 얼굴이 붉어지고 말을 더듬었다. 가엾게도 조는 이루 말할 수 없이 죄책감을 느끼는 표정이었다.

"그걸 난롯불에 던져."

앤의 명령에 조는 멍한 표정이었다.

"제…… 제…… 제…… 발…… 서…… 서…… 선생님……."

조가 말하기 시작했다.

"아무 소리 말고 시키는 대로 해."

"하…… 하…… 하지만…… 서…… 서…… 선생님…… 이…… 이건……."

조가 어쩔 줄 몰라하며 숨을 헐떡였다.

"조, 시키는 대로 할 거니, 안 할 거니?"

앤이 말했다.

조 슬론보다 대담하고 침착한 남자애라도 앤의 차가운 말투와 무서운 눈빛에 기가 죽었을 것이다. 학생들은 지금 같은 앤의 모습을 한 번도 본 적이 없었다. 조는 고통스러운 표정으로 세인트 클레어를 힐끗 보더니 세인트 클레어가 무슨 말을 하기도 전에 난로로 걸어가 크고 네모난 문을 열어 파랗고 하얀 꾸러미를 던져 넣었다. 세인트 클레어는 재빨리 몸을 피했다.

곧 에이번리 학교의 학생들은 모두 겁에 질렸다. 방금 지진이 일어났는지 화산이 터졌는지 알 수 없었다. 앤이 으레 슬론 부인의 호두 케이크가 들어 있으리라고 생각한 꾸러미에는 그 전날 저녁 워런 슬론의 생일을 축하하기 위해 세인트 클레어 돈넬의 아버지가 시내에서 보낸 폭죽과 바람개비가 들어 있었다. 폭죽이 엄청나게 큰 소리를 내며 터졌고 바람개비는 난로 밖으로 튀어나와 쉭쉭 소리를 내며 교실 안을 미친 듯이 돌아다녔다. 깜짝 놀라 얼굴이 새하얘진 앤은 의자에 주저앉았고 여학생들은 비명을 지르며 책상으로 올라갔다. 조 슬론은 얼어붙은 채 소동의 한가운데에 서 있었고, 세인트 클레어는 통로에 서서 몸을 앞뒤로 마구 흔들며 웃음을 터뜨렸다. 프릴리 로저슨은 기절했고 아네타 벨은 발작을 일으켰다.

마지막 바람개비가 멈추기까지는 고작 몇 분밖에 걸리지 않았지만 아주 오랜 시간처럼 느껴졌다. 가까스로 정신을 차린 앤은 문과 창문을 열어 교실을 가득 채운 연기와 가스를 내보냈다. 그런 다음에는 여학생들과 함께 기절한 프릴리를 현관으로 옮겼고, 뭔가 도움이 되고 싶어 고민하던 바버라 쇼가 프릴리의 얼굴과 어깨에 반쯤 얼은 물 한 바가지를 부어 버렸다.

다시 조용해지기까지는 꼬박 한 시간이 걸렸지만 사실은 그렇지 않았다. 아이들 모두 선생님의 마음이 아직 가라앉지 않았다는 사실을 깨달았다. 앤서니 파이를 제외하고 누구도 입을 열지 못했다. 네드 클레이는 산수를 하다가 연필 삐걱거리는 소리를 내서 앤의 눈총을 받는 순간 땅으로 꺼졌으면 하고 바랐다. 지리 시간에는 앤이 정신없이 빠르게 대륙에 대해 설명하는 바람에 모두들 머리가 어지러웠다. 문법 수업을 받는 아이들은 문법 설명을 듣느라 거의 죽을 지경이었다. 체스터 슬론은 '향기로운'을 '항기로운'이라고 잘못 읽었고, 이번 생에도 다음 생에도 절대로 만회할 수 없을 것 같은 수치심을 느꼈다.

앤은 자신의 행동이 터무니없으며 그날 저녁에 차를 마시며 웃어넘길 수 있는 사건이라는 사실을 알고 있었지만 그것은 오히려 앤을 더 화나게 만들었다. 좀 더 안정된 마음이었다면 가볍게 웃어넘길 수 있는 상황이었지만 지금은 불가능했다. 그래서 앤은 그 사실을 싸늘하게 무시해 버렸다.

점심 식사 후 앤이 학교로 돌아왔을 때 앤서니 파이를 제외한 모든 아이가 평소와 다름없이 자리에 앉은 채 고개를 숙이고 열심히 공부하고 있었다. 앤서니 파이는 책 너머로 앤을 힐끗 응시했다. 검은 눈은 호기심과 비웃음으로 반짝였다. 앤이 책상 서랍을 열어 분필을 꺼내려는 순간 손 바로 아래에서 살아 있는 쥐가 서랍 밖으로 튀어나와 책상으로 날쌔게 올라갔다가 바닥으로 뛰어내렸다.

앤은 뱀이라도 본 것처럼 비명을 지르며 뒷걸음질 쳤고 앤서니 파이는 크게 웃음을 터뜨렸다.

그 후 침묵이 흘렀다. 매우 끔찍하고 불편한 침묵이었다. 아네타 벨은 쥐가 어디로 갔는지 몰라서 다시 펄쩍 뛰어야 할지 말아야 할지 고민하다 결국 가만히 있기로 했다. 하얗게 질린 얼굴과 이글이글 불타오르는 눈을 한 선생님 앞에서 어느 누가 자기 마음대로 행동할 수 있을까?

"누가 내 책상에 쥐를 넣어 놨지?"

앤이 물었다. 낮은 목소리였지만 폴 어빙은 등줄기가 서늘해 졌다. 앤과 눈이 마주친 조 슬론은 머리부터 발끝까지 책임감 을 느꼈지만 몹시 더듬거리며 말했다.

"저…… 저…… 저는…… 아…… 아…… 아니에요."

앤은 불쌍한 조에게는 관심을 기울이지 않았다. 앤은 앤서니 파이를 쳐다보았고 앤서니 파이는 뻔뻔스럽게 앤을 바라보았다.

"앤서니, 너니?"

"네, 제가 그랬어요."

앤서니가 무례하게 대답했다.

앤은 책상에서 지휘봉을 꺼냈다. 단단한 나무로 된 길고 무거 운 지휘봉이었다.

"이리 나와, 앤서니."

앤서니 파이는 한 번도 심한 벌을 받아 본 적이 없었다. 앤은 아무리 화가 나도 아이들에게 호된 벌을 주지는 않았다. 하지 만 지휘봉을 가차 없이 내리치자 앤서니의 허세도 무너지고 말 았다. 앤서니는 움찔했고 눈물을 흘렸다.

앤은 양심의 가책에 지휘봉을 떨어뜨렸고 앤서니에게 자리로 돌아가라고 했다. 앤은 자신에게 엄청난 실망감을 느끼며 책상에 앉았다. 울컥했던 마음은 사라져 버렸고 눈물로 이 모든 상황을 지울 수 있다면 얼마든지 울 수 있을 것만 같았다. 아이들을 절대로 때리지 않는다고 그렇게 자랑했는데⋯⋯. 결국 학생 하나를 때리고 말았다. 제인이 이겼어! 해리슨 씨는 껄껄 웃겠지! 하지만 무엇보다 나쁜 것은 앤서니 파이의 마음을 얻을 수 있는 마지막 기회를 잃어버렸다는 것이었다. 이제 앤서니는 절대로 앤을 좋아하지 않을 것이다.

앤은 '무지막지하게 애쓴 덕분에' 그날 저녁 집에 돌아갈 때까지 눈물을 참을 수 있었다. 앤은 동쪽 지붕 방에서 문을 잠그고 수치심과 후회, 실망감으로 베개에 얼굴을 묻고 엉엉 울었다. 앤의 울음소리가 오랫동안 계속되자 걱정된 마릴라가 방으로 들어와 무슨 일인지 물었다.

앤이 흐느꼈다.

"바로 제 양심이 문제예요. 마릴라 아주머니, 오늘은 정말 운이 나쁜 날이었어요. 제 자신이 너무도 부끄러워요. 화를 참지 못하고 앤서니 파이에게 매를 들고 말았어요."

마릴라가 결연하게 말했다.

"그거 잘했구나. 넌 진즉에 그랬어야 했어."

"아, 아니에요, 아니에요, 마릴라 아주머니. 다시는 아이들 얼굴을 볼 자신이 없어요. 너무도 창피한 일을 저지른 기분이에요. 제가 그때 얼마나 짜증 나고 혐오스럽고 지독했는지 모르실 거예요. 폴 어빙의 눈빛을 잊을 수가 없어요……. 너무 놀라고 실망한 것 같았어요. 오, 마릴라 아주머니, 전 앤서니가 저를 좋아하게 만들려고 많이 참고 노력했어요. 하지만 이제 다 소용없어졌어요."

마릴라는 딱딱하고 거친 손으로 앤의 헝클어진 윤기 나는 머리카락을 부드럽게 쓰다듬었다. 앤의 울음이 잦아들자 마릴라는 평소보다 무척 부드러운 목소리로 말했다.

"앤, 넌 너무 마음에 담아 두는 일이 많아. 누구나 실수를 하지만 잊어버리지. 운 나쁜 날은 누구한테나 있어. 앤서니 파이일은, 그 애가 널 싫어하는 걸 신경 쓸 필요가 있니? 그 애 한 명뿐인데."

"어쩔 수가 없어요. 전 모두가 절 좋아하길 바라고 누가 절 싫어하면 상처받아요. 이제 앤서니는 절대로 절 좋아하지 않을 거예요. 아, 마릴라 아주머니, 전 오늘 아주 바보 같은 짓을 했어요. 무슨 일인지 다 말씀드릴게요."

마릴라는 앤의 이야기에 처음부터 끝까지 귀를 기울였고 어느 부분에서는 미소를 지었다. 이야기가 다 끝나자 마릴라가 목소리에 힘을 주어 말했다.

"신경 쓰지 마라. 오늘 하루는 지났고 내일은 또 다른 하루가 다가오니까. 네가 늘 하던 말이잖니. 아래층으로 가서 저녁을 먹어. 차 한잔과 내가 오늘 만든 자두 파이를 먹으면 힘이 날

게다."

"자두 파이도 제 죽은 마음을 살릴 수는 없을 거예요."

앤이 암담하게 말했다. 하지만 마릴라는 앤이 그런 말을 할 정도로 기운을 차린 게 기분이 나아진 증거라고 생각했다.

쌍둥이의 환한 얼굴과 데이비가 네 조각이나 해치운 마릴라의 맛있는 자두 파이가 있는 활기찬 저녁 식사 시간은 정말로 앤을 '힘 나게' 해주었다. 앤은 푹 잤고 아침에 일어나 세상이 달라진 것을 발견했다. 밤새 함박눈이 내려 햇살 속에서 온통 하얗게 빛나는 세상은 과거의 모든 실수와 창피함을 덮어 주는 자비로운 망토처럼 느껴졌다.

모든 아침은 새로운 시작이야.
모든 아침은 새롭게 만들어진 세상이야.

앤은 옷을 입으며 노래를 불렀다.

쌓인 눈 때문에 앤은 길을 돌아서 학교로 가야 했는데 앤이 초록 지붕 집의 길을 벗어나자마자 앤서니 파이가 눈을 헤치고 나타난 것은 짓궂은 우연의 일치 같았다. 앤은 둘의 입장이 뒤바뀐 것처럼 큰 죄책감을 느꼈다. 하지만 놀랍게도 앤서니는 모자를 들어 올렸을 뿐만 아니라 인사까지 건넸다. 앤서니가 모자를 벗은 것은 이번이 처음이었다. 앤은 말이 나오지 않았다.

"걷기가 힘들지요?
책을 들어 드릴까요, 선생님?"

앤은 책을 건네주면서 이게 꿈인지 생시인지 의아했다. 앤서
니는 말없이 학교까지 걸었다. 그러나 앤은 책을 돌려받으면
서 앤서니를 내려다보며 미소를 지었다. 앤서니도 형식적으로
'친절한' 미소가 아니라 친한 친구에게 보내는 자연스러운 미소
를 보였다. 아니, 사실대로 말하자면 앤서니는 활짝 웃었다. 활

짝 웃는 건 보통 말하는 예의 바른 행동은 아니었지만. 앤은 자신이 바란 대로 앤서니의 사랑은 얻지 못했지만 존경심은 얻은 게 아닐까 하는 생각이 얼핏 들었다.

레이철 린드 부인이 다음 토요일에 와서 그 사실을 확인해 주었다.

"글쎄 말이야, 앤, 네가 앤서니 파이를 이긴 것 같구나. 앤서니가 말하길 네가 여자이긴 하지만 그래도 어느 정도 괜찮대. 네가 자기를 때린 게 '남자만큼이나 센 힘'이었다고."

"때리는 걸로 그 애를 움직일 수 있을 줄은 몰랐어요. 아이들을 때리는 건 옳지 않아요. 친절함에 대한 제 신념이 틀리지 않다고 확신해요."

앤은 자신의 이상이 잘못된 쪽으로 흐르는 것 같아 후회 가득한 목소리로 말했다.

"그래, 하지만 앤서니 파이는 모든 법칙의 예외지."

린드 부인이 확신에 차서 말했다.

해리슨 씨는 그 이야기를 듣고 "그렇게 하게 될 줄 알았다."라고 했고, 제인은 매정하게도 아픈 데를 계속 건드렸다.

# 13

# 즐거운 소풍

앤은 과수원 비탈길을 걷다 **유령의 숲** 아래로 흐르는 시냇물 위에 걸쳐진 이끼 낀 낡은 통나무 다리에서 다이애나와 마주쳤다. 두 사람은 고사리들이 낮잠에서 막 깨어난 곱슬머리의 초록색 꼬마 요정들처럼 펼쳐져 있는 **드루아스 샘가**에 앉았다.

"토요일에 있을 내 생일 파티에 널 초대하러 가는 길이었어." 앤이 말했다.

"네 생일이라고? 네 생일은 3월이었잖아!"

"그건 내 잘못이 아니야. 만약 우리 부모님이 나하고 상의했다면 절대로 3월이 아닐 거야. 당연히 난 봄에 태어나기를 원했을 테니<sup>캐나다의 겨울은 몹시 길어서 3월에도 겨울 기후가 나타난다: 옮긴이</sup>. 아네모네와 제비꽃이 피는 봄에 세상에 태어난다는 건 정말 즐거운 일이

야. 그 꽃들과 언제나 자매 같은 기분이 들 테니까. 하지만 난 봄에 태어나지 않았으니까 대신 봄에 내 생일을 축하하기로 했어. 프리실라는 토요일에 올 거고 제인도 집에 있을 거야. 우리 넷이 숲으로 놀러가서 봄을 만끽하며 즐거운 하루를 보내는 거야. 우리는 아직 봄이 어디서 시작되는지 모르지만 다른 곳에서는 절대 만날 수 없는 것처럼 그곳에서 다시 봄을 만나는 거지. 난 들판과 한적한 장소들을 전부 탐험하고 싶어. 얼핏 보기는 했지만 자세히 본 적 없는 아름다운 곳이 구석구석 잔뜩 있을 거야. 바람하고 하늘, 태양하고 친구가 되어서 가슴에 봄을 담고 집으로 돌아오는 거야."

앤이 웃음을 터뜨렸다.

"정말 멋지겠다. 하지만 아직 축축한 곳도 있지 않을까?"

다이애나는 앤의 꿈결 같은 말을 의심하면서 말했다.

"고무 덧신을 신으면 돼. 토요일 아침에 일찍 와서 점심 준비를 도와줘. 난 가장 맛있는 음식을 만들 거야. 봄하고 어울리는 걸로 말이야. 작은 젤리 타르트, 분홍색과 노란색 아이싱을 입힌 쿠키, 버터컵 케이크, 그리고 샌드위치도 있어야 해. 별로 운치는 없지만 말이야."

앤은 현실적인 문제를 어느 정도 순응하면서 해결 방법에 대해 대꾸했다.

토요일은 소풍 가기에 안성맞춤인 날씨였다. 그날은 산들바

람이 불고 하늘은 푸르며 따뜻하고 환한 햇
살이 비추었다. 초원과 과수원 너머로 상
쾌한 바람이 불었다. 햇살이 내리쬐는 들판
에는 꽃들이 가득하며 은은한 초록빛을 띠었다.

해리슨 씨가 농장 뒤편에서 써레질을 하고 있었다.
지긋이 나이가 든 해리슨 씨의 마음에도 마법 같은 기
운을 불러일으키는 봄이었다. 해리슨 씨는 바구니를 든 네 소
녀가 자작나무와 전나무 숲의 가장자리와 맞붙어 있는 자신의
들판 끝을 지나는 모습을 보았다. 소녀들의 즐거운 목소리와
웃음이 그에게까지 울려 퍼졌다.

"이런 날에는 쉽게 행복을 느낄 수 있지 않니? 정말로 즐거운
하루가 되게 만들자. 언제든지 즐겁게 회상할 수 있는 날 말이
야. 우리는 아름다운 것만 찾을 거고 그밖에 다른 것들은 보지
않을 거야. '따분한 근심 걱정은 따위는 잊어버려!' 제인, 너 어
제 학교에서 있었던 안 좋은 일에 대해서 생각하고 있구나."

앤이 앤다운 철학을 담아 말했다.

"어떻게 알았어?"

제인이 화들짝 놀랐다.

"표정을 보면 알아. 나도 많이 지어 본 표정이거든. 하지만
잊어버려. 월요일까지 묻어 두자. 그렇지 않으면 더 좋고. 오,
얘들아, 저기 제비꽃밭 좀 봐! 내 마음속에 담아 둬야지. 내가

여든 살이 되면…… 그때까지 살아 있다면…… 난 눈을 감고 지금 보는 것처럼 저 제비꽃들을 떠올릴 거야. 제비꽃은 오늘 하루가 우리에게 주는 첫 번째 선물이야."

"만약 입맞춤을 볼 수 있다면 제비꽃을 닮았을 거야."

프리실라가 말했다.

앤의 얼굴이 빛났다.

"프리실라, 그걸 혼자만 생각하고 있지 않고 말해 줘서 너무 기뻐. 사람들이 진짜 생각을 말한다면……, 세상은 지금보다 훨씬 흥미로운 곳이 될 거야. 지금도 아주 흥미롭긴 하지만."

"어떤 사람들은 낯 뜨거운 이야기를 하기도 하겠지."

제인이 지혜롭게 지적했다.

"그럴 수도 있지만 고약한 생각을 하는 건 그 사람들 잘못이지. 어쨌든 우리는 오늘 아름다운 생각만 할 거니까 서로의 생각을 전부 이야기할 수 있어. 머릿속에 떠오르는 생각은 뭐든지 말해도 돼. 그게 바로 대화지. 이 작은 길은 처음 보는 거야. 살펴보자."

그 길은 구불구불한 데다 좁아서 네 소녀는 한 줄로 서서 걸어야 했고 전나무 가지가 얼굴을 스쳤다. 전나무 아래에는 이끼가 벨벳 쿠션처럼 깔려 있었고 더 앞으로 걸어가자 나무들의 키가 작아지고 땅은 여러 가지 초록 식물로 가득했다.

"코끼리 귀<sup>베고니아의 다른 이름: 옮긴이</sup>가 잔뜩 있어! 너무 예쁘다. 한 움큼 꺾을 거야."

다이애나가 외쳤다.

"저렇게 우아하고 솜털 같은데 어쩜 그렇게 끔찍한 이름이 붙었을까?"

프리실라가 물었다.

"그 이름을 지은 사람은 상상력이 하나도 없거나 너무 지나쳤을 거야. 오, 얘들아, 저것 좀 봐!"

앤이 말했다.

'저것'은 바로 길이 끝나는 곳 작은 공터 가운데에 있는 얕은 웅덩이였다. 봄이 더 지나면 물이 말라서 무성한 고사리풀로 가득 차겠지만 지금은 희미하게 빛나는 잔잔한 연못이었다. 받침 접시처럼 둥글고 수정처럼 맑았다. 어린 자작나무들이 빙 둘러싼 연못 주변에는 작은 고사리풀이 자라고 있었다.

"너무 예뻐!"

제인이 말했다.

"숲속의 요정처럼 물가에서 춤추자!"

앤이 바구니를 내려놓고 손을 뻗으며 소리쳤다. 하지만 땅이 너무 질퍽거려서 춤은 성공적이지 못했다. 제인의 덧신이 벗겨졌다.

"덧신을 신은 채로는 숲속 요정이 될 수 없겠어."

제인이 결론을 내리자 앤은 하는 수 없이 말했다.

"여길 떠나기 전에 이곳에 이름을 지어 줘야 해. 다들 하나씩 이름을 말하고 제비뽑기로 정하자. 다이애나, 넌?"

다이애나가 즉시 의견을 내놓았다.

"자작나무 연못."

"수정 호수."

제인이 말했다.

앤은 뒤에 서서 저런 이름을 말하지 말아 달라고 애원하는 눈빛으로 프리실라를 바라보았다. 프리실라는 '빛나는 거울'이라고 재치를 발휘했다. 앤의 선택은 '요정의 거울'이었다.

교사인 제인이 자작나무 껍질에다 주머니에서 꺼낸 연필로 이름을 써서 앤의 모자에 넣었다. 그런 다음 프리실라가 눈을 감고 하나를 뽑았다. '수정 호수'라고 제인이 의기양양하게 읽었다. 그곳의 이름은 수정 호수로 정해졌다. 앤은 이 연못에게는 짓궂은 운명의 장난이라고 생각했지만 입 밖으로 내지는 않았다.

네 소녀는 덤불을 지나 초록색의 호젓한 사일러스 슬론 씨의 뒤쪽 목초지로 나왔다. 그들은 그 너머에 숲을 가로지르는 길이 있는 것을 발견하고 그 길에 가보기로 역시 투표로 정했다. 잇따라 펼쳐지는 놀랄 만큼 아름다운 풍경에 소녀들은 깜짝 놀랐다. 슬론 씨의 목초지를 빙 둘러 가자 꽃을 피운 야생 벚나무가 가득한 아치 길이 나왔다. 소녀들은 팔에 모자를 걸고 크림색 솜털 같은 벚꽃으로 머리를 장식했다. 그 길은 오른쪽으로 꺾어지더니 가파르게 내려가 빽빽한 가문비나무 숲으로 이어졌다. 그곳은 너무 컴컴해서 하늘 한 점, 햇살 한 줄기 보이지 않아 마치 황혼의 어둠 속을 걷는 기분이었다.

"여기는 나쁜 숲속 요정들이 사는 곳이야. 그 요정들은 장난이 심하고 못됐지만 우릴 해치지 못해. 왜냐하면 봄에는 나쁜 짓을 하지 못하게 되어 있거든. 저기 비틀어진 늙은 전나무 옆에서 한 녀석이 우리를 엿보고 있어. 방금 지나친 커다란 점박이 독버섯 위에 녀석들이 잔뜩 있는 거 봤지? 착한 요정들은 언제나 햇빛이 잘 드는 곳에 살아."

앤이 속삭였다.

"요정이 진짜 있었으면 좋겠어. 세 가지 소원을…… 아니, 딱 하나라도 들어준다면 얼마나 좋을까? 얘들아, 너희들은 무슨 소원을 빌 거니? 난 돈 많고 아름답고 똑똑하게 해달라고 빌 거야."

제인이 말했다.

"난 키 크고 날씬하게 해달라고."

다이애나가 말했다.

"난 유명하게 해달라고 빌래."

프리실라가 말했다.

앤은 머리카락 색깔을 떠올렸지만 이내 그럴 가치가 없다는 생각에 떨쳐 버렸다.

"난 모두의 가슴과 삶이 항상 봄과 같게 해달라고 빌 거야."

"하지만 그건 이 세상을 천국처럼 만들어 달라고 비는 것이나 똑같아."

프리실라가 말했다.

"천국의 일부분 같은 거지. 나머지 부분에는 여름과 가을이 있을 테니까. 아, 그래, 겨울도 조금 있을 거야. 난 천국에도 가끔씩 눈으로 뒤덮인 반짝이는 들판과 하얀 서리가 있었으면 좋겠거든. 제인, 너는?"

"난…… 모르겠어."

제인이 불편한 듯 말했다. 제인은 교회에 다니는 착한 소녀였다. 자신의 직업에 맞게 성실하게 생활하려고 노력했고 여태껏 받은 모든 가르침을 믿었다. 하지만 제인은 천국에 대해 깊이 생각해 본 적이 없었다.

"미니 메이가 얼마 전에 천국에서는 매일 가장 좋은 옷을 입느냐고 물었어."

다이애나가 웃었다.

"그렇다고 말해 주지 않았어?"

앤이 물었다.

"맙소사, 아니! 천국에서는 옷에 대한 생각을 전혀 하지 않을 거라고 말해 줬어."

"오, 내 생각에는 조금은…… 할 것 같은데. 영원히 사니까 중요한 것들에 소홀해지지 않고도 시간이 아주 많을 거야. 내 생각에는 모두 예쁜 옷을 입을 거야. '의상'이라는 표현이 더 정확하겠지. 난 일단 몇 세기 동안 분홍색 옷을 입을 거야. 분홍색이 질리려면 분명 오랜 시간이 걸릴 테니까. 난 분홍색이 좋은데 이 세상에서는 절대로 입을 수 없어."

앤이 진지하게 말했다.

가문비나무 숲을 지나자 햇빛이 잘 드는 작은 공터가 나왔고 그곳에는 시냇물에 놓인 통나무 다리가 있었다. 곧 이어 햇살을 받은 너도밤나무가 눈부신 자태를 드러냈다. 공기는 투명한 황금빛 포도주 같았고 햇살에 비친 나뭇잎들이 다양한 무늬를 만들며 일렁거렸다. 조금 더 가자 야생 벗나무 몇 그루와 호리호리한 전나무가 있는 작은 계곡이 이어졌고 그 뒤 가파른 언덕이 나왔다. 소녀들은 그 언덕을 오르느라 숨이 찼다. 하지만 꼭대기에 오르자 그들을 기다리고 있던 가장 아름다운 풍경이 모습을 드러냈다.

그곳 너머는 위쪽 카모디 길로 이어지는 농장들의 '뒤쪽 들판'이었다. 소녀들의 바로 앞에는 자작나무와 전나무가 둘러싸고 있었지만 탁 트인 남쪽에는 작은 모퉁이가 있고 그곳에는 정원이 있었다. 아니, 한때 정원이었던 곳이었다. 이끼와 잔디로 가득한 금방이라도 허물어질 것 같은 돌둑이 둘러싸고 있었다.

그 동쪽 면을 따라 바람에 날려 쌓인 눈더미 같은 벚나무가 한 줄로 늘어서 있었다. 그곳에는 옛 길의 흔적이 아직 남아 있었고 그 가운데로 장미나무가 두 줄로 늘어서 있었다. 나머지 공간은 노랗고 하얀 수선화밭이었다. 무성한 초록 풀밭 위로 풍성하게 핀 꽃들이 바람에 살랑이고 있었다.

"아, 어쩜 이렇게 아름다울 수가!"

세 소녀가 소리쳤다.

앤은 벅찬 감동을 어찌할 줄 모른 채 그저 바라보기만 했다.

"도대체 어떻게 여기에 정원이 있었던 거지?"

프리실라가 놀라며 말했다.

"헤스터 그레이의 정원이었을 거야. 엄마한테 들은 적은 있는데 본 적은 없었거든. 아직까지 있을 줄은 몰랐어. 앤, 너도 그 이야기를 들은 적이 있니?"

다이애나가 말했다.

"아니, 하지만 왠지 낯익은 이름이야."

"묘지에서 봤을 거야. 헤스터는 포플러나무 쪽 모퉁이에 묻혔거든. 입구문에 '22세 헤스터 그레이를 추모하며'라고 적힌 작은 갈색 비석 말이야. 바로 옆에 조던 그레이가 바로 묻혀 있는데 비석은 없어. 앤, 마릴라 아주머니가 그 얘기를 하지 않았다니 이상하구나. 30년 전 일이라 모두들 잊어버렸겠지만."

"무슨 사연이 있는 이야기라면 알아야 해. 여기 수선화 꽃밭에 다들 앉아 다이애나한테 이야기를 들어 보자. 얘들아, 수선화가 엄청 많아. 수선화는 어디든 덮어 버린다니까. 마치 달빛과 햇빛으로 짠 카펫을 깔아 놓은 정원 같아. 이건 가치 있는 발견이야. 6년 동안 살면서도 한 번도 못 봤다니! 어서, 다이애나."

앤이 말했다.

"오래전에……."

다애아나의 이야기가 시작되었다.

"이곳은 데이비드 그레이 씨의 농장이었어. 하지만 여기에 살지는 않았고……, 지금 사일러스 슬론 씨가 사는 집에 살았대. 그레이 씨한테는 조던이라는 아들이 한 명 있었는데 조던은 어느 겨울에 보스턴으로 일하러 갔다가 헤스터 머레이라는 아가씨와 사랑에 빠졌지. 헤스터는 상점에서 일하고 있었는데 그 일을 무척 싫어했어. 시골에서 자란 헤스터는 시골로 돌아가고 싶었거든. 조던의 청혼을 받은 헤스터는 들판과 나무만 보이는 곳으로 데려다 준다면 결혼하겠다고 했지. 그래서 조던은 헤스터를 에이번리로 데려왔어. 린드 부인은 조던이 미국인이랑 결혼하다니, 엄청난 위험을 무릅쓰는 일이라고 말했지. 헤스터는 몸이 허약한 데다 집안일도 잘하는 편이 아니었대. 하지만 우리 엄마 말씀으로는 헤스터는 무척 예쁘며 상냥했고, 조던은 헤스터가 밟은 땅까지 경배할 정도로 그녀를 사랑했대.

그레이 씨는 아들에게 이 농장을 물려주었고 조던은 농장 뒤쪽인 이곳에 작은 집을 지어 4년 동안 헤스터와 살았다고 해. 헤스터는 거의 외출도 하지 않았고 우리 엄마와 린드 부인을 빼고는 찾아오는 사람도 없었대. 조던이 이 정원을 만들어 주자 헤스터는 이 정원을 너무나 좋아해서 거의 이곳에서 시간을 보냈대. 집안일은 잘 못했지만 꽃을 가꾸는 데는 재주가 있었나 봐. 그런데 헤스터가 병에 걸리고 만 거야. 엄마 말로는 에이번리에 오기 전부터 폐결핵에 걸렸던 것 같대. 몸져눕지는 않았지만 날이 갈수록 허약해졌지. 조던은 아내의 간병을 다른 사람에게 맡기지 않고 혼자서 다 했어. 엄마 말씀으로는 조던은 여자만큼 부드럽고 온화했대. 조던은 아내에게 숄을 둘러 주고 매일 정원으로 데리고 갔어. 헤스터는 벤치에 누워 무척 행복해했지. 사람들 말로는 헤스터가 매일 밤낮으로 조던과 함께 정원에서 죽음을 맞이하게 해달라고 기도했다는 거야. 그 기도는 이루어졌어. 어느 날 조던은 헤스터를 벤치로 데려가 장미꽃을 전부 꺾어다 아내 위에 올려놓았지. 헤스터는 조던을 보며 가만히 미소 짓고는…… 눈을 감았대. 그렇게 세상을 떠났어."

다이애나가 조용히 이야기를 끝맺었다.

"오, 정말 아름다운 이야기야."

앤이 눈물을 닦으며 한숨을 쉬었다. 그러자 프리실라가 물었다.

"조던은 어떻게 됐어?"

"헤스터가 죽은 후 농장을 팔고 보스턴으로 돌아갔대. 자베즈 슬론 씨가 농장을 사서 헤스터와 조던이 살던 작은 집을 길가로 밀어냈고. 조던은 10년 후쯤 죽었고 고향으로 옮겨져 헤스터의 옆에 묻혔지."

"왜 모든 걸 버리고 여기서 살고 싶어 했는지 모르겠어."

제인이 말했다.

"난 쉽게 이해되는걸. 난 들판과 숲이 좋긴 하지만 단조로운 생활을 바라진 않아. 사람도 좋아하니까. 하지만 헤스터의 심정이 이해돼. 헤스터는 시끄러운 도시의 소음과 항상 왔다 갔다 할 뿐 무심한 사람들이 싫었던 거야. 그곳을 벗어나 고요하고 푸릇하며 인정 많은 곳으로 가서 쉬고 싶었던 거지. 그리고 헤스터는 자기가 원하는 것을 얻었어. 그런 사람들은 많지 않을 거야. 헤스터는 죽기 전에 4년 동안 아름다운 시간을 보냈어. 완벽하게 행복한 4년을……. 그래서 난 동정이 아니라 부러운 마음이 들어. 장미꽃과 함께, 세상에서 가장 사랑하는 사람이 미소 지으며 내려다보는 가운데 잠들다니……, 정말 아름다운 모습이었을 거야!"

앤이 생각에 잠긴 채 말했다.

"저기 벚나무들은 헤스터가 직접 심은 거야. 헤스터가 우리 엄마에게 말하길 열매가 열릴 때까지 살진 못하겠지만 자기가 심은 나무는 세상을 아름답게 만드는 데 보탬이 되고 있다고 생각하고 싶다고 했대."

다이애나가 말했다.

"우리가 이쪽으로 와서 정말 다행이야. 너희도 알다시피 오늘은 내가 입양된 날이야. 이 정원과 정원에 얽힌 이야기가 내 생일 선물이 되었어. 다이애나, 헤스터 그레이가 어떻게 생겼는지도 엄마가 말해 주셨니?"

앤이 빛나는 눈으로 묻자 다이애나가 대답했다.

"아니. 예쁘다고만 하셨어."

"그 편이 더 좋아. 헤스터가 어떻게 생겼는지 내 마음대로 상상할 수 있으니까. 내 생각에 헤스터는 아주 작고 가냘픈 몸매에 부드럽고 까만 곱슬머리와 순하고 상냥하며 커다란 갈색 눈을 가진 애절하고 창백한 얼굴이었을 거야."

소녀들은 헤스터의 정원에 바구니를 놓아둔 채 주변의 숲과 들판을 거닐면서 예쁜 장소와 길을 많이 발견했다. 배가 고파지자 가장 예쁜 장소에서 점심을 먹었다. 긴 솜털 같은 풀 사이로 하얀 자작나무들이 우뚝 들어선 곳으로 개울이 졸졸 흐르는 경사진 둑이었다. 소녀들은 자작나무 밑동 옆에 앉아 앤이 준비한 음식을 마음껏 먹었다. 식욕이 왕성한 데다 신선한 공기와 즐겁게 움직인 덕분에 운치와는 거리가 먼 샌드위치마저도

정말 맛있었다. 앤은 손님들을 위해 유리잔과 레모네이드를 가져왔지만 본인은 자작나무 껍질로 컵을 만들어 차가운 시냇물을 마셨다. 물이 새고 봄에는 으레 그렇듯이 시냇물에서 흙맛이 났지만 앤은 이런 날에는 레모네이드보다 시냇물을 마시는 게 훨씬 잘 어울린다고 생각했다.

"애들아, 저기 시가 보여?"

갑자기 앤이 손가락으로 무언가를 가리키며 물었다.

"어디?"

제인과 다이애나는 마치 자작나무에 새겨진 옛 북유럽 시라도 기대하는 듯이 쳐다보았다.

"저기…… 저 아래 개울이 초록색 이끼 낀 오래된 통나무 위로 마치 빗질한 것 같은 부드러운 주름 장식처럼 흐르는 모습이, 한 줄기 햇빛이 곧바로 가로질러 물속 아래까지 떨어지는 모습이 말이야. 저렇게 아름다운 시는 처음이야."

"난 그림이라고 부를래. 시는 구와 절로 되어 있잖아."

제인이 말했다.

"오, 맙소사, 아니야. 구와 절은 시가 입은 겉옷일 뿐이야. 네 옷의 주름 장식이 네가 아닌 것처럼 말이야, 제인. 진짜 시는 그 안에 있는 영혼이야. 바로 그 아름다운 부분이 글로 쓰이지 않은 시야. 영혼은 매일 볼 수 있는 게 아니야. 시의 영혼도……."

앤이 벚꽃 화관을 쓴 머리를 흔들었다.

"난 영혼이…… 사람의 영혼이 어떻게 생겼을지 궁금해."

프리실라가 꿈꾸듯 말했다.

"아마 저렇게 생겼을 거야. 물론 모양과 형태를 갖춘 영혼 말이지. 난 영혼이 빛으로 만들어졌다고 상상하는 게 좋아. 장밋빛 얼룩과 떨림이 비친 것도 있겠지. 바다의 달빛처럼 부드럽게 빛나는 것도 있을 테고. 새벽안개처럼 창백하고 투명한 것도 있을 거야."

앤이 자작나무 사이에서 흘러나오는 햇빛을 가리키며 대답했다.

"영혼이 꽃 같다고 어디에선가 읽은 적이 있어."

프리실라가 말했다.

"그럼 네 영혼은 황금색 수선화일 거고, 다이애나는 붉디붉은 장미, 제인은 분홍색의 건강하고 달콤한 사과꽃일 거야."

"네 영혼은 속에 보라색 줄무늬가 들어간 하얀 제비꽃일 거야."

프리실라가 끝맺었다.

제인은 다이애나에게 저 둘이 무슨 말을 하는지 모르겠다고 속삭였다.

소녀들은 잔잔한 황금빛 저녁노을이 질 때 집으로 돌아왔다. 바구니에는 헤스터의 정원에서 딴 수선화가 가득했다. 앤은 다음 날 그중 일부를 헤스터 무덤에 가져다 놓아두었다. 전나무 숲에서 울새가 음유시인처럼 지저귀고 습지에서는 개구리가 노래했다. 작은 언덕 사이에 있는 웅덩이마다 노란색과 에메랄드빛이 넘실댔다.

"정말 좋은 시간을 보냈구나."

다이애나가 처음에는 기대하지 못했다는 듯이 말했다.

"정말로 즐거운 하루였어."

프리실라가 맞장구치자 제인도 입을 열었다.

"난 숲이 정말 너무 좋아."

앤은 아무 말도 하지 않았다. 앤은 저 멀리 서쪽 하늘을 보며 헤스터 그레이를 생각했다.

## 14

# 위험을 피하다

어느 금요일 저녁, 앤은 우체국에서 집으로 돌아가는 길에 언제나 그렇듯 교회와 나라에 대한 온갖 걱정으로 가득한 린드 부인을 만났다.

"앨리스 루이스한테 며칠 동안 나를 도와줄 수 있는지 물어보러 티모시 코튼네 집에 다녀오는 길이야. 지난주에 날 도와줬는데 좀 느리긴 해도 없는 것보단 낫거든. 하지만 이번엔 아파서 올 수가 없다는구나. 티모시도 기침을 해대며 불평을 늘어놓고 있었어. 10년째 죽는 소리를 하고 있으니 앞으로도 10년은 더 그러겠지. 무엇 하나 진득하게 하지 못해. 아픈 것도 마찬가지야. 아픈 걸 끝내려면 좀 참아야 하는데 참지를 못한다니까. 정말이지 게으른 집안이라 앞으로 어떻게 될지 나도 모르겠구나. 신만이 알겠지."

린드 부인이 말했다.

린드 부인은 어쩌면 신도 그런 건 모르시지 않을까라고 생각하는 듯이 한숨을 내쉬었다.

"마릴라는 화요일날 눈 때문에 또 병원에 갔었지? 의사가 뭐래?"

린드 부인이 물었다.

"꽤 만족하셨어요. 많이 좋아졌다면서 시력을 완전히 잃을 위험은 사라진 것 같대요. 하지만 책을 많이 읽거나 섬세한 손작업이 요구되는 일은 하면 안 된다고 했어요. 바자회 준비는 잘되세요?"

앤이 웃으며 말했다.

린드 부인이 책임을 맡고 있는 여성 자선 협회에서 바자회와 저녁 식사를 준비 중이었다.

"잘되고 있지······. 그러고 보니 생각나는구나. 앨런 부인이 옛날식 부엌 같은 노점을 만들어서 구운 콩과 도넛, 파이 같은 걸 저녁 식사로 내놓으면 좋겠다고 해. 그래서 우린 지금 옛날 물건들을 모으고 있단다. 사이먼 플레처 부인이 자기 어머니가 뜨개질로 만든 덮개를 빌려 주기로 했고, 레비 볼터 부인은 오래된 의자를, 메리 쇼 숙모는 유리문 달린 찬장을 빌려 주기로 했지. 마릴라가 놋쇠 촛대를 빌려 줄 수 있으려나? 오래된 접시가 가능한 많이 필요해. 앨런 부인은 진짜 버드나무 문양이 들어간 파란 접시를 구했으면 하는데, 아무도 가진 사람이 없어. 혹시 어디서 구할 수 있을지 아니?"

"조세핀 배리 할머니한테 있어요. 제가 편지를 쓸 때 빌려 주실 수 있는지 여쭤 볼게요."

앤이 말했다.

"그래 주면 좋겠구나. 바자회는 2주 후에 열릴 거야. 에이브 앤드루스 아저씨 말로는 그때쯤 비와 폭풍이 올 거래. 그러니 틀림없이 좋은 날씨겠지."

'에이브 아저씨'의 일기 예보는 고향 마을에서 별로 신뢰받지 못했다. 그는 항상 빗나가는 일기 예보로 웃음거리가 되곤 했다. 마을의 재담가로 이름 높은 엘리샤 라이트 씨는 에이번리에서는 아무도 날씨를 확인하기 위해 샬럿타운 일간지를 볼 생각을 하지 않는다고 말하곤 했다. 에이브 아저씨한테 내일 날씨를 물어보고 정반대로 생각하면 된다고 말이다. 그래도 에이브 아저씨는 전혀 굴하지 않고 계속 일기 예보를 했다.

린드 부인의 말이 이어졌다.

"우리는 선거 전에 바자회를 하려고 해. 보나마나 후보자들이 와서 돈을 많이 쓸 테니까. 토리당이 사방에다 돈을 뿌리고 있는데 한 번쯤은 좋은 일로 돈을 쓸 기회가 되겠지."

앤은 돌아가신 매슈 아저씨의 영향을 받아 보수주의자였지만 아무 말도 하지 않았다. 린드 부인에게 정치 이야기를 꺼낼 구실을 준다는 것이 어떤 일인지 잘 알고 있었기 때문이다.

앤은 마릴라 앞으로 온 편지를 가지고 있었다. 콜럼비아 우체국 소인이 찍힌 편지였다.

앤이 집에 도착해서 들뜬 목소리로 말했다.

"아이들의 외삼촌한테 온 편지 같아요. 오, 마릴라, 애들에 대해 뭐라고 쓰여 있을지 궁금해요."

"읽어 보는 게 가장 좋은 방법이겠지."

마릴라가 말했다. 옆에서 자세히 지켜 본 사람이라면 마릴라도 들떠 있는 것을 알 수 있었겠지만 마릴라는 그런 내색을 하는 것을 죽기보다 싫어했다.

앤은 편지를 뜯어 엉성하게 쓴 편지 내용을 쭉 훑어보았다.

"올봄에 애들을 데려갈 수 없대요. 겨울 내내 몸이 아파서 결혼식도 연기했대요. 가을까지 맡아 주면 그 후에 데려가도록 해보겠다고 하네요. 당연히 그래야지요, 마릴라 아주머니?"

"다른 수가 없어 보이는구나. 어쨌든 처음만큼 큰 골칫거리는 아니니까. 우리가 익숙해진 건지도 모르지. 데이비는 아주 많이 좋아졌어."

마릴라는 속으로 안심하면서도 내키지 않는다는 듯이 말했다.

"데이비의 행동은 확실히 훨씬 나아졌어요."

앤은 데이비의 행동에 대해 뭐라고 말할 입장이 아니라는 듯이 조심스럽게 말했다.

앤이 전날 학교에서 돌아와 보니 마릴라는 여성 자선 협회 모임에 가고 없었다. 도라는 부엌 소파에서 잠들어 있었고 데이비는 거실 벽장에서 마릴라의 유명한 노란색 자두잼을 꺼내 맛있게 먹고 있었다. 데이비는 그것을 '손님용 잼'이라고 불렀는데, 평소 손대는 것이 금지되어 있었다. 앤이 갑자기 나타나 벽장에서 데이비를 끌어냈을 때 데이비의 얼굴에는 죄책감이 가득했다.

"데이비 키스, 저 벽장에 절대로 손대지 말라고 했잖니. 잼을 먹은 게 큰 잘못이라는 거 알지?"

데이비는 마지못해 인정했다.

"응. 잘못이라는 건 알아. 하지만 자두잼이 너무너무 맛있단 말이야. 잠깐 봤는데 너무 맛있어 보여서 아주 조금만 먹으려고 했어. 손가락을 집어넣어서……."

앤이 끙 하고 앓는 소리를 냈다.

"깨끗하게 빨아먹었어. 그런데 생각보다 훨씬 맛있어서 숟가락으로 막 퍼먹기 시작했어."

앤은 데이비에게 자두잼을 훔쳐 먹는 것이 얼마나 잘못된 행동인지 진지하게 설교를 늘어놓았고, 양심에 찔린 데이비는 뉘우침의 입맞춤과 함께 다시는 그러지 않겠다고 약속했다.

"어쨌든 천국에는 잼이 많을 테니까 안심이야."

데이비가 만족한 표정으로 말했다.

앤은 애써 미소를 거두며 말했다.

"그럴지도…… 우리가 원한다면 말이야. 그런데 왜 그렇게 생각하지?"

"그거야, 교리 문답서에 나오잖아."

데이비가 대답했다.

"오, 교리 문답서에는 그런 말이 나오지 않아, 데이비."

"아냐, 나온단 말이야. 마릴라 아주머니가 지난 일요일에 가르쳐 준 문답서에 나왔는걸. '왜 하느님을 사랑해야 하는가?'라는 질문이었는데 '하느님은 우리에게 보존 식품을 주시고 구원해 주시기 때문이다.'였어. 보존 식품은 잼을 성스럽게 표현하는 거잖아."

데이비가 우겼다.

"물 좀 마시고 와야겠다."

앤이 다급하게 말했다. 잠시 후에야 돌아온 앤은 문장에 따라 단어의 뜻이 달라질 수도 있다는 설명을 해주느라 애먹었다.여기서 preserve라는 단어는 '지키다'라는 의미로 쓰였지만 데이비는 잼 등의 보존 식품을 가리키는 뜻만 알고 있다: 옮긴이

"어쩐지, 믿기지 않았어. 게다가 찬송가에 나오는 것처럼 안식일이 계속된다면 하느님이 잼 만들 시간이 도통 없을 것 같았어. 이젠 천국에 가고 싶지 않아. 천국엔 토요일이 있을까,

앤 누나?"

실망한 데이비가 한숨을 내쉬며 말했다.

"그럼, 토요일도 있고 아름다운 날은 다 있지. 천국에서는 모든 날이 더 아름다울 거야, 데이비."

마릴라가 있었다면 충격을 받았을 텐데 다행이었다. 말할 것도 없이 마릴라는 전통적인 방식으로 쌍둥이들을 교육하려고 했고 상상에나 나올 것 같은 어림짐작은 못하게 막았다. 데이비와 도라는 매일 찬송가와 교리 문답, 두 개의 성경 구절을 배웠다. 도라는 얌전하게 배움에 임하며 작은 기계처럼 깊은 이해와 흥미를 가지고 정확하게 암송했다. 반면 데이비는 호기심이 왕성해서 쉬지 않고 질문을 쏟아내 마릴라는 데이비의 운명이 걱정되어 몸을 떨어야만 했다.

"체스터 슬론이 그러는데, 천국에서는 아무것도 안 하고 하얀 드레스를 입고 돌아다니며 하프를 연주한대. 걔는 늙기 전까지는 천국에 가고 싶지 않대. 그런 일은 노인이 되어야 좋아질 테니까. 그리고 드레스를 입어야 한다니 끔찍하대. 나도 그렇게 생각해. 앤 누나, 남자 천사들은 왜 바지를 입으면 안 되지? 체스터 슬론은 이런 일에 관심이 많아. 왜냐하면 집에서 그 애를 목사로 만들려고 하거든. 그 애는 목사가 되어야만 해. 할머니가 대학에 가라고 돈을 남겼는데 목사가 되지 않으면 그 돈을 가질 수가 없대. 할머니는 가족 중에 목사가 있으면 정말 좋을 거라고 생각했나 봐. 체스터는 뭐가 되든 별로 상관은 없지만…… 대장장이가 더 나을 것 같대. 어쨌든 목사 공부를 하기 전까지는 최대한 재미있게 놀 거래. 목사가 된 후에는 재미있게 놀지 못할 테니까. 난 목사는 안 될 거야. 블레어 씨처럼 상점 주인이 돼서 사탕과 바나나를 잔뜩 쌓아 둘 거야. 하지만 하프 대신 하모니카를 불 수 있다면 나도 천국에 가고 싶긴 해. 천국에서 하모니카를 불 수 있을까, 앤 누나?"

"그래. 네가 그러고 싶다면 그렇게 하게 해줄 거야."

앤이 해줄 수 있는 말은 이것뿐이었다.

에이번리 마을 개선회는 그날 저녁 하면 앤드루스 씨의 집에서 모였다. 중요한 사안을 논의해야 하므로 전원 참석하라고 했다. 에이번리 마을 개선회가 추진하는 일은 잘되었고 이미 놀라운 성과도 거둔 터였다. 봄에 메이저 스펜서 씨는 약속대로 농장 앞길의 나무 그루터기를 파내고 씨를 뿌렸다. 또 다른 남자들 열두 명도 마찬가지였다. 어떤 사람은 스펜서 집안 사람에게 절대로 질 수 없다는 생각으로, 또 어떤 사람은 개선회의 영향으로 스펜서 씨를 따라 했다. 그 결과 한때 보기 흉한 덤불이었던 곳은 매끄러운 벨벳 같은 기다란 잔디밭으로 변신했다. 반면 그렇게 하지 않은 농장의 앞쪽은 상대적으로 추해 보여서 속으로 창피함

을 느낀 그곳 주인들은 다음 봄에는 어떻게든 해야겠다고 결심
하게 되었다. 교차로의 삼각 공터도 치워지고 씨가 뿌려졌으며
앤의 제라늄 화단도 떠돌아다니는 소에게 피해 받지 않고 그
가운데 놓였다.

개선회는 자신들이 매우 잘하고 있다고 생각했다. 하지만 레
비 볼터 씨만은 예외였다.

개선회 회원들이 그의 위쪽 농장에 있는 낡고 오래된 집에 대
한 문제로 찾아갔지만 레비 볼터 씨는 노골적으로 상관하지 말
라고 했다.

이번 특별 모임에서 그들은 학교 이사들에게 보내는 탄원서
를 썼다. 학교 운동장에 울타리를 쳐주기를 바란다는 내용이었
다. 그리고 개선회 기금에 여유가 생기면 교회 주변에 장식용
나무를 몇 그루 심자는 계획도 의논했다. 앤의 말대로 마을 회
관이 계속 파란색인 이상 또 다른 모금 활동을 시작하는 것은
아무런 소용이 없었기 때문이다. 회원들은 앤드루스네 응접실
에 모였고 제인은 교회에 심을 나무의 가격을 알아보고 보고할
위원회를 임명하기 위해 자리에서 일어섰다. 그때 앞머리를 높
이 빗어 올리고 프릴 달린 옷을 입은 거티 파이가 달려들어 왔
다. 거티는 지각하는 버릇이 있었는데 악의적인 사람들은 '극적
으로 등장하기 위해서'라고 했다. 이날 거티의 등장은 확실히
극적이었다. 응접실 한복판에 멈춰 서서 양손을 내던지듯 올리

더니 두리번거리며 외쳤던 것이다.

"방금 엄청나게 끔찍한 소식을 들었어. 주드슨 파커 씨가 농장의 담장을 의약품 회사에 빌려 줄 거래. 거기에 광고를 그릴 수 있게 말이야."

거티 파이는 바라던 대로 모두의 시선을 끌어모았다. 개선회 회원들은 거티가 폭탄을 던졌다 해도 이보다는 놀랄 수 없다는 표정을 짓고 있었다.

"그럴 리가 없어."

앤이 멍해져서 말했다.

"나도 처음 들었을 때 그렇게 말했다니까. 그럴 리가 없다고 했어. 주드슨 씨가 그럴 일을 할 만큼 매정한 사람이 아니라고 말이지. 하지만 우리 아버지가 오늘 주드슨 씨를 만나 물어봤더니 사실이라고 했대. 생각해 봐! 뉴브리지 길 옆에 있는 주드슨 씨의 농장을 따라서 알약이니 고약 같은 광고가 쭉 그려져 있으면 얼마나 끔찍하겠냐! 모르겠니?"

모두의 관심을 즐기며 거티가 말했다.

회원들은 너무도 잘 알고 있었다. 상상력이 아무리 부족한 사람이라고 할지라도 0.5마일에 이르는 넓적한 울타리에 약 광고가 즐비한 끔찍한 모습을 그려 볼 수 있었다. 교회와 학교 운동장에 관한 생각은 이 새로운 위험 앞에서 전부 사라져 버렸다. 회의 규칙이나 규정들은 잊혀졌고 절망에 빠진 앤은 의사록을 기록하는 것조차 잊어버렸다. 모두들 한꺼번에 말하기 시작하자 분위기는 통제할 수 없이 시끌벅적해졌다.

누구보다 가장 흥분한 앤이 사람들에게 호소했다.

"오, 다들 침착하자. 주드슨 씨를 막을 방법을 생각해 보자."

제인이 침울하게 말했다.

"어떻게 말려야 할지 모르겠는걸. 주드슨 파커 씨가 어떤지 다들 잘 알잖아. 돈을 위해서라면 뭐든지 할 사람이야. 공공심이나 미적 감각이라고는 눈곱만큼도 없다고."

아무래도 가망 없는 일인 것 같았다. 주드슨 파커와 그의 누이 마사 파커는 에이번리에 사는 유일한 파커 집안 사람이었으므로 가족 관계를 이용할 수도 없었다. 마사는 젊은이들, 특히 개선회 회원들을 무시하는 고집 센 노인이었다. 주드슨은 쾌활하고 언변 좋은 남자로 한결같이 사람 좋고 까다롭지도 않아서 친구가 별로 없다는 것이 놀라울 정도였다. 너무나 많은 사업 거래에서 성공을 거두었기 때문일까. 빈틈은 없지만 지조는 별로 없는 사람이라는 것이 일반적인 평가였다.

"주드슨 파커가 늘상 본인이 말하는 대로 '정직하게 돈을 벌 기회'가 있다면 절대로 놓치지 않을 거야."

프레드 라이트가 말했다.

"그에게 영향을 끼칠 수 있는 사람이 아무도 없을까?"

앤이 절망스럽게 물었다.

"그는 화이트샌즈의 루이자 스펜서를 만나러 다녀. 아마 루이자가 울타리를 빌려 주지 말라고 설득할 수 있을지도 몰라."

캐리 슬론의 말에 길버트가 단호하게 말했다.

"그녀는 아니야. 나는 루이자 스펜서를 잘 알아. 그녀는 마을 개선회를 탐탁지 않게 여기는 데다 돈을 좋아해. 아마 그녀는 주드슨을 말리기는커녕 오히려 부추길 거야."

"주드슨을 설득할 위원회를 꾸리는 방법밖에는 없어. 여자들을 보내는 게 좋을 거야. 남자들한테는 정중하게 굴지 않을 테니까."

줄리아 벨이 말하자 올리버 슬론이 제안했다.

"앤을 혼자 보내는 게 좋겠어. 누군가 주드슨을 설득할 수 있는 사람이 있다면 앤뿐이야."

물론 앤은 주드슨을 찾아가 이야기해 볼 의향이 있었지만 '옆에서 거들어 줄' 사람이 필요하다고 반박했다. 그래서 다이애나와 제인이 앤과 함께 주드슨을 찾기로 했다. 개선회 회원들은 성난 벌 떼처럼 웅성거리다가 헤어졌다. 앤은 새벽까지 잠을 이루지 못하다가 학교 운영 위원회가 학교 담장에 '피부약을 먹어 보세요.'라는 글씨를 가득 채우는 꿈을 꾸었다.

앤은 다음 날 오후 주드슨 파커를 만났다. 앤은 그의 계획이 흉악한 일이니 그만둬 달라고 간청했고 제인과 다이애나도 든든하게 거들어 주었다. 주드슨은 세련되게 타인의 비위를 잘

맞추는 사람이었다. 그는 해바라기 꽃을 가져온 사려 깊음을 칭찬하며 이렇게 매력적인 아가씨들의 청을 거절해서 정말로 유감이라고 했다. 사업은 사업이니만큼 힘든 시기에 감성에 휘둘릴 수는 없다고도 말했다.

"하지만 내가 어떻게 할지 말해 줄게. 대리인에게 빨간색이나 노란색 같은 멋지고 세련된 색깔만 사용하라고 일러 놓으마. 파란색은 절대로 광고 그림에 사용하지 말라고."

제대로 거절당한 앤과 친구들은 화가 났지만 아무 말도 못하고 돌아왔다.

"우린 최선을 다했고 이제 남은 일은 하늘에 맡기는 수밖에 없어."

제인이 자기도 모르게 린드 부인의 어조와 태도를 따라 하면서 말했다.

"앨런 목사님이 도와줄 수 있지 않을까?"

다이애나가 말했다.

"지금 목사님네 아기도 아픈데 이런 일로 걱정을 끼칠 수는 없어. 주드슨은 우리한테 한 것처럼 목사님 앞에서도 스르르 매끄럽게 빠져나갈 거야. 비록 요즘 꾸준히 교회에 나가고 있지만, 그건 순전히 루이자 스펜서의 아버지가 장로이고 그런 일에 까다로운 사람이기 때문이야."

앤은 고개를 저었다.

"주드슨 파커는 에이번리에서 울타리를 빌려 줄 생각을 하는 유일한 사람일 거야. 구두쇠이긴 해도 레비 볼터 씨나 로렌조 화이트 씨라면 그런 제의에 넘어가진 않을 거야. 그분들은 사람들의 의견을 존중하니까."

제인이 분개하며 말했다.

주드슨 파커가 울타리를 빌려 주기로 했다는 사실이 알려지자 사람들의 의견 역시 반대로 기울었다. 하지만 그것은 별다른 도움이 되지 못했다. 주드슨은 그저 웃어넘겼고 개선회는 뉴브리지 길의 가장 아름다운 길이 광고로 훼손되는 모습을 봐야 한다는 사실을 받아들이려고 노력했다. 다음 모임에서 회장이 앤에게 보고를 요청했을 때 앤은 조용히 일어나 주드슨 파커 씨가 특허 의약품 회사에 울타리를 빌려 주지 않기로 했다는 결정을 개선회에 전해 달라고 자신에게 알려 왔다고 발표했다.

제인과 다애이나는 믿을 수 없다는 표정으로 빤히 쳐다보았다. 하지만 개선회에서 엄격하게 시행되는 회의 예절 때문에 궁금해도 바로 물어볼 수가 없었다. 회의가 끝나자 모두들 설명을 듣기 위해 앤 주위에 몰려들었다. 하지만 앤도 뭐라고 설명할 말이 없었다. 전날 저녁 주드슨 파커가 길을 가던 앤에게 다가와 특허 의약품 광고를 반대하는 개선회의 유별난 의견에 따르기로 했다고 말했다. 그때도 그 후에도 앤이 할 수 있는 말은 그것뿐이었다. 하지만 제인 앤드루스는 집으로 가는 길에 올리버 슬론에게 주드슨 파커가 갑작스레 마음을 바꾼 것은 앤 셜리가 말한 것보다 더 큰 이유가 있는 게 확실하다고 말했다. 제인의 말은 사실이었다.

앤은 전날 저녁에 해변에 있는 어빙 부인의 집에 갔다가 지름길로 돌아오느라 처음으로 낮은 해변 들판을 지나 로버트 딕슨네 집 아래의 자작나무 숲을 지나게 되었다. 그 옆에는 작은 오솔길이 있었는데 상상력이 부족한 사람들에게는 배리 연못으로 알려진 **반짝이는 호수** 바로 위의 큰길로 이어졌다.

두 남자가 입구 쪽 길가에 마차를 세우고 앉아 있었다. 한 사람은 주드슨 파커였고, 한 사람은 제리 코코런이었다. 한 번도 뒤가 구린 일이 드러난 적 없는 뉴브리지 사람이라고 린드 부인이 강조했던 사람이었다. 그는 농기구 대리인이었고 정치 문제에 관한 한 유명인사였다. 그는 정치에 관련된 일이라면 모두 빠지지 않고 관여했다. 캐나다의 총선거를 앞두고 있었으므로 제리 코코런은 몇 주 동안 자신이 지지하는 정당의 후보자를 위해 마을 유세를 다니느라 몹시 바빴다. 앤은 너도밤나무 가지가 늘어져 있는 곳 아래를 지나는 순간, 코코런의 말을 듣게 되었다.

"파커, 자네가 아메스버리 후보를 찍어 준다면……, 봄에 산쟁기값을 돌려주겠네. 자네도 그게 싫진 않을 테지?"

"글쎄요……. 그렇게 말씀하신다면, 저는 그렇게 하는 게 좋을 것 같네요. 요즘처럼 어려울 때는 자기 이익을 챙겨야 하니까요."

주드슨이 씩 웃으며 느릿느릿 말했다.

그 순간 두 사람 모두 앤을 보았고 대화를 갑작스럽게 중단했다. 앤은 싸늘한 표정으로 고개를 숙이고 턱을 갸우뚱한 채 걸어갔다. 이내 주드슨 파커가 앤을 따라와서 상냥하게 물었다.

"태워 줄까, 앤?"

"고맙지만 사양할게요."

앤이 정중하게 말했지만 목소리에는 주드슨 파커처럼 예민하지 않은 사람이라도 단박에 알아차릴 수 있을 만큼 바늘처럼 예리하고 날카로운 경멸이 담겨 있었다. 주드슨 파커의 얼굴이 붉어지며 고삐를 잡아당겼다. 하지만 곧바로 그는 생각에 잠겼다. 그는 오직 앞만 보며 계속 걸어가고 있는 앤을 불편한 듯 쳐다보았다. 앤이 오해할 여지가 없는 코코런의 제의를 덥석 받아들인 그의 말을 들은 것일까? 빌어먹을 코코런! 미지근하게 돌려 말했기 망정이지 큰일날 뻔했군. 게다가 저 빨간 머리 선생은 전혀 상관도 없는 자작나무 숲에서 별안간 튀어나오다니! 주드슨 파커는 앤도 자기와 똑같은 사람일 거라고 제멋대로 생각했다. 앤이 멀리멀리 소문을 낼 것이라고. 사람들의 평판에 그리 신경을 쓰지 않는다 해도 뇌물을 받는 사람으로 소문 나는 것은 끔찍한 일이었다. 만약 아이작 스펜서의 귀에 들어간다면 부유한 농부의 상속녀가 될 가능성이 높은 루이자 제인과 결혼할 가능성은 영원히 사라질 터였다. 주드슨 파커는 스펜서 씨가 자신을 의심스러운 눈초리로 바라본다는 사실을 이미 알고 있었으므로 더 이상 위험을 무릅쓸 수 없었다.

"으흠……, 앤, 지난번에 이야기 나눈 문제로 너를 만나려고 했는데, 그 회사에 울타리를 빌려 주지 않기로 결정했거든. 너희들 같은 목적을 가진 모임은 지지해 줘야만 하지."

앤의 표정이 아주 조금 누그러졌다.

"고맙습니다."

"그리고…… 그리고…… 내가 방금 제리하고 나눈 대화는 말하지 말아야 한다."

"어떤 경우에도 입 밖에 낼 생각이 없어요."

앤이 싸늘하게 대답했다. 앤은 투표권을 팔아먹으려는 사람과 흥정하느니 차라리 에이번리의 모든 울타리가 광고로 뒤덮이는 모습을 보는 게 낫겠다고 생각했다.

"혹시나…… 혹시나 해서 말이야. 네가 그럴 거라고 생각하진 않았어. 물론 나는 그저 제리의 말을 들어 준 것뿐이야. 제리는 자기가 약삭빠르고 똑똑하다고 생각하거든. 나는 아메스버리를 찍을 생각이 전혀 없어. 언제나 그랬던 것처럼 그랜트를 뽑을 거야. 선거 때가 되면 너도 알게 되겠지. 나는 그저 제리의 지지 의사가 확실한지 떠본 것뿐이야. 어쨌든 울타리는 걱정하지 않아도 된다. 회원들에게 그렇게 전해 주렴."

주드슨은 앤과 자신이 서로를 정확하게 이해했다고 생각하며 말했다.

앤은 그날 밤 거울에 비친 자신의 모습을 보면서 말했다.

"흔히 말하지만 세상에는 정말 다양한 사람이 있어. 하지만 쓸모없는 사람들도 있는 것 같아. 어쨌든 난 그 수치스러운 일을 누구한테도 말하지 않을 작정이었어. 그러니까 내 양심은 깨끗해. 이 일은 누구한테 감사하고 무엇을 고마워해야 될지 모르겠네. 난 아무것도 한 게 없는데, 하느님의 섭리가 주드슨 파커와 제리 코코런 같은 사람들의 방식과 똑같다고는 생각되지 않아."

## 15

# 방학의 시작

학교 운동장을 둘러싼 가문비나무들 사이로 바람이 기분 좋게 살랑거리고 나무 그림자가 한가로이 길게 드리워진 황혼 녘의 조용한 저녁, 앤은 조용히 교실 문을 잠갔다. 앤은 만족스러운 한숨을 내쉬며 주머니에 열쇠를 넣었다. 이제 한 학기가 끝났고 앤은 다음 학기에도 학교에서 아이들을 가르치게 되었다. 하먼 앤드루스 씨가 회초리를 더 자주 들라고 한 것만 빼면 많은 사람이 앤의 교육 방법에 만족했다. 이제 두 달간의 즐거운 방학이 기다리고 있었다. 앤은 평화로운 기분으로 꽃바구니를 들고 언덕을 내려갔다. 앤은 봄에 첫 들꽃이 피어난 이후로 매주 꼬박꼬박 매슈의 무덤을 찾았다. 마릴라를 제외하고 에이번리 사람들은 모두 말 없고 수줍음 많으며 평범하기 짝이 없었던 매슈 커스버트를 잊어버렸지만, 매슈에 대한 기억은 앤의 가슴에 여전히 생생했다. 언제까지고 그럴 터였다. 앤은 어린 시절 그토록 갈망하던 사랑과 연민을 처음으로 베풀어 주었던 그 자상한 노인을 절대로 잊을 수 없었다.

언덕 아래에 한 사내아이가 가문비나무 그림자가 내려앉은 울타리에 앉아 있었다. 아름답고 감수성 풍부한 얼굴에 꿈꾸는 듯한 커다란 눈동자를 가진 아이였다. 아이는 아래로 내려와 웃으며 앤을 맞이했다. 하지만 뺨에는 눈물 자국이 있었다.

"선생님을 기다렸어요. 묘지에 가신다는 걸 아니까요. 저도 묘지에 가거든요. 할머니를 위해 할아버지의 묘지에 이 제라늄

꽃다발을 가져다 드릴 거예요. 보세요, 선생님. 엄마를 위해서
할아버지의 묘지 옆에 이 하얀 장미 다발도 놓아둘 거예요. 엄
마의 묘지에 갈 수 없으니까요. 그래도 엄마가 다 아실까요?"

아이가 슬며시 앤의 손을 잡으며 말했다.

"그럼, 분명히 아실 거야, 폴."

"있잖아요, 선생님 오늘은 엄마가 돌아가신 지 3년째 되는 날
이에요. 너무도 긴 시간인데 똑같이 마음
이 아파요…… 똑같이 엄마가 그
리워요. 도저히 견디기 힘들 정
도로 마음이 아플 때도 있어요."

폴의 목소리가 흔들리고 입술이 떨렸다. 폴은 선생님이 자신의 눈에 고인 눈물을 보지 못하도록 고개를 숙여 장미를 바라보았다.

"하지만…… 넌 아픔이 사라지기를 바라서는 안 돼. 엄마를 잊을 수 있을 때에도 절대 잊어버리려고 해서는 안 된단다."

앤이 부드럽게 말했다.

"맞아요……. 제가 느끼는 게 바로 그거예요. 선생님은 잘 이해하시네요. 누구도 그렇게 이해하지 못했는데. 할머니도…… 저에게 잘해 주시지만요. 아빠도 제 마음을 아셨지만 아빠가 힘들어하셔서 엄마에 대한 이야기를 많이 할 순 없었어요. 아빠가 한 손으로 얼굴을 가리면 전 그만해야 할 때라는 걸 알아요. 불쌍한 아빠, 제가 없어서 얼마나 외로우실까요. 하지만 아빠는 가정부밖에 없는 환경에서는 어린 사내애를 잘 키우지 못한다고 생각하세요. 특히 아빠는 일 때문에 집을 비우는 일이 많으니까요. 엄마 다음으로는 할머니가 낫다고요. 전 나중에 크면 아빠한테 돌아갈 거고, 다시는 떨어져 살지 않을 거예요."

폴이 아버지와 어머니 이야기를 자주 했기 때문에 앤은 마치 잘 아는 사람들처럼 느껴졌다. 앤은 폴의 어머니가 폴과 비슷한 성품이었을 것이라고 짐작했다. 아버지 스티븐 어빙은 자신의 부드러운 성품을 숨기며 속마음을 잘 드러내지 않는 사람이라고 생각되었다.

언젠가 폴이 말했다.

"아빠는 쉽게 알 수 없는 사람이에요. 저도 엄마가 돌아가신 후에 아빠에 대해 알게 되었어요. 하지만 일단 알고 나면 정말 멋져요. 전 세상에서 아빠가 제일 좋아요. 할머니는 그다음이고 그다음에는 선생님이에요. 할머니를 많이 사랑해야 하는 게 제 의무가 아니라면 선생님이 아빠 다음일 텐데. 할머니는 저한테 정말 많은 걸 해주시니까요. 선생님은 이해하실 거예요. 하지만 할머니가 제가 잠들기 전까지 방에 램프를 놔두셨으면 좋겠어요. 겁쟁이가 되지 말아야 한다면서 이불을 덮어 주자마자 램프를 가져가 버리시거든요. 무서운 건 아니지만 그래도 램프가 있는 게 좋아요. 엄마는 항상 옆에 앉아서 제가 잠들 때까지 손을 잡아 주셨거든요. 엄마 때문에 제 버릇이 나빠졌나 봐요. 선생님도 아시겠지만 엄마들은 가끔 그럴 때가 있잖아요."

앤은 상상할 수는 있었지만 직접 알지는 못했다. 앤은 슬프게도 자신의 '엄마'를 생각했다. 엄마는 앤을 '완벽하게 예쁜' 아기라고 생각했으며 오래전에 세상을 떠났고 젊은 남편 옆에, 너무 멀어서 찾아갈 수도 없는 곳에 묻혔다. 앤은 엄마를 기억하지 못했기에 폴이 부러웠다.

6월의 햇살이 내리쬐는 불긋한 긴 언덕을 오를 때 폴이 말했다.

"다음 주는 제 생일이에요. 아빠는 지금까지 주신 것보다 더

217

좋아할 만한 걸 선물로 보내겠다는 편지를 보냈어요. 벌써 도착한 것 같아요. 할머니가 평소와 달리 책장 서랍을 잠가 놓으셨거든요. 제가 이유를 물어보니 이해하기 힘든 표정으로 어린 애는 너무 호기심이 지나치면 안 된다고 하셨어요. 생일이 있다는 건 정말 신나는 일이에요, 그렇죠? 전 이제 열한 살이 되는 거예요. 제가 그렇게 보이지 않죠? 할머니는 제가 나이에 비해 작다고 하세요. 포리지곱게 빻은 귀리 오트밀을 물이나 우유로 끓여 만든 죽: 옮긴이를 많이 먹지 않아서라고. 저는 최선을 다하고 있지만 할머니가 너무 듬뿍 주신다니까요. 하지만 할머니는 절대로 심술궂은 분이 아니에요. 선생님, 주일학교에서 집으로 가다가 선생님하고 기도에 대해 말한 후로…… 힘든 게 있으면 전부 기도해야 된다고 하셨잖아요……. 그래서 전 아침마다 먹는 포리지를 다 먹을 수 있게 해달라고 매일 밤 기도했어요. 하지만 아직도 그렇게 할 수가 없어요. 제 기도가 부족해서인지, 포리지가 너무 많아서인지 잘 모르겠어요. 할머니는 아버지도 포리지를 먹고 자랐는데 확실히 효과가 좋았다고 하세요. 선생님도 아버지의 어깨를 보셔야 해요. 하지만 가끔씩은 포리지를 먹기가 죽을 만큼 괴로울 때도 있어요."

폴이 한숨을 내쉬며 깊은 생각에 잠겼다.

앤은 폴이 자기를 보고 있지 않았기 때문에 미소를 지었다. 에이번리 사람들은 어빙 부인이 옛날식 식단과 가르침에 따라

손자를 키운다는 사실을 모두 알고 있었다.

앤이 쾌활하게 말했다.

"포리지 때문에 괴롭지 않았으면 좋겠다. 그런데 바위 사람들은 어떻게 지내지? 쌍둥이 형은 아직도 얌전히 굴고 있니?"

폴이 힘차게 말했다.

"당연히 그래야죠. 만약 그러지 않으면 제가 자기와 어울리지 않을 거라는 걸 알거든요. 정말 사악하다니까요."

"노라가 황금 부인에 대해 알게 되었니?"

"아뇨. 하지만 의심하고 있는 것 같아요. 지난번에 제가 동굴에 간 걸 본 것 같거든요. 하지만 알게 돼도 상관없어요. 몰랐으면 하는 건 오직 노라를 위해서니까요. 노라가 기분 상할까 봐요. 하지만 굳이 꼭 알아야겠다면 어쩔 수 없죠."

"내가 저녁에 너와 함께 바닷가에 가면 나도 바위 사람들을 볼 수 있을까?"

폴이 진지한 표정으로 고개를 저었다.

"아뇨. 선생님은 제 바위 사람들을 볼 수 없을 거예요. 저만 볼 수 있거든요. 하지만 선생님은 선생님의 바위 사람들을 볼 수 있을 거예요. 선생님은 그럴 수 있는 분이에요. 저처럼요."

폴이 다정하게 앤의 손을 꼭 쥐며 덧붙였다.

"선생님, 그런 사람이라는 게 정말 멋지지 않아요?"

"정말 멋지구나."

앤이 빛나는 회색 눈으로 역시 빛나는 파란색 눈을 내려다보며 말했다.

앤과 폴은 둘 다 알고 있었다. 상상력이 시야를 탁 트이게 해준다는 것이 얼마나 멋진 일인지. 두 사람은 그 행복한 땅에 이르는 방법을 알고 있었다. 계곡과 개울 옆에 기쁨의 장미가 영원히 시들지 않는 꽃을 피우고, 구름이 맑은 하늘을 가린 적이 없으며, 달콤한 종소리가 아름다운 화음을 내는, 상냥한 기운이 넘쳐나는 그곳. '태양의 동쪽, 달의 서쪽'에 있는 그 땅의 위치를 안다는 것은 시장에서 살 수도 없고 값을 매길 수도 없는 귀중한 지식이다. 그것은 태어날 때 선한 요정들이 준 선물이고 아무리 세월이 흘러도 기억 속에서 지워지거나 잃어버릴 수 없는 것이다. 상상 없이 궁궐에 사는 것보다 상상의 나라를 마음에 담고 다락방에 사는 것이 훨씬 나았다.

에이번리의 묘지는 늘 그랬던 것처럼 풀로 뒤덮여 쓸쓸했다. 당연히 개선회는 묘지를 눈여겨보고 있었고, 프리실라 그랜트는 최근 개선회 모임이 있기 전에 묘지에 관한 서류를 읽었다. 조만간 개선회는 이끼 낀 낡은 나무판자 울타리를 깔끔한 철책으로 바꾸고 풀을 깎고 기울어진 기념물도 똑바로 세울 계획이었다.

앤은 가져온 꽃을 매슈의 묘에 놓아둔 후 헤스터 그레이가 잠들어 있는 그늘진 포플러나무 쪽으로 갔다. 앤은 봄 소풍 이후

220

로 쭉 매슈의 묘를 방문할 때마다 헤스터의 묘에도 꽃을 놓아 두었다. 앤은 전날 저녁 버려진 작은 정원에 가서 헤스터의 하얀 장미를 꺾어 왔다.

"이 꽃을 가장 좋아하실 것 같아서요."

앤이 부드럽게 말했다.

앤이 계속 그곳에 앉아 있을 때 풀밭으로 그림자 하나가 불쑥 나타났다. 고개를 들어보니 앨런 부인이었다. 그들은 함께 집으로 걸어갔다.

앨런 부인은 이제 5년 전 앨런 목사가 에이번리로 데려온 소녀 같은 신부의 얼굴이 아니었다. 혈색과 젊음의 곡선이 사라지고 눈과 입 주위에 가느다란 주름이 생겼다. 마을 묘지에 있는 자그만 묘 때문이기도 했고, 최근에 생긴 것은 이제는 다행히 나았지만 어린 아들의 병 때문이었다. 하지만 앨런 부인의 보조개는 지금도 예뻤고 눈은 여전히 맑고 밝으며 진실했다. 얼굴에 소녀 같은 아름다움은 사라졌지만 대신 부드러움과 강인함이 생겼다.

"방학이 기대되겠구나, 앤?"

묘지를 떠나며 앨런 부인이 물었다.

앤이 고개를 끄덕였다.

"네……. 달콤한 사탕을 굴리는 것처럼 음미할 거예요. 이번 여름은 정말 멋질 것 같거든요. 우선 모건 부인이 프린스에드워드 섬에 오실 예정인데 프리실라가 여기로 부인을 모셔올 거예요. 생각만 해도 가슴이 설레요."

"즐거운 시간 보내길 바란다, 앤. 넌 1년 동안 열심히 일했고 잘했으니까."

"잘 모르겠어요. 여러 모로 문제도 많았는걸요. 작년 가을에 마음먹었던 것도 하지 못했고요. 제 이상에 따라 살지 못했어요."

"누구나 그렇지. 하지만 앤, 로웰은 '실패가 나쁜 게 아니라 낮은 목표가 죄다.'라고 말했지. 이상을 가지고 그것에 부응하기 위해 노력해야 해. 절대로 성공하지 못하더라도. 이상이 없다면 인생은 정말 구차해질 거야. 이상이 있어야 삶이 멋지고 위대해지지. 이상을 잃지 마렴, 앤."

앨런 부인이 한숨을 내쉬며 말했다.

앤이 살짝 웃으며 말했다.

"노력할 거예요. 하지만 제 이론은 대부분 내려놔야 해요. 처음 아이들을 가르치기 시작했을 때는 정말로 멋진 이론들이 있었는데 하나씩 포기하고 말았거든요."

"아이들을 체벌해서는 안 된다는 것까지 말이지."

앨런 부인이 짓궂게 놀리듯 말하자 앤의 얼굴이 붉어졌다.

"전 앤서니를 때린 저를 절대 용서하지 못할 거예요."

"말도 안 되는 생각이야. 그 앤 맞을 만했어. 그 애도 그렇게 생각했어. 그 이후로 그 애는 말썽을 부린 적이 없고 너 같은 선생님이 없다고 생각하게 되었지. '여자는 쓸모없다'는 녀석의 고집스러운 생각이 사라졌고 넌 그 애의 사랑도 얻게 되었잖니?"

"앤서니가 맞을 만한 짓을 했다 해도 그건 중요하지 않아요. 더욱이 그 애에게 주는 마땅한 벌이라고 생각하여 침착하고 신중하게 때렸다면 이렇게 마음에 걸리진 않았을 거예요. 하지만 사실 저는 화를 참지 못해서 그 애를 때렸어요. 그것 때문이에요. 저는 그게 정당했는지 아니었는지를 생각하지 않았어요. 그 애가 맞을 만한 행동을 하지 않았다고 해도 전 똑같이 했을 테니까요. 그게 창피한 거예요."

"누구나 실수를 한단다. 그러니 더 이상 생각하지 말거라. 실수를 후회하고 실수에서 교훈을 얻어야 하지만 계속 마음에 담아 두는 건 좋지 않아. 저기 마차를 타고 길버트 블라이스가 가는구나. 방학이라 집에 왔나 보네. 너희들 공부는 잘되어 가니?"

"아주 잘되고 있어요. 오늘 저녁에 베르길리우스를 끝내기로 했어요. 스무 줄밖에 남지 않았거든요. 그러고 나면 9월까지는 공부를 쉴 거예요."

"대학에 갈 생각이니?"

"모르겠어요. 마릴라 아주머니의 시력은 지금보다 나아지지 않을 거예요. 하지만 더 이상 나빠지지 않을 거라니 감사하고 있어요. 그리고 쌍둥이도 있잖아요……. 제 생각에는 아이들의 삼촌이 데려가지 않을 것 같아요. 대학이 바로 눈앞에 있을지도 모르지만 저는 아직 거기까진 못 갔고요. 생각해 봤자 속상하니 생각하지 않으려고 해요."

앤은 푸르스름하게 물든 저 멀리 지평선을 꿈꾸는 듯이 바라보았다.

"난 네가 대학에 갔으면 좋겠구나, 앤. 하지만 못 간다고 해도 속상해하지는 마라. 어디에 있든 우리는 우리의 삶을 만들어 가니까. 대학은 그걸 좀 더 쉽게 해줄 뿐이지. 무엇을 얻는지가 아니라 어떤 의미를 부여하는지에 따라서 넓어지기도 하고 좁아지기도 하지. 인생의 풍요로움과 충만함에 온 마음을 여는 법만 배운다면 인생은 풍요롭고 충만할 거야. 여기에서도…… 그 어디에서도."

앤이 생각에 잠긴 채 말했다.

"무슨 뜻인지 알 것 같아요. 저는 감사해야 할 게 아주 많아요. 오, 너무 많지요. 제 일과 폴 어빙, 사랑스러운 쌍둥이, 그리고 모든 친구들. 사모님, 전 우정을 무척 감사하게 생각해요. 우정은 인생을 무척 아름답게 만들어 줘요."

앨런 부인이 말했다.

"진정한 우정은 정말로 도움이 된단다. 그리고 우리는 그 우정을 잊지 말아야 해. 절대 진실하지 않은 모습으로 우정을 더럽혀서는 안 돼. 우정이라는 말이 가끔 진정한 우정이 아니라 그저 친한 사이 정도로 타락하는 게 두려운 일이지."

"맞아요. 거티 파이와 줄리아 벨이 그래요. 두 사람은 무척 가깝고 어디든 같이 다니지만 거티는 항상 뒤에서 줄리아에 대한 험담을 해요. 다들 거티가 줄리아를 질투한다고 생각해요. 누가 줄리아를 비판할 때마다 즐거워하거든요. 그걸 우정이라고 부르는 건 우정에 대한 모독이에요. 서로의 좋은 모습을 보려고 하고 자기도 좋은 모습을 보여 주려고 노력하는 게 진짜 우정이잖아요? 그러면 우정은 세상에서 가장 아름다운 것이 될 거예요."

앨런 부인이 미소 지었다.

"우정은 정말로 아름답지. 하지만 언젠가는……."

앨런 부인은 갑자기 말을 멈추었다. 하얀 이마와 꾸밈없는 눈동자, 활기찬 모습의 앤은 어른보다 여전히 소녀에 가까웠다. 앤의 가슴에는 지금까지 우정과 포부에 대한 꿈만 자리하고 있었다. 앨런 부인은 아름다운 꿈을 깨고 싶지 않았다. 그래서 그녀는 앞날을 기약하며 하려고 했던 마지막 말을 그대로 남겨두었다.

# 16

## 소망했던 것들

"누나, 나 배고파. 얼마나 배가 고픈지 모를 거야."

데이비가 반질거리는 소파에 누워 뒹굴다가 편지를 읽고 있는 앤에게 간절한 목소리로 말했다.

"빵하고 버터를 줄게."

앤이 무심하게 대답했다. 편지에 매우 흥분되는 소식이 담겨 있는 것이 분명했다. 앤의 뺨은 바깥에 핀 장미꽃처럼 분홍빛으로 물들었고 두 눈은 반짝반짝 빛이 났다.

"하지만 난 빵하고 버터가 먹고 싶어서 배고픈 게 아닌걸. 난 자두 케이크가 먹고 싶어서 배가 고픈 거야."

데이비가 지겹다는 듯이 말했다.

앤은 편지를 내려놓고 한 팔로 데이비를 껴안으며 말했다.

"그런 배고픔은 쉽게 참을 수 있잖니, 데이비. 너도 알다시피 간식으로는 빵하고 버터만 먹을 수 있다는 게 마릴라 아주머니의 법칙이야."

"그럼 한 조각만 줘……. 부탁이야."

데이비는 드디어 '부탁한다'고 말하는 법을 배웠지만 대개 마치 나중에야 생각난 듯이 맨 끝에 덧붙였다. 데이비는 앤이 잘라서 가져온 빵 조각을 만족스럽게 쳐다보았다.

"누나는 언제나 버터를 잔뜩 발라 준다니까. 하지만 마릴라 아주머니는 조금만 발라. 버터가 많으면 훨씬 쉽게 꿀꺽 삼킬 수 있는데."

빵 조각이 재빨리 자취를 감춘 것으로 보아 정말 '꿀꺽' 삼킨 모양이었다. 데이비는 소파에서 내려와 양탄자 위에서 두 번 구른 다음 일어나더니 큰 소리로 말했다.

"앤 누나, 난 천국에 가지 않기로 결심했어. 난 천국에 가고 싶지 않아."

"왜?"

앤이 진지하게 물었다.

"왜냐하면 천국은 사이먼 플레처 아저씨네 집 다락방에 있는데 난 사이먼 플레처 아저씨가 싫단 말이야."

"천국이…… 사이먼 플레처 아저씨네 집 다락방에 있다고?"

앤이 소리쳤다. 놀라서 웃음도 나오지 않았다.

"데이비 키스, 도대체 어째서 그런 기막힌 생각을 하게 된 거지?"

"밀티 볼터가 그랬어. 지난 일요일에 주일학교에서. 엘리야와 엘리사에 대해 배우는데 내가 일어나서 로저슨 선생님에게 천국이 어디 있는지 물었어. 로저슨 선생님은 기분이 상한 것 같았어. 어쨌든 짜증이 난 것 같았지. 왜냐하면 로저슨 선생님이 우리에게 엘리야가 천국으로 갈 때 엘리사에게 뭘 남겼는지 묻자 밀티 볼터가 '입던 옷이요.'라고 했는데, 우리가 생각해 보지도 않고 웃음을 터뜨렸거든. 생각을 먼저 한 다음에 행동을 할 수 있었으면 좋겠어. 그러면 그런 행동을 하지 않을 텐데 말이야. 어쨌든 밀티는 무례하게 굴 생각이 아니었어. 그 물건의 이름이 생각나지 않은 것뿐이지. 로저슨 선생님은 천국은 하느님이 계신 곳이고 나에게 그런 질문을 하면 안 된다고 했어. 밀티가 날 찌르더니 귓속말로 '천국은 사이먼 삼촌네 다락방에 있어. 집에 가면서 설명해 줄게.'라고 했어. 집에 오면서 밀티가 설명해 줬지. 밀티는 설명을 무지하게 잘해. 잘 모르는 것도 말을 잔뜩 만들어 내서 설명이 되게 하거든. 밀티의 엄마는 사이먼 아저씨의 동생인데, 밀티는 엄마와 같이 사촌인 제인 엘렌의 장례식에 갔대. 사촌이 바로 눈 앞에 놓인 관에 누워 있는데 목사님이 천국으로 갔다고 하더래. 그런데 밀티가 그러는데 나중에 사람들이 그 관을 다락방으로 옮겼대. 장례식이 끝나고 엄마랑 같이 이층에 엄마의 모자를 가지러 갔을 때 밀티는 엄마에게 제인 엘렌이 갔다는 천국이 어디 있는지 물었대. 엄마는 천장 위를 가리키면서 '저 위에.'라고 했대. 천장 위에는 다락방밖에는 없는데 말이야. 그래서 밀티는 거기에 천국이 있다는 걸 알게 된 거야. 그 후로는 사이먼 삼촌네 집에 가기가 무서워졌대."

앤은 데이비를 무릎에 앉히고 이 말도 안 되는 이야기를 바로잡아 주려고 최선을 다했다. 그것은 마릴라보다는 앤에게 훨씬 적합한 일이었다. 왜냐하면 앤은 자신의 어린 시절을 생생하게 기억했고 호기심 많은 일곱 살이 떠올리는 생각들을 본능적으로 이해했기 때문이다. 물론 어른들에게는 분명하고 단순한 문제여도 말이다. 앤이 데이비에게 천국이 사이먼 플레처의 다락방에 있지 않다는 사실을 납득시켰을 때쯤 마릴라가 정원에서 돌아왔다. 마릴라와 도라는 정원에서 완두콩을 따고 있었다. 도라는 통통한 작은 손가락으로 할 수 있는 작은 일들을 '도와줄' 때 행복을 느끼는 부지런한 꼬마였다. 도라는 닭 모이를 주고 부스러기를 줍고 접시를 닦고 수많은 잔심부름을 했다. 도라는 깔끔하고 성실하며 관찰력이 뛰어나서 한 번만 가르쳐 줘도 알아들었고 절대로 할 일을 잊어버리는 적이 없었다. 반면 데이비는 덜렁거리고 자주 까먹었지만 사랑할 수밖에 없는 아이였다. 그래서인지 몰라도 앤과 마릴라는 데이비를 더 좋아했다.

도라가 자랑스럽게 콩 껍질을 벗길 때 데이비는 성냥개비로 돛대를, 종이로 돛을 만들어 콩깍지로 배를 만들었고, 앤은 마릴라에게 멋진 편지 내용에 대해서 이야기했다.

"어떻게 생각하세요? 프리실라한테서 편지가 왔는데 모건 부인이 섬에 와 있대요. 목요일에 날씨가 좋으면 에이번리로 마차를 타고 온대요. 12시쯤에 도착할 거래요. 우리와 함께 오후를 보내고 저녁에 화이트샌즈의 호텔로 돌아간대요. 거기에 모건 부인의 미국 친구들이 묵고 있어서요. 아, 마릴라 아주머니, 정말 멋지지 않아요? 이게 꿈이 아니라니, 믿기지 않아요."

"모건 부인도 다른 사람들과 똑같을 거다."

마릴라도 앤과 마찬가지로 설레는 마음이었지만 애써 침착하게 말했다. 모건 부인같이 유명한 여성이 이곳을 방문하는 일은 흔치 않았다.

"그럼 여기서 점심을 먹으려나?"

"네, 점심 식사를 전부 다 제가 준비해도 될까요?『장미 정원』의 작가를 위해 제가 뭔가 할 수 있다는 걸 느끼고 싶어요. 그게 점심 식사를 준비하는 일뿐이라고 해도요. 그래도 괜찮지요?"

"맙소사, 난 7월 더운 날에 뜨거운 불 앞에 서서 요리하는 건 딱 질색이다. 네가 얼마든지 해도 좋아."

"오, 감사해요. 오늘 밤에 당장 메뉴를 정할 거예요."

앤은 마릴라가 엄청나게 큰 부탁을 들어준 것처럼 말했다.

"너무 멋을 부리려고 하지 않는 게 좋아. 결국 고민에 빠질 게다."

'메뉴'라는 말에 약간 놀라서 마릴라가 경고했다.

"오, 전 '멋'을 부리지 않을 거예요. 우리가 보통 초대 요리에 올리지 않는 것을 하려고 한다는 뜻이라면 말이에요. 그건 겉치레가 될 테니까요. 전 열일곱 살의 학교 선생님치고는 센스와 침착함은 부족하지만 그렇게 어리석지는 않아요. 하지만 최대한 멋지고 맛있게 하고 싶어요. 데이비, 콩깍지를 뒷계단에 올려놓지 마. 누가 밟을 수도 있어……. 우선 가벼운 수프를 내고…… 아시다시피 제가 양파 크림 수프를 잘 만들잖아요……. 그리고 구운 닭 두 마리……, 하얀 수탉 두 마리로 할래요. 회색 암탉이 두 녀석만 부화시킨 이후로 녀석들을 정말로 아끼고 가족같이 지내왔지만 언젠가 녀석들이 희생해야 한다는 걸 알고 있어요. 이것보다 가치 있는 희생은 없을 거예요. 하지만 아, 마릴라 아주머니, 전 녀석들을 죽일 수 없어요……. 아무리 모건 부인을 위한 일이라 해도요. 존 헨리 카터한테 와서 닭을 잡아 달라고 해야겠어요."

"내가 할게. 마릴라 아주머니가 다리를 잡아 주면 돼. 도끼를 쓰려면 양손 다 필요할 테니까. 닭이 대가리가 잘린 채로 막 뛰어다니는 모습은 정말 웃긴단 말이야."

데이비가 나섰다.

"그리고 채소로는 콩이랑 완두콩, 크림 감자, 상추 샐러드를 내고요. 디저트로는 휘핑 크림을 올린 레몬 파이와 커피, 치즈, 레이디 핑거손가락 모양으로 구워 낸 쿠키: 옮긴이로 할래요. 내일 파이와 레이디 핑거를 만들고 모슬린 드레스를 손질해야겠어요. 오늘 밤 다이애나한테도 말해야겠어요. 다이애나도 모슬린 드레스를 손질하고 싶어할 테니까요. 모건 부인의 여주인공들은 거의 항상 하얀색 모슬린 드레스를 입어요. 그래서 다이애나와 저는 모건 부인을 만나게 된다면 꼭 하얀색 모슬린 드레스를 입기로 했어요. 정말 세심하게 경의를 표하는 것 같지 않나요? 데이비, 마룻바닥 틈에 콩깍지를 찔러 넣지 마. 앨런 목사님 부부, 스테이시 선생님도 점심 식사에 초대해야겠어요. 그분들도 모건 부인을 몹시 만나고 싶어 할 거예요. 스테이시 선생님이 와 있는 동안 모건 부인이 오다니, 정말 다행이에요. 데이비, 물통에다 콩깍지를 띄우지 마……, 정 하고 싶으면 나가서 여물통에다 하도록 해. 오, 목요일에 날씨가 좋았으면 좋겠어요. 어젯밤 해리슨 씨네 집에 들른 에이브 아저씨가 이번 주는 거의 내내 비가 올 거라고 했으니까 분명 좋을 거예요."

앤이 이야기를 계속했다.

"그거 좋은 징조구나."

마릴라도 동의했다.

앤은 그날 저녁 다이애나에게 소식을 전하러 과수원 길을 가로질러 갔다. 다이애나도 몹시 흥분했다. 그들은 배리 씨네 정원에 있는 커다란 버드나무 아래 흔들거리는 해먹에서 이 문제를 상의했다.

"오, 앤, 내가 점심 준비를 도와주면 안 될까? 너도 알다시피 난 양상추 샐러드를 잘 만들 수 있잖아."

다이애나가 애원하자 앤이 너그럽게 말했다.

"당연히 그래도 돼. 집 안을 꾸미는 일도 도와줘야 해. 응접실을 온통 꽃으로 꾸밀 거거든. 점심 테이블은 야생 장미로 장식할 거고. 오, 모든 일이 순조롭게 잘 됐으면 좋겠어. 모건 부인의 여주인공들은 말썽에 휘말리거나 불리한 입장에 놓이는 적이 없잖아. 게다가 항상 침착하고 훌륭한 주부들이지. 타고난 훌륭한 주부인 것 같아. 『에지우드의 나날들』에서 거트루드는 여덟 살 때부터 아버지를 위해 집안일을 했잖아. 난 여덟 살때 아이들을 키우는 것 빼고는 아는 게 없었는데. 모건 부인은 소녀들에 대한 글을 자주 썼으니까 분명 여자에 대해 잘 알 거야. 난 모건 부인에게 좋은 인상을 주고 싶어. 모건 부인이 어떻게 생겼을지, 무슨 말을 할지, 내가 무슨 말을 할지 열 가지도 넘는 경우로 상상해 봤어. 그런데 코 때문에 신경이 쓰여. 보다시피 주근깨가 일곱 개나 있거든. 개선회에서 소풍 갔을 때 모자 없이 돌아다니는 바람에 생겼지 뭐야. 하지만 감사해야겠지. 옛날처럼 얼굴 전체에 퍼지지 않은 걸 말이야. 그래도 주근깨가 없었으면 좋았을 텐데……. 모건 부인의 여주인공들은 전부 완벽한 피부를 가졌으니까. 주근깨 있는 주인공은 하나도 없었던 것 같아."

"별로 눈에 띄지 않아. 오늘 밤에 레몬 주스를 조금 발라 봐."

다이애나가 위로해 주었다.

다음 날 앤은 레몬 파이와 레이디 핑거를 만들고 모슬린 드레스를 손질하고 온 집 안을 쓸고 닦았다. 초록 지붕 집은 평소 마릴라가 늘 단정하게 정리해 놓았기에 꼭 필요한 일은 아니었다. 하지만 앤은 샬롯 E. 모건이 방문하는 집에 먼지 한 톨도 있어서는 안 된다고 생각했다. 그래서 앤은 계단 아래의 잡동사니 벽장까지 청소했다. 모건 부인이 그 안을 들여다볼 가능성은 조금도 없는데도 말이다.

앤이 마릴라에게 말했다.

"모건 부인이 보지 않는 곳이라도 전 완벽하게 정리되어 있다고 느끼고 싶어요. 모건 부인의 책 『황금 열쇠』의 두 여주인공 앨리스와 루이자는 롱펠로가 한 다음의 말을 신조로 삼았어요.

일을 처음 배웠을 때
석공들은 대단히 조심스럽게 일했다네.
매 순간, 보이지 않는 곳에서

신은 무엇이든 보시기 때문이라네.

그래서 두 주인공은 지하 저장고 계단을 항상 문질러 청소하고 침대 아래를 청소하는 것도 잊지 않았어요. 모건 부인이 이 집에 왔을 때 이 벽장이 지저분하면 전 양심의 가책을 느낄 거예요. 다이애나와 저는 지난 4월에 『황금 열쇠』를 읽은 후 이 구절을 좌우명으로 삼기로 했거든요."

그날 밤 존 헨리 카터와 데이비가 흰색 수탉 두 마리를 잡았고, 앤이 다듬었다. 평소에는 달갑지 않은 일이었지만 통통한 닭들의 용도를 떠올리자 앤의 눈은 다시금 빛났다.

앤이 마릴라에게 말했다.

"저는 닭털 뽑기를 좋아하지 않아요. 하지만 손이 하는 일에 온 정신을 쏟지 않아도 된다는 게 다행이라고 생각하지 않으세요? 손으로는 닭털을 뽑고 있지만 머릿속으로는 은하수를 거니는 상상을 했거든요."

"어쩐지 평소보다 바닥에 닭털이 잔뜩 떨어졌더구나."

마릴라가 말했다.

앤은 데이비를 침대에 뉘이며 다음 날 얌전하게 행동하겠다는 약속을 받아 냈다.

"내일 하루 종일 착하게 굴면 그다음 날은 말썽 피워도 돼?"

데이비가 물었다.

"그건 안 돼. 대신 너와 도라와 함께 연못 오른쪽에 있는 물이 얕은 곳으로 뱃놀이를 갈 거야. 모래 언덕 해안에 닿으면 그곳에 가서 소풍을 즐기자."

앤이 신중하게 말했다.

"약속할게. 얌전하게 굴겠다고. 원래는 해리슨 씨네 집에 가서 나의 새로운 장난감 총으로 진저에게 완두콩을 발사하려고 했는데 그건 다음에 하지 뭐. 내일은 일요일처럼 똑같이 재미 없는 날이 될 거야. 하지만 다음 날 소풍을 가니까 참을 수 있어."

# 17

# 사건의 연속

앤은 밤중에 세 번이나 일어나 창문으로 다가가 에이브 아저씨의 예측이 빗나갔는지 살폈다. 마침내 은색 빛으로 가득한 하늘에서 진주 같은 윤기를 띠며 아침이 찾아왔다. 멋진 하루가 시작되었다.

다이애나는 아침 식사 후 한 손에는 꽃바구니를, 다른 한 손에는 모슬린 드레스를 들고 나타났다. 점심 준비가 끝나면 입을 옷이었다. 지금은 분홍색 옷에 주름 장식이 달린 앞치마를 두르고 있었다.

"정말 예쁘구나."

앤이 감탄하며 말했다.

다이애나는 한숨을 내쉬었다.

"하지만 이번에도 옷을 전부 다 꺼내야만 했는걸. 7월보다 2킬로그램이 늘었어. 앤, 도대체 왜 자꾸 살이 찌는 거지? 모건 부인의 여주인공들은 다들 키가 크고 날씬한데."

앤이 명랑하게 말했다.

"걱정은 잊어버리고 좋은 일만 생각하자. 앨런 사모님이 시련에 대해 생각할 때마다 거기에 맞설 수 있는 좋은 일들도 생각해야 된다고 하셨어. 약간 통통해지긴 했지만 넌 여전히 사랑스러운 보조개가 있잖아. 그리고 난 코에 주근깨가 생겼지만 코 모양은 괜찮고. 레몬 주스가 조금이라도 효과가 있는 것 같니?"

"응, 정말 효과가 있는 것 같아."

다이애나가 꼼꼼하게 살펴보고는 말했다. 훨씬 기분이 좋아진 앤은 바람이 잘 통하는 그늘과 황금빛 햇살이 가득한 정원으로 나갔다.

"응접실을 먼저 장식하자. 시간은 많아. 프리실라가 12시, 늦어도 12시 30분에 도착한다고 했으니까 1시에 점심을 먹으면 돼."

이 순간 캐나다와 미국에서 이보다 더 행복하고 들뜬 소녀들은 없었으리라. 장미와 작약, 블루벨을 잘라 낼 때 나는 가위 소리는 '오늘 모건 부인이 오신다.'라고 재잘거리는 소리처럼 들렸다. 앤은 해리슨 씨가 어떻게 아무렇지도 않게 길 너머 들판으로 건초를 베러 갈 수 있는지 의아한 생각이 들었다.

초록 지붕 집 응접실은 엄격하고 어두운 분위기의 공간이었다. 딱딱한 소파와 뻣뻣한 레이스 커튼, 그리고 하얀색 장식이 달린 의자 덮개는 운 없는 사람들의 단추에 걸리지 않는 한 항상 정확한 각도로 놓여 있었다. 마릴라가 조금의 변화도 허락하지 않았기 때문에 앤도 지금까지 아름답게 장식할 수 없었다. 하지만 기회가 주어진다면 꽃으로 정말 멋지게 꾸밀 수 있었다. 앤과 다이애나가 장식을 끝내자 거실은 알아볼 수 없을 만큼 달라져 있었다.

윤이 나는 테이블 위로 커다랗고 푸른 눈송이 같은 꽃들을 한가득 장식했다. 빛나는 검은색 벽난로 위 선반에는 장미와 고사리풀을 쌓아 두었다. 선반마다 초롱꽃 다발을 놓아두었고 벽난로 양옆 어두운 귀퉁이에는 진홍색 작약을 가득 꽂은 항아리를 놓아 밝혔다. 그리고 벽난로에는 노란색 양귀비를 두어 환하게 빛냈다. 꽃잎들이 창가의 인동덩굴 사이로 쏟아지는 햇살과 어우러지자 응접실은 다채로운 빛깔로 그야말로 눈부셨다. 잔소리할 것이 있는지 살피러 들어온 마릴라는 오히려 칭찬을 했다.

"이제 식탁을 꾸미자. 큰 꽃병에 야생 장미를 꽂아 가

운데에 놓고 모두의 접시 앞에는 장미 한 송이씩을 놓는 거야. 그리고 모건 부인의 접시 옆에는 특별히 장미꽃봉오리로 만든 꽃다발을 놓아두는 거지. 『장미 정원』을 떠올리게 말이야."

앤이 신성한 의식을 앞둔 사제처럼 말했다.

거실에는 마릴라가 아끼는 가장 좋은 리넨과 가장 좋은 도자기 그릇, 유리컵, 은식기로 식탁을 차렸다. 식탁에 오른 모든 것들이 잘 닦이고 윤이 나서 반짝반짝 빛났다.

그다음 소녀들은 오븐에서 닭이 구워지며 군침 도는 냄새를 풍기는 부엌으로 갔다. 앤은 감자를 준비했고 다이애나는 콩과 완두콩을 준비했다. 그런 다음 다이애나는 식품 저장실로 들어가 양상추 샐러드를 만들었고, 오븐의 열기와 흥분으로 뺨이 붉게 물든 앤은 닭요리에 곁들일 소스를 만들고 수프에 넣을 양파를 잘게 잘라 마지막으로 레몬 파이의 크림을 휘저었다.

데이비는 지금까지 뭘 하고 있었을까? 얌전하게 굴겠다는 약속을 지켰을까? 데이비는 정말로 약속을 지켰다. 물론 옆에서 하나도 빠뜨리지 않고 구경하고 싶은 마음에 부엌에 남아 있겠다고 고집을 부리기는 했다. 하지만 구석에 조용히 앉아 지난번에 해변으로 놀러 갔을 때 가져온 청어 그물 조각의 매듭을 푸느라 바빴기 때문에 아무도 뭐라고 하지 않았다.

11시 30분이 되자 양상추 샐러드가 완성되었고 레몬 파이 가장자리에 휘핑 크림이 둘러졌고 지글지글 끓어야 할 것들이 제대로 되어 가고 있었다.

앤이 말했다.

"이제 옷을 입는 게 좋겠어. 12시에 올 수도 있으니까. 수프가 완성되자마자 내가야 하니까 점심은 1시 정각에 하자."

동쪽 지붕의 방에서는 한바탕 난리가 벌어지고 있었다. 앤은 초조한 듯 코를 쳐다보며 주근깨가 별로 두드러지지 않는다는 사실에 크게 기뻐했다. 레몬 주스의 효과인지, 평소보다 훨씬 빨개진 뺨 때문인지. 드레스를 입은 두 소녀는 '모건 부인의 여주인공들'처럼 사랑스럽고 늘씬한 소녀처럼 보였다.

다이애나가 긴장한 듯 말했다.

"벙어리처럼 앉아만 있지 않고 가끔 한마디씩 할 수 있었으면 좋겠어. 모건 부인의 여주인공들은 대화를 잘 나누잖아. 그런데 난 말문이 막혀서 바보처럼 보일까 봐 걱정돼. 난 아마 '알겠다.'라고 말할 거야. 스테이시 선생님이 일러 준 뒤로는 그 말을 자주 쓰지 않았지만 흥분하면 나도 모르게 튀어나오거든. 앤, 만약 모건 부인 앞에서 '알겠다.'라고 말한다면 난 창피해서 죽을 것 같을 거야. 그건 아무 말도 하지 않는 것만큼 나빠."

"나도 걱정되는 게 많아. 하지만 말이 나오지 않을까 봐 걱정되지는 않아."

솔직히 말하자면 앤은 그랬다.

앤은 모슬린 드레스 위에 커다란 앞치마를 두르고 수프를 만들기 위해 아래층으로 내려갔다. 마릴라도 옷을 차려입었고 쌍둥이도 그 어느 때보다 신나 보였다. 12시 30분이 되자 앨런 목사 부부와 스테이시 선생님이 왔다. 모든 일이 순조롭게 되어 가고 있었지만 앤은 초조해지기 시작했다. 프리실라와 모건 부인이 올 시간이었다. 앤은 몇 번이나 대문으로 나가 초조하게 길 아래를 바라보았다.

"오시지 않는 걸까?"

앤이 애처롭게 말했다.

"그런 말 하지 마. 생각도 하지 마."

이렇게 말하기는 했지만 다이애나도 슬슬 걱정되기 시작했다.

마릴라가 응접실에서 나오며 말했다.

"앤, 스테이시 선생님이 버드나무 문양 접시를 보고 싶다는 구나."

앤은 얼른 거실 벽장으로 가서 접시를 꺼냈다. 앤은 린드 부인에게 한 약속대로 샬럿타운의 조세핀 배리 할머니에게 편지를 써서 접시를 빌려 달라고 청했다. 앤의 오랜 친구인 조세핀 할머니는 20달러나 주고 산 것이니 조심해 달 라는 편지와 함께 곧장 접시를 보 내 주었다. 버드나무 문양 접시는 교회 바자회에서 제 역할을 톡톡

히 한 후 초록 지붕 집의 벽장으로 돌아왔다. 앤은 자신이 직접 시내로 접시를 돌려주러 갈 생각이었다.

앤은 조심스럽게 현관으로 접시를 가져갔다. 손님들은 개울에서 불어오는 시원한 바람을 맞고 있었다. 모두들 접시를 보면서 감탄했다. 그러고 나서 접시가 앤의 손으로 돌아오자마자 부엌 식품 저장실에서 요란하게 부딪히고 깨지는 소리가 들렸다. 마릴라와 다이애나, 앤은 서둘러 달려갔다. 앤은 소중한 접시를 두 번째 계단에 내려놓느라 잠깐 망설인 후 식품 저장실로 뛰어갔다.

세 사람이 식품 저장실로 가 보니 참혹한 광경이 펼쳐져 있었다. 어린 사내아이가 죄책감 가득한 얼굴로 탁자 아래에 기어들어 가 있었다. 사내아이의 깨끗한 셔츠에는 노란색 잼이 묻어 있고 탁자에는 크림을 발라 놓은 멋진 레몬 파이 두 개가 흩어져 있었다.

데이비는 청어 그물의 매듭을 다 풀어낸 뒤 줄을 감아 공처럼 만들었다. 그런 다음 탁자 위 선반에 놓아두려고 식품 저장실로 들어왔다. 그곳에는 이미 데이비가 놓아둔 비슷한 뭉치들이 잔뜩 있었고, 지금까지 그것들은 데이비에게만 의미 있는 물건일 뿐 아무짝에도 쓸모 없는 것들이었다. 데이비는 탁자로 올라가 아슬아슬하게 선반을 향해 손을 뻗었다. 전에 한번 그러다가 곤욕을 치른 적이 있어서 마릴라는 다시는 그렇게 하지 못하게 했다. 이번 일의 결과는 큰 재앙이었다. 데이비가 미끄러지며 레몬 파이 위에 대자로 엎어진 것이다. 깨끗했던 셔츠가 지저분해졌고 레몬 파이는 영영 못쓰게 되었다. 그것은 어느 한 사람에게도 좋을 것 없는 일이었고 결국 돼지에게 좋은 일만 시킨 꼴이었다.

마릴라가 데이비의 어깨를 흔들었다.

"데이비 키스. 다시는 탁자 위에 올라가지 말라고 했지?"

데이비가 훌쩍거렸다.

"까먹었어요. 하지 말라는 게 너무 많아서 다 기억할 수 없단 말이에요."

"당장 이층으로 올라가서 점심 식사가 끝날 때까지 있어라. 그리고 무얼 하면 안 되는지 생각해 봐. 앤, 편들어 줄 생각은 마라. 네 파이를 망쳐서 벌주는 게 아니야. 이건 사고니까 말을 듣지 않아서 벌을 주는 거야. 얼른 가, 데이비."

"점심은 하나도 못 먹는 거예요?"

데이비가 구슬프게 흐느꼈다.

"점심 식사가 끝난 다음에 부엌으로 내려와서 먹어."

"네, 알겠어요. 앤 누나가 나를 위해 맛있는 걸 남겨 줄 거야, 그렇지? 왜냐하면 내가 일부러 파이 위로 떨어진 게 아니니까. 앤 누나, 파이가 망가졌으니까 조금만 이층으로 가져가서 먹으면 안 돼?"

데이비가 안심한 듯 말했다.

"네가 먹을 레몬 파이는 없어, 데이비."

마릴라가 데이비를 복도 쪽으로 밀며 엄하게 말했다.

"디저트는 어떻게 하죠?"

앤이 부서진 파이 조각을 안타깝게 바라보며 물었다.

"가서 딸기 통조림 항아리를 가져오너라. 휘핑 크림이 충분히 남았으니까 같이 내면 될 거야."

마릴라가 앤을 위로하며 말했다.

드디어 1시가 되었지만 프리실라와 모건 부인은 오지 않았다. 앤은 괴로웠다. 모든 것이 예정대로 진행되었고 수프도 방금 알맞게 완성되었는데 더 이상 기다릴 수만은 없었다.

마릴라가 뿌루퉁하게 말했다.

"아무래도 오지 않을 것 같구나."

앤과 다이애나는 서로를 바라보며 위로의 눈길을 보냈다.

1시 30분이 되자 응접실에 있던 마릴라가 다시 나타났다.

"얘들아, 점심을 먹어야겠다. 모두들 배가 고프고 더 이상 기다려 봤자 소용없으니까. 프리실라와 모건 부인이 오지 않는 게 분명해. 기다린다고 나아질 게 없어."

앤과 다이애나는 식탁에 차려진 것을 나르기 시작했다. 모든 열의가 사라져 버렸다.

"한 입도 먹지 못할 것 같아."

다이애나가 슬프게 말했다.

"나도. 하지만 스테이시 선생님과 앨런 목사님 부부를 위해서라도 음식이 맛있었으면 좋겠어."

앤이 기운 없이 말했다.

콩을 맛본 다이애나의 얼굴에 이상한 표정이 떠올랐다.

"앤, 완두콩에 설탕을 넣었니?"

앤이 마지못해 감자를 으깨며 대답했다.

"응, 한 숟가락 넣었어. 우린 항상 그러거든. 왜 맛이 없어?"

"그게 나도 스토브에 올릴 때 설탕 한 숟가락을 넣었단 말이야."

다이애나의 말에 앤은 감자 으깨는 도구를 내려놓고 완두콩을 맛보았다. 그러더니 얼굴을 찡그렸다.

"끔찍해라! 난 네가 설탕을 넣을 거라고는 생각도 못했어. 너희 어머니는 완두콩에 설탕을 넣지 않으시니까. 오늘은 놀랍게도 그게 기억나서…… 내가 설탕을 넣었어."

"요리사가 너무 많은 게 문제였구나. 앤, 난 네가 설탕 넣는 걸 기억하지 못할 줄 알았단다. 넌 항상 까먹으니까. 그래서 나도 한 숟가락 넣었다."

둘의 대화를 듣고 있던 마릴라가 안타까운 표정으로 말했다.

응접실의 손님들은 부엌에서 연이어 터져 나오는 웃음소리를 들었지만 무슨 일인지 알지 못했다. 그날 점심 식사 테이블에는 완두콩이 오르지 않았다.

앤이 다시 진지해진 표정으로 한숨을 내쉬었다.

"흠……, 어쨌든 샐러드가 있고 콩도 멀쩡해. 어서 음식을 옮겨서 식사를 하자."

그날의 점심 식사는 즐거웠다고 할 수 없었다. 앨런 목사 부부와 스테이시 선생님은 분위기를 살리려고 노력했고, 마릴라도 평소처럼 침착함을 유지하고 있었다. 하지만 앤과 다이애나는 들떴던 마음만큼 실망도 커서 말도 못하고 먹을 수도 없었다. 앤은 손님들을 위해 대화하려고 했다. 하지만 평소 좋아하는 앨런 목사 부부와 스테이시 선생님인데도 모든 열정이 식어버린 탓에 손님들이 빨리 집으로 돌아가고 동쪽 지붕 방의 베개에 실망으로 지친 머리를 누이고만 싶었다.

'안 좋은 일은 겹쳐서 일어나게 마련이다.'라는 옛말이 딱 들어맞을 때가 있다. 그날의 시련은 아직 완전히 끝난 것이 아니었다. 앨런 목사가 막 식사에 대한 감사 인사를 마치자마자 계단에서 이상하고 불길한 소리가 들려왔다. 무겁고 딱딱한 물체가 계단 아래로 한 칸씩 굴러 떨어지더니 박살 나는 소리 같았다. 모두들 복도로 뛰쳐나갔다. 앤이 경악해서 비명을 질렀다.

계단 맨 아래에는 조세핀 할머니의 접시가 산산조각 나 있었고 커다란 분홍색 소라 껍질이 떨어져 있었다. 그리고 계단 맨 위에는 겁에 질린 데이비가 무릎을 꿇은 채 휘둥그레진 눈으로 아래를 쳐다보고 있었다.

마릴라가 불길한 표정으로 말했다.

"데이비, 소라 껍질을 일부러 던진 게냐?"

데이비가 울먹거렸다.

"아니에요. 절대 아니에요. 여기서 조용히 무릎 꿇고 앉아 난간 사이로 어른들을 보고 있었어요. 그런데 발에 저 낡은 게 붙어서 떼어 냈어요. 배가 너무 고파요. 벌주실 때는 차라리 매를 때리고 끝내 주세요. 재미있는 일을 하나도 못하게 이층에 가둬 두지 마시고요."

앤이 떨리는 손으로 깨진 접시 조각을 주우며 말했다.

"데이비 잘못이 아니에요. 제 잘못이에요. 접시를 저기 올려 놓고는 깜빡했어요. 이렇게 부주의하다니, 벌을 받아도 마땅해요. 아, 조세핀 할머니가 뭐라고 할까요?"

"물려받은 가보가 아니라 그냥 산 물건이야."

다이애나가 앤을 위로하려고 애썼다.

손님들은 가는 게 도와주는 일이라고 판단하고 이내 떠났다. 앤과 다이애나는 설거지를 했다. 서로 이야기를 하지 않은 것은 처음이었다. 다이애나는 두통을 느끼며 집으로 돌아갔고 앤 역시 두통을 느끼며 방으로 들어갔다. 해 질 무렵 마릴라가 우체국에서 프리실라의 편지를 가져왔다. 전날 쓴 편지였다. 모건 부인이 발목을 심하게 삐어서 움직일 수 없다는 내용이었다.

프리실라는 다음과 같이 썼다.

> 앤, 정말 미안하지만 초록 지붕 집에 가지 못할 것 같아. 고
> 모는 발목이 다 나으면 토론토로 돌아가셔야 한대. 꼭 정해진
> 날까지 돌아가셔야 하거든.

뒤쪽 현관의 돌계단에 앉아 있던 앤은 편지를 내려놓았다. 얼
룩덜룩한 하늘에서 석양빛이 쏟아졌다.

"모건 부인이 진짜로 온다는 게 믿어지지 않았어요. 하지만
이 말은 엘리자 앤드루스 아주머니만큼이나 비관적인 것 같아
서 하지 못했어요. 그러니까 결국 너무 기쁜 일이라서 일어나
지 않은 것은 아니에요. 제겐 항상 좋은 일과 훨씬 좋은 일들이
일어나니까요. 생각해 보면 오늘 재미있는 일도 있었어요. 다
이애나와 내가 늙었을 때 오늘 일을 웃으며 추억할 수 있을지
도 몰라요. 하지만 과연 그럴 수 있을지 모르겠어요. 정말로 실
망이 너무나 컸으니까요."

마릴라는 위로의 말을 찾다가 고민하며 이야기했다.

"살다 보면 그보다 훨씬 큰 실망도 하게 된다. 앤, 내가 보기
엔 네가 뭔가를 기대했다가 이루어지지 않아서 크게 실망하는
버릇을 버리지 못할 것 같구나."

앤이 슬픈 표정으로 말했다.

"제가 그런 면이 좀 지나치다는 건 알아요. 뭔가 좋은 일이 생길 거라고 생각하면 기대감에 차올라서 하늘로 훨훨 날아가거든요. 하지만 그러다 쿵 소리를 내며 땅으로 떨어져 버려요. 하지만 마릴라 아주머니, 하늘을 나는 동안만큼은 정말로 멋진 걸요. 저녁노을 위로 날아오르는 기분이에요. 그래서 쿵 떨어져도 괜찮을 정도예요."

"그럴지도 모르지. 나라면 날았다가 떨어지지 않고 조용히 계속 걷는 편이 나을 것 같구나. 하지만 사람마다 삶의 방식이 다른 게지. 난 예전에는 옳은 방식이 하나뿐이라고 생각했어. 하지만 네가 오고 또 쌍둥이를 키우면서 그게 과연 옳은지 확신하지 못하겠구나. 그나저나 조세핀 할머니의 접시는 어떻게 할 거니?"

"접시값 20달러를 내야겠지요. 가보가 아니라서 얼마나 다행인지 몰라요. 가보였다면 돈으로 절대 바꿀 수 없는데."

"똑같은 접시를 구해 줘도 되겠지."

"그럴 순 없을 것 같아요. 그렇게 오래된 접시는 흔하지 않으니까요. 린드 부인도 도저히 구할 수가 없었다고 하셨어요. 저도 구할 수 있었으면 좋겠어요. 똑같은 접시가 있다면 빨리 사서 돌려 드릴 수 있을 테니까요. 마릴라 아주머니, 저기 해리슨 씨네 단풍나무 숲 위에 있는 큰 별 좀 보세요. 은빛 하늘에 성스럽게 떠 있어요. 마치 기도하는 것 같아요. 저런 별과 하늘을 볼 수 있다면 작은 실망과 사건쯤은 별로 문제 되지 않는 것 같지요?"

"데이비는 어딨지?"

마릴라는 무심하게 별을 쳐다보며 물었다.

"침대에요. 내일 데이비와 도라를 데리고 연못으로 소풍을 가기로 했어요. 물론 얌전하게 굴어야 한다는 조건이었지만요. 하지만 데이비는 얌전하게 굴려고 노력했는걸요. 그 애를 실망시킬 순 없어요."

마릴라가 못마땅한 표정으로 말했다.

"뱃놀이를 하다가 너나 쌍둥이가 물에 빠질 거야. 난 여기서 60년을 살았는데 그 연못에는 가본 적이 없다."

"지금 마음을 고쳐도 절대로 늦지 않아요. 내일 저희랑 같이 가요. 초록 지붕 집의 문을 닫고 모든 걸 잊고 연못에서 하루 종일 보내는 거예요."

"사양하마. 내가 배를 타고 노를 젓는다니, 볼 만 하겠구나. 저기 해리슨 씨가 마차를 타고 가는구나. 해리슨 씨가 이사벨라 앤드루스와 사귄다는 소문이 사실이라고 생각하니?"

마릴라가 힘주어 말했다.

"아뇨, 사실이 아니에요. 해리슨 씨가 어느 날 저녁에 일 관계로 하몬 앤드루스 씨의 집에 들른 걸 린드 부인이 보고 양복을 갖춰 입었다고 청혼하는 거라고 얘기한 거예요. 제 생각에 해리슨 씨는 절대로 결혼하지 않을 거예요. 결혼을 반대하는 것 같거든요."

"흠, 노총각들은 알 수 없는 법이야. 만약 양복을 갖춰 입었다면 레이철 말대로 수상쩍어 보이는구나. 지금까지 그런 모습은 본 적이 없으니까."

"하몬 앤드루스 씨와 거래를 마무리 짓기 위해서 입었을 거예요. 언젠가 해리슨 씨가 그랬거든요. 남자가 유일하게 외모에 신경 써야 하는 때가 그럴 때라고요. 부유하게 보이면 상대방에게 속을 염려가 없다고요. 저는 해리슨 씨가 가여워요. 삶에 만족하는 것 같지 않아요. 앵무새 빼고는 신경 써 줄 사람이 하나도 없다니 얼마나 외로울까요? 하지만 해리슨 씨는 동정받고 싶지 않을 거예요. 누구든 마찬가지겠지요."

"저기 길버트가 오는구나. 연못으로 뱃놀이를 가자고 하거든 코트하고 덧신을 꼭 챙기렴. 오늘 밤에는 이슬이 잔뜩 내릴 게야."

## 18

# 토리 도로에서의 모험

데이비가 침대에서 양손으로 턱을 받치고 앉아 말했다.

"앤 누나, 꿈나라는 어디에 있는 거야? 사람들은 매일 밤 꿈나라로 가잖아. 거기가 꿈을 꾸는 곳이라는 건 알겠는데 꿈나라가 어디에 있는지, 내가 아무것도 모르는 사이 어떻게 갔다 돌아오는지 정말 궁금해. 그것도 잠옷을 입고 말이야. 꿈나라가 어디 있는 거야?"

앤은 서쪽 지붕 방 창가에 무릎을 꿇고 해 질 무렵의 하늘을 바라보고 있었다. 하늘은 노랗게 타오르는 꽃술과 크로커스 꽃잎이 달린 거대한 꽃처럼 아름다웠다. 데이비의 질문에 앤은 고개를 돌려 꿈꾸는 듯 답했다.

"달이 뜬 산 너머 그림자의 계곡 아래로."

폴 어빙이라면 무슨 뜻인지 알거나 자기 스스로 의미를 만들어 냈을 테지만, 앤이 종종 말하곤 하듯 상상력이 눈곱만큼도 없는 현실적인 데이비는 어리둥절하다는 표정만 지었다.

"앤 누나, 그건 말도 안 되는 소리야."

"물론이지, 얘야. 항상 맞는 말만 하는 사람은 어리석은 사람이란 걸 모르니?"

"내가 말이 되는 질문을 하면 누나도 말이 되는 대답을 해줘야지."

데이비는 기분이 상한 듯 말했다.

"오, 넌 아직 어려서 몰라."

앤은 그렇게 말하면서도 그런 말을 한 것이 부끄러웠다. 앤은 어린 시절 그와 비슷한 모욕과 무시를 당한 적이 너무나 많았다. 그것을 생생하게 기억하고 있는 앤은 자신은 아이들에게 절대로 아직 어려서 모른다는 말을 하지 않기로 결심했던 터였다. 그런데 지금 앤도 그 말을 하고 말았다. 이상과 현실의 거리는 때로는 너무나 멀었다.

"난 빨리 크려고 최선을 다하고 있어. 하지만 누나가 재촉해도 별 소용없어. 마릴라 아주머니가 잼을 가지고 구두쇠처럼 굴지 않는다면 쑥쑥 자랄 수 있을 텐데."

데이비의 말에 앤이 엄하게 말했다.

"마릴라 아주머니는 구두쇠가 아니야, 데이비. 그런 말을 하다니 감사할 줄 모르는구나."

"의미는 똑같지만 훨씬 낮게 들리는 다른 말이 있는데 까먹었어."

데이비가 기억을 떠올리려는 듯 얼굴을 찡그렸다.

"'알뜰하다'는 말이라면 그건 구두쇠와 뜻이 아주 달라. 마릴라 아주머니가 구두쇠라면 너희 엄마가 돌아가셨을 때 너희들을 데리고 오지도 않았을 거야. 위긴스 부인과 같이 살면 좋았겠니?"

데이비가 단칼에 잘라 말했다.

"아니, 싫어! 그리고 리처드 삼촌한테 가는 것도 싫어. 마릴라 아주머니가 잼에 관해서, 누나가 방금 말한 그 말처럼 굴어도 난 여기서 사는 게 좋아. 왜냐하면 앤 누나가 있으니까. 앤 누나, 잠자기 전에 이야기를 들려 줄래? 요정 이야기는 싫어. 그건 여자애들이 듣는 이야기야. 음, 난 신나는 이야기가 좋아. 죽이고 총 쏘는 게 많이 나오고 불난 집처럼 신나는 게 많이 나오는 걸로."

다행스럽게도 그때 마릴라가 앤의 방에서 앤을 불렀다.

"앤, 다이애나가 아주 빠르게 신호를 보내고 있구나. 무슨 말인지 와서 보는 게 좋겠다."

앤은 동쪽 지붕 방으로 달려가 어둑어둑한 빛 사이에서 다이애나의 창문에 다섯 개의 불빛이 흘러나오는 것을 보았다. 두 사람이 어린 시절에 만든 암호에 따르면 '중요한 할 말이 있으니 당장 와.'라는 뜻이었다. 앤은 하얀 숄을 머리에 두르고 잽싸게 유령의 숲을 지나 벨 씨의 목초지 구석을 가로질러 과수원 길로 갔다.

다이애나가 말했다.

"좋은 소식이 있어, 앤. 지금 엄마랑 카모디에 다녀왔는데 블레어 씨의 상점에서 스펜서베일에 사는 메리 센트너를 만났어. 메리 말로는 토리 도로에 사는 콥 자매한테 버드나무 문양의 접시가 있대. 우리가 바자회에 썼던 접시와 똑같을 거라는 거야. 아마 콥 자매가 그 접시를 팔 거래. 마사 콥은 팔 수 있는 물건이라면 절대로 남겨 두지 않으니까. 하지만 콥 자매가 접시를 팔지 않는다면 스펜서베일의 웨슬리 케이슨네 집에도 그 접시가 있는데 그 집에서도 팔 거래. 하지만 조세핀 할머니의 접시와 똑같은지는 확실하지 않대."

앤이 결연한 표정으로 말했다.

"내일 당장 스펜서베일에 가봐야겠어. 너도 같이 가자. 마음이 한결 편해진다. 내일모레 접시도 없이 조세핀 할머니를 무슨 면목으로 뵙겠어? 손님방 침대로 뛰어들었다는 걸 고백했을 때보다 더 끔찍해."

두 소녀는 옛 추억에 웃음을 터뜨렸다. 이 사건을 모르거나 궁금한 사람이 있다면 앤의 어린 시절 이야기를 찾아보기 바란다.

다음 날 오후 두 소녀는 접시를 찾아 떠났다. 스펜서베일까지는 10마일이나 되었고 나들이를 하기에 좋은 날씨도 아니었다. 바람 한 점 없이 후덥지근했고 오랫동안 비가 오지 않아 길가에는 엄청난 먼지가 날렸다.

앤이 한숨을 내쉬었다.

"아, 빨리 비가 내렸으면 좋겠어. 모든 것이 바싹 말랐어. 들판은 너무 가엾어 보이고 나무들은 비를 내려 달라고 손을 뻗고 있는 것 같아. 우리 정원에도 들어갈 때마다 마음이 아프다니까. 농작물이 고통받고 있는데 정원에 대해 불평해서는 안되겠지. 해리슨 씨는 목초지가 누렇게 말라 버려서 가엾게도 소들이 한입 뜯어먹을 것도 없대. 그래서 가축들의 눈과 마주칠 때마다 죄책감이 든대."

한참 동안 마차를 타고 달린 끝에 스펜서베일에 도착한 그들은 마차를 돌려 토리 도로로 내려갔다. 토리 도로는 마차가 돌아다닌 흔적이 없는 풀이 무성한 외딴 도로였다. 그 길을 따라 튼튼한 어린 가문비나무가 도로 쪽으로 바짝 붙어 서 있었다. 드문드문 스펜서베일 농장 뒤쪽 울타리나 잡초와 미역취가 자란 그루터기가 눈에 띄었다.

"왜 토리 도로라고 부르는 걸까?"

앤의 물음에 다이애나가 대답했다.

"앨런 목사님 말로는 나무가 하나도 없는 곳을 작은 숲이라고 부르는 거나 마찬가지래. 길가에는 콥 자매와 저쪽 끝에 자유주의자인 마틴 보봐이에 할아버지 외에는 아무도 살지 않으니까. 토리 정부가 집권하고 있을 때 뭔가 하고 있다는 걸 보여주기 위해 이 도로를 만들었다는 거야."

다이애나의 아버지는 자유주의자였으므로 그런 이유에서 다이애나와 앤은 절대로 정치에 관한 이야기를 하지 않았다. 초록 지붕 집 사람들은 항상 보수주의자였던 것이다.

마침내 두 소녀는 오래된 콥 자매의 집에 도착했다. 초록 지붕 집은 비교도 안 될 정도로 외관이 깔끔했다. 비탈길에 위치한 옛날식 집으로 한쪽 끝을 돌로 받쳐 지하실을 지어 놓았다. 집과 별채는 전부 새하얗게 칠해져 있었고 하얀 울타리로 둘러싸인 깔끔한 뒷밭에는 잡초 한 포기 눈에 띄지 않았다.

다이애나가 아쉬워하며 말했다.

"창문 가리개가 전부 내려져 있어. 집에 아무도 없나 봐."

정말로 집에는 아무도 없었다. 두 소녀는 당혹스러운 눈빛으로 서로를 쳐다보았다.

"어떻게 해야 하지? 똑같은 접시인 게 확실하다면 집에 누가 올 때까지 기다려도 괜찮지만, 만약 똑같은 접시가 아니라면 웨슬리 케이슨네 집에 갈 시간이 되지 않잖아."

앤이 걱정하자 다이애나는 지하실 위의 작은 네모 창문을 쳐다보았다.

다이애나가 말했다.

"저건 분명 식품 저장실 창문일 거야. 이 집은 뉴브리지에 사시는 찰스 아저씨의 집하고 똑같은데 식품 저장실 창문이 저렇게 생겼거든. 저기는 창문 가리개가 쳐져 있지 않으니까 저길 들여다보면 접시가 보일지도 몰라. 그런데 우리가 지금 나쁜 일은 하는 건 아니겠지?"

앤이 신중하게 생각을 한 후 대답했다.

"아니, 그렇지 않아. 쓸모없는 호기심 때문에 그러는 게 아니니까."

중요한 양심의 문제가 해결되자 앤은 방금 말한 '작은 건물'로 올라갈 준비를 했다. 예전에 오리들의 우리였던 뾰족한 지붕이 달린 선반 건물이었다. 콥 자매는 '오리들이 너무 지저분한 새'라는 생각에 더 이상 키우지 않아서 몇 년 동안 사용하지 않고 닭장으로 고치기 위해 아껴 둔 터였다. 꼼꼼하게 하얀 칠을 했지만 오래된 탓에 약간 흔들렸다. 앤은 상자 위에 놓인 작은 통을 밟고 오르면서 미심쩍은 기분이 들었다.

"내 무게를 버티지 못할 것 같아."

앤이 조심스럽게 지붕에 발을 디디며 말했다.

"창턱에 몸을 기대."

앤은 다이애나가 조언한 대로 움직였다. 앤은 창유리를 통해 자신이 찾는 것과 똑같은 버드나무 문양의 접시가 창문 앞 선반에 놓인 것을 보고 몹시 흥분했다. 앤은 너무 기쁜 나머지 발을 조심스럽게 딛고 있어야 한다는 사실을 잊어버린 채 창턱에서 몸을 떼고는 자기도 모르게 폴짝폴짝 뛰고 말았다. 그다음 순간, 지붕이 와르르 무너져 내렸고 앤은 지붕을 뚫고 떨어지다가 겨드랑이가 지붕에 끼여 대롱대롱 매달리게 되었다. 도저히 빠져나올 수가 없었다. 다이애나가 달려와 불운한 친구의 허리를 꽉 붙잡고 빼내려고 했다.

가엾은 앤이 비명을 질렀다.

"아야, 그만해. 뾰족한 나뭇조각이 찌른단 말이야. 내 발 아래에 놓을 만 한 걸 찾아봐. 그럼 그걸 딛고 빠져나올 수 있을지도 몰라."

다이애나는 재빠르게 앤이 올라갈 때 썼던 나무통을 끌고 왔다. 하지만 나무통은 앤이 발을 안전하게 둘 수 있는 높이밖에 되지 않아 몸을 빼낼 수는 없었다.

다이애나가 제안했다.

"내가 기어 올라가서 널 당기면 어떨까?"

앤은 가망이 없다는 듯 고개를 저었다.

"안 돼……. 나뭇조각이 너무 아파……. 도끼가 있으면 나무를 쪼개서 날 꺼내 줄 수 있을지도 몰라. 다이애나, 난 불운한 별에서 태어난 게 분명해."

다이애나가 열심히 도끼를 찾았지만 어느 곳에도 없었다.

"가서 도와줄 사람을 불러와야겠어."

다이애나가 꼼짝없이 갇힌 앤에게 돌아와 말했다.

"안 돼. 하지 마. 그럼 전부 소문이 나서 난 얼굴을 들고 다닐 수 없을 거야. 안 돼. 콥 자매가 집에 올 때까지 기다렸다가 소문내지 말아 달라고 부탁해야 해. 콥 자매가 도끼로 나를 꺼내 줄 수 있을 거야. 가만히 있으면 불편하지 않아. 견딜 만하다고. 콥 자매가 이 건물에 얼마나 값을 매길지 모르겠어. 내가 망가뜨린 걸 보상해야 하니까. 식품 저장실 창문을 왜 엿보려고 했는지 이해해 주기만 한다면 괜찮을 거야. 내가 찾던 것과 똑같은 접시라는 사실만으로도 위안이 되니까. 콥 자매가 접시를 팔기만 한다면 지금 일어난 사건 따위는 잊을 수 있어."

"콥 자매가 밤까지 돌아오지 않으면 어떡하지? 내일 온다면?"

다이애나가 말했다.

"해가 질 때까지 오지 않는다면 도와줄 사람을 부르러 가야겠지. 하지만 그 전에는 절대로 가선 안 돼. 오, 맙소사! 이건 정말 끔찍한 일이야. 모건 부인의 소설에 나오는 여주인공처럼 내 불행이 낭만적이라면 이렇게 싫진 않을 거야. 하지만 내 불행은 항상 우스꽝스러워. 콥 자매가 집으로 마차를 타고 돌아오다 별채 지붕 위에 웬 여자애의 머리와 어깨가 튀어나온 모습을 본다면 어떻게 생각할까? 들어 봐……, 마차 소리 아니야? 아니, 다이애나. 천둥소린 것 같아."

앤이 내키지 않는다는 듯 중얼거렸다.

그것은 확실히 천둥소리였다. 안채 쪽으로 급하게 달려간 다이애나가 돌아와 북서쪽에서 검은 구름이 빠르게 솟아오르고 있다고 알렸다.

다이애나가 경악한 얼굴로 소리쳤다.

"천둥을 동반한 소나기가 한바탕 쏟아지려나 봐. 오! 앤, 어떻게 하지?"

"소나기에 대비해야지. 말과 마차를 저기 헛간으로 옮기는 게 좋겠어. 다행히 마차 안에 내 양산이 있어. 자, 넌 내 모자를 가져가 써. 마릴라 아주머니가 토리 도로에 가면서 가장 좋은 모자를 쓰고 가는 건 바보 같은 짓이라고 하셨는데, 역시나 아주머니가 옳았어."

앤이 침착하게 말했다. 천둥 소나기는 지금까지 일어난 일에 비하면 아무것도 아니었다.

다이애나는 묶어 둔 조랑말을 풀어 헛간으로 몰고 갔다. 바로 그때 굵은 빗방울이 떨어지기 시작했다. 다이애나는 그대로 앉은 채 억수로 쏟아지는 비를 쳐다보았다. 빗줄기가 워낙 굵고 세차서 앤이 어렴풋이 보일 뿐이었다. 앤은 모자를 쓰지 않은 머리 위로 꿋꿋하게 양산을 들고 있었다. 천둥은 그리 심하지 않았지만 세찬 소나기는 거의 한 시간 동안 쏟아졌다. 앤은 이따금 양산을 옆으로 기울여 친구에게 손을 흔들었다. 하지만 멀리 떨어진 데다 세찬 빗줄기 때문에 대화를 나눌 수는 없었다. 마침내 비가 그치고 해가 나왔다. 다이애나는 마당의 물웅덩이를 가로질러 가서 걱정스럽게 물었다.

"많이 젖었니?"

"아니. 머리와 어깨는 멀쩡하고 치마는 선반에 튄 빗방울에 맞아 약간 축축할 뿐이야. 가여워하지 마, 다이애나. 난 아무렇지 않으니까. 비가 내려서 다행이야. 내 정원이 얼마나 기뻐할지 생각했거든. 빗방울이 떨어지기 시작할 때 꽃과 꽃봉오리들이 무슨 생각을 했을지 떠올렸어. 과꽃과 스위트피가 나눈 재미있는 대화와 백합꽃 밭의 야생 카나리아, 그리고 정원의 수호천사에 대해 상상했어. 집에 가면 글로 적어 둘 거야. 지금 펜과 종이가 있으면 좋겠다. 집에 도착하기 전에 이 멋진 생각들을 다 잊어버릴지도 모르니까."

앤이 명랑하게 대답했다.

마침 연필을 가지고 있던 다이애나가 마차의 상자 속에서 포장지를 찾아 주었다. 앤은 빗물이 떨어지는 양산을 접고 모자를 쓴 후 다이애나가 아래에서 건네준 포장지를 지붕에다 올려 놓고는 정원에 대한 글을 쓰기 시작했다. 도저히 글을 쓰기에 어울리지 않는 조건이었지만 아름다운 글을 완성했다. 앤이 그 글을 읽어 주자 다이애나는 도취되어 소리쳤다.

"오, 앤, 멋져. 정말 멋져. 이 글을 《캐나다 여성》지에 꼭 보내야겠다."

앤은 고개를 저었다.

"아니야. 아직 그 정도는 안 돼. 보다시피 줄거리가 없잖아. 그냥 상상을 나열해 놓은 것뿐이야. 난 이런 글을 쓰는 게 좋지만 책으로 출간되지 않을 거야. 프리실라 말로는 편집자들은 반드시 줄거리를 고집한대. 오, 저기 사라 콥 아주머니야. 제발, 다이애나, 가서 잘 설명해 줘."

사라 콥은 체구가 작은 여성으로 허름한 검은색 옷에 허영심을 채워 줄 장식보다는 실용성을 고려해서 고른 듯한 모자를 쓰고 있었다. 그녀는 마당의 진기한 광경을 보고는 과연 깜짝 놀란 듯 보였지만 다이애나의 설명을 듣고는 전적으로 이해해 주었다. 그녀는 다급히 뒷문을 열고 도끼를 가져와 능숙한 도끼질 몇 번으로 앤을 구해 주었다. 앤은 피곤하고 몸이 뻣뻣해져서 그 자리에 주저앉았다. 그런 다음 다시 자유로운 세계로 나왔다.

앤이 진지하게 말했다.

"콥 아주머니, 식품 저장실을 들여다본 건 순전히 버드나무 문양의 접시가 있는지 보기 위해서였답니다. 다른 건 보지 않았고 찾으려고 하지도 않았어요."

사라 콥이 상냥하게 말했다.

"이런, 괜찮아. 걱정하지 않아도 돼. 피해 본 건 없으니까. 우리는 평소 식품 저장실 안이 보이게 해두고 누가 들여다봐도 신경 쓰지 않는단다. 오래된 오리집도 부서져서 오히려 속이 시원하구나. 이제 마사도 오리집을 없애 버리는 데 찬성하겠지. 언젠가는 필요해질 거라면서 없애는 걸 반대해서 내가 봄마다 하얀 도료를 칠해야 했거든. 하지만 마사는 꼭 벽에 대고 이야기하는 것 같단 말이야. 마사는 오늘 시내에 갔어. 역까지 데려다주고 오는 길이야. 내 접시를 사고 싶다고 했지. 그래, 얼마를 줄 거니?"

"20달러요."

앤은 콥 집안 사람들과 흥정할 생각은 없었다. 그렇지 않았다면 처음부터 자기가 생각한 가격을 말하지 않았을 것이다.

사라가 신중하게 말했다.

"흠, 좋아. 다행히 그 접시는 내 거야. 그렇지 않다면 감히 마사가 집에 없을 때 팔 생각조차 하지 못했을 거야. 야단법석을 떨었을 테니까. 마사가 이 집안의 대장이거든. 마사한테 이래라저래라 말을 들으며 사는 게 정말 피곤해. 어쨌든 들어오렴. 많이 지치고 피곤할 테지. 차는 좋은 걸로 대접할 수 있지만 다른 것들은 빵하고 버터, 오이 외에는 줄 게 없구나. 마사가 떠나기 전에 케이크랑 치즈, 절임을 전부 치워 놓고 갔거든. 항상 그래. 내가 평소 손님을 너무 후하게 대접한다면서 말이야."

앤과 다이애나는 무엇이든지 먹을 수 있을 정도로 배가 고팠기 때문에 사라가 준 맛있는 빵과 버터, '오이'를 전부 해치웠다. 다 먹고 나서 사라가 말했다.

"접시를 팔아야 할지 모르겠네. 하지만 25달러는 받아야 해. 아주 오래된 접시거든."

다이애나가 테이블 아래로 앤의 발을 가볍게 찼다. '동의하지 마. 네가 고집한다면 20달러에 줄 거야.'라는 뜻이었다. 하지만 앤은 소중한 접시를 위해서라면 섣불리 위험을 무릅쓰고 싶지 않았다. 그래서 25달러를 내겠다고 즉시 동의했고 사라는 30달러를 부르지 않은 것을 후회하는 표정이었다.

사라가 여윈 뺨을 붉히며 자랑스러운 듯 고개를 쳐들었다.

"흠, 그럼 팔아야겠구나. 지금 난 가능한 돈을 많이 모아야 하거든. 실은…… 내가 결혼을 하거든. 루서 윌레스하고. 그는 20년 전에 나하고 결혼하고 싶어 했지. 나도 그가 마음에 들었는데 그가 너무 가난하다고 아버지가 퇴짜를 놓았어. 그 사람을 그렇게 쉽게 보내는 게 아니었는데. 하지만 난 그때 용기도 없었고 아버지가 무서웠어. 게다가 남자들이 그렇게 포기를 잘하는지 몰랐거든."

다이애나는 마차를 몰고 앤은 무릎에 접시를 조심스럽게 올려놓은 채 집으로 향했다. 비 온 후라 더욱더 푸르러진 한적한 토리 도로는 소녀들의 웃음소리로 활기가 넘쳤다.

"내일 시내에 가면 오늘 있었던 '이상하고 파란만장한 하루'에 대한 이야기로 조세핀 할머니를 즐겁게 해줄 수 있을 거야. 힘든 시간이었지만 이제 다 지나갔어. 접시도 구했고 비가 먼지를 가라앉혀 주었고, 결국 '모든 게' 잘됐어."

다이애나가 조금 비관적으로 말했다.

"아직 집에 도착하지 않았잖아. 그리고 집에 도착하기 전까지 무슨 일이 생길지 몰라. 앤, 너에겐 희한한 일이 많이 일어나니까."

앤이 차분하게 말했다.

"모험을 즐기는 것은 어떤 이들에게는 자연스러운 일이야. 하지만 모험을 즐기는 사람도 있고 그렇지 않은 사람도 있지."

# 19

# 행복한 하루

언젠가 앤은 마릴라에게 말했다.

"가장 즐거운 날은 굉장하거나 근사하거나 신나는 일이 생기는 날이 아니라 목걸이를 만들 듯 소박하고 작은 즐거움들이 하나하나 조용히 이어지는 날이라고 생각해요."

초록 지붕 집에는 행복한 날들이 이어지고 있었다. 앤의 모험과 불행한 사건들도 다른 사람들과 마찬가지로 한꺼번에 일어나는 게 아니라 일과 꿈, 웃음, 배움으로 가득한 조용하고 즐거운 나날들 가운데 흩어져 나타났다. 8월 하순의 어느 날이었다. 오전에 앤과 다이애나는 들뜬 쌍둥이를 데리고 연못으로 뱃놀이를 하러 갔다. 모래 기슭까지 가서 '진들피'를 따고 바람이 태곳적부터 부르던 옛 서정시를 하프에 맞춰 노래하듯 살랑거리는 물결 속에서 물장구를 치고 놀았다.

오후에 앤은 폴을 만나기 위해 어빙네 집으로 걸어갔다. 그 집 북쪽에는 바람막이가 되어 주는 촘촘한 전나무 숲이 있었는데, 폴은 그 숲 옆 풀로 덮인 둑에 누워 동화책에 빠져 있었다. 폴은 앤을 보자마자 얼굴이 환해지며 벌떡 일어났다.

폴이 기뻐하며 앤을 맞았다.

"선생님, 이렇게 오셔서 정말 기뻐요. 할머니가 집에 안 계시거든요. 저하고 같이 차를 마셔요. 혼자 차를 마시는 건 정말 쓸쓸하거든요. 선생님, 사실 집에서 일하는 메리 조 누나한테 같이 차를 마시자고 부탁하려고 진지하게 생각했어요. 하지만 할머니가 허락하지 않으실 거예요. 할머니는 프랑스 사람들이 자기 분수를 지켜야 한대요. 어쨌든 메리 조 누나하고는 말하기도 힘들어요. 늘 웃으면서 '넌 내가 본 애들 중에 제일 똑똑해.'라고만 하거든요. 전 대화는 그렇게 하는 게 아니라고 생각해요."

앤이 명랑하게 대꾸했다.

"당연히 함께 차를 마셔야지. 내가 먼저 부탁하려고 했는걸. 저번에 너희 할머니의 맛있는 쇼트브레드를 맛본 후로 계속 군침이 돌았거든."

주머니에 손을 넣은 채 앤의 앞에 서 있던 폴의 아름다운 작은 얼굴에 갑자기 근심이 어렸다.

"선생님, 만약 제 마음대로 할 수 있다면 쇼트브레드를 실컷 드실 수 있을 텐데. 하지만 그건 메리 조한테 달려 있어요. 할머니가 나가기 전에 쇼트브레드가 어린 사내아이에게는 너무 기름지니까 주지 말라고 메리 조한테 말하는 걸 들었거든요. 저는 먹지 않겠다고 약속하면 메리 조가 선생님에게는 줄 거예요. 제가 부탁해 볼게요."

이런 폴의 긍정적인 성격이 마음에 들어 앤은 즐겁게 대답했다.

"그러자꾸나. 만약 메리 조가 무정하게도 쇼트브레드를 주지 않는다고 해도 조금도 문제 될 게 없어. 그러니 걱정하지 마."

"정말 그래도 괜찮으시겠어요?"

폴이 걱정스럽게 물었다.

"물론이지."

폴이 긴 안도의 한숨을 내쉬었다.

"그렇다면 다행이에요. 메리 조는 제 부탁을 들어줄 거예요. 메리 조는 성격이 좋거든요. 하지만 할머니의 말을 어기면 좋을 게 없다는 걸 경험으로 알고 있죠. 할머니는 좋은 분이지만 사람들은 할머니가 하라는 대로 해야만 해요. 오늘 아침에는 제가 포리지를 남김없이 먹어서 무척 좋아하셨어요. 정말 힘들었지만 어쨌든 전 성공했죠. 할머니는 저를 훌륭한 남자로 키우실 거래요. 선생님, 아주 중요한 질문인데 솔직하게 대답해 주세요."

앤이 약속했다.

"노력해 볼게."

"선생님은 제 머리가 이상하다고 생각하지 않으세요?"

폴은 마치 앤의 대답에 자신의 존재가 좌우되기라도 하는 것처럼 물었다.

"맙소사, 아니, 폴. 당연히 넌 정상이야. 도대체 누가 그런 말을 한 거니?"

앤이 놀라서 소리쳤다.

"메리 조가요……. 하지만 메리 조는 제가 들은 걸 몰라요. 어제저녁에 피터 슬론 부인네 집의 가정부인 베로니카가 메리 조를 만나러 왔었거든요. 복도를 지나다가 두 사람이 말하는 걸 들었어요. 메리 조가 '폴은 진짜 이상한 애야. 이상한 말만 해. 머리가 이상한 것 같아.'라고 했어요. 어젯밤 그 생각을 하느라 늦게까지 잠을 못 잤어요. 할머니한테는 도저히 물어볼 수 없어서 선생님한테 물어봐야겠다고 생각했죠. 제 머리가 정상이라고 생각하신다니, 정말 기뻐요."

"당연히 정상이지. 메리 조는 어리석고 무지한 애니까 그 애가 하는 말은 전혀 신경 쓸 것 없단다."

앤이 분개하며 말했다. 속으로 앤은 폴의 할머니에게 메리 조를 입단속시키는 것이 좋겠다고 넌지시 알려야겠다고 결심했다.

"휴, 이제 고민이 사라졌어요. 선생님, 전 이제 완전히 행복해요. 전부 선생님 덕분이에요. 머리가 이상한 게 좋은 건 아니죠? 아무래도 메리 조가 그렇게 생각하는 건 제가 가끔씩 메리 조에게 제 생각을 이야기하기 때문인 것 같아요."

폴의 말에 앤은 경험에서 우러나온 답을 했다.

"그건 약간 위험한 일이지."

"제가 메리 조한테 한 이야기를 하나씩 선생님께도 말해 드릴게요. 선생님이 들어 보시고 정말 이상한지 말씀해 주세요. 해가 지면 저는 사람들에게 이야기하고 싶어 견딜 수가 없어요. 말할 사람이 아무도 없으면 메리 조한테 말하죠. 하지만 이제부터는 안 그럴 거예요. 제 머리가 이상하다고 생각한다면 말이죠. 견딜 수가 없어도 그냥 참을래요."

"도저히 못 견디겠다면 초록 지붕 집으로 와서 나한테 말하렴."

앤의 말은 진심이었다. 이런 진실함 때문에 진지하게 대해 주기를 바라는 아이들은 앤을 좋아했다.

"네, 그럴게요. 하지만 제가 갈 때 데이비가 없었으면 좋겠어요. 왜냐하면 절 보고 인상을 쓰거든요. 데이비는 아직 어리고 제가 더 크니까 그다지 신경 쓰이지는 않지만, 그래도 누군가 저를 보고 인상 쓰면 기분이 좋지는 않잖아요. 게다가 데이비가 얼마나 인상을 심하게 쓰는지 몰라요. 가끔은 찡그린 얼굴이 원래대로 돌아오지 않을까 봐 걱정되기도 해요. 신성한 생각을 해야하는 교회에서도 데이비는 저를 보고 인상을 써요. 하지만 도라는 저를 좋아해요. 저도 도라가 좋아요. 하지만 도라가 미니 메이 배리한테 나중에 저하고 결혼하겠다고 말하기 전이 더 좋았어요. 물론 나중에 크면 누군가와 결혼을 해야겠지만 전 아직 그런 생각을 하기에는 너무 어리잖아요. 안 그래요, 선생님?"

"그래, 어리지."

"결혼 이야기가 나와서 말인데, 요즘 또 저를 곤란하게 하고 있는 일이 생각났어요."

폴이 말을 계속했다.

"지난주에 린드 부인이 오셔서 할머니와 차를 마셨어요. 할머니가 저더러 린드 부인에게 엄마 사진을 보여 주라고 하셨어요. 아빠가 생일 선물로 보내 주신 거예요. 하지만 전 린드 부인에게 사진을 보여 주고 싶지 않았어요. 린드 부인은 좋은 분이지만 엄마 사진을 보여 주고 싶은 분은 아니거든요. 선생님도 아시겠지만요. 하지만 전 할머니의 말을 들었어요. 린드 부인은 엄마가 아주 예쁘지만 약간 화려하게 보이고 아빠보다 엄청나게 어려 보인다고 했어요. 그리고 저더러 '너희 아빠도 언젠가 재혼을 하겠지. 새엄마가 생기면 좋을 것 같니, 폴?'이라고 했어요. 전 그 말을 듣고 숨이 멎는 줄 알았어요. 하지만 린드 부인이 눈치채게 하고 싶진 않았어요. 전 린드 부인을 똑바로 쳐다보면서…… 이렇게…… 말했어요. '린드 부인, 아빠는 저의 첫 번째 엄마를 아주 잘 선택하셨으니 두 번째 엄마도 잘 선택해 주시리라고 믿어요.' 저는 정말로 아빠를 믿어요, 선생님. 하지만 아빠가 정말로 저에게 두 번째 엄마를 얻어 주실 거라면 먼저 제 의견도 물어봐 주셨으면 좋겠어요. 메리 조가 차 마실 시간이라고 부르러 오네요. 제가 가서 쇼트브레드에 대해 말해 볼게요."

이야기가 잘되었는지 메리 조는 쇼트브레드를 잘라 주었고 잼 한 접시까지 얹어 주었다. 앤과 폴은 열린 창문 사이로 만의 산들바람이 불어오는 어둡고 오래된 거실에서 앤이 따른 차와 쇼트브레드를 즐겁게 먹었다. 두 사람이 '헛소리'를 어찌나 많이 했던지 메리 조는 분개해서 다음 날 저녁 베로니카에게 '그 학교 선생님'도 폴만큼이나 이상하다고 말했다. 차를 마신 후 폴은 앤을 이층 방으로 데리고 가서 엄마 사진을 보여 주었다. 할머니가 책장 서랍에 몰래 넣어 둔 의문의 생일 선물은 바로 이것이었다. 천장이 낮은 폴의 방은 바다로 넘어가는 붉은 석양빛으로 부드럽게 일렁였고 네모난 창문 가까이에서 자라는 전나무들이 그림자를 드리우고 있었다. 이 부드러운 빛을 받으며 온화한 눈빛을 가진 아름다운 여인의 얼굴이 침대 발치 벽에 걸려 있었다.

폴이 애정 가득한 목소리로 말했다.

"저분이 바로 우리 엄마예요. 할머니한테 저기에 걸어 달라고 부탁했죠. 아침에 눈뜨자마자 볼 수 있게요. 이제는 밤에 잘 때 캄캄해도 괜찮아요. 엄마가 여기에 함께 있으니까요. 제게 물어보지 않았지만 아빠는 제가 어떤 선물을 좋아할지 알고 있었어요. 아빠가 그런 걸 알고 있다는 게 신기하지 않아요?"

"너희 엄마는 무척 아름다운 분이셨구나, 폴. 너도 엄마를 약간 닮았어. 엄마의 눈동자와 머리 색깔이 너보다 진하긴 하지만."

폴은 방 안을 돌아다니며 쿠션을 전부 모아 창가에 쌓으며 말했다.

"제 눈은 아빠랑 똑같아요. 하지만 아빠의 머리는 회색이에요. 흰머리가 많지만 회색이에요. 아빠는 쉰이 다 되셨거든요. 정말 늙었지요? 하지만 아빠는 겉모습만 늙었을 뿐이지 마음은 누구보다 젊어요. 선생님, 여기 앉으세요. 저는 선생님의 무릎 쪽에 앉을게요. 선생님 무릎에 머리를 기대도 돼요? 엄마하고 늘 그렇게 앉았거든요. 오, 정말 멋져요."

"자, 이제 메리 조가 이상하다고 했던 네 생각들을 말해 보렴."

앤이 폴의 곱슬머리를 쓰다듬으며 말했다. 폴은 마음이 맞는 사람에게는 생각을 말하라고 구슬리지 않아도 이야기를 털어놓았다.

폴이 꿈꾸듯 말했다.

"어느 날 밤에 전나무 숲에서 생각한 거예요. 선생님도 아시겠지만 사실이라고 믿지는 않고 그냥 생각한 거예요. 누군가에게 말하고 싶었는데 메리 조밖에 없었어요. 메리 조는 식품 저장실에서 빵 반죽을 하고 있었죠. 저는 그 옆 벤치에 앉아서 말했어요. '메리 조, 내가 무슨 생각을 하는지 알아? 저녁 하늘의 별은 요정들이 사는 나라의 등대야.' 그랬더니 메리 조가 '흠, 도련님은 정말 이상해요. 세상에 요정 같은 건 없어요.'라고 하더군요. 전 무척 화가 났어요. 저도 세상에 요정이 없다는 걸 알아요. 하지만 그렇다고 요정이 있다고 생각하지 말라는 법은 없잖아요. 선생님도 아시겠지만요. 하지만 전 또 인내심을 가지려고 노력했어요. '그럼 메리 조, 내가 또 무슨 생각을 하는지 알아? 해가 지고 나면 천사가 하늘 위에서 걸어 다닌다고 생각해. 아주 키가 크고 하얀 옷을 입은 천사야. 접힌 은색 날개가 있는. 그리고 꽃과 새들에게 자장가를 불러 주지. 방법만 안다면 아이들도 그 노래를 들을 수 있어.' 그랬더니 메리 조가 밀가루 범벅이 된 손을 위로 올리고 말했어요. '도련님은 참말로 이상해요. 무섭네요.' 정말로 메리 조는 겁에 질린 얼굴이었어요. 그래서 전 밖으로 나가 나머지 생각을 정원에 대고 속삭였어요. 정원에 죽은 작은 자작나무가 있는데, 할머니 말로는 소금물을 줘서 죽은 것 같대요. 하지만 저는 그 자작나무를 지키는 요정이 바보같이 세상 구경을 하다가 길을 잃은 거라고 생각해요. 그래서 작은 나무는 너무 외롭고 가슴이 아파서 죽은 거예요."

"바보 같은 나무 요정이 세상 구경에 싫증 나서 나무에게 돌아와 그 모습을 보면 마음이 찢어질 거야."

앤의 말에 폴이 진지하게 말했다.

"맞아요. 하지만 나무 요정들도 바보 같은 짓의 결과를 책임져야 해요. 사람들과 똑같이요. 선생님, 제가 초승달에 대해 무슨 생각을 하는지 아세요? 꿈을 가득 실은 작은 황금 배라고 생각해요."

"그리고 그 배가 구름에 닿아 기우뚱하면 꿈이 엎질러져서 잠자는 사람들에게 들어오지."

"맞아요, 선생님. 오, 선생님도 아시는군요. 그리고 저는 제비꽃이 천사가 별빛이 비치도록 하늘에 작은 구멍을 낼 때 떨어진 하늘 쪼가리라고 생각해요. 그리고 노란 미나리아재비는 빛바랜 햇빛으로 만들어진 거고요, 스위트피는 천국에 가면 나비가 될 거예요. 선생님, 이런 생각이 이상하다고 생각하세요?"

"아니, 하나도 이상하지 않아. 어린아이가 상상할 만한 정말로 신기하고도 아름다운 생각이야. 100년 동안 노력해도 그런 생각을 할 수 없는 사람들은 그게 이상하다고 하겠지. 하지만 그런 생각을 계속하렴, 폴. 넌 언젠가 꼭 시인이 될 거야."

그날 앤이 집에 돌아와 보니 폴과 매우 다른 아이가 재워 주기를 기다리고 있었다. 데이비는 뿌루퉁해져 있었다. 앤이 옷을 벗기자 데이비는 침대로 뛰어들어 베개에 얼굴을 파묻었다.

"데이비, 기도하는 걸 잊었구나."

앤이 꾸짖듯 말했다.

"아니, 잊은 게 아니야. 이제부터는 기도하지 않을 테야. 착해지려고 노력하지도 않을 거고. 내가 아무리 착하게 굴어도 앤 누나는 폴 어빙을 더 좋아하니까. 난 그냥 못되게 굴면서 재미있게 놀 테야."

데이비가 반항적으로 대꾸했다.

"난 폴 어빙을 더 좋아하는 게 아냐. 너도 똑같이 좋아해. 방법이 다른 것뿐이야."

앤이 진지하게 말하자 데이비가 삐죽거리며 대꾸했다.

"하지만 난 앤 누나가 나를 똑같이 좋아했으면 좋겠단 말이야."

"다른 사람을 똑같이 좋아할 수는 없어. 너는 도라와 나를 똑같이 좋아하니, 아니지?"

데이비가 자리에서 일어나 곰곰이 생각에 잠겼다.

"아니. 도라는 내 동생이라서 좋고 앤 누나는 앤 누나라서 좋아."

마침내 데이비가 인정했다.

"나도 폴이 폴이라서 좋고 데이비는 데이비라서 좋은 거야."

앤이 명랑하게 대답했다.

"알았어. 기도할게. 그런데 다시 내려가서 하긴 귀찮은데, 내일 아침에 두 번 할게. 그러면 되겠지?"

앤의 말을 이해한 데이비가 말했다.

하지만 앤은 용납해 주지 않았다. 데이비는 하는 수 없이 침대에서 기어 내려와 앤의 무릎에서 무릎을 꿇었다. 기도를 끝낸 데이비는 조그마한 갈색 발뒤꿈치를 들고 서서 앤을 올려다 보았다.

"앤 누나, 난 옛날보다 착해졌어."

"그래. 넌 정말 착해졌어, 데이비."

마땅히 칭찬해야 할 때는 칭찬을 아끼지 않는 앤이 말했다.

"난 내가 더 착해졌다는 걸 알아. 어떻게 아는지 말해 줄게. 오늘 마릴라 아주머니가 빵 두 개와 잼을 줬어. 하나는 내 거고 하나는 도라 거. 하나가 훨씬 더 컸는데 마릴라 아주머니는 어떤 게 내 건지 말하지 않았어. 하지만 난 도라한테 더 큰 빵을 줬어. 내가 착한 거 맞지?"

데이비가 자신 있게 말했다.

"아주 착해. 그리고 남자다워, 데이비."

"물론이지. 도라는 별로 배가 고프지 않다고 반만 먹고 나한테 줬어. 하지만 난 도라가 그럴 줄 몰랐으니까 착한 게 맞아, 앤 누나."

해가 질 무렵 앤은 산책을 나갔다가 길버트가 어스름한 유령의 숲에서 걸어오는 모습을 보았다. 앤은 불현듯 길버트가 더이상 어린애가 아니라는 사실을 깨달았다. 무척 남자다워 보였던 것이다. 큰 키에 솔직한 표정의 얼굴, 맑고 정직한 눈, 넓은 어깨. 앤은 길버트가 매우 잘생겼다고 생각했다. 자신이 꿈에 그리는 남자와는 전혀 닮지 않았지만 말이다. 앤과 다이애나는 오래전에 어떤 남자가 좋은지에 관해 이야기했는데 둘의 취향이 비슷했다. 큰 키에 잘생긴 얼굴, 우수에 젖은 신비로운 눈동자와 마음을 녹이는 다정한 목소리. 길버트의 얼굴은 우수에 차거나 신비로운 분위기는 전혀 없었지만 물론 우정을 나누기에는 전혀 문제가 되지 않았다!

길버트는 **드루아스의 샘가에** 앉아 기쁜 표정으로 앤을 바라보았다. 만약 길버트에게 이상형을 설명해 보라고 한다면 서슴없이 앤과 같은 여자라고 했을 것이다. 앤의 신경을 거스르는 일곱 개의 작은 주근깨까지도. 길버트는 아직 소년티를 갓 벗어난 정도였다. 하지만 누구 못지않게 꿈을 간직하고 있었다. 그리고 길버트가 꿈꾸는 미래에는 언제나 크고 맑은 회색 눈동자, 꽃처럼 곱고 섬세한 얼굴을 가진 소녀가 있었다. 그는 또한 자신의 미래가 사랑하는 여인에게 가치 있는 것이어야만 한다고 결심했다. 아무리 조용한 에이번리지만 오가다 보면 사귀자는 유혹이 생기지 않을 리 없었다. 화이트샌즈의 젊은이들은 '방종한' 생활을 즐겼고 길버트는 어딜 가든 인기가 많았다. 하지만 그는 앤과의 우정을, 그리고 먼 훗날 앤의 사랑을 받을 자격이 있는 사람이 되기로 결심한 터였고, 마치 앤의 맑은 눈동자가 주시하고 있기라도 한 듯 말과 생각과 행동에 빈틈없이 주의를 기울였다. 앤은 길버트에게 무의식적으로 영향을 끼쳤는데, 높고 순수한 이상을 가진 소녀가 친구에게 영향을 끼치는 것은 당연했다. 길버트가 생각하는 앤의 가장 큰 매력은 에이번리 대다수의 소녀처럼 사소한 것에 연연하지 않는다는 것이었다. 사소한 시기나 질투, 작은 기만, 경쟁의식, 호의를 얻기 위한 빤히 들여다보이는 행동 말이다. 앤은 그런 것들과 전부 거리가 멀었지만 의도적인 것이 아니라 단지 그런 것들이 수정처럼 맑은 앤의 목표와 포부, 솔직한 본성과 어울리지 않았기 때문이다.

하지만 길버트는 자신의 생각을 말로 표현하지는 않았다. 앤이 냉정하게 그런 감정의 싹을 잘라 버릴 것임을 너무도 잘 알았기 때문이다. 아니, 앤은 길버트를 비웃을지도 몰랐다. 그것은 열 배나 더 나쁜 일일 것이다.

"자작나무 아래에 있으니까 정말로 나무 요정 같네."

길버트가 놀리듯 말했다.

"난 자작나무가 좋아."

앤은 자연스럽게 크림빛 새틴 같은 가느다란 나무줄기에 뺨을 갖다 댄 채 사랑스러운듯 나무를 매만지며 말했다.

"그렇다면 이 소식이 반갑겠구나. 메이저 스펜서 씨가 우리 개선회를 격려하기 위해 농장 앞길에 한 줄로 흰 자작나무를 심겠대. 오늘 나한테 그랬어. 메이저 스펜서 씨는 에이번리에서 가장 진보적이고 공공심이 뛰어난 분이야. 그리고 윌리엄 벨 씨도 앞쪽 도로와 샛길 위까지 가문비나무 울타리를 만들겠

대. 앤, 우리 개선회는 아주 잘 해내고 있어. 이제 시험 단계를 지나 많은 사람에게 받아들여지고 있어. 나이 든 어르신들도 관심을 보이기 시작했고 화이트샌즈 사람들도 우리 같은 개선회를 만들까 이야기하고 있다나 봐. 엘리샤 씨조차 호텔에 묵던 미국인들이 바닷가로 소풍 온 날부터 우리에게 마음이 돌아섰어. 미국인들이 에이번리의 길가를 크게 칭찬하면서 프린스에드워드 섬의 다른 곳들보다 더 예쁘다고 칭찬했으니까. 그리고 조만간 다른 사람들도 스펜서 씨를 본보기 삼아 자기 집 앞 길을 장식용 나무와 울타리로 꾸미면 에이번리는 우리 주에서 가장 아름다운 마을이 될 거야."

길버트의 말에 앤이 대답했다.

"교회의 여성 자선회에서 묘지 재정비에 대해 논의하는 중이야. 왜냐하면 묘지를 재단장하려면 모금을 해야 할 텐데 마을회관 사건 이후로 개선회가 모금을 시도하는 건 소용없을 테니까. 하지만 개선회가 비공식적으로라도 묘지 재정비에 대해 이야기하지 않았다면 교회 자선회에서도 그 문제에 관심을 기울이지 못했을 거야. 우리가 교회에 심은 나무들도 잘 자라고 있고 학교 이사회에서도 내년에 운동장에 울타리를 쳐주겠다고 약속했어. 울타리가 만들어지면 식목일을 지정해서 모든 학생에게 나무 한 그루씩을 심게 할 거야. 그리고 도로 옆 모퉁이에 정원을 만들 거야."

"우리는 지금까지 거의 모든 계획을 성공시켰어. 레비 볼터 씨의 낡은 집을 옮기는 것만 제외하고. 절망적이지만 그 일은 포기했어. 그분은 우리를 성가시게 만들기 위해서라도 절대로 그 집을 허물지 않을 테니까. 볼터 집안 사람들은 청개구리 기질이 있거든. 특히 레비 볼터 씨는 더 심해."

길버트가 말하자 앤이 현명하게 덧붙였다.

"줄리아 벨은 레비 볼터 씨에게 다른 개선회 회원들을 보내려고 하는 것 같아. 하지만 내 생각에는 그냥 내버려 두는 게 나을 것 같아."

"그래, 린드 부인의 말처럼 하늘의 뜻에 맡기는 거지. 더 이상 사람을 보내서는 안 돼. 그랬다가는 그를 짜증 나게 만들 뿐이야. 줄리아 벨은 위원회를 만들기만 하면 뭐든지 할 수 있다고 생각해. 앤, 다음 봄에는 멋진 잔디밭과 공터를 만드는 데 힘을 쏟자. 여기 잔디밭과 잔디밭 만들기에 관한 논문이 있으니 그 주제로 곧 보고서를 준비할 거야. 흠, 방학도 이제 끝나가는구나. 월요일이 개학이니까. 루비 길리스는 카모디 학교로 발령 났어?"

길버트가 미소를 지으며 말했다.

"응. 프리실라가 자기는 고향에 있는 학교에 가게 되었다고 편지에 썼어. 그래서 카모디 학교에서 루비에게 자리를 준 거야. 프리실라가 돌아오지 않는다니 유감이야. 하지만 덕분에 루비가 카모디 학교로 가게 돼서 다행이야. 루비가 토요일마다 집으로 돌아오면 루비, 제인, 다이애나 그리고 내가 전부 다시 모일 수 있을 테니 옛날로 돌아간 기분일 거야."

앤이 집으로 돌아왔을 때 린드 부인의 집에서 막 돌아온 마릴라가 뒷베란다 계단에 앉아 있었다.

"내일 레이철하고 시내에 나가기로 했다. 이번 주에 린드 씨의 상태가 좀 나아졌는데 또 병이 도지기 전에 나가고 싶어 하거든."

"내일은 특별히 일찍 일어나려고 해요. 할 일이 아주 많거든요. 우선 낡은 이불 속 깃털을 갈 거예요. 계속 미루고 있었거든요. 정말 하기 싫지만 싫다고 일을 미루는 건 정말로 나쁜 습관이에요. 다시는 그러지 않을 거예요. 그래야 학생들한테도 그러면 안 된다고 마음 편하게 말할 수 있으니까요. 말과 행동이 다르면 안 되잖아요. 그다음에는 해리슨 씨에게 갖다 드릴 케이크를 만들고, 개선회에 낼 정원에 대한 보고서를 끝내야 하고, 스텔라한테 편지를 쓰고, 모슬린 드레스를 세탁해서 풀을 먹이고, 도라에게 새 앞치마를 만들어 줄 거예요.

"글쎄다, 넌 반도 못할 것 같구나. 잔뜩 계획을 세워 두면 꼭 방해물이 생기거든."

마릴라가 비관적으로 말했다.

## 20

# 종종 생기는 일

앤은 다음 날 새벽에 일어나 기분 좋은 하루를 맞이했다. 진줏빛 하늘 너머로 태양이 떠올랐다. 초록 지붕 집에는 햇살이 가득했고 드문드문 포플러와 버드나무의 그림자가 춤추는 듯 어른거렸다. 샛길 너머로는 해리슨 씨의 연한 황금빛 밀밭이 광활하게 펼쳐져 있었다. 앤은 세상의 아름다움에 취해 정원 문에 하릴없이 걸터앉아 행복한 10분을 보냈다.

아침 식사 후 마릴라는 나갈 채비를 했다. 오래전부터 이 특별한 외출을 약속받은 도라도 함께 갈 예정이었다.

"데이비, 앤을 귀찮게 하지 말고 착하게 굴어야 하는 거 알지?"

마릴라가 엄하게 데이비에게 말했다.

"말을 잘 들으면 시내에서 줄무늬 지팡이 사탕을 사다 주마."

맙소사, 마릴라가 착해지라고 사람들에게 뇌물을 주는 사악한 습관에 빠지다니!

"저는 일부러 말썽을 부리진 않을 거예요. 하지만 우연히 말썽을 부리게 되면 어떡해요?"

"사고가 나지 않도록 조심해야지. 앤, 오늘 시어러 씨가 오거든 구운 고기 한 덩어리와 스테이크를 좀 사도록 해라. 시어러 씨가 오지 않으면 내일 점심으로 닭을 한 마리 잡아야 할 게야."

앤이 고개를 끄덕였다.

"오늘은 데이비하고 저뿐이니까 점심에 굳이 요리를 하지 않을래요. 냉장 햄이면 점심으로 충분하고 저녁에 아주머니랑 도라가 돌아오면 스테이크를 구울게요."

"난 해리슨 아저씨를 따라갈 거야. 아저씨가 해초 따는 걸 도와 달라고 했거든. 아마 점심도 같이 먹자고 하실 거야. 해리슨 아저씨는 정말 친절해. 나도 나중에 해리슨 아저씨처럼 되고 싶어. 행동을 닮고 싶다는 거지, 얼굴이 닮고 싶다는 건 아니야. 하지만 그럴 위험은 없을 것 같아. 린드 부인이 그러는데 내가 정말 잘생긴 애라고 했거든. 앞으로도 계속 그럴까, 앤 누나? 알고 싶어."

앤이 진지하게 말했다.

"그럴 거야. 넌 잘생겼어, 데이비. 하지만 그에 걸맞게 행동해야 한단다. 잘생긴 얼굴만큼 행동도 멋지고 신사다워야 해."

데이비가 볼멘소리를 냈다.

"누나는 예전에 미니 메이 배리가 누군가한테 못생겼다는 말을 듣고 우는 걸 보고 착하고 상냥하고 사랑스러우면 사람들이 외모를 신경 쓰지 않는다고 말했잖아. 뭘 하든 착하게 행동하라고 그러니. 무조건 얌전하게 굴어야만 하는 것 같아."

"넌 착해지고 싶지 않으냐?"

무수히 지금과 같은 상황을 겪었지만, 아직도 이런 질문이 아무런 소용이 없다는 걸 깨우치지 못한 마릴라가 물었다.

"착해지고 싶어요. 하지만 너무 착한 건 싫어요. 주일학교 감독관이 되려면 너무 착하지 않아도 돼요. 벨 씨는 진짜로 나쁜 사람이거든요."

데이비가 조심스럽게 대답했다.

"그렇지 않아."

마릴라가 못마땅하다는 듯 말했다.

"나쁜 사람이에요. 자기가 그렇게 말했어요. 지난 일요일 주일학교에서 기도할 때 그랬어요. 자기 보고 하찮은 벌레고 비참한 죄인이며 '가장 사악한' 죄악을 저질렀다고 했어요. 마릴라 아주머니, 벨 씨는 도대체 뭘 그렇게 나쁜 짓을 했어요? 사람을 죽였어요? 아니면 헌금을 훔쳤어요? 알고 싶어요."

데이비가 단호한 표정으로 말했다.

다행히 그때 린드 부인의 마차가 달려오고 있어서 마릴라는 사냥꾼의 덫을 피하는 느낌으로, 그리고 벨 씨가 특히나 항상 '호기심'에 차 있는 어린 사내애들이 듣는 공개 기도에서는 지나치게 비유적이지 않기를, 절실하게 바라며 밖으로 나갔다.

기쁘게도 혼자 남겨진 앤은 열심히 일했다. 바닥을 쓸고 이부자리를 정돈하고 암탉들의 모이를 주고 모슬린 드레스를 빨아 바깥 빨랫줄에 널었다. 그런 다음 이불 속 깃털을 갈 준비를 했다. 앤은 다락방으로 올라가 처음 손에 집히는 낡은 드레스를 입었다. 열네 살 때 입었던 짙은 감청색 캐시미어 드레스였다. 그 드레스는 몹시 짧았고 앤이 처음 초록 지붕 집에 왔을 때 입었던 것만큼이나 꽉 꼈다. 하지만 적어도 옷감이 깃털 때문에 상하지는 않을 터였다. 매슈 아저씨의 것이었던 빨갛고 하얀 물방울이 들어간 손수건을 머리에 동여매고 준비를 마친 앤은 마릴라가 나가기 전에 함께 옮겨 놓은 깃털 이불이 있는 부엌으로 갔다.

부엌 창문에는 깨진 거울이 걸려 있었다. 그 순간 앤은 거울을 들여다보았다. 코에 난 일곱 개의 주근깨가 그 어느 때보다 두드러져 보였다. 가리개를 치지 않은 창문에서 들어오는 눈부신 햇살 때문에 그렇게 보였는지도 모른다.

"오, 어젯밤에 로션 바르는 걸 깜빡했네. 지금 식품 저장실로 가서 발라야지."

앤은 이미 주근깨를 없애기 위해 온갖 방법을 시도하면서 곤혹을 치른 터였다. 한번은 코의 살갗이 전부 벗겨졌는데도 주근깨가 사라지지 않았다. 그러다 며칠 전 잡지에서 주근깨 로션 만드는 방법을 보았고 마침 재료가 전부 있던 터라 곧장 만들었다. 마릴라는 하느님이 코에 주근깨를 주셨다면 그대로 놔두는 것이 의무라면서 고개를 절레절레 저었다.

앤은 서둘러 식품 저장실로 내려갔다. 그곳은 평소에도 항상 창가의 커다란 버드나무 때문에 어둑어둑했는데 지금은 파리를 차단하려고 가리개까지 쳐둔 탓에 거의 컴컴했다. 앤은 선반에 놓인 로션병을 집어 들고 작은 스펀지로 로션을 듬뿍 코에 발랐다. 중대한 임무를 끝마친 후 앤은 다시 일하러 갔다. 이불 속 깃털을 갈아 본 적이 있는 사람이라면 그 일을 끝마쳤을 때 앤의 몰골이 어땠을지 짐작이 가리라. 입고 있던 드레스는 온통 깃털과 보풀로 새하얗게 되었고 머리 앞부분에도 깃털이 후광처럼 달려 있었다. 바로 그 순간, 부엌문을 두드리는 소리가 났다.

"시어러 씨일 거야. 내 몰골이 우습긴 하겠지만 당장 나가야 해. 시어러 씨는 항상 서두르니까."

앤은 속으로 중얼거리며 부엌문으로 급히 달려갔다. 만약 깃털로 뒤덮인 비참한 모습의 아가씨를 빨아들일 만큼 바닥이 자비로웠다면 초록 지붕 집의 현관 바닥은 그 순간 앤을 즉각 집

어삼켰으리라. 문간에는 멋진 황금색 비단옷을 입은 프리실라 그랜트와 트위드 정장 차림의 작고 통통한 백발 부인이 서 있었다. 그리고 그 곁에는 큰 키에 위풍당당하고 멋진 드레스 차림을 한 또 다른 부인이 서 있었다. 그 부인은 아름답고 우아한 얼굴에 까만 속눈썹과 커다란 보랏빛 눈동자를 지닌, 앤이 어린 시절부터 말하곤 했던 대로 샬롯 E. 모건 부인임을 '직감적으로' 알아차렸다.

그 당황스러운 순간에 하나의 생각이 혼란스러운 가운데서도 떠올랐고 앤은 마지막 지푸라기라도 잡는 심정으로 그 생각에 매달렸다. 모건 부인의 여주인공들은 모두 '위기를 헤쳐 나가는' 능력이 뛰어나기로 유명했다. 아무리 힘든 시련이 닥쳐도 시간이나 공간, 상황에 상관없이 언제나 기지를 발휘했다. 그래서 앤은 위기를 헤쳐 나가는 것이 자신의 임무라고 느꼈고 그렇게 했다. 나중에 프리실라가 그때만큼 앤이 대단해 보인 적이 없다고 말했을 정도였다. 앤은 속이 상해도 겉으로 드러내지 않았다. 앤은 마치 보랏빛 고운 리넨 옷을 입은 것처럼 프리실라에게 인사했고, 침착하고 태연하게 프리실라 일행을 소개받았다. 하지만 앤이 모건 부인이라고 직감했던 부인은 모건 부인이 아니라 앤이 알지 못하는 펜덱스터 부인이며 작고 통통한 백발 부인이 모건 부인이라는 사실은 다소 충격적이었다. 그러나 워낙 큰 충격에 빠져 있던 터라 그 충격은 금세 사라졌다. 앤은 손님들을 응접실로 안내했다. 그곳에 손님들을 안내한 뒤 마구를 푸는 프리실라를 도와주러 급히 나갔다.

"예고도 없이 갑자기 찾아와서 정말 미안해. 하지만 나도 어젯밤에야 알게 됐어. 샬롯 고모가 월요일에 떠날 예정이라 오늘은 시내의 친구분과 보내기로 약속하셨거든. 그런데 어젯밤에 친구분이 전화로 성홍열로 격리되었다고 오지 말라고 하신 거야. 그래서 내가 대신 여기로 오자고 했지. 네가 항상 이모를 만나고 싶어 했으니까. 화이트샌즈 호텔에 전화해서 펜덱스터 부인도 함께 왔어. 이모의 친구로 뉴욕에 사시고 남편이 백만 장자야. 펜덱스터 부인이 5시까지 호텔로 돌아가셔야 해서 오래는 못 있어."

앤은 말을 다른 곳에 매어 두는 동안 프리실라가 몇 번이나 어안이 벙벙한 표정으로 슬쩍 쳐다보는 것을 느꼈다.

앤은 약간 화가 나서 '빤히 쳐다볼 것까지는 없잖아. 깃털 이불을 가는 게 어떤지 모르면 상상을 해보면 될 텐데.'라고 생각했다.

프리실라는 응접실로 발길을 옮겼다. 그리고 앤이 이층으로 올라가려는데 다이애나가 부엌으로 들어왔다. 앤은 깜짝 놀라는 친구의 팔을 붙잡았다.

"다이애나 배리, 지금 응접실에 누가 있게? 샬롯 E. 모건 부인하고…… 뉴욕 백만장자의 부인이 있어……. 그런데 난 지금이 꼴이야. 그리고 점심으로 낼 게 차가운 냉동 햄뿐이지!"

그러다가 앤은 다이애나가 프리실라가 그랬던 것처럼 자신을 어리둥절하게 쳐다본다는 사실을 알아차렸다. 정말 너무 심하다고 생각되었다.

앤이 간절하게 말했다.

"오, 다이애나, 제발 그렇게 쳐다보지 마. 세상에 아무리 깔끔한 사람이라도 깃털 이불을 갈고 나서도 계속 깔끔하게 있을 순 없어."

다이애나가 주저하며 말했다.

"기…… 깃털 때문이 아니야. 앤…… 네…… 코…… 코가……."

"내 코라고? 오, 다이애나, 제발 뭐가 잘못된 건 아니겠지!"

앤은 재빨리 싱크대 위에 걸린 작은 거울 앞으로 달려갔다. 거울을 보는 순간 돌이킬 수 없는 진실이 드러났다. 앤의 코는 시뻘겋게 물들어 있었다.

앤은 그동안 가까스로 지켜 온 평정심을 잃고 소파에 털썩 주저앉았다.

"도대체 왜 그런 거야?"

앤의 마음을 알면서도 호기심을 참지 못하고 다이애나가 물었다.

"주근깨 로션인 줄 알았는데, 마릴라 아주머니가 양탄자 패

303

턴을 표시하는 데 쓰는 빨간색 염료를 발랐나 봐. 이제 어쩌면 좋아?"

앤이 절망에 차서 말했다.

"물로 씻어 내."

다이애나가 현실적인 해결 방법을 말했다.

"씻겨지지 않을지도 몰라. 머리를 염색한 것도 모자라 코까지 염색하다니. 머리를 염색했을 때는 마릴라 아주머니가 잘라 줬지만 이번에는 그럴 수가 없잖아. 이건 허영심에 대한 또 다른 벌이야. 난 벌 받아도 싸……. 그렇다고 별로 위안이 되진 않지만. 이건 불운이 존재한다는 걸 믿게 만드는 사건이야. 린드 부인은 세상 모든 일이 전부 미리 정해진 운명이라고 하지만."

다행히 염료는 쉽게 지워졌다. 어느 정도 위안을 얻은 앤은 동쪽 지붕 방으로 갔고 다이애나는 집으로 달려갔다. 이내 제대로 옷을 차려입고 기운을 차린 앤이 다시 내려왔다. 그렇게도 입고 싶었던 모슬린 드레스는 빨랫줄에서 펄럭이고 있었으므로 검은색 드레스로 만족해야만 했다. 앤이 불을 올리고 차를 끓이고 있을 때 다이애나가 돌아왔다. 적어도 다이애나는 모슬린 드레스를 입고 뚜껑 덮은 접시를 들고 왔다.

"엄마가 이걸 보내셨어."

다이애나가 뚜껑을 열자 닭요리가 먹음직스럽게 담겨 있었다. 닭요리에는 새로 구운 부드러운 빵과 훌륭한 버터와 치즈, 마릴라의 과일 케이크, 여름 햇살을 닮은 황금빛 시럽을 띄운 자두 절임이 함께 놓였다. 그리고 커다란 화병 가득 분홍색과 하얀색의 과꽃으로 식탁을 장식했다. 물론 전에 모건 부인을 위해서 준비했던 정성들인 진수성찬에 비한다면 빈약한 상차림에 불과했지만.

그러나 배가 고팠던 손님들은 음식에 만족했고 매우 즐거워하면서 식사를 즐겼다. 그래서 앤도 더 이상 음식에 대해 신경 쓰지 않게 되었다. 모건 부인의 겉모습은 약간 실망스러웠다. 그녀의 충실한 숭배자들조차도 어쩔 수 없이 서로 그것을 인정해야만 했다. 하지만 모건 부인은 매우 유쾌하게 대화를 이끌었고 여행을 많이 다닌 데다 훌륭한 이야기꾼이었다. 그녀는 수많은 사람을 만나 보았고 자신의 경험을 재치 넘치는 문장과 경구로 표현해 듣는 이들로 하여금 마치 멋진 책 속에 나오는 사람의 이야기를 듣고 있는 것 같은 기분이 들게 만들었다. 하지만 모건 부인의 그러한 재치 속에는 진실하고 여성다운 섬세함이 흘러넘쳐 저절로 존경심이 우러나왔다. 게다가 모건 부인은 대화를 독점하지도 않았다. 그녀는 말을 잘하는 만큼 다른 사람들로부터도 능숙하게 이야기를 이끌어 냈다. 앤과 다이애나는 거리낌 없이 모건 부인과 대화를 나누었다. 펜덱스터 부인은 말을 많이 하지 않았다. 그저 사랑스러운 눈과 입술로 미소를 지었고 닭요리와 과일 케이크와 절임을 어찌나 우아하게 먹는지 마치 신들이 음식을 맛보고 있는 것 같았다. 하지만 앤이 나중에 다이애나에게 말했듯이, 펜덱스터 부인처럼 아름다운 사람은 굳이 말할 필요가 없었다. 그녀는 그저 지켜보고만 있어도 충분했다.

점심 식사를 마친 후 모두 **연인의 오솔길과 제비꽃 골짜기와 유령의 숲**과 요정의 샘을 산책하고 돌아왔고 **드루아스 샘가에** 앉아 마지막 30분 동안 즐거운 대화를 나누었다. 모건 부인은 유령의 숲에 그런 이름이 지어진 이유를 물었고 마녀가 나온다는 황혼 녘에 그곳을 지나갔던 앤의 한바탕 소란스러웠던 모험 이야기를 듣고 눈물이 나오도록 웃었다.

"정말 지적이고 따뜻한 자리였어. 어느 쪽이 더 즐거웠는지 모르겠어. 모건 부인의 이야기를 듣는 것과 펜덱스터 부인을 바라보는 것 중에서. 그분들이 온다는 걸 미리 알고 신경 쓰며 대접했다면 이렇게 즐거운 시간이 되진 않았을 거야. 다이애나, 같이 차를 마시면서 방금 있었던 일을 전부 다시 이야기해 보자."

손님들이 가고 나서 둘만 남았을 때 앤이 다이애나에게 말했다.

"프리실라 말로는 펜덱스터 부인 남편의 누이는 영국 백작하고 결혼했대. 그런데도 펜덱스터 부인은 자두 절임을 두 접시

306

나 먹었어."

다이애나는 두 가지 사실이 어울리지 않는다는 듯이 말했다.

"영국 백작도 마릴라 아주머니의 자두 절임 앞에서는 귀족의 콧대를 세우지 못했을걸."

앤이 자랑스럽게 말했다.

앤은 저녁에 마릴라에게 그날 있었던 일을 이야기하면서 주근깨 코에 닥친 불행에 대해서는 언급하지 않았다. 하지만 주근깨 로션병을 창가에 쏟아 버리며 굳게 결심했다.

"다시는 예뻐지기 위해 야단법석을 피우지 않을 거야. 신중한 사람들한테는 어울릴지 몰라도 나처럼 자주 실수하고 덤벙거리는 사람에게는 어울리지 않아."

# 21

# 상냥한 라벤더

개학을 하자 앤은 이론보다는 그동안의 경험을 바탕으로 다시 학교 일을 시작했다. 반에는 새로 들어온 여섯 살과 일곱 살 아이들이 몇 명 있었다. 동그랗게 눈을 뜨고 신기한 세계로 모험이라도 하러 온 줄 아는 모양이었다. 그중에는 데이비와 도라도 있었다. 데이비는 밀티 볼터와 짝이 되었는데 밀티는 학교에 다닌 지 1년이나 되었기 때문에 학교생활에 대해 모르는 것이 없었다. 도라는 지난주 주일학교에서 릴리 슬론과 같이 앉기로 약속했지만 릴리 슬론이 첫날 학교에 오지 않았기 때문에 미라벨 코튼과 짝이 되었다. 열 살인 미라벨 코튼은 도라에게 '다 큰 아가씨'로 보였다.

그날 저녁 집에 돌아온 데이비가 마릴라에게 말했다.

"학교는 정말 재미있어요. 아주머니는 내가 가만히 앉아 있지 못할 거라고 하셨지만 잘 앉아 있었어요. 물론 아주머니의 말은 대개 다 맞지만요. 책상 아래에서 다리를 꼼지락거리면 아주 큰 도움이 되거든요. 같이 놀 남자애들이 많아서 정말 좋았어요. 난 밀티 볼터하고 같이 앉는데 좋은 애예요. 키는 밀티가 더 크지만 덩치는 제가 더 커요. 뒷자리에 앉는 게 더 좋겠지만 다리가 바닥에 닿을 정도로 키가 크지 않으면 앉을 수 없대요. 밀티가 석판에 앤 누나를 그렸는데 진짜 못생기게 그렸어요. 그래서 앤 누나를 그렇게 그려 놓으면 쉬는 시간에 때려줄 거라고 했어요. 처음에는 밀티 그림을 그려서 뿔하고 꼬리까지 그려 주려고 했지만 그러면 걔가 기분 상할 것 같았어요. 앤 누나가 절대로 남의 기분을 상하게 하면 안 된다고 했거든요. 기분이 상하는 건 정말 끔찍한 일이에요. 기분을 상하게 하는 것보다 때려 주는 게 더 나아요. 꼭 혼내 줘야만 한다면요. 밀티는 겁나서가 아니라 나를 기쁘게 해주겠다면서 그 그림에 다른 이름을 붙이겠다고 했어요. 그래서 그림 아래에 앤 누나의 이름을 지우고 바버라 쇼라고 썼죠. 밀티는 바버라가 싫대요. 자기를 귀여운 꼬마라고 부르고 한번은 머리를 쓰다듬었기 때문이에요."

도라는 새침하게 학교가 좋다고 말했지만 웬일인지 평소보다 더 조용했다. 해가 저물고 마릴라가 이층에 올라가 자라고 하자 도라는 망설이더니 울기 시작했다.

도라가 훌쩍였다.

"나……, 난 무서워요. 혼자 캄캄한 이층으로 가기 싫어요."

마릴라가 물었다.

"왜 그러니? 여름 내내 무서워하지 않고 혼자 잘 잤잖아."

도라가 계속 울자 앤이 도라를 안아 올려 다정하게 쓰다듬어 주면서 속삭였다.

"왜 그런지 나한테 말해 봐. 그래야 착한 아이지. 뭐가 무서운데?"

도라가 훌쩍였다.

"미…… 미라벨 코튼네 삼촌요. 미라벨 코튼이 오늘 학교에서 가족 얘기를 해줬어요. 미라벨네 가족은 거의 다 죽었대요. 할아버지, 할머니, 삼촌, 숙모 전부 다요. 미라벨이 그러는데 자기네 식구들은 죽는 게 습관이래요. 미라벨은 죽은 친척들이 많은 걸 자랑스러워해요. 왜 죽었는지, 죽을 때 무슨 말을 했는지, 관에 들어 있는 모습이 어땠는지 다 이야기해 줬어요. 그리고 미라벨의 삼촌 한 명은 땅에 묻힌 뒤에도 집 주위를 돌아다닌대요. 미라벨네 엄마가 봤대요. 다른 건 괜찮지만 그 삼촌이 계속 생각나요."

앤은 도라와 함께 이층으로 가서 잠들 때까지 옆에 있어 주었다. 다음 날 앤은 쉬는 시간에 미라벨 코튼을 교실에 남으라고 했다. 그리고 미라벨에게 땅에 묻힌 뒤에도 집 주위를 돌아다니는 삼촌이 있다니 안됐지만, 어린 친구들한테 그 괴상한 신사에 대해 말하는 것은 좋지 않다는 것을 '부드럽지만 단호하게' 이해시켰다. 미라벨은 앤의 말이 가혹하다고 생각했다. 코튼네 집안은 자랑거리가 별로 없었다. 그러니 가족 중에 유령이 있다는 사실을 내세우지 않는다면 학교 친구들 사이에서 어떻게 위신을 세울 수 있단 말인가?

어느덧 9월이 지나가고 황금빛과 다홍빛으로 아름다운 10월이 되었다. 어느 금요일 저녁에 다이애나가 찾아왔다.

"오늘 엘라 킴볼한테 편지가 왔어, 앤. 우리더러 내일 오후에 시내에 사는 사촌 아이린 트렌트도 볼 겸 차를 마시러 오래. 그런데 우리 집 말들은 내일 다 사용할 거라 마차를 끌 말이 없어. 네 조랑말은 다리를 절고……. 그러니까 우린 못 갈 것 같아."

"걸어가면 되지 않을까? 숲속으로 쭉 가면 킴볼네 집에서 그리 멀지 않은 웨스트그래프턴 도로가 나오거든. 작년 겨울에 가봐서 알아. 4마일 정도밖에 안 되고 집으로 돌아올 때는 걸어올 필요가 없어. 올리버 킴볼이 태워다 줄 테니까. 올리버는 핑곗거리가 생겨서 좋아할 거야. 캐리 슬론을 만나러 다니는데 아버지가 말을 쓰지 못하게 한다나 봐."

걸어가기로 결정한 두 사람은 다음 날 오후에 연인의 오솔길을 지나 커스버트 농장 뒤편으로 갔다. 그곳에서 희미하게 빛나는 자작나무와 단풍나무 숲 한가운데로 이어지는 길을 찾았다. 그 길에 들어서자 주위가 온통 자줏빛 정적과 황금빛 불빛으로 물들고 평화가 가득했다.

"그윽하고 아름다운 불빛으로 가득한 거대한 성당에서 무릎 꿇고 기도하는 것 같지 않니? 여기를 서둘러 지나는 건 옳지 못한 일인 것 같아. 교회 안을 뛰어다니는 것처럼 불경스러운 행동이야."

앤이 꿈꾸듯 말하자 다이애나가 시계를 힐끗 쳐다보며 재촉했다.

"하지만 서둘러야 해. 시간이 별로 많이 남지 않았어."

"그럼 빨리 걸을 테니까 말은 걸지 마. 난 이렇게 사랑스러운 날을 들이마시고 싶으니까. 마치 포도주 같은 공기가 담긴 잔을 내 입술로 들이미는 것 같아. 한 걸음 걸을 때마다 한 모금씩 마실 거야."

앤이 발걸음을 서두르며 말했다.

갈림길에 도착했을 때 앤이 왼쪽으로 들어선 것은 '마시는 일'에 열중해 있었던 것이리라. 원래는 오른쪽으로 가야 했지만 앤은 훗날 그것이 인생에서 가장 운 좋은 실수라고 생각하게 되었다. 마침내 풀이 무성한 한적한 도로에 다다르자 길가에는 어린 가문비나무만 늘어서 있을 뿐이었다.

당황한 다이애나가 소리쳤다.

"여기가 어디지? 여긴 웨스트그래프턴 도로가 아니야."

"그래. 여긴 미들그래프턴의 간선도로야. 갈림길에서 길을 잘못 든 게 분명해. 여기가 어딘지 정확히 모르겠지만 킴볼네 집에서 3마일은 떨어져 있을 거야."

앤이 당황한 목소리로 말했다.

"그럼 다섯 시까지 도착할 수 없잖아. 지금이 네 시 반이니까. 우리가 도착할 때는 벌써 차를 다 마시고 난 후일 테니 우리가 마실 차를 번거롭게 또 내와야 하잖아."

다이애나가 시계를 보며 절망스럽게 소리쳤다. 그러자 앤이 어쩔 수 없다는 듯 말했다.

"집으로 돌아가는 게 좋겠어."

다이애나가 잠시 생각해 보더니 말했다.

"아니야. 여기까지 왔으니까 저녁까지 놀다 오는 게 낫겠어."

두 소녀가 조금 더 가자 또다시 갈림길이 나왔다.

다이애나가 의심스럽게 물었다.

"어디로 가야 하지?"

앤은 고개를 저었다.

"모르겠어. 하지만 또다시 실수할 순 없어. 여기에는 숲으로 이어지는 오솔길이 있어. 그러니까 반대편에는 분명히 집이 있을 거야. 그리로 가서 물어보자."

"참 낭만적인 길이야."

다이애나가 구불구불한 길을 걸으며 말했다. 오래된 전나무 가지가 늘어진 길 위에는 이끼를 제외하고 어떤 것도 자랄 수 없을 것 같은 그늘이 쭉 이어졌다. 길 양쪽 갈색 숲 바닥에는 여기저기에서 햇빛이 쏟아졌다. 세상의 모든 걱정과 근심이 저

멀리에 있는 듯 고요하고 외진 곳이었다.

"마법의 숲속을 걸어가는 느낌이야. 다시 세상으로 돌아가는
길을 찾을 수 있을까, 다이애나? 곧 마법에 걸린 공주님이 사는

궁전이 나타날 거야."

앤이 숨죽여 말했다.

다음 모퉁이를 돌자 궁전은 아니지만, 목조로 된 평범한 농가들만 있는 지역에 궁전이 하나 있는 것만큼이나 놀라운 작은 집 한 채가 보였다. 이곳 농가들이 같은 씨앗에서 나온 것처럼 대체로 비슷비슷하게 생긴 탓이었다. 앤은 황홀해하며 걸음을 멈추었고, 다이애나는 탄성을 질렀다.

"아, 이제 여기가 어딘지 알겠어. 라벤더 루이스 아주머니가 사는 작은 돌집이야. 그 아주머니는 이 집을 '메아리 오두막'이라고 부르는데. 얘기는 많이 들었지만 본 건 처음이야. 정말 낭만적인 곳이지 않니?"

"이렇게 멋지고 예쁜 곳이 있다니, 본 적도 없고 상상도 한

적이 없는걸? 동화책이나 꿈속에 나오는 집 같아."

그 집은 섬에서 나는 붉은 사암 벽돌로 지어졌고 처마가 낮았다. 끝이 뾰족한 작은 지붕 위로 예스러운 나무 덮개를 씌운 지붕창 두 개와 커다란 굴뚝 두 개가 나 있었다. 돌로 된 건물을 쉽게 타고 올라가 집 전체를 무성하게 뒤덮은 담쟁이덩굴은 가을 서리를 맞아 아름다운 구릿빛과 붉은 포도주빛으로 빛났다.

앤과 다이애나가 서 있는 오솔길 입구부터 직사각형의 정원이 펼쳐져 있었다. 집의 한쪽 면은 정원과 맞닿아 있고 나머지 삼면은 돌을 쌓아 만든 수로로 둘러싸여 있는데 주위에 이끼와 풀, 고사리가 무성해서 마치 높은 초록색 제방처럼 보였다. 집의 양쪽에는 키 큰 짙은 색 가문비나무가 손바닥처럼 생긴 가지를 뻗고 있고 그 아래로는 클로버가 가득한 작은 목초지가 비탈길을 이루며 푸르게 굽은 그래프턴 강으로 이어졌다. 다른 집이나 공터는 보이지 않았고 가볍고 부드러운 어린 전나무로 뒤덮인 언덕과 골짜기뿐이었다.

"라벤더 아주머니는 어떤 사람일까? 사람들 말로는 괴짜라던데."

다이애나가 정원으로 들어가는 문을 열며 생각에 잠긴 표정으로 말했다.

"그렇다면 재미있는 분일 거야. 괴짜들은 다른 면에서 어떻든 확실히 재미있기는 하거든. 마법의 궁전이 나타날 거라고 했지? 요정들이 그 길에 마법을 건 데는 다 이유가 있었던 거야."

앤이 확신에 찬 어조로 말했다.

"하지만 라벤더 아주머니가 마법에 걸린 공주는 아니야. 마흔다섯 살에 머리가 희끗희끗한 노처녀래."

다이애나가 웃음을 터뜨렸다.

"아, 그건 마법 때문에 그런 거야. 라벤더 아주머니의 마음은 여전히 젊고 아름다울 거야. 우리가 마법을 푸는 방법만 안다면 다시 눈부시게 아름다운 모습으로 변하겠지. 하지만 우린 그 방법을 모르고 라벤더 아주머니의 왕자님만 알지. 라벤더 아주머니의 왕자님은 아직 오지 않았어. 아마 왕자님에게 돌이킬 수 없는 불행이 닥쳤는지도 모르지. 그건 동화 속 이야기의 법칙에 어긋나지만 말이야."

앤이 자신 있게 말했다.

"하지만 왕자님은 오래전에 왔다가 가버렸는걸. 라벤더 아주머니는 스티븐 어빙 아저씨와 약혼했었대. 폴의 아버지 말이야. 하지만 말다툼을 하고 헤어졌대."

다이애나가 말했다.

"쉿! 문이 열려 있어."

앤이 주의를 주었다.

두 소녀는 담쟁이덩굴의 덩굴손이 드리워진 현관에 멈춰 열린 문을 두드렸다. 안에서 발소리가 나더니 작고 특이하게 생긴 사람이 나타났다. 열네 살 정도 되어 보이는 소녀였다. 주근깨투성이 얼굴에 들창코와 '이쪽 귀에서 저쪽 귀까지' 이어진 것처럼 보일 만큼 커다란 입을 가졌으며 긴 금발 머리를 두 갈래로 땋아 커다란 파란 리본으로 묶고 있었다.

"라벤더 아주머니, 계신가요?"

다이애나가 물었다.

"네, 아가씨. 들어오세요, 아가씨. 이쪽으로요, 아가씨. 앉으세요, 아가씨. 라벤더 마님께 오셨다고 말씀드릴게요, 아가씨. 마님은 이층에 계세요."

이 자그만 하녀가 잽싸게 사라지자 둘만 남은 앤과 다이애나는 즐거워하며 눈빛을 주고받았다. 이 집은 멋진 외관만큼이나 집 안도 흥미로웠다.

실내는 천장이 낮았고 두 개의 작고 네모난 창문은 모슬린 주름 커튼이 달려 있었다. 가구는 모두 옛날식이었지만 솜씨 좋고 우아하게 배치되어서 보기 좋았다. 하지만 솔직히 말하자면 가을 날씨에 4마일이나 걸어온 건강한 두 소녀에게 가장 매력적으로 보인 것은 푸른색 도자기와 맛있는 음식이 놓인 탁자였다. 테이블보 위에 드문드문 놓인 황금빛 작은 고사리들은 앤이라면 '축제 분위기'라고 이름 붙일 만한 분위기를 풍겼다.

"라벤더 아주머니는 차 마실 손님을 기다리고 있나 봐. 여섯

명 분이 차려져 있어. 그나저나 참 재미있는 여자애네. 요정 나라의 심부름꾼처럼 생겼어. 저 하녀한테 길을 물어볼 수도 있겠지만 난 라벤더 아주머니가 궁금했어. 쉿, 라벤더 아주머니가 오고 있어."

바로 그때 라벤더 루이스가 문간에 모습을 드러냈다. 두 소녀는 너무 놀란 나머지 예의도 잊어버리고 뚫어져라 쳐다보았다. 앤과 다이애나는 라벤더 아주머니가 평소에 흔히 볼 수 있는 나이 든 독신 여성일 것이라고 생각했다. 단정하게 정돈된 희끗희끗한 머리에 안경을 낀 야윈 체격의 모습을 상상했던 것이다. 그런데 라벤더 아주머니는 상상과는 완전히 다른 모습이었다.

라벤더 루이스는 아름답게 물결치는 숱 많은 새하얀 머리카락을 정성스럽게 부풀려 말아 올린 자그마한 숙녀였다. 발그레한 뺨과 예쁜 입술, 커다랗고 부드러운 눈동자와 보조개를 지닌 소녀처럼 보였다. 그리고 옅은 장미 장식이 달린 크림색의 우아한 모슬린 가운을 입고 있었다. 그 나이에 입기에는 터무니없이 유치해 보일 수 있었지만 라벤더에게는 완벽하게 어울려서 전혀 그런 생각이 들지 않았다.

"네 번째 샬로타가 그러는데 나를 찾아왔다고요?"

라벤더가 겉모습에 어울리는 목소리로 말했다.

"웨스트그래프턴으로 가는 길을 여쭤 보려고요. 저희는 킴볼 씨네 초대를 받아서 가는 도중에 길을 잘못 들었어요. 그 바람

에 웨스트그래프턴 도로가 아니라 간선도로가 나오더군요. 그
곳으로 가려면 이 집 대문에서 오른쪽으로 가야 할까요, 왼쪽
으로 가야 할까요?"

다이애나가 물었다.

"왼쪽이에요."

라벤더는 주저하는 눈길로 차가 차려진 테이블을 힐끗 보며
대답했다. 그러더니 문득 작은 결심을 한 것처럼 말했다.

"저기, 가지 말고 나와 같이 차를 마실래요? 그렇게 해줘요.
킴볼 씨네는 여러분이 도착하기 전에 차를 마실 거예요. 네 번
째 샬로타와 나는 여러분이 있어 준다면 기쁠 거예요."

다이애나가 어떻게 할지 묻는 무언의 눈빛으로 앤을 쳐다보
았다.

"그렇게 할게요. 만약 불편하지 않으시다면요. 그런데 손님
이 오시는 게 아닌가요?"

앤은 이 놀라운 라벤더 아주머니에 대해 더 알고 싶었기 때문
에 곧바로 마음을 정했다.

그러자 라벤더는 테이블을 다시 쳐다보더니 얼굴을 붉혔다.

"아가씨들은 내가 무척 바보 같다고 생각할 거예요. 맞아요.
난 바보랍니다. 남한테 들키면 부끄러워지지만 그렇지 않으면
부끄럽지 않아요. 손님이 오는 게 아니에요. 손님을 기다리는
척하고 있는 거죠. 무척 외로웠거든요. 난 손님이 오는 걸 좋아

해요. 물론 마음이 맞는 손님이어야겠죠. 하지만 여기가 워낙 외진 곳이라 찾아오는 사람이 거의 없어요. 네 번째 샬로타도 외로워하고 있어요. 그래서 여럿이 차를 마시는 척하고 있었답니다. 음식도 만들고 테이블도 꾸미고, 어머니가 결혼식에 쓴 도자기에 음식을 담아 놓고 나는 옷도 차려입고 있지요.”

다이애나는 속으로 과연 라벤더 아주머니가 듣던 대로 괴짜라고 생각했다. 마흔다섯 살 된 여자가 어린아이처럼 소꿉놀이를 한다니! 하지만 앤은 기쁨으로 눈을 반짝이며 즐겁게 외쳤다.

“아, 아주머니도 상상을 하시나요?”

라벤더는 ‘아주머니도’라는 말에서 앤이 자기와 비슷한 사람이라는 것을 알았다. 그래서 솔직하게 털어놓았다.

“그래요. 물론 나처럼 나이 든 사람이 그런다니 바보 같은 짓이죠. 하지만 다른 사람에게 해가 되지 않는데, 바보 같은 일이라 해도 하고 싶으면 해야죠. 혼자 사는 노처녀한테 무슨 낙이 있겠어요? 사람한테는 보상이 필요하거든요. 가끔 이런 상상을 하며 쓸쓸함을 잊는 거죠. 하지만 자주 그러는 건 아니에요. 네 번째 샬로타가 남들에게 말하는 것도 아니고요. 하지만 오늘은 바보 같은 일을 벌여서 다행이네요. 아가씨들이 정말로 왔고 차도 준비해 놨으니까요. 손님방으로 올라가서 모자를 벗겠어요? 계단 위에 있는 하얀 문이에요. 난 부엌으로 가서 네 번째 샬로타가 차를 끓이는지 보고 올게요. 네 번째 샬로타는 착한 아이지만 차를 태우곤 하거든요."

라벤더는 손님이 와서 반가운 마음으로 부엌을 향해 경쾌하게 걸어갔고, 두 소녀는 이층 손님방으로 올라갔다. 손님방은 문 색깔과 똑같이 하얗게 칠해졌고 담쟁이덩굴 사이로 빛이 들어와 앤이 말한 대로 행복한 꿈이 자라나는 곳처럼 보였다.

"이건 정말 모험 같지? 라벤더 아주머니는 좀 별나긴 해도 참 상냥하지 않니? 조금도 노처녀처럼 보이지 않아."

다이애나의 말에 앤도 동의했다.

"라벤더 아주머니는 음악 소리처럼 생긴 것 같아."

두 소녀가 내려오자 라벤더는 찻주전자를 들고 왔고 그 뒤로는 갓 구운 비스킷이 든 접시를 든 네 번째 샬로타가 무척 기쁜 표정으로 따라왔다.

"자, 이제 두 분 이름을 말해 주세요. 난 여러분이 젊은 아가씨들이라 기뻐요. 난 아가씨들을 좋아하거든요. 같이 있으면 나도 젊은 아가씨가 된 것만 같다니까요. 난 정말이지……."

라벤더가 약간 얼굴을 찡그렸다.

"내가 늙었다고 생각하기가 싫어요. 그런데 이름이 뭐라고요? 다이애나 배리? 앤 셜리? 그럼 오래전부터 아가씨들을 알고 지낸 것처럼 다이애나, 앤이라고 불러도 될까요? 그리고 내가 더 오래 살았으니까 말도 낮추고요."

라벤더의 제안에 두 소녀가 동시에 대답했다.

"당연하죠."

"그럼 편하게 앉아서 맛있게 들도록 해. 샬로타, 너도 끝자리에 앉아서 닭고기를 먹으렴. 스펀지 케이크와 도넛을 만들길 잘했지 뭐니. 물론 상상의 손님들을 위해 요리하는 건 바보 같은 짓이지만. 네 번째 샬로타가 그렇게 생각했다는 걸 나도 알아. 그렇지, 샬로타? 하지만 보다시피 일이 잘됐잖니. 물론 낭비한 건 아니었어. 네 번째 샬로타와 내가 시간이 걸리더라도 다 먹었을 거야. 그래도 스펀지 케이크는 오래 두면 맛이 없어지지."

라벤더가 기뻐하며 말했다.

정말로 즐겁고 맛있는 식사였다. 다 먹고 나서 모두들 매혹적인 태양빛으로 물든 정원으로 나왔다.

"이렇게 멋진 곳은 처음이에요."

다이애나가 감탄한 얼굴로 주위를 둘러보았다.

"왜 이곳을 메아리 오두막이라고 부르시죠?"

앤의 물음에 라벤더가 말했다.

"샬로타, 안에 들어가서 시계 선반 위에 걸어 놓은 작은 호른을 가져오렴."

샬로타가 얼른 뛰어가 호른을 가지고 왔다.

"불어 보렴, 샬로타."

샬로타는 요란스럽고 귀에 거슬리는 소리로 호른을 불었다.

한순간 정적이 흘렀다. 그러더니 강 너머 숲에서 너무도 아름답고 낭랑한 메아리가 한꺼번에 들려왔다. 마치 '요정 나라 호른들'이 석양에 부딪혀 소리를 내는 것 같았다.

앤과 다이애나는 탄성을 질렀다.

"자, 이제 웃어 보렴, 샬로타. 크게 웃어 보렴."

라벤더가 물구나무서기를 하라고 해도 그대로 따랐을 샬로타는 돌 벤치에 올라서서 큰 소리로 마음껏 웃었다. 그러자 수많은 요정이 자줏빛 숲과 전나무 기슭에서 샬로타의 웃음소리를 흉내 내 듯 메아리가 들려왔다.

"사람들은 항상 내 메아리에 감탄한단다. 나도 내 메아리를 무척 사랑해. 조금만 상상력을 발휘하면 아주 좋은 친구가 되지. 조용한 저녁이면 네 번째 샬로타와 나는 여기 앉아 메아리와 즐겁게 놀아. 샬로타, 호른을 제자리에 조심해서 걸어 두고 오렴."

라벤더는 메아리가 자신의 소유물이라도 되는 것처럼 말했다.

"왜 네 번째 샬로타라고 부르세요?"

이때 호기심이 발동한 다이애나가 물었다.

"내 기억 속에 있는 다른 샬로타들과 헷갈리지 않기 위해서야. 그 애들은 너무 비슷하게 생겨서 구분이 안 되거든. 저 애의 진짜 이름은 샬로타가 아니야. 진짜 이름은……, 어디 보자…… 뭐였더라? 레오노라일 거야. 그래, 레오노라야."

라벤더가 진지하게 말했다.

"그러니까 이렇게 된 거란다. 어머니가 십 년 전에 돌아가시자 난 여기서 혼자 살 수 없었어. 하지만 다 큰 하녀를 돈 주고 고용할 만한 여유도 없었지. 그래서 어린 샬로타 보먼을 데려와서 재워 주고 입혀 주고 같이 살았어. 그 애의 이름이 진짜 샬로타였고 그때 열세 살이었지. 샬로타는 열여섯 살 때까지 나랑 같이 살다가 보스턴으로 떠났어. 그곳에 가면 더 잘살 수 있었거든. 그 후로 그 애의 여동생이 와서 나랑 같이 살게 됐어. 그 애의 이름은 줄리에타였어. 보먼 부인은 예쁜 이름을 지어 주는 재주가 없었던 것 같아. 어쨌든 줄리에타가 샬로타와 너무 닮아서 난 계속 샬로타라고 불렀어. 그 애도 개의치 않아서 난 굳이 그 애의 진짜 이름을 기억하려고 하지 않았지. 그 애가 두 번째 샬로타야. 두 번째 샬로타가 떠난 후에는 에벌리나가 왔어. 세 번째 샬로타였지. 지금 난 네 번째 샬로타와 살고 있지만 저 애가 열여섯 살이 되면……, 지금 열네 살이거든. 저 애도 보스턴으로 가고 싶어 할 거야. 그럼 난 어떻게 해야 될지 모르겠어. 네 번째 샬로타는 보먼 자매 중에 막내인데 제일 낫거든. 다른 샬로타들은 항상 나를 어리석다고 생각하는 티를 냈지만 네 번째 샬로타는 절대로 그러지 않아. 속으로 어떻게 생각하든 간에. 난 사람들이 티내지 않으면 나에 대해 어떻게 생각하든 상관하지 않거든."

"저…… 어두워지기 전에 킴볼 씨네 도착하려면 지금 가봐야 할 것 같아요. 라벤더 아주머니, 정말 즐거운 시간이었어요."

다이애나가 저무는 해를 아쉽게 바라보며 말했다.

"다시 와주겠니?"

라벤더가 간청하듯 말했다.

키 큰 앤이 자그마한 라벤더의 어깨에 팔을 두르며 말했다.

"그럼요. 아주머니가 여기 산다는 걸 알았으니까 지겨워하실 때까지 올 거예요. 오늘은 이만 갈게요. 폴 어빙이 우리 초록 지붕 집에 올 때마다 하는 말처럼 '이제 그만 뿌리치고 가야'겠어요."

갑자기 라벤더의 목소리에 미묘한 변화가 생겼다.

"폴 어빙이라고? 그게 누구지? 에이번리에 그런 이름을 가진 사람은 없을 텐데."

앤은 자신의 경솔함에 아차 싶었다. 라벤더의 옛 사랑 이야기를 깜빡하고 폴의 이름을 말하다니.

"제가 가르치는 학생이에요. 작년에 할머니랑 살기 위해 보스턴에서 왔어요. 바닷가 옆에 사는 어빙 부인 말이에요."

앤이 천천히 설명했다.

"스티븐 어빙의 아들이니?"

라벤더는 라벤더꽃이 있는 쪽으로 몸을 숙여서 얼굴이 보이지 않았다.

"네."

라벤더는 질문의 대답을 듣지 못한 것처럼 가볍게 말했다.

"너희에게 라벤더 꽃다발을 하나씩 줄게. 아주 예쁘지 않니?
어머니는 라벤더꽃을 항상 좋아하셨어. 이건 어머니가 오래전
에 심으신 거야. 아버지도 라벤더꽃을 좋아하셔서 내 이름을
라벤더라고 지으셨지. 아버지는 어머니의 오빠를 따라서 이스
트그래프턴에 있는 어머니의 집에 갔다가 어머니를 보고 첫눈
에 반하셨대. 그날 밤 손님방에서 묵었는데 이불에서 라벤더
향기가 났고 밤새 어머니 생각만 났다는 거야. 그 후 아버지는
라벤더 향기를 무척 좋아하게 되셨지. 그래서 내 이름도 라벤
더라고 지어 주셨고. 잊지 말고 곧 놀러 오렴, 얘들아. 네 번째
샬로타와 내가 기다리고 있을게."

라벤더는 전나무 아래 문을 열어 주며 두 소녀를 배웅했다.
갑자기 라벤더의 얼굴에서 환한 빛이 사라지고 지친 모습이 나
타났다. 두 소녀를 보내며 젊고 상냥한 미소를 지었지만, 두 소
녀가 오솔길 첫 모퉁이에서 뒤돌아보았을 때는 정원 한가운데
있는 은빛 포플러나무 아래의 돌 벤치에 앉아 지친 듯 손으로
머리를 기대고 있었다.

"라벤더 아주머니가 외로워 보이네. 우리가 자주 놀러 와야
겠어."

다이애나가 조용히 말했다.

"라벤더 아주머니의 부모님은 아주머니에게 잘 어울리는 이름을 지어 준 것 같아. 엘리자베스나 넬리, 뮤리얼 같은 이름을 붙여 줬어도 아주머니는 라벤더라고 불렸을 거야. 그 이름은 달콤하고 고풍스러우며 '비단옷' 같은 느낌이잖아. 아, 하지만 내 이름은 빵이나 버터, 기운 조각보, 허드렛일 같은 맛이야."

"아니, 난 그렇게 생각하지 않아. 나에게 앤이라는 이름은 정말로 위엄 있고 여왕 같은 느낌인걸. 하지만 난 네 이름이 케런해푸치라 해도 좋아했을 거야. 난 그 사람이 어떤 사람인지에 따라서 이름이 멋질 수도 있고 추해질 수도 있다고 생각해. 지금 난 조시나 거티란 이름을 도저히 견딜 수 없지만 파이네 자매들을 알기 전까지는 무척 예쁜 이름이라고 생각했거든."

앤이 신나서 말했다.

"멋진 생각이야. 처음부터 예쁘지 않은 이름이라도 예쁜 이름이 되도록 살아가야 해. 사람들의 마음속에 즐거운 기억을 남겨서 이름 자체로만 기억되지 않도록 말이야. 고마워, 다이애나."

# 22

# 잡동사니

　"그래, 그 돌집에서 라벤더 루이스하고 차를 마셨다고? 라벤더는 지금 어떠니? 라벤더를 마지막으로 본 지 15년도 넘었구나. 그래프턴 교회에서 어느 일요일에 본 게 마지막이었지. 아주 많이 변했겠구나. 데이비 키스, 손이 닿지 않으면 건네 달라고 부탁하라고 했지? 그렇게 식탁 위로 팔을 뻗지 말고. 폴 어빙이 여기서 식사할 때 그러는 거 봤어?"

　다음 날 아침 식사를 하며 마릴라가 말했다.

　"하지만 폴은 나보다 팔이 길잖아요. 폴의 팔은 11년이나 자랐지만 내 팔은 7년밖에 안 자랐단 말이에요. 게다가 내가 건네 달라고 부탁했는데 아주머니와 누나는 얘기하느라 바빠서 신경 쓰지 않았고요. 그리고 폴은 여기서 차만 마셨지 식사한 적은 없어요. 차 마시는 게 아침을 먹는 것보다 훨씬 쉬워요. 별로 배가 안 고프니까요. 저녁 먹고 다시 아침 먹을 때까지는 너무 오래 기다려야 한단 말이에요. 앤 누나, 이젠 한 숟가락 가득 떠도 작년처럼 많게 느껴지지 않아. 난 정말 많이 컸어."

데이비가 투덜거렸다.

앤은 데이비를 달래기 위해 메이플 시럽을 두 숟가락 가득 떠 주고 나서 말했다.

"라벤더 아주머니가 예전에 어떻게 생겼는지는 몰라도 많이 변했을 것 같진 않아요. 머리는 새하얗지만 얼굴은 생기 넘치고 거의 소녀 같았어요. 그리고 갈색 눈동자가 정말 아름다웠어요. 황금빛으로 반짝이는 나무빛 갈색이었어요. 그리고 목소리는 하얀 비단과 물방울 소리와 요정의 종소리가 섞인 것 같았지요."

"라벤더는 젊었을 때 대단한 미인이라고들 했지. 난 라벤더를 잘 모르지만 내가 아는 한은 좋아했어. 어떤 사람들은 그때도 라벤더를 괴짜라고 생각했지. 데이비, 다시 한 번 그런 장난치는 걸 보면 다들 식사를 마칠 때까지 먹지 못하게 할 거다. 프랑스인들처럼."

앤과 마릴라가 쌍둥이 앞에서 대화를 나눌 때면 대개는 데이비를 꾸중하느라 대화가 종종 끊겼다. 바로 이 순간에도 데이비는 남은 시럽이 숟가락으로 떠지지 않자 두 손으로 접시를 들고 분홍빛 혀로 핥아먹었다. 앤이 경악스러운 얼굴로 쳐다보자 이 작은 죄인은 얼굴이 빨개져서는 부끄러워하면서도 반항적으로 말했다.

"이렇게 하면 다 먹을 수 있잖아."

"다른 사람들과 다르면 괴짜라고들 하죠. 라벤더 아주머니는 확실히 남들과 달라요. 어떻게 다른지 꼬집어 말하긴 어렵지만요. 아마 라벤더 아주머니는 절대로 늙지 않는 사람이기 때문일 거예요."

앤의 말에 마릴라가 말했다.

"또래가 다들 늙어 갈 때 같이 늙어야 해. 안 그러면 어디에서도 어울리지 못하지. 내가 생각하기에 라벤더는 모든 것에서 떨어져 나간 거야. 모두가 자기를 잊어버릴 때까지 그 외딴 집에서 살았지. 그 돌집은 이 섬에서 가장 오래된 집이야. 80년 전에 루이스 노인이 영국에서 건너와 지은 집이니까. 데이비, 도라의 팔꿈치를 그만 흔들어라. 내가 봤다! 괜히 시치미 떼도 소용없어. 오늘 아침엔 유난히 왜 그러니?"

"침대 반대쪽에서 나와서 그런가 봐요. 밀티 볼터가 그러는데 침대 반대쪽에서 내려오면 하루 종일 재수가 없대요. 밀티네 할머니가 그러셨대요. 그런데 어느 쪽이 똑바른 쪽이에요? 침대가 벽에 붙어 있으면 어떡하고요? 그게 궁금해요."

데이비의 말에도 마릴라는 무시한 채 말을 계속했다.

"난 스티븐 어빙과 라벤더 루이스가 어쩌다 헤어졌는지 궁금했지. 두 사람은 25년 전에 분명히 약혼한 사이였는데 갑자기 헤어졌거든. 뭐가 문제였는지 모르겠지만 아주 심각한 문제였던 모양이야. 그 후 스티븐 어빙이 미국으로 떠나서 돌아오지 않았으니까."

앤이 경험으로는 따라올 수 없는 뛰어난 통찰력으로 말했다.

"아마 그리 심각한 문제는 아니었을 거예요. 살다 보면 큰일보다 사소한 일이 문제 될 때가 더 많잖아요. 마릴라 아주머니, 제가 라벤더 아주머니네 집에 갔었다는 말을 린드 아주머니한테는 하지 말아 주세요. 분명히 온갖 질문을 퍼부어 댈 텐데 전그게 싫어요. 라벤더 아주머니도 그걸 알면 분명 좋아하지 않을 거예요."

"레이철은 분명 호기심을 가질 거야. 전처럼 남들 일을 알아보러 다닐 시간이 없지만 말이다. 토마스 때문에 집에 매여 있는 신세거든. 레이철은 크게 낙담하고 있어. 아무래도 레이철은 토마스가 나아질 거라는 희망을 버리기 시작한 것 같더구나. 토마스에게 무슨 일이 생기면 레이철은 많이 외로울 거야. 시내에 사는 엘리자만 빼고 자식들이 전부 서부에 살거든. 그리고 엘리자는 자기 남편을 좋아하지 않는다는구나."

사실 마릴라의 말은 중상모략이었다. 엘리자는 자기 남편을 무척 좋아했다.

"레이철은 토마스가 나아지겠다는 의지만 가지면 될 거라고 생각해. 하지만 의지 약한 사람한테 벌떡 일어나라고 한들 무슨 소용이 있겠니? 토마스 린드는 의지라고는 전혀 없거든. 결혼 전에는 어머니가 시키는 대로 했고 결혼 후에는 레이철 말을 들었지. 토마스가 레이철 허락 없이 아프다는 게 놀라울 정도야. 에고, 이런 말은 하면 안 되는데. 레이철은 좋은 아내였어. 토마스는 레이철 없이는 아무것도 못했을 거야. 태어날 때부터 남의 말을 듣도록 태어났으니. 레이철처럼 영리하고 능력 있는 여자가 관리하게 된 게 천만다행이지. 토마스는 레이철이 뭐라 하든 개의치 않았어. 굳이 성가시게 아무런 결정도 내리지 않아도 되었으니까. 데이비, 뱀장어처럼 그렇게 꿈틀거리지 마라."

데이비가 항변했다.

"할 일이 없는걸요. 식사도 다 했고 아주머니랑 앤 누나가 먹는 걸 쳐다보는 건 재미없단 말이에요."

"그럼 도라하고 나가서 암탉 모이나 주려무나. 흰 수탉 꼬리에서 또 깃털 뽑을 생각은 하지 말고."

데이비가 볼멘소리로 말했다.

"인디언 머리쓰개를 만들어야 해서 깃털이 필요했던 거예요. 밀티 볼터는 자기 엄마가 늙은 흰 칠면조를 잡을 때 준 깃털로 만든 멋진 머리쓰개가 있단 말이에요. 깃털을 조금만 뽑게 해

주세요. 수탉한테는 깃털이 충분히 많잖아요."

"다락에 있는 깃털로 만든 헌 먼지떨이를 가지렴. 내가 초록,
빨강, 노랑으로 물들여 줄게."

앤이 말했다.

"넌 저 애를 너무 오냐오냐 하고 있어."

데이비가 환해진 얼굴로 새침한 표정의 도라를 따라 밖으로
나가자 마릴라가 말했다. 마릴라는 지난 6년 동안 아이를 가르
치는 데 엄청난 발전을 보였지만 응석을 너무 받아 주면 아이
에게 좋지 않다는 생각에서는 아직 벗어나지 못했다.

"데이비랑 같은 반에 속한 아이들은 다들 인디언 머리쓰개를
갖고 있는걸요. 그래서 데이비도 갖고 싶어 하는 거예요. 전 그
게 어떤 느낌인지 잘 알아요. 다른 여자애들이 전부 퍼프 소매
달린 옷을 입을 때 저도 얼마나 입고 싶었는지 몰라요. 데이비
는 버릇이 나빠지는 게 아니에요. 매일 더 나아지고 있는걸요.
1년 전 처음 여기 왔을 때보다 얼마나 달라졌는지 생각해 보세
요."

마릴라도 그것만은 인정했다.

"학교에 다니기 시작한 후로는 별로 심한 장난을 치지 않는
건 사실이지. 아마도 학교에서 남자애들과 장난을 치니까 그런
가 보다. 그나저나 리처드 키스한테 연락이 없으니 이상한 일
이야. 지난 5월 이후론 깜깜 무소식이니."

앤이 접시를 치우며 말했다.

"전 소식이 올까 봐 걱정이에요. 편지가 와도 쌍둥이를 보내라는 내용이 써 있을까 봐 뜯기 두려울 거예요."

한 달 후 드디어 소식이 왔다. 하지만 그것은 리처드 키스의 편지가 아니었다. 그의 친구가 대신 편지를 써서 리처드가 2주전에 폐결핵으로 죽었다고 알렸다. 그 편지를 쓴 사람은 리처드의 유언장 집행인으로 유언장에는 데이비와 도라 키스가 성인이 되거나 결혼하기 전까지 마릴라 커스버트에게 총 2천 달러를 맡긴다고 쓰여 있었다. 그 사이 돈에 대한 이자는 아이들을 키우는 데 써 달라고 했다.

"죽음과 관련된 일로 기뻐한다면 정말 끔찍한 일이겠죠. 키스 씨의 일은 안 됐지만 이제 쌍둥이를 보내지 않아도 돼서 기뻐요."

앤이 진지하게 말했다.

"돈을 남겨 준 건 정말 다행스럽구나. 나는 쌍둥이를 계속 데리고 있고 싶었지만 애들이 더 크면 그 돈을 어떻게 댈지 막막했거든. 농장 임대료로는 겨우 집안 살림만 할 수 있는 정도니까. 그리고 네 돈은 쌍둥이에게 한 푼도 쓰지 않을 작정이었어. 넌 그렇잖아도 그 애들에게 지나치게 잘해 주잖아. 사실 도라한테 새 모자를 사주지 않아도 되었어. 고양이한테 꼬리가 두개나 필요하지 않은 것처럼 말이다. 어쨌든 이제는 아이들을 어떻게 키울지 걱정하지 않아도 되겠구나."

마릴라가 현실적으로 말했다.

데이비와 도라는 초록 지붕 집에서 '영원히' 살게 되었다는 소식에 기뻐했다. 한 번도 본 적이 없는 삼촌의 죽음은 그것보다 중요한 것이 아니었다. 하지만 도라에게는 한 가지 두려운 게 있었다.

"리처드 삼촌은 땅속에 묻혔어요?"

도라가 앤에게 귓속말로 물었다.

"그럼, 당연하지."

도라가 더욱 걱정스럽게 귓속말을 했다.

"그…… 삼촌은 미라벨 코튼네 삼촌 같지 않겠죠? 땅에 묻힌 다음에도 집 주위를 돌아다니지 않는 거죠, 앤 언니?"

# 23

## 라벤더의 사랑이야기

"메아리 오두막까지 걸어갔다 올게요."

12월 어느 금요일 오후, 앤이 말했다.

"눈이 올 것 같은데."

마릴라가 미심쩍게 말했다.

"눈이 오기 전에 도착할 거고 오늘 밤에 거기서 자고 오려고요. 다이애나는 손님이 와서 못 간대요. 라벤더 아주머니는 분명 저를 기다리고 있을 거예요. 거기 다녀온 지 꼬박 2주일이나됐거든요."

10월의 그날 이후로 앤은 메아리 오두막을 자주 찾았다. 때로 다이애나와 도로를 따라 마차로 가거나 숲속으로 걸어가기도 했다. 다이애나가 갈 수 없으면 앤 혼자서 갔다. 앤과 라벤더 사이에는 마음과 영혼 속에 젊음을 간직한 여인과 상상과 통찰로 경험을 대신할 수 있는 소녀에게서만 가능한 열렬하고 유익한 우정이 생겨났다. 앤은 마침내 진정한 '동지'를 찾았다. 앤과 다이애나는 꿈으로만 가득했던 작은 여인의 외로운 은둔 생활에 바깥세상의 온전한 기쁨과 활기를 가져다주었다. 라벤더에게는 오래전에 교류가 끊긴, '잊혀진 세상이자 잃어버리고 있는 세상'이었다. 두 소녀는 돌집에 젊음과 현실감을 가져다주었다. 네 번째 샬로타는 항상 활짝 핀 웃음으로 두 소녀를 맞이했다. 샬로타는 입이 찢어져라 웃었다. 사랑하는 마님을 위해서도 좋은 일이었지만 샬로타 자신도 앤과 다이애나가 좋았기 때문이다. 그해 지나간 아름다운 가을에 작은 돌집에서 열린 '떠들썩한 만남'만큼 즐거웠던 곳은 없었다. 11월도 다시 10월이 된 것 같았고 12월에도 여름처럼 햇살과 아지랑이가 넘실거렸다.

그러나 그날만큼은 12월이 이제 겨울이라는 것을 기억해 낸 것처럼 갑자기 흐리고 음울해지면서 바람 한 점 불지 않고 눈이 올 듯했다. 그래도 앤은 미로 같은 울창한 너도밤나무 숲속을 즐겁게 걸어갔다. 혼자였지만 외롭지 않았다. 상상 속 사람들이 즐거운 길동무가 되어 주었다. 앤은 현실에서보다 훨씬 재치 있고 매혹적인 대화를 나누는 즐거운 상상을 했다. 현실에서 사람들은 그렇게 대화를 나누지 못할 때가 많았다. 이렇

게 '상상'의 대화 속에서는 모두들 듣고 싶은 이야기와 하고 싶은 이야기를 할 수 있었다. 앤이 눈에 보이지 않는 길동무들과 함께 숲속을 지나 전나무 오솔길에 도착했을 때 솜털 같은 눈송이가 폭신하게 떨어지기 시작했다.

첫 번째 모퉁이를 돌자 넓게 가지를 뻗은 커다란 전나무 아래에 서 있는 라벤더가 보였다. 라벤더는 따뜻한 빨간 가운을 입고 은회색 비단 숄로 머리와 어깨를 감싸고 있었다.

앤이 즐거운 목소리로 소리쳤다.

"전나무 숲 요정들의 여왕 같으세요."

라벤더도 앞으로 달려오며 말했다.

"오늘 네가 올 줄 알았어, 앤. 게다가 네 번째 샬로타도 없는 터라 더욱 반갑구나. 샬로타는 어머니가 아파서 오늘 집에 갔거든. 네가 오지 않았다면 난 무척 외로웠을 거야. 꿈과 메아리를 친구 삼는 것만으로는 부족했을 거야. 아, 앤, 정말 예쁘구나."

라벤더는 걸어오느라 얼굴이 부드러운 장밋빛으로 상기된 키크고 날씬한 소녀를 올려다보며 문득 덧붙였다.

"정말 젊고 예쁘구나! 열일곱 살은 정말 좋을 때야, 그렇지? 정말 부럽구나."

"하지만 아주머니도 마음은 열일곱 살이잖아요."

앤이 미소 지으며 말하자 라벤더가 한숨을 쉬었다.

"아니, 난 늙었는걸. 아니, 중년이지. 그게 더 나빠. 난 늙지 않은 체하지만 내가 늙었다는 걸 깨달을 때도 많아. 그런데 난 보통 여자들처럼 내가 늙었다는 사실을 도저히 받아들일 수가 없어. 처음 흰머리를 발견했을 때나 지금이나 반항심이 드는 건 마찬가지지. 앤, 이해하려고 애쓰는 표정은 짓지 않아도 괜찮아. 열일곱 살은 이해할 수 없어. 나도 지금 당장 내가 열일곱 살인 척할래. 네가 여기 있으니까 그렇게 할 수 있어. 넌 언제나 선물처럼 젊음을 들고 오지. 우리 즐거운 저녁 시간을 보내자꾸나. 우선 차를 마시고. 무슨 차를 마실래? 그리고 네가 먹고 싶은 음식을 먹자. 맛있고 금방 배가 꺼지지 않는 걸로 생각해 보렴."

그날 밤 작은 돌집에서는 시끌벅적한 웃음소리가 퍼졌다. 요리를 하고 만찬을 즐기고 사탕을 만들고 큰 소리로 웃고 '상상'을 했다. 두 사람은 마흔다섯 살의 독신녀와 점잖은 학교 선생에게 어울리지 않는 방식으로 놀았다. 조금 피로해지자 응접실에 있는 벽난로 앞 양탄자에 앉았다. 그곳에는 난롯불만이 은은하게 비치고 있었고 장미 꽃병에서는 달콤한 냄새가 퍼졌다. 거세어진 바람은 처마 주위에서 소리를 냈고, 눈보라 요정들이 현관문을 두드리듯 눈송이가 창문에 부딪혔다.

343

라벤더가 사탕을 조금씩 깨물어 먹으며 말했다.

"네가 여기 있어서 정말 기쁘구나, 앤. 네가 없었다면 난 우울했을 거야. 정말 우울했을 거야. 햇살이 환한 낮에는 꿈과 상상만으로 괜찮지만 어둡고 눈보라가 치는 밤에는 그것만으로는 만족스럽지 않거든. 그럴 때는 실제로 존재하는 것들을 원하게 되지. 넌 잘 모를 거야. 열일곱 살은 그런 걸 알 수 없지. 열일곱 살은 꿈꾸는 것만으로도 만족하는 나이야. 현실이 더 멀리까지 데려다줄 거라고 생각하기 때문이지. 앤, 내가 열일곱 살 때는 꿈만 꾸는 백발의 마흔다섯 살 노처녀가 되어 있을 거라고 생각도 못했어."

앤이 아쉬움에 잠긴 라벤더의 갈색 눈동자를 바라보며 미소를 지었다.

"하지만 아주머니는 노처녀가 아닌걸요. 노처녀는 타고나는 것이지 만들어지는 게 아니거든요."

라벤더가 앤의 말을 즉흥적으로 따라했다.

"어떤 사람은 타고나고 어떤 사람은 일부러 노처녀가 되지만, 또 어쩔 수 없이 노처녀가 되는 사람들도 있지."

앤이 웃음을 터뜨렸다.

"그럼 아주머니는 일부러 노처녀가 된 사람이겠네요. 아주머니는 너무 아름다운 노처녀라서 모든 노처녀가 아주머니 같다면 노처녀 되는 게 유행할 거예요."

라벤더가 생각에 잠겨 말했다.

"나는 항상 무슨 일이든 최선을 다하려고 한단다. 그래서 노처녀가 되어야만 했을 때는 아주 멋진 노처녀가 되기로 결심했지. 남들은 내가 별나다고 해. 내가 일반적인 노처녀의 방식을 거부하고 나만의 노처녀 방식을 따른다는 이유만으로 말이지. 앤, 스티븐 어빙과 나에 관해 들은 이야기가 있니?"

앤이 솔직하게 대답했다.

"네. 두 분이 한때 약혼한 사이였다고요."

"그랬지……. 25년 전에……. 까마득한 옛날이지. 다음 해 봄에 결혼하기로 했었어. 어머니와 스티븐만 알았지만 난 웨딩드레스까지 만든 상태였단다. 어떻게 보면 우리는 거의 평생 약혼한 사이나 마찬가지였어. 스티븐의 어머니가 우리 어머니를 만나러 올 때 어린 스티븐을 데리고 왔었지. 두 번째로 왔을 때…… 스티븐은 아홉 살이고 난 여섯 살이었는데…… 나중에 커서 나랑 결혼하기로 굳게 마음먹었다고 정원에서 나에게 고백했단다. 난 고맙다고 했지. 스티븐이 돌아갔을 때 난 어머니에게 노처녀가 되는 것보다 무서운 게 없었는데 이제 큰 고민을 덜었다고 진지하게 이야기했단다. 어머니가 어찌나 웃으시던지!"

앤이 숨죽여 물었다.

"그런데 뭐가 잘못됐어요?"

"우린 아주 바보 같고 어리석기 짝이 없는 평범한 말다툼을 했어. 얼마나 사소한 일이었느냐 하면, 어떻게 시작된 싸움이 있었는지 기억도 나지 않아. 누구 잘못이 더 컸는지도 모르겠어. 시작은 스티븐이 했지만 내 어리석음이 스티븐을 화나게 만든 것 같아. 스티븐에게는 경쟁자가 한두 명 있었는데 허영심 많았던 난 아양을 부리면서 그 사람을 놀리며 즐거워했지. 스티븐은 예민하고 흥분을 잘하는 성격이었어. 우린 둘 다 화가 난 채로 헤어졌단다. 하지만 난 모든 게 잘될 거라고 생각했어. 스티븐이 그렇게 빨리 날 찾아오지만 않았어도 잘됐을 거야. 앤, 유감스럽게도 난……."

라벤더는 마치 살인을 좋아한다는 고백을 하기라도 할 것처럼 목소리를 낮추었다.

"난 쉽게 토라지는 사람이야. 아, 웃지 말아 줘. 이건 사실이거든. 난 정말 잘 토라져. 스티븐은 내가 풀어지기도 전에 돌아왔어. 난 그 사람 말을 듣지도 않았고 용서하려고 하지도 않았어. 그래서 그 사람은 영원히 떠나 버렸어. 스티븐은 자존심이 너무 강해서 다시 돌아오지 않았어. 난 스티븐이 돌아오지 않아서 또 토라졌고. 내가 스티븐을 먼저 부를 수도 있었지만 그러기에는 자존심이 너무 셌어. 잘 토라지고 자존심까지 세면 정말 좋지 않단다, 앤. 하지만 난 다른 사람을 사랑할 수 없었고 그러고 싶지도 않았어. 스티븐 어빙이 아닌 다른 남자와

346

결혼하느니 노처녀가 되는 게 나았어. 이젠 모든 게 꿈만 같구나. 정말 동정 어린 표정을 하고 있구나, 앤. 열일곱 살만이 그렇게 동정 어린 얼굴을 할 수 있지. 하지만 너무 그럴 것 없어. 난 사랑은 잃었지만 만족하며 행복하게 살고 있단다. 스티븐 어빙이 돌아오지 않을 거라는 사실을 깨닫고 내 가슴은 찢어졌지. 하지만 앤, 현실에서 가슴 찢어지는 아픔은 책에서 보는 것처럼 그렇게 심하지 않단다. 치통하고 비슷해. 넌 별로 낭만적인 비유가 아니라고 생각하겠지만. 이따금 잠 못 들 정도로 욱신욱신 아프지만 그 사이에는 아무 문제도 없는 것처럼 인생과 꿈과 메아리와 땅콩 사탕을 즐기며 살아가니까. 실망한 얼굴이구나. 내가 비극적인 기억을 가슴에 안고 있으면서도 겉으로는 용감하게 미소 짓고 있다고 생각했던 5분 전보다 흥미로워 보이지 않겠지. 앤, 그게 현실의 가장 나쁜 점이기도 하고 가장 좋은 점이기도 하단다. 현실은 우리를 불행하게 내버려두지 않아. 아무리 불행해도 낭만적으로 살겠다고 결심해도 삶은 우리를 편하게 만들어 주려고 계속 애쓰지. 이 사탕 아주 맛있지 않니? 난 이미 잔뜩 먹었지만 신경 쓰지 않고 더 먹을래."

라벤더는 잠시 동안 가만히 있다가 불쑥 말했다.

"앤, 네가 여기 처음 온 날 스티븐의 아들에 대해 듣고 얼마나 놀랐는지 아니? 그 뒤로 그 얘기를 꺼내진 않았지만 그 애가 무척이나 궁금하더구나. 그 애는 어때?"

"그 애는 제가 만난 애들 중에서 가장 사랑스러워요, 라벤더 아주머니. 그리고 그 애는 아주머니나 저처럼 상상을 좋아한답니다."

라벤더가 혼잣말하듯 조용히 말했다.

"한번 만나 보고 싶구나. 여기서 나랑 같이 사는 꿈속의 작은 소년과 닮았을지 궁금해."

"폴을 만나고 싶으시면 제가 나중에 데려올게요."

"그랬으면 좋겠구나. 하지만 너무 일찍은 안 돼. 마음의 준비를 해야 하거든. 기쁘기보다 고통스러울지 몰라. 그 애가 스티븐을 많이 닮았다고 해도, 닮지 않았다고 해도. 한 달쯤 후에 데려와 줄래?"

앤과 폴은 한 달 후에 숲속을 지나 돌집으로 향했고 오솔길에서 라벤더와 마주쳤다. 두 사람이 올지 몰랐던 라벤더는 얼굴이 몹시 창백해졌다.

"이 애가 스티븐의 아들이구나."

라벤더는 맵시 좋은 털 코트와 모자 차림으로 서 있는 예쁘고 사내아이다운 폴의 손을 잡고 낮은 목소리로 말했다.

"이…… 이 아이는…… 아빠를 아주 많이 닮았구나."

"다들 제가 아빠 판박이래요."

폴이 천진난만하게 대답했다.

이 장면을 지켜보던 앤은 안도의 한숨을 내쉬었다. 앤은 라벤더와 폴이 서먹해하거나 불편해하지 않고 서로를 '받아들였음'을 알았다. 라벤더는 꿈과 낭만을 간직하고 있었지만 매우 분별 있는 사람이었다. 그래서 처음에 약간 느낀 배신감도 잠시, 그런 감정을 털어 버린 채 다른 사람의 아들이 놀러 온 것처럼 기쁘고 자연스럽게 폴을 맞이했다. 그들은 다 함께 즐거운 오후를 보냈고 기름진 음식이 푸짐하게 차려진 저녁 식사도 했다. 폴의 할머니가 보았다면 폴의 위장에 나쁠 거라며 경악하면서 못 먹게 했을 만한 음식이었다.

"또 놀러 오렴."

라벤더는 헤어질 때 폴과 악수를 했다.

"아주머니만 괜찮으시다면 저에게 키스하셔도 좋아요."

폴이 진지하게 말했다.

"내가 키스하고 싶어 한다는 걸 어떻게 알았지?"

라벤더가 허리를 굽혀 폴에게 키스하며 속삭이듯 물었다.

"왜냐하면 아주머니가 저를 쳐다보는 표정이 우리 엄마가 저한테 키스하고 싶어 할 때 표정이랑 똑같았거든요. 전 평소엔 누가 저한테 키스하는 걸 싫어해요. 원래 남자애들은 그렇잖아요. 아주머니도 아시겠죠. 그래도 아주머니는 괜찮아요. 꼭 다시 놀러 올게요. 아주머니가 괜찮으시다면 전 아주머니와 친구가 되고 싶어요."

"나…… 나도…… 괜찮단다."

라벤더는 이렇게 말하고 급하게 뒤돌아 안으로 들어갔다. 하지만 잠시 후 라벤더는 창가에서 즐거운 미소로 손을 흔들고 있었다.

너도밤나무 숲을 지나갈 때 폴이 말했다.

"전 라벤더 아주머니가 좋아요. 아주머니가 저를 바라보는 표정이 좋고 아주머니의 돌집과 네 번째 샬로타도 좋아요. 할머니가 메리 조 대신 네 번째 샬로타를 썼으면 좋겠어요. 네 번째 샬로타는 제 생각을 이야기해도 제 머리가 돌았다고 생각하지 않을 테니까요. 차가 정말 맛있었죠, 선생님? 할머니는 남자애가 먹을 걸 밝히면 안 된다고 하시지만 정말 배가 고프면 어쩔 수 없는걸요. 라벤더 아주머니는 아침으로 포리지를 먹기 싫다고 하면 억지로 먹게 하지 않으실 거예요. 하지만 물론……."

역시나 폴은 영리한 아이였다.

"그게 아이한테는 좋진 않겠죠. 하지만 어쩌다 한 번씩 이러는 건 괜찮아요, 선생님."

## 24

# 마을의 예언가

　5월 어느 날 에이번리 마을 사람들은 샬럿타운의 《데일리 엔터프라이즈》 신문에 '관찰자'라는 이름으로 실린 '에이번리 소식'에 약간 술렁거렸다. 그 글을 쓴 사람이 찰리 슬론이라는 소문이 있었는데 왜냐하면 찰리가 예전에도 비슷한 글을 실었기 때문이고 글 중 하나가 길버트 블라이스를 조롱하는 내용이기 때문이기도 했다. 에이번리 청년회에서는 길버트 블라이스와 찰리 슬론이 회색 눈동자와 풍부한 상상력을 가진 한 소녀를 두고 경쟁하고 있다고 주장했다.

　소문이란 원래 그렇듯이 그 소문은 잘못된 것이었다. 길버트가 앤의 도움을 받아 기사를 쓰고 그 글에 자기에 관한 글을 슬쩍 끼워 넣은 것이었다. 기고한 글들 중 두 개만이 지금 할 이야기와 관련이 있다.

소문에 따르면 데이지가 피기 전에 우리 마을에서 결혼식이 있을 것이다. 새롭게 등장한 존경 받는 시민이 우리 마을에서 가장 인기 있는 숙녀와 결혼식을 올리게 될 것이다.

우리 마을의 유명한 일기예보가 에이브 아저씨는 5월 23일 정확히 저녁 7시부터 천둥 번개를 동반한 강력한 폭풍우가 몰아칠 것이라고 예고했다. 우리 주 대부분의 지역이 폭풍우의 영향을 받을 것으로 예상된다. 그날 밤에 외출한 사람들은 우산과 비옷을 꼭 챙기길 바란다.

길버트가 말했다.

"에이브 아저씨가 올봄 언젠가 폭풍우가 닥칠 거라고 하신 건 사실이야. 그런데 해리슨 아저씨가 정말로 이자벨라 앤드루스를 만나러 다닌다고 생각해?"

앤이 웃으며 말했다.

"아니, 해리슨 아저씨는 하먼 앤드루스 아저씨와 체커 놀이를 하러 다니는 것뿐이야. 그런데 린드 아주머니는 이자벨라 앤드루스와 틀림없이 결혼할 거래. 그래서 올봄에 이자벨라의 기분이 무척 좋은 거라고."

가엾은 에이브 아저씨는 그 기사를 보고 약간 화가 났다. 에이브 아저씨는 그 '관찰자'가 자신을 놀리는 거라고 여겼다. 에이브 아저씨는 폭풍우가 몰아칠 날짜까지 정확히 말하지 않았다고 분개했지만 아무도 믿지 않았다.

에이번리에는 평화로운 날들이 계속되었다. 개선회 회원들이 식목일 행사를 실시해 '나무 심기'가 치러졌다. 회원들은 각자 다섯 그루의 장식용 나무를 직접 심거나 남들에게 심도록 했다. 개선회 회원은 이제 40명으로 늘어나서 모두 200여 그루의 묘목을 심었다. 이른 귀리가 붉은 들판을 푸르게 물들였고 사과 과수원에는 꽃이 활짝 핀 가지가 늘어졌으며 눈의 여왕은 남편을 맞는 새 신부처럼 눈부시게 단장했다. 앤은 밤새 벚꽃 향기가 날아오도록 창문을 열어 두고 잠을 잤다. 앤은 그것이 매우 시적이라고 생각했지만 마릴라는 목숨을 건 위험한 짓이라고 여겼다.

어느 날 저녁, 현관 계단에 앉아 개구리들의 은방울처럼 달콤한 합창 소리를 듣고 있던 앤이 마릴라에게 말했다.

"추수 감사절은 봄에 있어야 해요. 모든 게 죽거나 잠드는 11월보다는 훨씬 좋을 거예요. 11월에는 감사하는 마음을 떠올려야만 하지만 5월에는 저절로 감사한 마음이 들잖아요. 살아 있다는 사실만으로도 말이에요. 곤경에 처하기 전 에덴동산의 이브도 이런 걸 느꼈을 거예요. 골짜기에 핀 저 풀은 녹색일까

353

요, 황금색일까요? 마릴라 아주머니, 꽃이 활짝 피고 바람이 순수한 기쁨에 취해 어디로 불어야 할지 모르는 이렇게 귀중한 날은 천국만큼이나 아름답게 느껴져요."

마릴라는 화가 난 표정으로 주위를 둘러보았다. 쌍둥이가 부르면 들릴 만한 곳에 있는지 확인하기 위해서였다. 바로 그때 쌍둥이가 집 모퉁이를 돌아서 다가왔다.

"꽃 냄새가 너무 좋아!"

데이비가 더러워진 손으로 괭이를 흔들며 기분 좋게 코를 킁킁거렸다. 데이비는 자기 정원에서 일하고 있었다. 그해 봄, 마릴라는 평소 진흙 속에서만 열심히 노는 데이비가 좀 더 쓸모 있는 곳에 기운을 쓸 수 있도록 데이비와 도라에게 정원으로 가꿀 수 있는 땅을 조금씩 주었다. 데이비와 도라는 정원에서 열심히 일했다. 도라는 매우 세심하고 체계적으로 씨앗을 심고 잡초를 뽑고 물을 주었다. 덕분에 도라의 땅에는 벌써 일년초 채소와 화초들이 줄을 맞춰 가지런히 자라고 있었다. 하지만 데이비는 신중함이 아니라 열정을 가지고 땅을 가꾸었다. 열심히 파고 괭이질을 하고 갈퀴로 긁고 물을 주고 옮겨 대는 바람에 씨앗이 자랄 틈이 없었다.

"정원 일은 잘되어 가니, 데이비?"

앤의 물음에 데이비가 한숨을 쉬었다.

"아니. 왜 빨리 자라지 않지? 밀티 볼터가 그러는데 내가 어두운 달밤에 심었기 때문이래. 그러면 항상 문제가 된대. 어두운 달밤에는 씨를 뿌리거나 돼지를 잡거나 머리카락을 자르는 것처럼 중요한 일을 해서는 안 된대. 그게 사실이야, 누나?"

"네가 '땅속에서' 어떻게 자라고 있는지 매일 뿌리를 잡아당기지 않는다면 잘 자랄게다."

마릴라가 핀잔을 주자 데이비가 항변했다.

"겨우 여섯 개만 뽑았단 말이에요. 그것도 뿌리에 땅벌레가 있는지 보려고요. 밀티 볼터 말로는 달 때문이 아니라면 땅벌레 때문이래요. 하지만 땅벌레는 한 마리밖에 못 찾았어요. 물기 많고 꼬불꼬불한 큰 녀석이었어요. 돌에 올려놓고 다른 돌로 꽉 눌러 버렸더니 기분 좋게 으깨지고 말았죠. 땅벌레가 더 나오지 않아 아쉬웠어요. 도라도 나랑 같이 씨앗을 심었는데 도라의 정원은 잘 자라잖아요. 그러니까 달 때문일 리가 없어요."

데이비가 시무룩하게 결론을 내렸다.

그때 앤이 말했다.

"마릴라 아주머니, 저 사과나무 좀 보세요. 꼭 사람 같아요. 긴 팔을 뻗어 분홍색 치맛자락을 우아하게 들어 올려서 우리를 유혹하는 것 같아요"

마릴라가 만족스러워하며 말했다.

"저 노란 사과나무는 유난히 열매를 많이 맺어서 좋아. 올해도 잔뜩 열릴 거야. 파이 재료로 딱인데, 다행이야."

하지만 마릴라도 앤도 그 누구도 그해에는 노란 사과로 파이를 만들 수 없었다.

5월 23일이 되었다. 그날은 예년과 다르게 너무도 더웠다. 에이번리 학교 교실에서 분수와 문법을 가르치느라 땀 흘리는 앤과 그걸 배우느라 작은 벌집처럼 모여 앉은 학생들에게는 더위가 더더욱 예민하게 느껴졌다. 오전에는 무더운 산들바람이 불었다. 하지만 오후가 되자 바람이 잦아들면서 무거운 적막이 찾아왔다. 세 시 반쯤에는 낮은 천둥소리가 들렸다. 앤은 아이들이 폭풍우가 닥치기 전에 집에 갈 수 있도록 곧바로 수업을 끝냈다.

학생들과 운동장으로 나온 앤은 해가 아직 환하게 빛나는데도 그림자와 어둠이 사방을 뒤덮은 사실을 알아차렸다.

아네타 벨이 초조해하며 앤의 손을 잡고 말했다.

"아, 선생님, 저 구름 좀 보세요!"

구름을 본 앤은 자기도 모르게 소리를 질렀다. 북서쪽 하늘에서 지금껏 본 적 없는 거대한 구름 떼가 빠른 속도로 모습을 드러내고 있었다. 새하얀 소용돌이 모양의 가장자리만 빼고는 무서울 정도로 전부 새까만 검은색이었다. 맑고 파란 하늘에 시커먼 먹구름이 모습을 드러내자 뭐라 형언할 수 없을 만큼 무시무시한 느낌이었다. 하늘에서 번개가 번쩍거리더니 사납게 으르렁거리는 소리가 뒤따랐다. 먹구름은 나무 언덕에 닿을 만큼 낮게 걸려 있었다.

하면 앤드루스 씨는 잿빛 말들이 끄는 짐마차를 전속력으로 몰아 덜커덕거리며 언덕으로 올라왔다. 앤드루스 씨는 학교 맞은편에 마차를 세우고 고함을 질렀다.

"에이브 아저씨의 일기예보가 처음으로 맞았구나, 앤. 예보한 시간보다 조금 이르기는 하지만. 저런 구름 본 적 있니? 자, 우리 집 방향으로 가는 아이들은 전부 타거라. 집까지 400미터 이상인 사람은 우체국 쪽으로 가지 않더라도 소나기가 그칠 때까지 우체국에서 기다렸다가 가도록 하고."

앤은 데이비와 도라의 손을 잡고 쌍둥이의 통통한 다리로 최대한 빨리 달려서 자작나무 길과 제비꽃 골짜기와 버드나무 연못을 지나 언덕을 빠르게 내려왔다. 초록 지붕 집에 다다르자 문 앞에서 마릴라와 마주쳤다. 마릴라는 오리와 닭을 우리로 몰아넣고 온 참이었다. 그들이 서둘러 부엌으로 들어갔을 때 강한 입김으로 촛불을 끈 것처럼 빛이 한순간에 사라졌다. 엄청난 먹구름이 태양을 뒤덮어 해 질 무렵처럼 어둠이 온 세상에 퍼졌다. 그와 동시에 요란한 천둥이 치고 눈부실 만큼 하얀 번개가 번쩍이더니 우박이 쏟아져 바깥이 온통 하얗게 변해 버렸다.

폭풍우에 부러진 나뭇가지가 집에 쿵 부딪치며 유리창이 깨지는 날카로운 소리가 들렸다. 3분 후 서쪽과 북쪽 창문이 전부 깨졌고 그 사이로 우박이 쏟아져 들어왔다. 그 바람에 마룻바닥에는 달걀만 한 돌멩이가 가득했다. 45분 동안 폭풍우는 조금도 수그러들지 않았고 에이번리의 사람들이라면 어느 누구도 잊지 못할 날씨였다. 마릴라는 난생처음 당하는 공포에 평정심을 잃고 부엌 한구석에 놓인 흔들의자 옆에 꿇어앉아 귀가 먹먹해지는 천둥소리 사이로 숨을 헐떡이며 흐느꼈다. 얼굴이 백지장처럼 하얗게 질린 앤은 소파를 창가에서 끌어다 놓고 쌍둥이를 양쪽에 끼고 앉았다. 데이비는 처음 천둥소리가 들리자 울부짖었다.

"앤 누나, 앤 누나, 최후 심판의 날이 온 거야? 누나, 누나, 일부러 나쁜 짓을 한 건 아니야."

그러더니 데이비는 작은 몸을 떨며 앤의 무릎에 얼굴을 묻었다. 도라는 얼굴은 창백했지만 매우 침착하게 앤의 손을 꼭 잡고 옆에 앉아 있었다. 도라는 지진이 일어나도 불안해하지 않을 것 같았다.

이윽고 갑작스럽게 왔던 폭풍우는 역시 갑작스럽게 멈추었다. 우박도 그치고 천둥도 그르릉거리며 동쪽으로 물러가더니 해가 갑자기 쨍하고 나타났다. 45분 사이에 그렇게 세상이 완전히 변할 수 있다니, 도저히 믿어지지 않았다.

마릴라는 힘없이 몸을 떨며 일어나 흔들의자에 주저앉았다. 얼굴이 몹시 초췌해져서 십 년은 더 늙어 보였다.

마릴라가 진지하게 물었다.

"우리 모두 살아남은 게냐?"

데이비가 원래 모습으로 돌아와 명랑하게 답했다.

"당연히 살아남았어요. 하나도 안 무서웠어요. 처음에만 조금 무서웠고요. 폭풍우가 너무 갑자기 닥쳤잖아요. 월요일에 테디 슬론과 싸우기로 했는데 곧바로 마음을 바꿨어요. 하지만 다시 싸울지도 모르겠어요. 도라, 넌 무서웠니?"

도라가 새침하게 말했다.

"응, 조금. 하지만 앤 언니 손을 꼭 잡고 계속 기도했어."

"나도 생각났다면 기도했을 거야."

데이비가 의기양양하게 덧붙였다.

"하지만 기도도 안 했는데 너처럼 멀쩡하잖아."

앤은 마릴라에게 독한 포도주 한잔을 가져다주었다. 앤은 그 포도주가 얼마나 독한지 알 만한 일을 어린 시절에 겪은 터였다. 그런 다음 앤과 마릴라는 문밖으로 나가 낯설게 변한 풍경을 바라보았다.

우박이 하얀 카펫처럼 무릎에 닿을 만큼 깊게 온 세상을 뒤덮었고, 처마와 계단에도 잔뜩 쌓여 있었다. 3, 4일 후 우박이 녹자 얼마나 큰 피해를 입었는지 확연히 드러났다. 들판이고 정원이고 초록색으로 자라나던 것들이 전부 다 잘려 나갔다. 사과나무는 꽃이 떨어졌을 뿐만 아니라 커다란 나뭇가지까지 부러졌다. 개선회 회원들이 심은 나무 200그루 중 대부분이 꺾이거나 가리가리 망가졌다.

앤이 어리둥절해하며 물었다.

"이게 한 시간 전하고 똑같은 세상인가요? 이만큼 엄청난 피해를 끼치려면 더 많은 시간이 걸려야 하는 게 아닌가요?"

"프린스에드워드 섬에서 이런 일은 한 번도 없었어. 내가 어릴 때 심한 폭풍우가 친 적은 있지만 이것에 비하면 아무것도 아니었지. 조금 있으면 엄청난 피해를 입었다는 소식이 들려올 게다."

"폭풍우를 피하지 못한 아이들이 없어야 할 텐데."

앤이 불안해하며 중얼거렸다. 나중에 아이들은 모두 무사하다고 밝혀졌다. 집이 먼 아이들은 앤드루스의 훌륭한 조언대로 우체국에서 몸을 피한 덕분이었다.

"저기 존 헨리 카터가 오는구나."

마릴라의 말처럼 존 헨리 카터가 약간 겁에 질린 웃음을 지으며 우박을 헤치고 걸어왔다.

"정말 끔찍하지요, 커스버트 아주머니? 해리슨 씨가 다들 무사한지 보고 오라고 하셔서요."

"죽은 사람도 없고 벼락 맞은 건물도 없어. 그쪽도 무사했으면 좋겠는데."

마릴라가 엄숙하게 말했다.

"별로 무사하지가 못해요, 아주머니. 벼락을 맞았거든요. 벼락이 부엌 초인종을 타고 굴뚝으로 내려와서 진저의 새장에 맞고는 마룻바닥에 구멍을 내고 지하실로 빠져 나갔어요."

"진저가 다쳤어?"

앤이 물었다.

"네, 심하게 다쳐서 죽었어요."

나중에 앤은 해리슨 씨를 위로하러 찾아갔다. 해리슨 씨는 테이블 옆에 앉아 떨리는 손으로 죽은 진저를 쓰다듬고 있었다.

"불쌍한 진저는 이제 너한테 욕도 못하겠구나, 앤."

슬픔에 잠긴 해리슨 씨가 말했다.

앤은 자기가 진저 때문에 울 거라고 상상조차 해본 적이 없지만 눈에 눈물이 맺혔다.

"진저는 내 유일한 친구였어, 앤. 그런데 이제 죽었어. 어휴, 이렇게나 마음을 쓰다니, 늙은 바보가 따로 없구나. 아무렇지 않은 척해야겠지. 앤, 내가 말을 멈추는 순간 네가 위로의 말을 해줄 거라는 걸 안다. 하지만 그러지 마라. 난 어린애처럼 울고 말 거야. 정말 끔찍한 폭풍우였지? 이제 사람들이 에이브 씨의 일기예보를 비웃지 못할 것 같구나. 에이브 씨가 평생 예측했지만 일어나지는 않았던 폭풍우가 한꺼번에 일어난 것 같지 뭐냐. 날짜까지 정확히 맞추다니, 안 그러냐? 여기 난장판이 된 걸 좀 봐라. 구멍 난 마룻바닥에 붙일 널빤지를 찾아봐야겠다."

에이번리 사람들은 다음 날 모든 일을 제쳐 두고 다른 사람들을 찾아가 피해 상황을 살폈다. 길에 쌓인 우박 때문에 마차가 지날 수 없어 걷거나 말을 타고 다녀야 했다. 전역에서 나쁜 소식이 담긴 편지가 빗발치는 바람에 우편 배달도 늦어졌다. 집은 벼락에 맞아 부서지고 사람들이 죽고 다쳤다. 전화와 전보망도 두절된 곳이 많았고 들판의 어린 가축들은 전부 죽음을 당했다.

에이브 아저씨는 아침 일찍부터 대장간에 나가 하루 종일 있었다. 그곳에서 그는 승리의 시간을 마음껏 즐길 수 있었다. 폭풍우가 닥친 것을 기뻐한 건 아니지만 폭풍우가 몰아칠 날짜까지 정확히 맞혔다는 사실은 은근히 만족스러웠다. 그 스스로 날짜를 정확히 말하지 않았다고 부인했다는 사실도 잊어버렸다. 시간이 조금 맞지 않은 것은 아무것도 아니었으니까.

저녁에 길버트가 초록 지붕 집에 찾아왔을 때 마릴라와 앤은 깨진 유리창에 기름 먹인 천을 못으로 박느라고 바빴다.

마릴라가 말했다.

"언제 유리를 구할 수 있을지 모른다는구나. 배리 씨가 오늘 오후에 카모디에 나가서 알아봤지만 판유리 한 장도 구할 수가 없대. 로슨과 블레어 상점에는 카모디 사람들이 다 사가서 아침 열 시쯤에 떨어졌고. 길버트, 화이트샌즈도 폭풍우가 심했니?"

"네. 전 아이들과 학교에 갇혀 있었는데 몇 명이 경기를 일으킬 정도로 겁에 질렸어요. 세 명은 기절했고 여학생 두 명은 발작을 일으켰고 토미 블루엣은 쉬지 않고 새된 비명을 질러 댔어요."

"난 딱 한 번밖에 안 질렀는데."

데이비가 자랑스럽게 말하다가 갑자기 슬퍼하며 덧붙였다.

"내 정원이 다 망가져 버렸어. 하지만 도라 정원도 마찬가지
야."

앤이 서쪽 지붕 방에서 달려왔다.

"아, 길버트, 소식 들었니? 레비 볼터 아저씨네 낡은 집이 벼
락에 맞아서 다 타버렸대. 심한 피해를 본 건데, 그 소식에 기
뻐하다니 난 참 못된 것 같아. 볼터 아저씨는 개선회가 마법을
써서 일부러 폭풍우를 일으킨 거라고 해."

길버트가 웃음을 터뜨리며 말했다.

"그래도 한 가지는 확실해. '관찰자'가 에이브 아저씨를 일기
예보가로 유명하게 만들었다는 거지. '에이브 아저씨의 폭풍우'
는 이 지방의 전설로 전해질 거야. 우리가 고른 날에 폭풍우가
오다니 대단한 우연의 일치야. 내가 정말 '마법'을 부려서 폭풍
우를 몰고 온 것처럼 죄책감까지 든다니까. 그 낡은 집이 없어
진 건 기뻐해도 될 거야. 우리가 심은 묘목들이 사라진 건 전혀
기뻐할 일이 아니지만. 열 그루도 남지 않았어."

앤이 그윽한 눈빛으로 말했다.

"아, 그럼 내년 봄에 다시 심으면 돼. 세상에 좋은 게 딱 하나
있어. 그건 앞으로도 계속 봄이 온다는 거야."

# 25

# 에이번리의 떠들썩한 사건

에이브 아저씨가 예보한 폭풍우가 있은 지 2주일이 지난 어느 화창한 6월의 아침, 앤은 엉망이 된 수선화 두 송이를 들고 정원에서 초록 지붕 집 마당으로 천천히 걸어갔다.

"이것 좀 보세요, 마릴라 아주머니."

앤이 무뚝뚝한 마릴라의 눈앞에 꽃을 내밀며 슬프게 말했다. 마릴라는 초록색 체크무늬 앞치마에 머리를 두건으로 감싸고 깃털 뽑힌 닭을 들고 집 안으로 들어가던 중이었다.

"이게 폭풍우에서 살아남은 유일한 꽃봉오리인데 이것마저도 엉망이 됐어요. 정말 슬퍼요. 매슈 아저씨의 무덤에 가져가려고 했는데. 매슈 아저씨는 6월의 백합을 좋아하셨잖아요."

마릴라도 인정했다.

"나도 좀 아쉽구나. 나쁜 일들이 워낙 많아서 그런 걸로 슬퍼한다는 게 맞지 않는 것 같지만 말이다. 과일도 그렇고 곡식이 전부 피해를 입었잖니."

앤이 위로하듯 말했다.

"하지만 사람들은 다시 귀리를 심었어요. 해리슨 아저씨가 그러시는데 여름 날씨만 좋으면 좀 늦게라도 거둘 수 있대요. 제 일년초 화초들도 다시 나오고 있어요. 아, 하지만 그 무엇도 6월의 백합을 대신할 순 없어요. 가여운 헤스터 그레이도 아무 것도 받지 못할 거예요. 어젯밤에 헤스터의 정원에 갔는데 하나도 남지 않았더라고요. 분명 헤스터는 백합을 그리워할 거예요."

마릴라가 엄한 목소리로 말했다.

"앤, 그건 도무지 맞지 않는 소리 같구나. 헤스터 그레이는 죽은 지 30년이나 됐고 바라건대 영혼은 천국에 있을 거다."

"그래요. 하지만 전 헤스터가 아직도 이곳의 정원을 사랑하고 기억할 거라고 믿어요. 전 천국에서 아무리 오래 살아도 세상을 내려다보며 제 무덤에 꽃을 놓아두는 사람을 지켜볼 거예요. 저에게 헤스터 그레이의 정원 같은 곳이 있다면 아무리 천국에 있더라도 이따금씩 느껴지는 향수를 잊는 데 30년은 더 걸릴 거예요."

"쌍둥이 앞에서는 그런 소리 하지 마라."

마릴라가 닭을 들고 집 안으로 들어가면서 온건하게 한 소리 했다.

앤은 수선화를 머리에 꽂고 샛길 입구로 가서 토요일 아침에 해야 할 일들을 시작하기 전에 6월의 햇살을 받으며 한동안 서 있었다. 세상은 다시금 아름다워지고 있었다. 자연은 폭풍우의 흔적을 지우기 위해 최선을 다하고 있었다. 비록 몇 달 동안 완전히 지워지지는 않을 테지만 그래도 자연은 놀라운 일들을 해내고 있었다.

앤이 버드나무 가지에 앉아 노래하는 파랑새에게 말했다.

"오늘은 하루 종일 빈둥거렸으면 좋겠어. 하지만 새야, 쌍둥이까지 돌봐야 하는 학교 선생님이 게으름을 피울 순 없지. 네 노랫소리는 정말 예쁘구나, 작은 새야. 넌 나보다 더 내 마음을 노래로 잘 표현해 주는구나. 아, 누가 오는 거지?"

앞좌석에 두 사람을 태우고 뒤에는 커다란 트렁크를 실은 특급 마차가 샛길로 덜컹거리며 달려오고 있었다. 마차가 가까워지자 앤은 마부가 브라이트 강 역의 역장 아들이라는 걸 알아보았다. 하지만 옆에 있는 사람은 모르는 여자였는데 말이 완전히 멈추기도 전에 재빨리 샛길 입구로 뛰어내렸다. 오십대로 보이는 그녀는 작은 체구의 대단한 미인으로 발그레한 볼에 반짝이는 검

은색 눈, 꽃과 깃털로 장식된 멋진 모자를 쓰고 있었다. 먼지가
날리는 길을 8마일이나 마차로 달려왔는데도 매우 단정한 차림
새였다.

"여기가 제임스 A. 해리슨 씨 댁인가요?"

여자가 거침없이 물었다.

"아뇨. 해리슨 씨 댁은 저쪽이에요."

깜짝 놀란 나머지 멍해진 앤이 대답했다.

"어쩐지 집이 너무 깔끔하더라니. 제임스가 살기에는 지나치
게 깔끔하지. 내가 알던 제임스가 크게 변한 게 아니라면. 제임
스가 이 마을에 사는 어떤 여자와 결혼하는 게 사실인가요?"

"아뇨, 아니에요."

앤이 죄라도 지은 것처럼 얼굴을 붉히며 소리쳤다. 그러자 낯
선 여인은 혹시 앤이 소문의 그 여자가 아닌가 싶어 호기심 어
린 눈길로 바라보았다.

"이 섬 신문에서 봤어요. 친구가 표시까지 해서 신문을 보내
줬거든요. 친구라면 기꺼이 그런 일들을 해주잖아요. '새롭게
등장한 시민'이라는 기사에는 제임스의 이름이 함께 적혀 있더
군요."

아름다운 여인은 자신의 뜻을 굽힐 생각이 없는 듯 보였다.

"아, 그 기사는 장난이었어요. 해리슨 아저씨는 그 누구와도
결혼할 마음이 없으세요. 확실해요."

앤이 숨도 제대로 쉬지 못한 채 말했다.

"그거 다행이네요."

볼이 발그레한 여인이 재빨리 다시 마차에 올라앉으며 말했다.

"제임스는 이미 결혼을 했거든요. 내가 바로 제임스의 아내예요. 아, 그렇게 놀라는 게 당연해요. 그이가 독신인 척하면서 여기저기 여자들을 울렸나 보군요."

여인은 들판 너머에 있는 기다란 하얀 집을 보면서 힘차게 고개를 끄덕였다.

"이런, 이런, 제임스! 이제 재미 보는 일도 끝났어. 내가 왔으니까. 당신이 못된 짓을 꾸밀 거라는 생각만 안 했어도 내가 굳이 여기까지 오진 않았겠지."

여인은 앤을 돌아보더니 말을 이었다.

"제임스의 앵무새, 여전히 욕을 잘하나요?"

"앵무새는…… 죽었어요. 아마도요……."

그 순간 앤은 자기 이름도 생각나지 않을 정도였기 때문에 가엾게도 숨을 헐떡이며 말했다.

"죽었다고요! 그렇다면 잘됐군. 그 새가 없다면 내가 제임스를 관리할 수 있을 테니까."

얼굴이 발그레한 여인이 기뻐하며 소리쳤다.

여인은 알 수 없는 말과 함께 신이 나서 가버렸고 앤은 마릴라가 있는 부엌문으로 달려갔다.

"앤, 저 여자는 누구냐?"

"마릴라 아주머니, 제가 미친 것처럼 보여요?"

앤이 진지하지만 눈을 마구 껌벅이며 물었다.

"평소보다 특별히 그렇진 않은데."

마릴라가 비꼬려는 생각 없이 대답했다.

"그럼 제가 꿈을 꾸고 있는 것처럼 보이세요?"

"앤, 무슨 뚱딴지같은 소리를 하는 게냐? 아까 그 여자는 누구냐고?"

"마릴라 아주머니, 제가 미친 것도 아니고 꿈을 꾸고 있는 것도 아니라면 아까 그 여자는 진짜인 거예요. 어쨌든 그렇게 생긴 모자가 꿈에 나올 리도 없을 테고. 그 여자가 그러는데 해리슨 아저씨의 아내래요."

마릴라가 앤을 빤히 쳐다보았다.

"해리슨 씨의 아내라고! 앤 셜리! 그럼 해리슨 씨가 지금까지 총각 행세를 했단 말이냐?"

앤이 공정해지려고 애쓰며 말했다.

"사실 해리슨 씨가 총각 행세를 한 건 아니에요. 해리슨 아저씨는 결혼하지 않았다고 말한 적이 없잖아요. 사람들이 당연히 그렇겠거니 한 것뿐이죠. 아, 마릴라 아주머니, 린드 아주머니가 알면 뭐라고 할까요?"

그날 저녁 린드 부인이 왔고 앤과 마릴라는 린드 부인의 생각이 어떤지 알 수 있었다. 린드 부인은 전혀 놀라지 않았다! 처음부터 그런 일이 있을 거라고 짐작했다고 했다! 린드 부인은 해리슨 씨에게 뭔가 있을 것이라고 항상 생각했다는 것이다!

린드 부인이 분개하며 말했다.

"해리슨 씨가 아내를 버렸다니! 그건 미국에서나 있을 법한 일이야. 에이번리에서 어떻게 그런 일을 상상할 수 있겠니!"

"하지만 해리슨 씨가 아내를 버린 건지는 확실히 모르잖아요. 아직은 아는 게 아무것도 없어요."

앤이 반박했다. 사실이 밝혀지기 전까지는 친구인 해리슨 씨를 믿고 싶었다.

뭐든지 확실히 알고 봐야 직성이 풀리는 린드 부인이 말했다.

"곧 알게 되겠지. 내가 지금 당장 가봐야겠구나. 난 그 여자가 왔다는 걸 모른 척할 거고, 해리슨 씨가 오늘 카모디에서 토마스의 약을 가져다주기로 했으니까 좋은 핑곗거리가 되겠지. 내가 어떻게 된 일인지 샅샅이 알아보고 오는 길에 들러서 얘기해 줄게."

린드 부인은 앤이 선뜻 가기 두려워하는 길로 재빨리 달려갔다. 앤은 어떤 일로도 해리슨 씨네 집에 가볼 수가 없었다. 하지만 앤도 당연히 호기심이 있던 터라 린드 부인이 수수께끼를 풀어 준다는 사실이 내심 기뻤다. 앤과 마릴라는 린드 부인이 돌아오기를 기다렸지만 허사였다. 린드 부인은 그날 밤 초록 지붕 집으로 다시 오지 않았다. 아홉 시에 볼터네 집에서 돌아온 데이비가 그 이유를 말했다.

"린드 골짜기에서 린드 아주머니와 모르는 아주머니를 만났어요. 와! 두 사람이 동시에 말하고 있었어요! 린드 아주머니가 오늘은 너무 늦어서 올 수 없다고 전해 달래요. 앤 누나, 나 배고파. 밀티네 집에서 네 시에 차를 마셨는데 밀티네 엄마는 정말 너무해. 과일 절임도 안 주고 케이크도 안 줬어. 빵도 우웩이었어."

앤이 진지하게 일렀다.

"데이비, 남의 집에 가서 먹은 음식에 대해 나쁜 말을 하면 안 돼. 그건 아주 예의 없는 행동이야."

데이비가 명랑하게 말했다.

"알았어⋯⋯. 그럼 속으로만 생각할게. 저녁 좀 줘, 누나."

앤은 뒤따라 식품 저장실로 들어와서 조심스럽게 문을 닫는 마릴라를 쳐다보았다.

"앤, 데이비한테 빵에다 잼을 얹어서 줘라. 레비 볼터네 차 대접이 어떤지 나도 잘 아니까."

데이비는 한숨을 쉬며 빵과 잼을 받더니 말했다.

"세상은 정말 별로예요. 밀티한테 고양이가 있는데 3주 동안 날마다 발작을 했대요. 밀티가 그러는데 그 모습이 아주 재미있대요. 그걸 보려고 일부러 놀러 간 거였어요. 밀티하고 오후 내내 지켜보면서 기다렸는데, 그 늙은 고양이는 발작도 안 하고 계속 멀쩡하게 있지 뭐예요. 하지만 뭐 상관없어요."

데이비는 자두잼 덕분에 위안을 얻어 기분이 좋아졌다.

"언젠가는 볼 수 있을 거예요. 발작을 일으키는 습관이 갑자기 없어지지는 않잖아요. 그렇죠? 이 잼은 진짜 맛있어요."

데이비에게는 자두잼으로 치료될 수 없는 슬픔이 없었다.

일요일에는 비가 많이 내려서 소문이 나지 않았다. 하지만 월요일이 되자 해리슨 씨의 사연이 모든 사람의 귀에 들어갔다. 학교 역시 그 문제로 떠들썩해서 집으로 돌아온 데이비도 이런저런 이야기를 잔뜩 풀어놓았다.

"마릴라 아주머니, 해리슨 씨한테 새 부인이 생겼어요. 정확히 새 부인은 아니지만요. 밀티가 그러는데 한동안 결혼을 그만뒀대요. 난 한 번 결혼하면 계속 결혼 상태인 줄 알았는데. 하지만 밀티 말은 아니래요. 결혼한 사이라도 싫으면 그만둘 수 있대요. 하나는 그냥 아내를 내버려두고 떠나는 건데 해리슨 씨가 그렇게 했대요. 밀티는 부인이 딱딱한 물건을 던져서 아저씨가 떠난 거라고 했고 아티 슬론은 부인이 담배를 못 피우게 해서 그런 거래요. 네드 클레이는 부인이 잔소리를 계속했기 때문이라고 하고요. 난 그런 이유로 내 부인을 떠나지 않을 거예요. 난 단호하게 말할 거예요. '데이비 부인, 내가 시키는 대로 해. 난 남자니까.' 그러면 곧바로 아내가 얌전해질 거예요. 하지만 아네타 클레이는 해리슨 아저씨가 문 앞에서 장화 흙을 털지 않아서 아내가 떠났대요. 자기도 그럴 만한 일이라고 생각한대요. 지금 바로 가서 해리슨 씨 부인이 어떻게 생겼는지 보고 올게요."

잠시 후 데이비가 약간 실망한 얼굴로 돌아왔다.

"해리슨 아저씨의 부인은 집에 없었어요. 응접실 벽지를 사러 레이철 린드 아주머니랑 카모디에 갔대요. 그리고 아저씨가 누나한테 할 말이 있다고 와 달라고 했어요. 근데 마룻바닥도 닦여 있고 해리슨 아저씨도 면도를 했어요. 어제는 설교 듣는 날도 아니었는데."

앤이 가보니 해리슨 씨네 부엌은 평소와 완전히 달라져 있었다. 마룻바닥은 놀라울 정도로 깨끗하게 닦여 있었고 가구들도 마찬가지였다. 난로는 얼굴이 비칠 정도로 광이 났고 벽은 하얗게 칠해져 있었으며 유리창은 햇빛에 반짝였다. 탁자 옆에는 작업복을 입은 해리슨 씨가 앉아 있었다. 금요일이면 여기저기 찢어지고 너덜너덜해졌던 작업복이 말끔하게 수선되어 솔질까지 되어 있었다. 해리슨 씨는 말끔하게 면도하고 얼마 되지 않는 머리도 단정하게 빗어 올린 모습이었다.

해리슨 씨는 에이번리 사람들이 장례식에서 하는 말보다 더 가라앉은 목소리로 말했다.

"앉거라, 앤. 앉아. 에밀리는 레이철 린드하고 카모디에 갔

373

어. 벌써 린드 부인하고 평생 친구가 됐지 뭐냐. 여자들은 정말 알다가도 모르겠구나. 앤, 이제 난 편한 시절이 다 끝났구나. 이제 남은 세월 동안 깔끔하고 단정하게 하고 살아야겠지."

해리슨 씨는 슬프게 말하려고 애쓰는 것 같았지만 오히려 눈에는 기쁨이 엿보였다.

앤이 해리슨 씨를 향해 손가락을 흔들며 소리쳤다.

"아저씨, 부인이 돌아와서 기쁘시죠? 안 그런 척하지 않으셔도 돼요. 얼굴에 다 쓰여 있으니까요."

해리슨 씨가 멋쩍게 웃으며 수긍했다.

"그야 뭐…… 익숙해지고 있단다. 에밀리를 보고 유감스러웠다고는 말할 수 없지. 이런 마을에서 살려면 남자한테는 보호막이 필요하니까. 이웃하고 체커 놀이만 해도 그 집 여동생이랑 결혼할 거라는 소문이 신문에까지 나니까."

앤이 정색하고 말했다.

"아저씨가 결혼하지 않은 척하셨으니까 이자벨라 앤드루스를 만나러 다니는 거라고 소문이 난 거죠."

"결혼하지 않은 척한 게 아니야. 누가 나한테 결혼했냐고 물어봤다면 했다고 대답했을 게다. 사람들이 당연히 내가 결혼을 안 했다고 생각한 거지. 하지만 굳이 그 일에 대해서 말하고 싶진 않았어. 마음 아픈 일이었거든. 게다가 아내가 날 떠났다는 걸 린드 부인이 알았다면 엄청 화젯거리가 됐겠지. 안 그러냐?"

"하지만 아저씨가 부인을 버렸다고 오해하는 사람들도 있어요."

"아내가 떠난 거야, 앤. 어떻게 된 일인지 전부 다 얘기해 주마. 네가 나나 에밀리를 사실보다 나쁘게 생각하는 건 싫으니까. 베란다로 나가자꾸나. 이 안은 너무 깨끗해서 나 혼자 살던 집이 그리워질 정도거든. 조금만 지나면 익숙해지겠지만 아직 청소하지 않은 마당을 보고 있으면 편해지지. 에밀리가 시간이 없어서 아직 마당 청소는 하지 않았거든."

베란다로 나가 편안하게 앉자 해리슨 씨가 자신의 슬픈 이야기를 시작했다.

"앤, 난 여기로 이사 오기 전에 뉴브런즈윅의 스코츠퍼드에서 살았단다. 누님이 집안 살림을 하면서 날 편하게 해줬어. 에밀리는 누님이 별로 깔끔하지 못해서 날 그냥 내버려둔 탓에 내 버릇이 나빠졌다고 말하지. 누님은 3년 전에 돌아가셨어. 죽기 전 누님은 내 걱정을 하면서 결혼하겠다고 약속하라고 했지. 에밀리 스콧하고 결혼하라고. 재산도 있는 데다 집안 살림도 깔끔하게 한다면서 말이야. 에밀리 스콧은 날 쳐다보지도 않을 거라고 했지만 누님은 일단 청혼을 해보라고 하더구나. 난 누님을 안심시키려고 그러겠다고 약속했어. 그리고 정말로 에밀리한테 청혼을 했는데 받아들인 거야. 앤, 평생 그렇게 놀란 적은 없었단다. 똑똑하고 예쁜 여자가 나처럼 늙은 남자와 결혼해 주겠다니 말이야. 난 처음에 행운이라고 생각했어. 우리린 결혼을 했고 세인트존으로 2주일 동안 신혼여행을 다녀왔어. 집에 밤 10시에 도착했는데, 앤, 글쎄 도착한 지 30분 만에에밀리가 청소를 하기 시작하지 뭐냐. 아, 넌 그럴 만했다고 생각하는구나. 앤, 넌 표정이 풍부해서 무슨 생각을 하는지 얼굴에 그대로 다 나타나거든. 하지만 집이 그렇게 지저분한 건 아니었어. 물론 혼자 살면서 좀 뒤죽박죽이긴 했다만 결혼하기전에 청소부를 불러 청소를 했거든. 페인트칠이랑 수리도 전부했고. 하지만 에밀리는 새로 지은 하얀 대리석 궁전에 가도 헌옷을 손에 넣자마자 걸레질을 할 거다. 첫날 새벽 1시까지 청소를 하더니 4시에 일어나서 다시 시작하는 거야. 그 후로 계속 그랬어. 멈추지 않았지. 일요일만 빼고 박박 쓸고 닦고 먼지털고. 그러고도 다시 청소할 수 있는 월요일만 목이 빠져라 기다렸지. 하지만 에밀리는 청소하는 것에서 즐거움을 얻었고 나역시 에밀리가 날 그냥 내버려두었다면 그러려니 하고 감수했을 거야. 하지만 에밀리는 그러지 않았지. 나까지 고치려고 들었어. 내가 어린애도 아니고. 난 문가에서 장화를 슬리퍼로 갈아 신지 않으면 집 안에 들어갈 수 없었어. 헛간이 아니면 감히담배를 피울 생각조차 못했고. 그리고 난 정확한 문법을 써서말하는 편이 아니었어. 젊었을 때 학교 선생님이었던 에밀리는절대로 그냥 지나치는 법이 없었지. 그리고 내가 칼로 음식을 집어먹는 걸 싫어했어. 그렇게 늘 잘못된 걸 집어내고 잔소리가 끝도 없었단다. 하지만 앤, 솔직히 말하자면 나도 좀 성미가 고약하긴 했어. 고치려고 노력할 수도 있었는데 그러지 않았거든. 에밀리가 지적할 때마다 그저 화만 내고 나쁘게만 생각했으니까. 어느 날은 내가 청혼할 때는 문법에 대해 불평하지 않더니 왜 그러냐고도 했지. 썩 눈치 있는 말은 아니었어. 여자란 결혼할 때는 그렇게 좋아하더니란 말을 듣느니 남편이 때린 일을 더 쉽게 용서하는 법이거든. 우린 그렇게 이런저런 일로 다투면서 지냈어. 특별히 즐겁진 않았지만 진저만 없었더라도 서로에게 익숙해졌을 거야. 우리가 헤어진 건 진저 때문이었어. 에밀리는 앵무새를 싫어했고 툭하면 욕을 내뱉는 진저의 입버릇을 못 견뎌 했어. 하지만 선원이었던 남동생 때문에 진저는 나에게 특별한 새였어. 어렸을 때 내가 참 귀여워했던 동생이었거든. 그런 동생이 죽어 가면서 나한테 진저를 보내 줬던 거야. 난 진저가 하는 욕에 그렇게 신경 쓴다는 게 이해되지 않았어. 물론 나도 사람이 불경스러운 욕을 해대는 건 싫지만 앵무새가 하는 욕은 그저 뜻도 모르면서 들은 말을 되풀이하는 것뿐이잖아. 내가 중국어를 하나도 모르는 것처럼 말이야. 하지만 에밀리는 그런 식으로 생각하지 않았어. 여자들은 논리적이지 않아. 에밀리는 진저가 욕을 못하게 하려고 했지만 별 소용이 없었어. 나한테 '알겠다'나 '거시기' 같은 말을 못 쓰게 하는 것만큼 말이지. 아니, 그럴수록 진저도 나도 더 고약해졌어. 어쨌든 계속 그런 식이었어. 우리 둘 다 점점 신경질적으로 변했고, 어느 날 결정적인 사건이 터졌지. 에밀리가 우리 교구의 목사님과 사모님을 초대해서 차를 마시기로 한 거야. 마침 손님으로 와 있던 다른 목사님 내외도 같이 오기로 했어. 난 사람들이 진저의 욕설을 듣지 못하도록 다른 곳에 치워 두겠다고 약속했단다. 에밀리는 몇 미터나 되는 장대로도 진저의 새장은 절대로 만지려고 하지 않았거든. 어쨌든 나도 목사님들이 우리집에서 불경한 말을 듣는 건 싫었으니까 꼭 진저를 치워 둘 생각이었어. 그런데 깜빡 잊고 만 거야. 와이셔츠 칼라가 깨끗해야 하고 제대로 된 문법을 써야 한다면서 에밀리가 야단을 떨며 걱정하는 통에…… 모두들 차를 마시려고 자리에 앉을 때까지 앵무새에 대해선 생각조차 못한 거야. 우리 교구 목사님이 감사 기도를 하는 도중에 식당 창문 바깥 유리창에 있던 진저가 목청을 높였어. 마당에 칠면조가 나타났는데 진저는 칠면조만 보면 욕을 해댔거든. 게다가 그때는 평소보다 더 심하게 욕을 한 거야. 그래, 앤, 웃음이 나올 게다. 나도 그 후로 그 일을 생각하면서 웃기도 했거든. 하지만 그 당시에는 나도 에밀리만큼이나 수치심을 느꼈어. 내가 나가서 진저를 헛간으로 옮겼고 식사도 제대로 할 수 없었지. 에밀리의 표정을 보고 나와 진저에게 사단이 날 거라는 걸 알 수 있었어. 손님들이 떠나고 소 방목장으로 가면서 생각을 좀 해봤어. 에밀리한테 미안한 마음이 들었고 내가 에밀리 생각을 해주지 않았다는 걸 깨달았어. 게다가 목사님들이 진저가 나한테서 욕을 배웠다고 생각하면 어쩌나 싶기도 했지. 그래서 진저를 처분하기로 결심했어. 소 떼를 몰고 와서 집 안으로 들어가 보니 에밀리는 없고 테이블에 편지만 남아 있더구나. 소설 속 이야기처럼 말이야. 에밀리는 편지에다 자기와 진저 둘 중에 하나만 선택하라고 쓰고선 내가 진저를 없애 버리고 찾아올 때까지 자기 집에 가 있겠다고 했단다. 앤, 난 무척 화가 났어. 그래서 진저를 없애 버릴 날까지 거기 있을 거라면 영원히 있어야 할 거라고 했지. 그리고 에밀리의 짐을 전부 싸서 보낸 거야. 그 일로 사람들이 엄청나게 수군댔어. 스코츠퍼드도 에이번리만큼 뒷말이 많은 동네거든. 다들 에밀리를 동정했지. 그게 날 더 짜증 나고 괴팍하게 만들었어. 거길 벗어나지 않으면 조용하게 살지 못할 거라는 생각이 드는 거야. 그래서 이 섬으로 이사하기로 마음먹었지. 난 어릴 때 이곳에 와본 적이 있었고 이곳을 좋아했지만 에밀리는 해가 진 후에 밖에 나갔다가 벼랑에서 떨어질지도 모르는 곳에서는 살고 싶지 않다고 했어. 그래서 일부러 여기로 이사 온 거야. 그 후로 에밀리한테서는 소식이 없었고 소문도 듣지 못했어. 그런데 토요일에 뒷밭에서 돌아와 보니 에밀리가 마룻바닥을 닦고 있었고 그녀가 떠난 후로는 구경도 해보지 못한 맛있는 점심 식사가 차려져 있더구나. 에밀리는 먼저 먹고 나서 얘기하자고 했어. 얘기를 나눠 보니 에밀리는 그동안 남편하고 사는 법에 대해서 많은 교훈을 얻은 것처럼 보이더구나. 진저도 죽고 생각보다 섬도 크다면서 에밀리는 계속 여기에서 지내기로 했어. 저기 에밀리와 린드 부인이 오는구나. 아니, 가지 마라, 앤. 에밀리하고 인사나 나누렴. 에밀리가 토요일에 너를 보고 꽤 인상이 깊었던 모양이야. 옆집 사는 예쁜 빨간 머리 아가씨가 누군지 궁금해하고 있단다."

해리슨 부인은 환한 얼굴로 앤을 반겼고, 앤에게 한사코 차를 마시고 가라고 권했다.

"제임스가 아가씨에 대한 얘기를 다 해줬어요. 케이크도 만들어 주고 얼마나 친절하게 대해 줬는지 말이에요. 난 얼른 이웃들을 전부 만나 보고 싶어요. 린드 부인은 정말 좋은 분이죠? 어찌나 친절한지."

달콤한 6월의 해 질 녘, 집으로 돌아가는 앤을 해리슨 부인이 반짝이는 반딧불이 비춰 주는 들판을 가로질러 배웅해 주었다.

"제임스가 우리 얘기를 해주었죠?"

해리슨 부인이 터놓고 이야기했다.

"네."

"그렇다면 내가 말할 필요는 없겠네요. 제임스는 거짓말을 못하는 성격이니까요. 제임스에게만 잘못이 있는 건 절대로 아니랍니다. 이제야 그걸 깨달았어요. 집을 나간 지 한 시간도 안 되어 내가 너무 성급했다는 생각이 들었지만 굽히고 들어갈 순 없었죠. 지금 보니 내가 남자한테 너무 많은 걸 기대한 것 같아요. 문법 좀 틀렸다고 나무라다니, 내가 정말 어리석었어요. 가장 역할을 잘 해내는 데다 식품 저장실을 들락거리며 일주일에 설탕을 얼마나 쓰는지 감시하는 남자가 아니라면 그런 것쯤은 문제 되지 않는데 말이에요. 이제 제임스와 난 정말로 행복할 수 있을 것 같아요. 그나저나 '관찰자'가 누군지 알면 좋을 텐데. 감사 인사를 하고 싶거든요. 정말 큰 빚을 졌잖아요."

앤이 입을 열지 않은 탓에 해리슨 부인은 자기가 바로 그 장본인에게 감사 인사를 하고 있다는 사실을 알지 못했다. 앤은 어리석은 '기사들'이 생각지도 못한 결과를 가져왔다는 사실이 당황스러웠다. 한 남자는 아내와 화해를 했고 일기예보가의 명성까지 만들어 주었으니까.

린드 부인은 초록 지붕 집 부엌에 있었다. 마릴라에게 모든 이야기를 들려주던 중이었다.

"해리슨 부인은 어떻더냐?"

마릴라가 앤에게 물었다.

"무척 마음에 들어요. 정말 좋은 분인 것 같아요."

린드 부인이 강조했다.

"내 말이 그 말이라니까. 내가 지금 마릴라한테도 말했지만 해리슨 부인을 위해서 해리슨 씨의 별난 행동은 잊어버리고 여기서 편하게 지내도록 우리가 도와줘야 해. 이제 그만 가봐야겠네. 토마스가 눈이 빠지게 기다릴 거야. 엘리자가 오고 토마스도 며칠 새 많이 좋아진 것 같아서 좀 돌아다니긴 했지만 오래 집을 비우고 싶진 않아. 길버트 블라이스가 화이트샌즈 학교를 그만두었대. 아무래도 가을에 대학에 가려나 봐."

린드 부인은 눈치 빠르게 앤을 쳐다보았지만 앤은 소파에서 졸고 있는 데이비에게로 몸을 숙이고 있어 표정을 읽을 수 없었다. 앤은 노란 곱슬머리에 뺨을 기대고 데이비를 옮겼다. 이층으로 올라가면서 데이비는 지친 팔 하나를 앤의 목에 두르더니 따뜻하게 껴안고 입맞춤을 했다.

"누나는 정말 좋아. 오늘 밀티 볼터가 석판에 이렇게 써서 제니 슬론한테 보여 줬어.

장미처럼 붉고 제비꽃처럼 푸르고
설탕처럼 달콤한 그대.

이건 누나에 대한 내 마음하고 똑같아."

# 26

## 모퉁이에서

토마스 린드는 살아온 모습과 마찬가지로 죽을 때도 조용하고 야단스럽지 않게 생을 마감했다. 토마스의 아내는 다정하고 인내심 많고 지칠 줄 모르는 간병인이었다. 레이철은 남편이 건강할 때는 남편의 굼뜨거나 유순한 성격에 화를 내기도 했다. 하지만 남편이 병에 걸리자 절대로 목소리를 높이지 않았고 불평 한마디 없이 그 누구보다 부드럽고 능숙하게 밤을 새우며 남편을 간호했다.

해가 질 무렵, 아내가 옆에 앉아 굳은살이 박인 손으로 남편의 늙고 여윈 손을 잡고 앉아 있을 때 토마스가 아내에게 무심한 듯 말했다.

"당신은 좋은 아내였소, 레이철. 참 좋은 아내였어. 남겨 줄

게 없어서 미안하오. 하지만 애들이 당신을 돌봐 줄 거요. 다들 엄마를 닮아서 똑똑하고 유능한 애들이니. 좋은 엄마…… 좋은 여자……."

그러고 나서 토마스는 잠이 들었다.

다음 날 아침, 골짜기의 뾰족한 전나무 위로 하얗게 새벽이 다가올 때 마릴라가 가만히 동쪽 방으로 들어와서 앤을 깨웠다.

"앤, 토마스 린드가 죽었다는구나. 방금 그 집 일하는 애가 알려 주고 갔다. 난 바로 레이철한테 가봐야겠구나."

토마스 린드의 장례식이 끝난 다음 날, 마릴라는 이상하게도 정신이 팔린 모습으로 집 안을 돌아다녔다. 가끔씩 무슨 말을 하려는 듯 앤을 쳐다보다가도 고개를 저으며 입을 꽉 닫는 것이었다. 차를 마신 후 린드 부인을 만나러 다녀온 마릴라는 앤의 방으로 들어왔다. 앤은 학생들의 숙제를 검사하고 있었다.

"린드 아주머니는 좀 어떠세요?"

"좀 차분해지고 안정을 찾았어."

마릴라가 앤의 침대에 앉으며 대답했다. 이것은 마릴라가 평소와 다르게 흥분했음을 알려 주는 행동이었다. 마릴라의 생활 규칙에 따르면 정돈해 놓은 침대에 앉는 것은 있을 수 없는 행동이었다.

"하지만 아주 외로워하고 있어. 엘리자는 오늘 집으로 돌아가야 한대. 아들이 아파서 더 오래 있을 수 없다는구나."

"숙제 검사를 마치고 린드 아주머니 집에 가서 얘기를 좀 나눠야겠어요. 오늘 밤에 라틴어 작문을 공부하려고 했지만 나중에 해도 돼요."

마릴라가 갑자기 물었다.

"길버트 블라이스는 가을에 대학에 가려는 모양이더구나. 너도 대학에 가는 게 어떻겠니, 앤?"

앤이 놀라서 고개를 들어 쳐다보았다.

"물론 그러고 싶어요, 마릴라 아주머니. 하지만 불가능해요."

"가능할 것 같구나. 난 항상 네가 대학에 가야 한다고 생각했어. 네가 나 때문에 모든 걸 포기한다는 생각에 마음이 편치 않았다."

"마릴라 아주머니, 전 집에 남아 있는 걸 유감스러워한 적이 한 번도 없는걸요. 전 행복했어요. 아, 지난 2년간은 정말 즐거웠어요."

"아, 그래. 나도 네가 만족스러워하며 지냈다는 걸 알아. 하지만 그런 문제가 아니야. 넌 공부를 계속해야 해. 네가 저축해 놓은 돈으로 레드먼드에서 1년은 공부할 수 있고 주식으로 나오는 돈으로 1년 더 가능할 거고. 장학금 같은 것도 있고 말이다."

"네, 하지만 전 갈 수 없어요, 마릴라 아주머니. 물론 아주머니의 눈이 나아지긴 했지만 혼자서 쌍둥이를 돌보시게 할 순 없어요. 손이 많이 필요하잖아요."

"나 혼자 쌍둥이를 돌보지 않아도 돼. 바로 그 문제를 너랑 의논하고 싶구나. 오늘 밤에 레이철하고 긴 이야기를 나눴다. 앤, 지금 레이철은 여러 가지로 힘들어하고 있단다. 남은 재산이 별로 없어. 8년 전에 서부로 떠난 막내아들이 자리 잡을 수 있게 농장을 담보로 빚을 내서 도와줬나 보더라. 그 뒤로 겨우 이자만 갚아 온 모양이야. 그리고 토마스의 병 때문에 이래저래 돈도 많이 들어갔지. 농장을 팔아야 하는데 여기저기 빚을 갚으면 남는 게 거의 없을 것 같다더구나. 레이철은 아무래도 엘리자와 함께 살아야 할 텐데, 에이번리를 떠난다니 생각만 해도 레이철에게는 가슴 아픈 일이지. 그 나이 여자가 새롭게 친구를 사귀고 관심사를 찾기는 쉽지 않거든. 앤, 레이철하고 얘기를 나누다 보니 나하고 같이 살자고 하면 어떨까 싶더구나. 하지만 레이철한테 말하기 전에 너하고 먼저 의논해야겠다고 생각했지. 레이철이 나하고 같이 살게 되면 넌 대학에 갈 수 있을 게야. 네 생각은 어떠니?"

앤이 멍해져서 말했다.

"전…… 누가…… 달을…… 따다 준 것…… 같아요. 하지만…… 그걸…… 어떻게…… 해야 할지……모르겠어요. 하지만…… 린드 아주머니하고 같이 사는 문제는…… 마릴라 아주머니가 결정하실 일이에요……. 정말로…… 괜찮으시겠어요? 린드 아주머니는 좋은 분이고 친절한 이웃이지만…… 하지만……."

"하지만 단점도 있다는 말을 하려는 게지? 그래, 물론 그렇지. 하지만 레이철이 에이번리를 떠나는 걸 보느니 훨씬 나쁜 단점이라도 참을 수 있을 것 같구나. 레이철이 무척 보고 싶을 테니까. 레이철은 나한테는 하나밖에 없는 가까운 친구야. 레이철이 없으면 난 무척 힘들겠지. 우린 45년 동안 이웃에 살았지만 한 번도 싸운 적이 없어. 물론 옛날에 레이철이 너더러 촌스런 빨간 머리라고 해서 네가 달려드는 바람에 딱 한 번 싸울 뻔한 적은 있지만, 기억나니, 앤?"

앤이 후회 가득한 목소리로 말했다.

"당연히 기억나요. 그런 일은 잊지 못하는 법이잖아요. 그 순간 레이철 아주머니가 얼마나 미웠는지!"

"그러고 나서 네가 레이철이 '사과'하게 만들었잖니. 넌 정말이지 다루기 힘든 애였어. 난 널 어떻게 다뤄야 할지 몰라서 어리둥절하고 당혹스러웠지. 매슈 오라버니가 널 더 잘 이해했어."

"매슈 아저씨는 뭐든지 이해하셨어요."

앤은 매슈 아저씨에 대한 이야기를 할 때면 늘 그렇듯 부드럽게 말이 나왔다.

"레이철하고 나는 서로 전혀 부딪히는 일 없이 지낼 수 있을 거야. 두 여자가 한 집에서 잘 지내지 못하는 이유는 한 부엌을 쓰면서 서로 참견하기 때문이거든. 레이철이 여기서 살게 된다면 북쪽 지붕 방을 침실로 쓰고 손님방을 부엌으로 쓰면 돼. 우린 손님방이 필요 없으니까. 거기에 난로하고 필요한 가구를 들여놓으면 레이철이 간섭받지 않고 마음 편하게 살 수 있겠지. 물론 자식들도 있으니 먹고살 수 있을 게다. 그러니 나는 레이철한테 방만 내주는 거지. 그래, 앤, 내 생각에는 괜찮을 것 같구나."

"그럼 린드 아주머니한테 말해 보세요. 저도 린드 아주머니가 떠나는 건 싫어요."

"레이철이 여기서 같이 살게 된다면 너도 대학에 갈 수 있을 게다. 레이철이 옆에서 내 말벗도 해주고 쌍둥이한테 내가 못하는 일들을 해줄 테니까. 그러니 네가 대학에 못 갈 이유가 없어."

앤은 그날 밤 창가에 앉아 오랫동안 생각에 잠겼다. 기뻐해야 할지, 섭섭해야 할지 알 수 없었다. 생각지도 못했는데 갑자기 길모퉁이에 이른 것이다. 그 모퉁이 너머에 오색 무지갯빛 희망과 미래를 가진 대학이 있었다. 하지만 앤은 모퉁이를 돌아가려면 좋아하는 수많은 것을 뒤로 해야 한다는 사실을 깨달았다. 지난 2년간 너무도 사랑하게 되어 버린 사소한 할 일들과 흥밋거리들, 앤이 거기에 쏟은 열정 덕분에 그것들은 아름답고도 기쁜 일들이 되어 버렸다. 그리고 앤은 학교도 그만두어야만 했다. 앤은 바보 같은 말썽쟁이들까지 포함해서 모든 학생을 사랑했다. 폴 어빙만 생각해도 과연 레드먼드가 꼭 가야 할 곳인지 의문이 들었다.

앤이 달을 향해 혼잣말로 중얼거렸다.

"지난 2년 동안 자그만 뿌리들을 많이 내렸어. 내가 자리를 떠나면 작은 뿌리들은 많이 아플 거야. 하지만 가는 게 좋을 것 같아. 마릴라 아주머니 말씀대로 못 갈 이유가 없으니까. 내 꿈을 펼치기 위해서는 작은 뿌리들을 털어 버려야만 해."

앤은 다음 날 사표를 냈다. 린드 부인은 마릴라와 허심탄회하게 이야기를 나눈 후 초록 지붕 집에서 같이 살자는 제의를 고맙게 받아들였다. 하지만 여름 동안에는 자기 집에서 살기로 했다. 농장이 가을이나 되어야 팔리고 그 전까지 정리해야 할 일도 많았다.

린드 부인이 혼자서 한숨을 쉬었다.

"초록 지붕 집처럼 도로에서 멀리 떨어진 곳에서 살 거라는 생각은 못해 봤는데. 하지만 초록 지붕 집도 예전만큼 세상과 동떨어져서 사는 건 아니지. 앤은 친구가 많고 쌍둥이가 있어서 활기차니까. 어쨌든 에이번리를 떠나느니 우물 바닥에서 사는 게 낫지."

이 두 가지 소식은 발 빠르게 퍼져 나갔고 해리슨 부인의 등장을 제치고 가장 사람들 입에 자주 오르내렸다. 몇몇 사람들은 마릴라 커스버트가 린드 부인에게 너무 성급하게 같이 살자고 했다며 고개를 갸우뚱했다. 사람들은 두 사람이 잘 지내지 못할 거라고 했다. 둘 다 '자기식대로 하기를 좋아하기 때문'이라고 암울한 예측을 해댔지만 정작 당사자들은 조금도 걱정하지 않았다. 마릴라와 린드 부인은 서로의 책임과 권리를 분명하게 정하고 이해했으며 제대로 지킬 생각이었다.

린드 부인이 단호하게 말했다.

"난 마릴라 일에 참견하지 않을 거고, 마릴라도 내 일에 참견하지 않을 거예요. 그리고 쌍둥이 일은, 내가 할 수 있는 일이라면 기꺼이 하겠어요. 하지만 데이비의 질문에 대답해 주겠다는 약속은 못해요. 난 백과사전도 아니고 필라델피아 변호사도 아니니. 그런 점에선 앤이 많이 그리울 거예요."

마릴라가 건조하게 말했다.

"앤의 대답도 데이비의 질문만큼 이상할 때가 있어요. 쌍둥이는 틀림없이 앤을 그리워할 거예요. 하지만 데이비의 끝없는 호기심 때문에 앤의 장래를 희생시킬 순 없어요. 데이비가 대답할 수 없는 질문을 하면 어린애는 입 다물고 조용히 있는 거라고 말해 줄 거예요. 나도 그렇게 자랐으니까. 물론 그게 요즘 애들을 교육시키는 좋은 방법인지는 모르겠지만."

린드 부인이 웃으며 말했다.

"앤의 방법이 데이비한테는 효과가 있었던 것 같아요. 확실히 데이비는 새로운 애가 됐으니까요."

마릴라도 수긍했다.

"못된 애는 아니에요. 쌍둥이를 이렇게 좋아하게 될지 나도 몰랐어요. 어쨌든 데이비는 레이철하고도 잘 지낼 거예요. 그리고 도라는 사랑스러운 아이예요. 하지만 뭐랄까, 좀…… 그러니까……."

"단조롭다고요? 그렇죠."

린드 부인이 받아쳤다.

"모든 페이지가 똑같은 책처럼 말이에요. 도라는 착하고 믿음직한 여인으로 자라겠지만 큰 성공을 거두진 못할 거예요. 별로 재미있지는 않지만 편안하게 어울릴 수 있는 사람이 될 테죠."

길버트 블라이스는 앤이 학교를 그만두었다는 소식에 순수하게 기뻐한 유일한 사람이었을 것이다. 학생들에게는 마른하늘에 날벼락 같은 일이었다. 아네타 벨은 집으로 돌아가는 길에 발작을 일으켰다. 앤서니 파이는 기분을 풀기 위해 남자애들에게 괜한 시비를 걸어 싸웠다. 바버라 쇼는 밤새 울었다. 폴 어빙은 할머니에게 일주일 동안 포리지를 먹지 않겠다고 반항했다.

"먹을 수가 없어요, 할머니. 아무것도 먹지 못할 것 같아요. 마치 목에 커다란 혹이 생긴 것처럼요. 제이콥 돈넬이 쳐다보고 있지 않았다면 집으로 돌아오는 길에 울었을 거예요. 하지만 침대에 누우면 전 분명 울 것 같아요. 내일 아침에 눈이 붓는 건 아니겠죠? 그러면 좀 마음이 풀릴 텐데. 하지만 어쨌든 포리지는 먹을 수 없어요. 할머니, 이 일을 이겨 내려면 온 힘을 모아야 하기 때문에 포리지를 먹으려고 애쓸 힘이 남아 있지 않을 거예요. 아, 할머니, 그 예쁜 선생님이 떠나면 어떡해요. 밀티 볼터는 제인 앤드루스가 새 선생님으로 올 거래요. 물론 앤드루스 선생님도 좋겠죠. 하지만 앤 셜리 선생님만큼 이해심이 많진 않을 거예요.”

다이애나 역시 이 모든 일을 비관적으로 받아들였다. 다이애나가 슬프게 말했다.

“내년 여름은 몹시도 쓸쓸할 거야.”

어느 날 해 질 무렵, 달빛이 ‘은빛 깃털’처럼 벚나무 가지 사이로 쏟아져 내려 앤의 동쪽 지붕 방에는 꿈결처럼 부드럽고 환한 빛이 가득했다. 앤은 창가에 놓인 낮은 안락의자에 앉아 있었고, 다이애나는 침대에 책상다리를 하고 앉아 있었다.

“너와 길버트도 떠나고 없을 테고…… 앨런 목사님 부부도. 샬럿타운에서 앨런 목사님을 오라고 하는데 물론 받아들이시겠지. 너무해. 겨울 내내 목사 자리는 비어 있을 거고 마을 사람들은 잔뜩 줄지어 선 목사 후보자들의 설교를 들어야 할 테니까. 그중 절반은 별 볼 일 없을 거야.”

앤이 단호하게 말했다.

“어쨌든 이스트그래프턴의 백스터 씨는 부르지 않았으면 좋겠다. 백스터 씨는 여기로 오고 싶어 하지만 항상 우울한 설교만 하거든. 벨 아저씨가 그러는데 백스터 씨는 구식 보수파 목사래. 하지만 린드 아주머니는 백스터 씨한테는 소화 불량말고는 아무런 문제가 없대. 부인이 요리를 별로 잘하지 못하나 봐. 린드 아주머니 말씀으로는 3주에 2주는 시큼한 빵을 먹어야 하는 남자의 신학에는 뒤틀린 구석이 있을 수밖에 없대. 앨런 사모님은 여길 떠나게 되어 마음 아파하고 계셔. 결혼하자마자 이곳으로 왔을 때 마을 사람들이 전부 친절하게 대해 주어서 평생 사귄 친구를 떠나는 느낌이래. 그리고 여기에 아기 무덤도 있잖아. 아기 무덤을 두고 어떻게 떠나야 할지 모르시겠대. 겨우 3개월밖에 안 된 작은 아기인데 엄마를 그리워할까 봐 걱정된다고. 지혜로운 사모님은 목사님께는 그런 말을 하지 않으시겠지만. 사모님은 매일 밤 목사관 뒤쪽 자작나무 숲을 지나 공동묘지로 가서 아기한테 자장가를 불러 주셨대. 어제 매슈 아저씨의 무덤에 일찍 핀 들장미를 놓아두러 갔다가 사모님한테 다 들었어. 난 내가 에이번리에 있는 동안은 아기 무덤에 꽃을 갖다 놓겠다고 약속드렸어. 그리고 내가 없을 때는 틀림없이……."

다이애나가 진심을 담아 말했다.

"내가 할게. 당연히 내가 해야지. 그리고 앤, 널 대신해서 매슈 아저씨 무덤에도 꽃을 놓아둘게."

"아, 고마워. 그렇지 않아도 너에게 물어보려던 참이었어. 헤스터 그레이의 무덤에도 그렇게 해줄래? 제발 헤스터 그레이의 무덤에도 꽃을 놓아 줘. 난 헤스터 그레이에 대해 하도 많이 생각하고 상상해서 그런지 이상할 정도로 헤스터가 진짜처럼 느껴지거든. 난 서늘하고 조용하고 푸른 구석에 있는 작은 정원에서 헤스터를 생각해. 그리고 봄날 저녁에 빛과 어둠이 바뀌는 그 마법의 시간에 그 너도밤나무 언덕으로 올라가는 상상을 해. 헤스터가 놀라지 않도록 발끝으로 살금살금 말이야. 그곳의 정원은 옛날 모습 그대로 6월의 백합과 철 이른 장미가 피어 있고 작은 집은 덩굴로 뒤덮여 있어. 그곳에 부드러운 눈동자와 바람에 헝클어진 검은 머리를 한 자그마한 헤스터 그레이가 백합에 손가락 끝을 대보고 장미와 비밀스런 이야기를 주고받으면서 돌아다니고 있어. 그러면 난 살그머니 앞으로 나가서 헤스터에게 양손을 내밀며 말하는 거야. '헤스터 그레이, 나랑 같이 놀지 않을래요? 나도 장미를 사랑하거든요.' 우리는 함께 낡은 벤치에 앉아서 이야기도 하고 상상도 하고 아름다운 침묵을 함께 나누기도 하는 거야. 그러다 달이 떠오르면 난 주위를 돌아봐. 갑자기 헤스터 그레이가 온데간데없이 사라지고 덩굴로 뒤덮인 작은 집도 장미도 없어져. 쓸쓸하게 버려진 정원의 풀밭 위로 6월의 백합만이 남아 있지. 바람은 벚나무 사이에서 너무도 슬프게 한숨을 쉬고 있고. 그러고 나면 난 그게 꿈인지 생시인지 알 수 없게 된단다."

다이애나는 침대 머리맡으로 기어가 등을 기댔다. 해가 저물었을 때 그런 으스스한 이야기를 듣는다면 등 뒤에 뭔가가 있다는 상상이 절로 되기 때문이다.

"너랑 길버트가 떠나면 개선회가 시들해질까 봐 걱정돼."

다이애나가 우울해하며 말했다.

"조금도 걱정할 거 없어. 개선회는 이제 튼튼하게 자리 잡았는걸. 특히 어른들이 발 벗고 나선 후로는. 올여름에 사람들이 잔디밭과 오솔길을 어떻게 하는지 봐. 그리고 난 레드먼드에서 지켜보다가 내년 겨울에 보고서를 써서 보낼 거야. 다이애나, 너무 부정적으로 생각하지 마. 그리고 지금 내가 얼마 남지 않은 시간 동안 즐겁게 보낸다고 해도 섭섭해하지 마. 떠날 때가 되면 전혀 기쁘지 않을 거야."

앤이 꿈나라에서 현실로 돌아와 힘차게 말했다.

"기뻐해도 괜찮아. 넌 대학에서 즐거운 시간을 보낼 거고 좋은 친구들도 잔뜩 사귀게 될 테니까."

앤이 생각에 잠긴 듯 말했다.

"새로운 친구들을 사귀었으면 좋겠어. 새 친구가 생기면 인생이 훨씬 즐거워질 테니까. 하지만 내가 아무리 새 친구를 많이 사귄다고 해도 오래된 친구들만큼 좋아지지는 않을 거야. 특히 검은 눈동자에 보조개를 가진 한 소녀보다는 말이지. 그게 누군지 알겠니, 다이애나?"

다이애나가 한숨을 쉬었다.

"하지만 레드먼드에는 똑똑한 여자애들이 많을 거야. 난 곰곰이 생각하고 나면 별로 어리석게 행동하진 않지만 이따금 '알겠다'라고 말하는 바보 같은 시골뜨기 여자애일 뿐이야. 아, 지난 2년은 정말 너무나 즐거웠어. 하지만 난 네가 레드먼드에 가게 된 걸 진심으로 기뻐하는 사람을 알아. 앤, 지금부터 진지한 질문을 하나 할게. 화내지 말고 진지하게 대답해 줘. 너 혹시 길버트한테 관심 있니?"

"물론 친구로서는 당연하지만 네가 생각하는 그런 건 아니야."

앤이 차분하고 단호하게 말했다. 또 앤은 자기의 대답에 진심이 들어 있다고도 생각했다.

다이애나는 한숨을 쉬었다. 앤에게서 다른 대답이 나오기를 바랐기 때문이었다.

"앤, 넌 결혼할 생각은 전혀 없니?"

"아마도…… 언젠가…… 진짜 짝을 만난다면."

앤은 꿈꾸는 표정으로 달빛을 바라보며 미소 지었다.

"하지만 진짜 짝인지 어떻게 알 수 있어?"

다이애나가 고집스럽게 물었다.

"아, 난 분명 알아볼 수 있을 거야. 뭔가가 나한테 말해 줄 테니까. 내 이상형이 어떤지 너도 알잖아, 다이애나."

"하지만 이상형은 변하기도 하는걸."

"내 이상형은 변하지 않을 거야. 난 이상형에 맞지 않는 남자한테는 도무지 관심이 생기지 않아."

"만약 그런 사람을 만나지 못하면 어떡할 거야?"

앤이 명랑하게 대답했다.

"그럼 평생 노처녀로 살아야지. 노처녀로 죽는 게 가장 힘든 죽음은 아닐 테니까."

전혀 농담하고 싶은 기분이 아닌 다이애나가 말했다.

"아, 물론 노처녀로 죽는 건 어렵지 않아. 힘든 건 노처녀로 살아가는 동안이지. 난 그게 싫을 거야. 물론 라벤더 아주머니처럼 될 수만 있다면 노처녀로 사는 것도 괜찮겠지. 하지만 난 절대 그렇게 될 수 없을 거야. 난 마흔다섯 살이 되면 지독하게 뚱뚱해질 거야. 날씬한 노처녀한테는 로맨스가 생길 수도 있지만 뚱뚱한 노처녀한테는 그럴 기회가 없을 거라고. 아, 그러고 보니 생각났어. 3주 전에 넬슨 애킨스가 루비 길리스한테 청혼했대. 루비가 나한테 다 말해 줬어. 루비는 넬슨하고 결혼할 생각이 전혀 없었다는 거야. 넬슨하고 결혼하면 그 집 어른들하고 잘 지내야 할 테니까. 하지만 루비 말로는 넬슨의 청혼이 너무도 아름답고 낭만적이어서 반하고 말았대. 하지만 성급하게 결정하고 싶지 않아서 일주일만 생각할 시간을 달라고 했대. 그리고 이틀 뒤 넬슨 어머니의 바느질 봉사회 모임에 갔는데 그 집 응접실 탁자에 『에티켓에 관한 모든 것』이라는 책이 있더라는 거야. 루비는 그 책의 '청혼과 결혼에 관한 에티켓'이라는 부분을 봤을 때의 심정을 도저히 말로 표현할 수가 없었대. 넬슨이 청혼한 말이 한 글자도 틀리지 않고 그대로 나와 있었던 거지. 루비는 집으로 가서 넬슨한테 가차 없는 거절 편지를 썼대. 루비 말로는 그 후로 넬슨의 어머니와 아버지가 아들이 강에 몸을 던지지 않을지 걱정되어서 돌아가며 감시했다나 봐. 하지만 루비 말로는 걱정할 필요가 없대. '청혼과 결혼에 대한 에티켓'이라는 부분에 거절당했을 때의 방법도 나와 있는데 강에 몸을 던진다는 내용은 없다는 거야. 그리고 루비는 윌버 블레어가 말 그대로 자기 때문에 말라 가고 있는 지경이지만 자기도 어쩔 수 없다는 거야."

앤이 더 이상 참을 수 없다는 듯한 몸짓을 보였다.

"이런 말 하긴 싫지만…… 의리 없는 것 같아서……. 하지만 난 이제 루비 길리스가 싫어. 에이번리 학교와 퀸스 전문학교에 다닐 땐 루비가 좋았는데…… 물론 너하고 제인만큼 좋진 않았지만 말이야. 하지만 루비는 작년에 카모디에 있으면서 많이 변한 것 같아……. 그것도 아주 많이……."

다이애나가 고개를 끄덕였다.

"나도 알아. 길리스 집안의 특징이 나타나는 거니까 루비도 어쩔 수 없지. 린드 아주머니가 그러는데 길리스 집안 처녀들은 걸음걸이나 대화에서 오로지 남자 생각뿐이라는 게 티가 난다는 거야. 정말 루비는 남자 얘기뿐이야. 남자들이 자기한테 무슨 칭찬을 했고 카모디에서 남자들이 자기를 얼마나 좋아하는지 그런 얘기 말이야. 그런데 이상한 건……, 남자들이 정말로 그런다는 거야."

다이애나는 다소 화가 난 듯이 시인했다.

"어젯밤 블레어 씨 가게에서 루비를 만났는데 새 '애인'이 생겼다고 귓속말을 하더라. 난 누구냐고 물어보지 않았어. 분명 내가 물어보기를 바랐을 텐데. 루비가 항상 원하는 건 그런 거야. 너도 기억하겠지만 루비는 어릴 때도 나중에 결혼하기 전까지 남자친구를 수없이 사귀면서 최대한 즐겁게 지낼 거라고 했잖아. 루비는 제인하고 참 달라, 그렇지? 제인은 정말로 현명하고 숙녀다운데."

"거기에 비하면 제인은 보석이지."

앤도 같은 생각이었다. 하지만 앤은 몸을 앞으로 숙여 자기 베개에 놓인 통통한 다이애나의 손을 부드럽게 두드리며 덧붙였다.

"하지만 세상에 나의 다이애나 같은 사람은 없어. 다이애나, 우리가 처음 만난 날 너희 집 정원에서 영원한 우정을 '맹세'한 거 기억나니? 우린 그 '맹세'를 지킨 거야. 한 번도 말다툼하거나 서로 냉정하게 대한 적이 없으니까. 네가 나를 사랑한다고 말한 날 느꼈던 짜릿함을 난 평생 잊지 못할 거야. 난 어린 시절 내내 외로웠고 정에 굶주려 있었어. 지금에서야 내가 얼마나 외로웠고 정에 굶주렸는지 깨닫고 있어. 아무도 나를 신경 쓰지 않았고 옆에 있어 주려고 하지도 않았지. 나한테 그 이상한 꿈속의 삶이 없었다면 정말로 비참했을 거야. 꿈속에서는 그렇게 바라던 친구와 사랑을 얻는 상상을 할 수 있었으니까. 하지만 초록 지붕 집에 온 후로 모든 게 바뀌었어. 그리고 널 만난 거야. 네가 준 우정이 나에게 어떤 의미였는지 모를 거야. 줄곧 따뜻하고 진실한 사랑을 준 네가 지금 생각해도 고마울 뿐이야."

다이애나가 흐느꼈다.

"나는 언제까지나, 언제까지나 널 사랑할 거야. 그 누구도······ 그 어떤 여자애도 내가 널 사랑하는 것만큼 사랑하지 못할 거야. 내가 결혼해서 딸을 낳으면 앤이라고 이름을 지을 거야."

# 27

## 돌집에서 보낸 오후

데이비가 또 궁금해하는 눈빛으로 물었다.

"그렇게 차려입고 어디 가는 거야, 앤 누나? 그 옷 입으니까 진짜 끝내준다."

앤은 새 연녹색 모슬린 드레스를 입고 점심 식사에 초대받아 가는 길이었다. 매슈가 죽은 후 처음 입어 보는 색깔이었다. 연녹색은 앤의 꽃처럼 발그레한 얼굴과 윤기 나는 머릿결을 더욱 돋보이게 해주었다.

앤이 데이비를 꾸짖었다.

"누나가 그런 말 쓰면 안 된다고 했지! 누난 메아리 오두막에 가."

데이비가 간절한 표정으로 애원했다.

"나도 데려가."

"마차를 타고 가는 거라면 데려가겠지만 난 걸어갈 거야. 너 같은 여덟 살짜리한테는 너무 먼 길이야. 게다가 폴하고 같이 갈 건데 넌 폴을 좋아하지 않잖아."

데이비가 푸딩을 마구 입안에 떠 넣으며 말했다.

"아, 이젠 폴이 예전보다 훨씬 좋아졌어. 내가 많이 착해졌기 때문에 예전만큼 폴이 나보다 착하다는 게 신경 쓰이지 않거든. 언젠가는 내가 폴을 따라잡을 수 있을 테니까. 게다가 폴은 우리 2학년 남자애들한테 정말 잘해 줘. 큰 형들이 우리를 건드리지 못하게 해주고 여러 가지 놀이도 많이 가르쳐 줘."

"어제 점심 때 폴이 냇물에 왜 빠졌니? 운동장에서 만났을 때 흠뻑 젖었던데 빨리 마른 옷으로 갈아입으라고 집으로 보내느라 물어보지 못했거든."

데이비가 설명했다.

"아, 그건 사고였어. 폴이 머리를 냇물에 넣었는데 몸도 빠진 거야. 우리 모두 냇가에 있었는데 무엇 때문인지 모르겠지만 프릴리 로저슨이 폴한테 화가 나 있었어. 프릴리 로저슨은 얼굴은 예쁘지만 정말이지 못됐다니까. 프릴리 로저슨이 폴의 할머니가 매일 밤 폴의 머리를 곱슬곱슬하게 말아 준다고 했어. 폴은 그 말에는 신경 쓰지 않다가 그레이시 앤드루스가 웃으니까 얼굴이 빨개졌어. 누나도 알다시피 그레이시는 폴이 좋아하는 여자애잖아. 폴은 그레이시한테 빠져서 꽃도 가져다주고 해변길까지 책도 들어다 주는걸. 폴은 얼굴이 홍당무처럼 빨개져서 할머니가 곱슬머리로 말아 주는 게 아니라 태어날 때부터 곱슬머리라서 그런 거라고 했어. 그러고는 정말인지 보여 주려고 둑에 엎드려서 물속에 머리를 집어넣은 거야. 아, 그건 우리가 마시는 샘물은 아니었어."

데이비가 마릴라의 경악한 표정을 보더니 덧붙였다.

"더 아래쪽에 있는 샘이었는데. 둑이 너무 미끄러워서 폴이 빠져 버린 거야. 물이 끝내주게 튀었어. 아, 앤 누나, 그렇게 말하려던 게 아닌데. 나도 모르게 튀어나왔어. 물이 멋지게 튀었어. 하지만 흠뻑 젖고 진흙투성이가 된 채로 기어 나온 폴의 모습은 정말로 웃겼어. 여자애들이 신나서 웃었지만 그레이시는 웃지 않았어. 안타까워하는 얼굴이었지. 그레이시는 착하긴 하지만 들창코야. 난 누나처럼 코가 예쁜 여자애를 고를 거야."

마릴라가 엄하게 말했다.

"그렇게 얼굴에 시럽을 잔뜩 묻히면서 푸딩을 먹는 남자는 어떤 여자도 거들떠보지 않을 게다."

데이비가 손등으로 시럽 자국을 문질러 없애려고 애쓰며 말했다.

"하지만 고백하기 전에 얼굴을 씻을 거예요. 그리고 혼자 알아서 귀 뒤쪽도 씻을 거고요. 마릴라 아주머니, 오늘 아침엔

405

까먹지 않았어요. 이젠 예전의 절반만큼도 안 까먹어요. 하지만……."

데이비가 한숨을 쉬었다.

"구석구석 씻을 데가 너무 많아서 다 기억하기가 힘들어요. 라벤더 아주머니네 못 간다면 해리슨 아주머니를 보러 갈래요. 해리슨 아주머니는 정말 상냥하거든요. 부엌에 어린애들한테 줄 쿠키 항아리를 놓아두고 자두 케이크를 반죽한 그릇에 남은 부스러기를 주세요. 그릇에 자두 조각이 많이 붙어 있거든요. 해리슨 아저씨는 항상 친절했지만 다시 결혼한 후로 두 배는 더 친절해졌어요. 결혼하면 친절해지나 봐요. 마릴라 아주머니는 왜 결혼을 안 했어요?"

마릴라에게는 독신이라는 사실이 절대로 아픈 부분이 아니었기 때문에 마릴라는 앤과 의미심장한 눈길을 주고받으며 아무도 결혼하자는 사람이 없어서라고 흔쾌하게 대답했다.

그 말에 데이비가 반박했다.

"하지만 아주머니가 누구한테도 결혼하자고 하지 않아서일지도 몰라요."

너무 놀란 나머지 자기한테 한 말도 아니었는데 도라가 대답했다.

"이런, 데이비, 결혼하자는 말은 남자가 하는 거야."

데이비가 투덜거렸다.

"왜 항상 남자가 그래야 하는 건지 모르겠어. 세상 모든 일은 남자가 다 해야 되나 봐. 마릴라 아주머니, 푸딩 더 먹어도 돼요?"

"이미 잔뜩 먹었잖아."

마릴라가 말했다. 하지만 마릴라는 두 번째로 데이비에게 푸딩을 덜어 주었다.

"푸딩만 먹고도 살 수 있었으면 좋겠어. 왜 그럴 수 없는 거예요, 마릴라 아주머니? 궁금해요."

"푸딩만 먹으면 곧 질릴 테니까."

데이비가 미심쩍다는 듯이 말했다.

"정말로 그런지 시험해 보고 싶어요. 하지만 푸딩을 아예 안 먹는 것보다는 3일에 한 번이라도 먹는 게 나을 거예요. 밀티 볼터네 집에는 푸딩이 아예 없거든요. 밀티가 그러는데 밀티 엄마는 손님이 오면 치즈를 직접 잘라 주는데……, 아주 작게 한 조각 잘라 주고 예의상 한 조각 더 준대요."

마릴라가 엄하게 말했다.

"밀티 볼터가 엄마에 대해 그런 말을 했더라도 넌 남한테 그런 말을 하면 안 돼."

"아뿔싸!"

데이비는 해리슨 씨가 쓰는 이 말을 기억해 두었다가 재미있다는 듯이 써먹었다.

"하지만 밀티는 칭찬으로 한 말이에요. 밀티는 엄마를 아주 자랑스럽게 생각하거든요. 사람들이 그러길 아무리 살림이 어려워도 어렵지 않게 버틸 사람이라고 한다면서요."

마릴라는 급하게 일어나 밖으로 나갔다.

"아……, 암탉들이 또 팬지 꽃밭에 들어갔나 보다."

하지만 암탉들은 팬지 꽃밭 근처 어디에도 없었으며, 마릴라는 그곳을 쳐다보지도 않았다. 대신 지하실 입구에 앉아 질릴 때까지 실컷 웃었다.

그날 오후 앤과 폴이 돌집에 도착했을 때 라벤더와 네 번째 샬로타는 정원에서 잡초를 뽑고 갈퀴질을 하고 가지를 잘라 다듬고 있었다. 좋아하는 프릴과 레이스가 달린 옷을 입은 라벤더는 무척 명랑하고 아름다워 보였는데 가위를 두고 기쁜 얼굴로 달려와 손님을 맞이했다. 네 번째 샬로타도 환하게 웃었다.

"어서 오렴, 앤. 네가 오늘 올 줄 알았어. 넌 오후의 사람이니까 오후가 너를 데려온 거야. 서로 통하는 존재들은 함께 나타나는 법이니까. 사람들이 그걸 안다면 세상에 얼마나 많은 문제가 사라질까. 하지만 그걸 알지 못하니까 천국과 지상을 돌아다니며 서로

짝을 찾느라 아까운 힘을 낭비하는 거겠지. 아, 폴 너는…… 어른이 됐구나! 지난번보다 머리 하나는 더 큰 것 같네."

폴이 라벤더의 말에 있는 그대로 기뻐하며 말했다.

"맞아요. 린드 아주머니 말대로 전 밤마다 명아주처럼 자라기 시작했거든요. 할머니는 마침내 포리지 효과가 나타나는 거래요. 그럴지도 몰라요."

그러더니 폴은 깊은 한숨을 내쉬었다.

"누구라도 크지 않을 수 없을 만큼 포리지를 잔뜩 먹었거든요. 키가 크기 시작했으니까 아빠만큼 계속 클 거예요. 라벤더 아주머니도 아시겠지만 아빠 키는 180센티미터예요."

물론 라벤더도 알고 있었다. 라벤더의 뺨이 더욱 발그레해졌다. 라벤더는 폴과 앤의 손을 각각 잡고 말없이 집 안으로 걸어갔다.

"라벤더 아주머니, 메아리가 울리기에 좋은 날인가요?"

폴이 초조해하며 물었다. 처음 방문한 날 바람이 불어서 메아리가 들리지 않아 크게 실망했던 것이다.

라벤더가 몽상에서 깨어나며 대답했다.

"그래, 딱 좋은 날이란다. 하지만 먼저 안으로 들어가서 뭘 좀 먹자. 앤하고 폴은 너도밤나무 숲을 지나 걸어오느라 몹시 배가 고플 테니까. 네 번째 샬로타와 나는 하루에 아무 때고 먹을 수 있단다. 우린 식욕이 왕성하거든. 어서 식품 저장실로 들어가자꾸나. 다행히 거기엔 맛있는 게 가득해. 오늘 손님이 올 것 같아서 네 번째 샬로타와 내가 준비를 해두었거든."

"제 생각에 라벤더 아주머니는 식품 저장실에 항상 맛있는 걸 준비해 둘 것 같아요. 우리 할머니도 그런 걸 좋아하시지만 식사 사이에 간식은 허락하지 않으세요. 그런데……."

폴이 사색에 잠긴 듯 덧붙였다.

"밖에서 간식을 먹는 것도 허락 안 하실 텐데, 먹어도 될지 모르겠어요."

라벤더는 폴의 갈색 곱슬머리 너머로 앤과 즐거운 표정을 주고받았다.

"오래 걸어왔으니까 할머니도 허락하실 거야. 평소와 다른 상황이니까. 나도 간식이 건강에 해롭다고 생각한단다. 그래서 메아리 오두막에서는 간식을 자주 먹지. 네 번째 샬로타하고 나는 올바른 식사법은 전부 거부하면서 살고 있거든. 생각날 때마다 소화가 잘 안 되는 것들을 밤낮으로 먹어 대지. 하지만 그래도 우린 월계수 나무처럼 튼튼하단다. 우린 뭐든지 일부러 거꾸로 해본단다. 우리가 좋아하는 음식이 건강에 해롭다고 경고하는 신문 기사를 보면 잊어버리지 않으려고 오려서 부엌 벽에 핀으로 꽂아 두지. 하지만 그 위험하다는 걸 먹고 나서야 기억이 난다니까. 그래도 뭘 먹고 죽을 뻔한 적은 없단다. 하지만 네 번째 샬로타는 자기 전에 도넛, 고기 파이, 과일 케이크를 먹으면 악몽을 꾸곤 해."

"할머니는 자기 전에 우유 한 잔과 버터 바른 빵 한 조각은 허락하세요. 일요일 밤에는 잼도 발라 주고요. 그래서 전 일요일 밤이 좋아요. 하지만 일요일 밤이 좋은 이유는 또 있어요. 해변에서의 일요일은 무척 길어요. 할머니는 일요일이 너무 짧다고 하시며 아빠가 어렸을 적에는 절대로 일요일을 지루하게 보내지 않았대요. 바위 사람들하고 말할 수만 있다면 저도 일요일이 길게 느껴지지 않을 거예요. 하지만 할머니가 허락하지 않아서 일요일에는 그렇게 할 수가 없어요. 전 생각을 아주 많이 해요. 하지만 제 생각은 세속적인 건가 봐요. 할머니는 일요일에는 종교적인 생각만 해야 한다고 하세요. 하지만 앤 선생님은 정말로 아름다운 생각이라면 무슨 내용이든, 무슨 요일에 떠올리든 모두 종교적인 거라고 하셨어요. 하지만 할머니는 설교와 주일학교 수업만이 참으로 종교적인 생각이라고 여기세요. 할머니와 선생님의 생각이 다를 때는 어떻게 해야 할지 모르겠어요. 제 마음속에서는……."

폴은 어느새 안쓰러운 얼굴을 하고 있는 라벤더를 보며 가슴에 손을 얹고 파란 눈을 몹시 심각하게 치켜떴다.

"선생님 말이 맞다고 생각해요. 그런데 할머니는 할머니 방식대로 아버지를 키웠고 큰 성공을 거두었어요. 반면에 앤 선생님은 아직 아이를 키워 보지 않았고요. 물론 데이비와 도라를 돌봐 주시지만 어떤 어른으로 자랄지는 알 수 없잖아요. 그래서 할머니의 생각대로 하는 게 안전할 거라는 생각도 가끔 들어요."

앤이 진지하게 말했다.

"그런 것 같구나. 하지만 할머니와 나는 서로 방식은 다르지만 결국 의도는 똑같을 거야. 넌 할머니의 뜻을 따르는 게 좋아. 경험에서 나온 방식이니까. 내 방식도 좋다는 걸 확실히 알려면 쌍둥이가 다 자랄 때까지 기다려야겠지."

점심을 먹은 후 그들은 다시 정원으로 나갔다. 폴은 신기해하고 즐거워하면서 메아리와 친구가 되었다. 앤과 라벤더는 포플러나무 아래 돌 벤치에 앉아 이야기를 나누었다.

라벤더가 아쉬워하며 물었다.

"가을에 떠나는 거니? 널 위해선 기쁘고 잘된 일이지만⋯⋯, 나한테는 정말 섭섭한 일이야. 네가 정말 그리울 거야. 아, 때론 친구를 사귀는 게 아무런 소용도 없다는 생각이 들기도 해. 잠시 후 떠나 버리고 사귀기 전의 허전함보다 훨씬 끔찍한 상처를 남기고 가버리니까."

"그런 말은 엘리자 앤드루스 아주머니한테나 어울리지 라벤더 아주머니한테는 어울리지 않아요. 허전함보다 끔찍한 건 없어요. 그리고 전 아주머니를 떠나는 게 아니에요. 편지도 할 수 있고 방학도 있으니까요. 이런, 창백하고 지쳐 보이세요."

"야…… 호…… 야…… 호……."

폴은 돌길 위로 올라가 계속 소리치고 있었다. 감미로운 외침이 아니었는데도 강 건너 요정들이 신비한 마법으로 황금빛과 은빛 메아리로 바뀌어 돌아왔다.

라벤더는 초조한 듯 예쁜 손을 털썩 떨어뜨렸다.

"난 모든 게 지겨워졌어. 메아리마저도. 내 인생에는 메아리밖에 없어. 잃어버린 희망과 꿈, 기쁨의 메아리. 메아리는 아름답지만 나를 놀리지. 아, 앤, 손님한테 이런 말을 하다니, 나도 참 못됐구나. 나이는 먹어 가는데 그걸 받아들이지 못해서 그래. 아마 예순이 될 무렵엔 짜증이 솟구칠지도 몰라. 나에게 필요한 건 약인지도 모르겠구나."

이때 점심 식사 후로 보이지 않았던 네 번째 샬로타가 돌아와 존 킴벌 씨네 방목장 북동쪽 귀퉁이에 철 이른 산딸기가 빨갛게 익었다면서 앤에게 따러 가지 않겠냐고 물었다.

라벤더가 탄성을 질렀다.

"철 이른 딸기와 차를 마시는 거야! 아, 난 생각만큼 늙지 않았어. 약 따위도 필요 없어! 얘들아, 너희들이 산딸기를 따오면 여기 포플러나무 아래에서 차를 마시자꾸나. 난 크림을 준비해 놓을게."

앤과 네 번째 샬로타는 킴벌 씨네 방목장 뒤쪽으로 갔다. 공기가 벨벳처럼 부드럽고 제비꽃밭처럼 향기롭고 황금빛으로 반짝이는 외딴 푸른 초원이었다.

앤이 한껏 숨을 들이마시며 말했다.

"아, 이곳은 정말 달콤하고 신선하지 않니? 방금 햇살을 들이마신 기분이야."

"네, 아가씨. 저도 그래요."

네 번째 샬로타는 앤이 황야의 펠리컨이 된 기분이라고 말했어도 똑같이 말했을 터였다. 샬로타는 앤이 메아리 오두막을 다녀갈 때마다 부엌 위에 있는 자기의 작은 방으로 올라가 거울 앞에서 앤의 말투와 표정과 행동을 그대로 따라 했다. 한 번도 성공한 적은 없었지만 샬로타가 학교에서 배웠듯이 연습하다 보면 완벽해지는 법이었다. 샬로타는 우아하게 쳐든 턱, 반짝반짝 빛나는 눈빛, 바람에 흔들리는 나뭇가지 같은 걸음걸이를 빠른 시일 내에 익힐 수 있기를 바랐다. 앤을 보고 있노라면 쉬울 것처럼 느껴졌다. 네 번째 샬로타는 앤을 진심으로 동경했다. 그것은 앤의 외모가 대단히 아름답기 때문이 아니었다. 오히려 달빛처럼 빛나는 회색 눈동자와 창백하지만 종종 장밋빛으로 변하는 앤의 뺨보다 다이애나 배리의 발그레한 뺨과 검은 곱슬머리 쪽이 네 번째 샬로타의 취향이었다.

샬로타가 진심을 담아 앤에게 말했다.

"하지만 전 예쁜 것보다는 아가씨처럼 보이고 싶어요."

앤은 웃으면서 달콤한 말은 삼키고 따끔한 말은 뱉어 냈다.

앤의 외모에 대한 생각은 사람들마다 천차만별이었다. 앤이 예쁘다고 들은 사람들은 앤을 직접 보고 실망했고 앤이 평범하다고 들은 사람들은 앤을 만나면 다들 눈이 제대로 달린 것인지 의아스러워했다. 앤은 자신이 미인이라고 할 만한 구석이 있다고는 생각한 적이 없었다. 게다가 거울을 보면 거울에 비치는 거라고는 코에 일곱 개의 주근깨가 난 창백한 얼굴뿐이었다. 거울은 장밋빛으로 타오르는 불꽃같은 얼굴 위로 스치는 종잡을 수 없는 다채로운 표정을 앤에게 보여 주지 않았다.

앤은 엄밀하게 말해서는 결코 미인이 아니었지만, 앤의 외모에는 뭔가 형언할 수 없는 매력과 특별함이 있었다. 그래서 보는 사람들에게 즐거움을 주었다. 앤을 가장 잘 아는 사람들은 자신들도 모르는 사이에 앤의 가장 큰 매력은 앤을 감싸고 있는 가능성과 내면에 있는 잠재력이라고 느꼈다. 마치 앤은 무슨 일이 곧 일어날 것 같은 분위기를 풍기며 걸어 다니는 것 같았다.

딸기를 따면서 네 번째 샬로타는 라벤더에 대한 걱정을 털어놓았다. 따뜻한 마음을 가진 어린 하녀는 사랑하는 주인의 상태를 진심으로 걱정하고 있었다.

"앤 아가씨, 라벤더 마님은 건강이 좋지 않은 게 확실해요. 아프다고 불평하진 않으시지만요. 마님이 평소 같지 않은 지 꽤 됐어요. 아가씨하고 폴이 다녀간 후로요. 그날 밤 감기에 걸

리신 것 같아요. 아가씨와 폴이 떠난 후 마님은 숄 하나만 걸치고 정원을 걸었거든요. 눈이 잔뜩 쌓여 있었으니 감기에 걸리셨을 거예요. 그 후로 계속 지치고 외로워 보였어요. 아무 데도 관심을 보이지도 않으시고요. 손님이 오는 것처럼 상상하고 준비하지도 않아요. 그러다 아가씨가 오면 조금 명랑해지세요. 무엇보다 가장 큰일은요, 아가씨."

네 번째 샬로타는 정말로 이상하고 끔찍한 증상을 말하려는 것처럼 목소리를 낮추었다.

"제가 물건을 깨뜨려도 화를 내지 않으세요. 어제 늘 책장에 놓아두는 초록과 노랑으로 된 그릇을 깨뜨렸는데, 그건 할머님이 영국에서 가져오신 거라 끔찍하게 아끼던 거였어요. 그걸 먼지를 닦으려다가 놓쳐 버렸죠. 산산조각 나고 말았어요. 전 정말로 죄송하고 겁이 났어요. 당연히 라벤더 마님이 꾸중할 거라고 생각했으니까요. 차라리 예전처럼 야단치길 바랐어요. 그런데 마님이 오셔서 깨진 그릇을 보더니 '괜찮아, 샬로타. 깨진 조각을 모아서 버리렴.' 하시는 거예요. 마치 그게 할머님이 영국에서 가져온 그릇이 아닌 것처럼요. 아, 마님은 정말 상태가 안 좋으세요. 몹시 걱정이 되는데, 저 말고는 마님을 보살펴 줄 사람이 없어요."

네 번째 샬로타의 눈에는 눈물이 그렁그렁했다. 앤은 금 간 분홍색 컵을 들고 있는 작은 갈색 손을 다정하게 토닥거렸다.

"샬로타, 라벤더 아주머니한테는 변화가 필요한 것 같구나. 아주머니 혼자 집에 있는 시간이 너무 많아. 잠시 여행이라도 다녀오시게 할 수 있을까?"

샬로타는 우울한 표정으로 리본이 달린 머리를 흔들었다.

"아가씨, 그건 힘들 것 같아요. 마님은 여행을 싫어해요. 마님이 방문하는 친척은 겨우 세 명뿐인데 가족으로서의 의무 때문에 만나러 가는 것뿐이래요. 그리고 저번에 다녀와서는 더 이상 의무적인 친척 방문은 하지 않을 거라고 했어요. '샬로타, 외로운 생활을 그리워하며 집에 돌아왔단다. 이제 다시는 덩굴과 무화과나무가 있는 이곳을 벗어나고 싶지 않구나. 친척들은 자꾸 나한테 늙은이가 된 기분을 느끼게 하려고만 하거든. 그게 나한테 나쁜 영향을 끼쳐.'라고 하셨어요. 정말로 마님한테 나쁜 영향을 준다고 말씀하셨다니까요. 그러니 여행은 마님께 하나도 좋을 것 같지 않아요."

앤이 분홍색 컵에 마지막으로 보이는 딸기를 넣으며 단호하게 말했다.

"우리가 할 수 있는 일이 있는지 생각해 보자. 방학이 시작되자마자 내가 이리로 와서 일주일 내내 같이 있을게. 매일 소풍을 가고 온갖 재미있는 상상놀이를 준비해서 라벤더 아주머니의 기운을 북돋워 드리자."

"앤 아가씨, 바로 그거면 될 거예요!"

네 번째 샬로타가 크게 기뻐하며 소리쳤다. 샬로타가 기뻐한 이유는 라벤더를 위해서이기도 했지만 자신을 위해서이기도 했다. 일주일 내내 앤을 연구하다 보면 앤처럼 움직이고 행동하는 법을 확실히 배울 수 있을 터였다.

두 소녀가 메아리 오두막으로 돌아와 보니 라벤더와 폴이 부엌의 네모난 테이블을 정원에 내놓고 차 마실 준비를 모두 끝내 놓았다. 하얀 솜털처럼 보송보송한 구름이 가득한 푸르른 하늘 아래, 혀 짧은 소리로 속삭이는 숲의 긴 그늘 아래서 먹는 딸기와 크림은 그 무엇보다도 맛있었다. 차를 다 마시고 앤이 샬로타를 도와 설거지를 하는 동안 라벤더는 폴과 벤치에 앉아 바위 사람들의 이야기를 들었다. 라벤더는 열심히 귀를 기울였지만 폴은 라벤더가 쌍둥이 선원 이야기에 갑자기 흥미를 잃었다는 걸 알아차렸다.

폴이 진지하게 물었다.

"라벤더 아주머니, 왜 그런 표정으로 저를 보세요?"

"폴, 내가 어떤 표정인데?"

"저를 보면서 다른 누군가를 떠올리는 표정 같아요."

폴은 때때로 신기한 통찰력을 발휘할 때가 있는데, 그럴 때면 누구라도 비밀을 지키기가 쉽지 않았다.

라벤더가 꿈꾸듯 말했다.

"그래, 너를 보고 있으면 오래전에 알았던 누군가가 생각난

단다."

"젊으셨을 적에요?"

"그래, 젊었을 적에. 폴, 내가 많이 늙어 보이니?"

폴이 솔직하게 말했다.

"사실 전 잘 모르겠어요. 아주머니의 머리카락은 늙은 사람 같아요. 전 하얀 머리를 가진 젊은 사람은 보지 못했거든요. 하지만 웃을 때면 아주머니의 눈은 우리 예쁜 선생님만큼이나 젊어요. 아주머니, 있잖아요."

폴이 재판관처럼 엄숙한 목소리와 표정으로 말했다.

"아주머니는 정말로 좋은 엄마가 되었을 거예요. 아주머니의 눈을 보면 알 수 있어요. 우리 엄마의 눈빛하고 똑같거든요. 아주머니한테 아들이 없다니 안타까워요."

"폴, 나한테는 꿈속의 아들이 있단다."

"정말요? 그 애는 몇 살이에요?"

"네 또래쯤 됐을 거야. 내가 그 애에 대한 꿈을 꾸기 시작한 건 네가 태어나기도 훨씬 전이니까 너보다 나이가 더 많을 거야. 하지만 열한 살이나 열두 살보다 더 크지 못하게 했단다. 그보다 더 크면 완전히 어른이 될 때까지 자라서 내 곁을 떠날 테니까."

폴이 고개를 끄덕였다.

"저도 알아요. 꿈 이야기에 나오는 사람들은 그래서 좋아요.

언제까지 우리가 원하는 나이로 있게 할 수 있으니까요. 꿈나라 사람들을 가지고 있는 사람은 제가 아는 사람들 중에서는 아주머니하고 선생님하고 저뿐인데. 우리 셋이 서로 아는 사이라는 게 신기하지 않나요? 그런 사람들은 서로 만나게 되어 있나 봐요. 할머니한테는 꿈나라 사람들이 없고, 메리 조는 제가 꿈나라 사람들에 대해 생각한다고 머리가 돌았다고 생각해요. 하지만 꿈나라 사람들을 안다는 건 정말 멋진 일이라고 생각해요. 아주머니도 아시겠지만요. 아주머니의 꿈속 아들에 대해 전부 이야기해 주세요."

"그 애는 파란 눈에 곱슬머리야. 매일 아침 살그머니 방으로 들어와서 키스로 나를 깨우지. 그러고는 하루 종일 여기 정원에서 놀아. 나도 그 애랑 같이 놀지. 참 재미있는 놀이를 하고 달리기 경주도 하고 메아리랑 얘기하거나 내가 이야기를 들려주기도 해. 그리고 해 질 무렵이 되면……."

폴이 안달하며 끼어들었다.

"저도 알아요. 그 애는 아주머니 옆에 앉아서, 그런데 열두 살은 아주머니 무릎으로 올라가기에는 너무 크니까, 아주머니의 어깨에 머리를 기대요. 그러면 아주머니는 그 애를 꼭, 아주 꼭 안으면서 그 애의 머리에 뺨을 올려놓지요. 그래요, 바로 그런 거예요. 아, 아주머니도 정말로 아시는군요."

돌집에서 나오며 두 사람의 모습을 본 앤은 라벤더의 얼굴을 보고 두 사람을 방해하고 싶지 않은 마음이 들었다.

"폴, 아쉽지만 어두워지기 전에 집에 도착하려면 그만 가야 해. 라벤더 아주머니, 곧 다시 와서 이곳에서 일주일 내내 지낼 게요."

앤의 말에 라벤더가 겁을 주었다.

"일주일 동안 있을 마음으로 와도 내가 이주일 동안 머무르게 할 거야."

# 28

# 마법의 성으로 돌아온 왕자

학교에서 아이들과 보내는 마지막 날이 지나갔다. 앤의 학생들은 멋지게 '기말고사'를 치렀다. 마지막 시간에 아이들은 앤에게 감사 인사를 전하고 휴대용 간이책상을 선물로 주었다. 여학생들과 함께 자리한 부인들은 모두 울음을 터뜨렸고 남학생들 몇 명도 아니라고 했지만 울었다는 사실이 나중에 밝혀졌다.

하먼 앤드루스 부인과 피터 슬론 부인, 윌리엄 벨 부인은 함께 집으로 돌아가면서 이런저런 이야기를 나누었다.

"아이들이 앤을 무척 좋아하는데 그만둔다니 정말 안타까워요."

슬론 부인이 한숨을 내쉬었다. 슬론 부인은 무슨 말이든 항상 한숨으로 끝맺는 버릇이 있었는데 농담을 할 때도 마찬가지였다.

슬론 부인이 급하게 덧붙였다.

"물론 내년에도 좋은 선생님이 오시겠지만요."

앤드루스 부인이 약간 딱딱하게 말했다.

"제인이 잘 해낼 거예요. 제인은 아이들에게 동화를 그렇게 자주 들려준다거나 숲속을 돌아다니는 데 많은 시간을 허비하진 않을 거예요. 제인의 이름은 장학사의 우수 교사 명단에도 올라가 있다고 해요. 뉴브리지 사람들은 제인이 그만두는 걸 무척이나 아쉬워한대요."

벨 부인이 말했다.

"앤이 대학을 가게 돼서 정말 잘됐어요. 항상 대학에 가고 싶어 했는데 아주 잘된 일이죠."

"글쎄요, 난 잘 모르겠네요."

앤드루스 부인은 그날 누구의 말에도 전적으로 동감하지 않으려고 단단히 마음먹은 터였다.

"앤이 공부를 더 할 필요가 있는지 모르겠어요. 길버트 블라이스가 대학을 끝마칠 때까지 앤에게 계속 관심을 가진다면 앤은 아마 길버트하고 결혼할 텐데, 라틴어나 그리스어가 무슨 소용이겠어요? 대학에서 남자 다루는 법을 가르친다면야 갈 필요가 있겠지만요."

하면 앤드루스 부인은 에이번리 사람들이 수군대듯이 '남편'

다루는 방법을 배우지 못했다. 그래서 앤드루스네는 행복한 가정의 모범이 되는 집은 아니었다.

벨 부인이 말했다.

"앨런 목사님은 샬럿타운으로 가기로 결정 났나 봐요. 곧 여길 떠나시겠네요."

"9월이 되면 가실 텐데. 우리 교구로는 큰 손실이에요. 앨런 부인이 목사 부인치고는 옷차림이 화려하다고 생각했는데. 하지만 세상에 완벽한 사람은 없잖아요. 해리슨 씨가 오늘 얼마나 깔끔한 차림이었는지 봤어요? 사람이 그렇게 달라질 수 있다니. 해리슨 씨는 일요일마다 교회에 나가서 십일조를 한다니까요."

슬론 부인이 말하자 앤드루스 부인이 말을 돌렸다.

"폴 어빙이 얼마나 컸는지 봤어요? 여기 올 때만 해도 나이에 비해 아주 작았는데, 오늘 보니 몰라볼 정도로 컸더군요. 점점 제 아빠를 닮아 가요."

"정말 똑똑한 애예요."

벨 부인의 말에 앤드루스 부인이 목소리를 낮추더니 은근한 어투로 말했다.

"똑똑하긴 하지만…… 그 애는 이상한 얘기를 해요. 지난주에 하루는 그레이시가 폴이 들려줬다며 바닷가에 사는 사람들에 대한 장황한 이야기를 하더군요. 도무지 사실일 리가 없는 얘기였죠. 그레이시한테 그 얘기를 믿지 말라고 했더니 그레이시는 폴이 믿으라고 한 얘기가 아니었다는 거예요. 하지만 믿으라는 게 아니면 왜 그런 얘기를 했겠어요?"

"앤은 폴이 천재라고 해요."

슬론 부인의 말에 앤드루스 부인이 대꾸했다.

"그럴지도 모르죠. 미국인들은 통 알 수가 없으니."

앤드루스 부인이 '천재'라는 단어에 대해 아는 거라고는 일상적으로 별난 사람들을 가리켜 '괴상한 천재'라고 부른다는 것뿐이었다. 앤드루스 부인은 메리 조와 마찬가지로 천재라는 말이 머리가 이상한 사람을 뜻한다고 생각했을지도 몰랐다.

다시 교실로 돌아간 앤은 2년 전 처음 학교에 온 날처럼 손으로 얼굴을 받친 채 아쉬운 눈길로 창밖으로 **반짝이는 호수**를 바라보며 책상에 홀로 앉아 있었다. 앤은 아이들과 헤어져야 한다는 사실에 너무도 가슴이 아파서 잠시 동안 대학에 간다는 설렘이 사라졌다. 아네타 벨이 목을 껴안고 '선생님, 전 앞으로 그어떤 선생님도 선생님만큼 좋아하지 않을 거예요. 절대로, 절대로요.'라고 울먹이던 소리가 아직도 생생하게 들리는 듯했다.

앤은 2년 동안 열심히 성실하게 일했고 실수를 하면서 교훈을 얻었다. 보람도 많이 느꼈다. 앤이 학생들을 가르쳤지만 학생들은 앤에게 더욱 많은 것을 가르쳐 주었다. 다정함, 자신을 제어하는 방법, 순수한 지혜, 천진난만한 마음 등. 앤은 아이들에게 굉장한 '포부'는 불어넣지 못했는지 모른다. 하지만 아이들에게 앤은 말로 된 가르침보다 따뜻한 마음으로 앞으로 멋있고 아름답게 살아가야 한다는 것을 가르쳐 주었다. 거짓과 심술궂음, 무례함은 멀리하고 진실과 예의, 친절함을 가지고 살아가라고. 아이들은 앤에게 그런 것을 배웠다는 사실을 아직 모르겠지만 먼 훗날 아프가니스탄의 수도나 장미 전쟁이 일어난 연도는 잊어버려도 그 가르침을 기억하고 실천하면서 살아갈 것이다.

앤은 책상을 잠그면서 "내 삶의 한 시절이 지나갔어."라고 큰소리로 말했다. 그 사실은 앤을 슬프게 했지만 '한 시절'이라는 말에서 느껴지는 낭만이 조금은 위안이 되었다.

앤은 방학이 시작되고 얼마 후 메아리 오두막으로 가서 2주 동안 지내며 모두와 즐거운 시간을 보냈다.

앤은 라벤더와 함께 시내로 쇼핑을 나갔다가 라벤더에게 새 모슬린 드레스를 만들 천을 사라고 권유했다. 집으로 돌아온 두 사람은 함께 천을 잘라 옷을 만들었고 네 번째 샬로타는 즐겁게 시침질을 하고 천 자투리를 치웠다. 라벤더는 어떤 일에도 흥미가 생기지 않는다고 불평했지만 예쁜 드레스를 보자 눈에 생기가 돌았다.

라벤더가 한숨을 내쉬었다.

"난 정말 바보 같고 경솔한 사람이야. 아무리 물망초 모슬린이라도 그렇지. 새 드레스를 보고 이렇게 다시 기운이 나다니 부끄러워. 해외 선교단에 기부금을 낼 때도 이렇지 않았는데.”

돌집에 있은 지 일주일이 지난 후 앤은 쌍둥이의 양말을 기워 주고 그동안 잔뜩 쌓인 데이비의 질문에 답해 주려고 하루만 초록 지붕 집에 다니러 갔다. 저녁에는 폴 어빙을 보러 해변길로 갔다. 거실로 나 있는 나지막한 창문을 지나는데 폴이 누군가의 무릎에 앉아 있는 모습이 언뜻 보였다. 바로 그때 폴이 복도로 순식간에 달려 나왔다.

“선생님! 무슨 일이 일어났는지 상상도 못하실 거예요! 정말 멋진 일이 생겼어요. 아빠가 오셨어요! 생각해 보세요! 아빠가 오셨다고요! 어서 들어오세요. 아빠, 이분이 우리 예쁜 선생님이에요. 아빠도 아시지만요.”

폴이 잔뜩 흥분해서 소리쳤다.

스티븐 어빙이 나와 미소로 앤을 맞이했다. 어빙 씨는 키가 크고 잘생긴 중년 남자로 잿빛 머리에 깊고 짙은 파란 눈, 강인하면서도 슬퍼 보이는 표정, 이마와 턱선의 윤곽이 뚜렷했다. 앤은 로맨스의 주인공에 딱 어울리는 얼굴이라고 생각하면서 만족감으로 가슴이 설레었다. 로맨스의 주인공이 대머리에 등이 굽었다거나 남자다운 매력이 없다면 몹시 실망스러울 테니까. 앤은 라벤더의 사랑 이야기의 주인공이 어빙 씨처럼 생기지 않았다면 끔찍했을 거라고 생각했다.

어빙 씨가 따뜻하게 악수를 청했다.

"이분이 바로 우리 아들의 '예쁜 선생님'이군요. 얘기 많이 들었습니다. 폴이 보낸 편지에 선생님의 이야기가 가득해서 이미 선생님을 잘 아는 느낌이 드네요. 폴에게 잘해 주셔서 고맙습니다. 선생님은 폴에게 필요한 영향을 주신 것 같습니다. 제 어머니는 무척 좋은 분이시지만 스코틀랜드인 특유의 강건하고 현실적인 사고방식을 갖고 계셔서 폴의 성격을 이해하지 못하실 때도 있었을 겁니다. 그 점을 선생님이 채워 주셨어요. 지난 2년 동안 폴은 어머니와 선생님 사이에서 엄마 없는 아이로서는 최고의 교육을 받은 것 같습니다."

사람은 누구나 칭찬과 감사의 말을 좋아한다. 어빙 씨의 칭찬에 앤의 얼굴은 '활짝 핀 장미꽃'처럼 빛났고, 항상 바쁜 생활에 지쳐 살아가는 어빙 씨는 빨간 머리에 멋진 눈동자를 가진 이 '동부 해안' 지방에 사는 학교 선생보다 더 아름답고 사랑스러운 아가씨는 본 적이 없다고 생각했다.

폴이 행복에 겨운 얼굴로 두 사람 사이에 앉으며 말했다.

"아빠가 오실 줄 정말 몰랐어요. 할머니도 모르셨어요. 정말 깜짝 놀랐어요. 평소에는…… 놀라는 걸 좋아하지 않아요. 놀랄 때는 기대할 때의 재미가 전부 사라져 버리니까요. 하지만 이번 일은 괜찮아요. 아빠는 어제 제가 잠자리에 든 후에 도착하셨어요. 할머니와 메리 조가 놀란 마음을 가라앉히고 나서 아빠와 할머니가 이층으로 저를 보러 오셨어요. 아침에 깨우려는 생각이었지만 전 곧바로 일어나서 아빠를 보았어요. 벌떡 일어나서 뛰어들었다니까요."

폴이 갈색 곱슬머리를 진지하게 흔들었다.

어빙 씨가 웃으며 폴의 어깨에 팔을 둘렀다.

"곰처럼 껴안았지. 너무 많이 크고 까무잡잡해지고 튼튼해져서 몰라볼 뻔했지 뭐냐."

"할머니와 나 둘 중에서 아빠를 보고 누가 더 기뻤는지 모르겠어요. 할머니는 하루 종일 부엌에서 아빠가 좋아하는 음식을 만드셨어요. 메리 조 누나한테 맡길 수 없다면서요. 그게 할머니가 반가움을 표시하는 방법이에요. 난 앉아서 아빠랑 얘기하는 게 제일 좋아요. 아참, 잠깐 밖에 나갔다 올게요. 메리 조 대신 소를 몰고 와야 해서요. 그건 제가 할 일이거든요."

폴이 날쌔게 '할 일'을 끝마치기 위해 밖으로 나간 후 어빙 씨는 앤에게 여러 가지 이야기를 했다. 하지만 앤은 내내 어빙 씨가 다른 생각을 하고 있다는 느낌을 받았다. 곧 그것이 사실로 드러났다.

"폴이 보낸 마지막 편지에 선생님하고 그래프턴의 돌집에 사는 내 옛…… 친구…… 라벤더 양의 집에 다녀왔다고 쓰여 있더군요. 라벤더 양과 가깝게 지내시나요?"

"네, 아주 가깝게 지내지요."

앤은 전신을 훑고 지나가는 흥분을 느끼며 대답했다. 드디어 로맨스가 바로 눈앞에서 빼꼼히 모습을 드러내리라는 예감이 들었다.

어빙 씨는 자리에서 일어나 창가로 가더니 하프 소리를 내는 바람 소리를 들으며 황금빛으로 일렁이는 너른 바다를 바라보았다. 작은 거실에는 잠시 침묵이 맴돌았다. 어빙 씨가 돌아서더니 어색하게 상냥한 미소를 지으며 앤의 이해심 가득한 얼굴을 내려다보았다.

"얼마나 알고 있는지 궁금하군요."

"전부 다 알고 있어요."

앤이 곧바로 대답하고는 이내 설명을 덧붙였다.

"우리는 아주 아까운 사이예요. 라벤더 아주머니는 그런 조심스러운 이야기를 아무에게나 하는 분이 아니랍니다. 우린 마음이 잘 통하는 사이예요."

"그렇군요. 저도 선생님이 그런 분이라고 생각합니다. 부탁 하나 하겠습니다. 라벤더 양이 허락한다면 만나러 가고 싶군요. 내가 만나러 가도 될지 물어봐 주시겠어요?"

라벤더가 그 부탁을 승낙할까? 당연한 이야기였다! 이것은 너무도 아름다운 운율과 줄거리, 꿈이 있는 진짜 로맨스였으니까. 비록 6월에 피었어야 할 장미꽃이 10월에야 피어난 것처럼 늦기는 했지만, 여전히 아름다움과 향기를 간직한, 가운데는 황금빛으로 빛나는 장미꽃이었다. 다음 날 아침 너도밤나무 숲을 지나 그래프턴으로 향하는 앤의 발걸음은 그 어떤 심부름을 할 때보다 가벼웠다. 앤은 정원에 있는 라벤더를 보았다. 앤의 가슴이 설렘으로 두근거렸다. 손은 차갑고 목소리는 떨렸다.

"라벤더 아주머니, 드릴 말씀이 있어요. 아주 중요한 이야기예요. 혹시 뭔지 아시겠어요?"

앤은 라벤더가 절대로 짐작하지 못하리라고 생각했다. 그러나 라벤더는 얼굴이 창백해지더니 조용하고 차분한 목소리로 말하는 것이었다. 평소 라벤더의 목소리에 담겨 있는 생기발랄함은 희미해지고 없었다.

"스티븐 어빙이 돌아왔니?"

"어떻게 아셨어요? 누구한테 들으셨어요?"

앤은 자기가 안고 온 놀라운 소식을 라벤더가 이미 알고 있다는 사실에 몹시 실망스러워 소리쳤다.

"아무도. 네 말투를 듣고 짐작했어."

"어빙 씨가 아주머니를 만나러 오고 싶어 하세요. 와도 된다고 전할까요?"

라벤더가 두근거리는 가슴을 누르며 말했다.

"물론이야. 못 올 이유가 없지. 친구로서 방문하는 거니까."

앤은 라벤더의 책상에서 편지를 쓰려고 집 안으로 서둘러 달려가면서 생각했다.

"아, 책에 나올 법한 일이 실제로 일어나다니, 정말 즐거워. 물론 끝도 해피엔딩이잖아. 그래야만 해. 폴은 마음에 드는 새 엄마가 생길 거고, 모두들 행복해지겠지. 하지만 어빙 씨가 라벤더 아주머니를 데려가면 이 돌집은 어떻게 될까? 세상 모든 일에는 장단점이 있구나."

앤은 편지를 후다닥 써서 직접 그래프턴 우체국으로 가져가 우체부를 붙잡고는 에이번리 우체국에 배달해 달라고 부탁했다.

"정말 중요한 편지예요."

앤이 간절한 목소리로 부탁했다. 우체부는 사랑의 전령사와는 거리가 멀어 보이는 퉁명스러운 노인이었는데, 앤은 노인의 기억력을 신뢰할 수 없었다. 하지만 우체부가 꼭 기억하겠다고 말했으므로 앤은 믿는 수밖에 없었다.

네 번째 샬로타는 그날 오후 돌집에 자기만 알지 못하는 수수께끼가 가득하다고 느꼈다. 라벤더는 산만한 얼굴로 정원을 이리저리 돌아다녔고 앤 역시 귀신에 홀린 것처럼 불안하게 앞뒤로, 위아래로 왔다 갔다 하고 있었다. 네 번째 샬로타는 참다 참다 몽상에 빠진 아가씨가 세 번째로 아무 이유 없이 부엌을 왔다 갔다 할 때 앤의 앞을 가로막았다.

네 번째 샬로타가 파란 리본을 단 머리를 홱 젖히며 말했다.

"앤 아가씨. 제발 부탁이에요. 마님과 아가씨한테 비밀이 있는 게 틀림없어요. 제가 주제넘게 굴어도 용서해 주세요. 하지만 다 같이 가깝게 지냈는데 저만 쏙 빼놓다니, 정말 섭섭해요."

"아, 샬로타, 만약 내 비밀이라면 너한테 전부 다 말했을 거야. 하지만 이건 라벤더 아주머니의 비밀이란다. 하지만 조금만 말해 줄게. 절대 그 누구한테도 말해서는 안 돼. 오늘 백마 탄 왕자님이 오실 거야. 그분은 오래전에 왔었지만 어리석게도 멀리까지 가서 떠돌아다녔어. 그러다 마법의 성으로 오는 오솔길을 잃어버렸어. 거기에는 오직 왕자님만 생각하며 슬프게 우는 공주님이 살고 있었지. 하지만 왕자님은 마침내 그 길을 다시 기억해 냈고 공주님도 여전히 왕자님을 기다리고 있어. 공주님을 데려갈 수 있는 사람은 왕자님뿐이거든."

네 번째 샬로타는 어리둥절해했다.

"앤 아가씨, 무슨 말인지 모르겠어요. 쉽게 이야기해 주세요."

앤이 웃음을 터뜨렸다.

"쉽게 말하면 라벤더 아주머니의 옛 친구가 오늘 밤 아주머니를 만나러 온다는 거야."

사실 그대로 말해야만 직성이 풀리는 샬로타가 또 물었다.

"마님의 옛 애인 말인가요?"

앤이 진지하게 대답했다.

"그런 셈이지. 바로 폴의 아버지인 스티븐 어빙 씨야. 어떻게 될지 모르지만 잘되기를 바라자, 샬로타."

샬로타가 똑 부러지게 대답했다.

"전 그분이 마님과 결혼했으면 좋겠어요. 어떤 여자들은 마음먹고 노처녀가 되는데 저도 그렇게 될 것 같아요. 아가씨, 왜냐하면 전 남자들한테 참을성이 별로 없거든요. 하지만 라벤더 마님은 그런 분이 아니에요. 나중에 제가 보스턴으로 떠날 나이가 되면 마님은 어떻게 될까 잔뜩 걱정이 됐어요. 이제 우리 집에는 더 이상 딸이 없으니까요. 생판 모르는 사람이 저 대신 와서 마님이 상상하는 걸 비웃고 물건을 제자리에도 놓지 않고 다섯 번째 샬로타라고 불리는 걸 싫어하면 어떡해요? 그릇을 깨뜨리지는 않을지 몰라도 저만큼 마님을 사랑하는 사람을 구하진 못할 거예요."

충실한 어린 하녀는 코를 쿵쿵대더니 오븐이 있는 곳으로 황급히 달려갔다.

그날 밤 메아리 오두막은 여느 날과 마찬가지로 차 마시는 시간을 가졌지만 다들 마시지는 않았다. 그 후 라벤더는 방으로 가서 새 물망초 모슬린 드레스를 입었고, 앤은 라벤더의 머리를 빗어 주었다. 둘 다 무척 설레었지만 라벤더는 차분하고 아무렇지 않은 척했다.

그 순간 라벤더는 커튼이 가장 중요한 것이라도 되는 듯 유심히 살피면서 걱정스럽게 말했다.

"내일은 커튼 해진 데를 손봐야겠어. 이 커튼은 가격에 비해 괜찮아. 맙소사, 샬로타가 계단 난간 닦는 걸 또 잊어버렸네. 한 소리 해야겠어."

앤이 현관 계단에 앉아 있을 때 스티븐 어빙이 오솔길을 지나 정원으로 걸어왔다.

어빙 씨가 즐거운 눈으로 주변을 둘러보았다.

"이곳은 시간이 멈춰 있는 유일한 곳이군요. 내가 25년 전에 이곳에 다녀간 뒤로 집도 정원도 변한 게 전혀 없어요. 다시 젊어지는 느낌입니다."

앤이 진지하게 말했다.

"마법의 성에서는 시간이 늘 멈춰 있으니까요. 왕자님이 와야만 시간이 다시 흐르기 시작하지요."

어빙 씨는 젊음과 약속의 꽃인 과꽃처럼 온통 희망에 부푼 앤의 얼굴을 바라보며 약간 슬픈 미소를 지었다.

"때로는 왕자가 아주 늦기도 하지요."

어빙 씨는 앤에게 쉬운 말로 풀어서 말해 달라고 하지 않았다. 마음이 맞는 사람이 으레 그렇듯이 어빙 씨도 앤의 말을 이해했다.

"늦지 않았어요. 진짜 왕자가 진짜 공주를 찾아오는 거라면요."

앤이 응접실 문을 열면서 빨간 머리를 단호하게 흔들며 말했다.

어빙 씨가 안으로 들어가자 앤은 뒤돌아섰다. 복도에서 네 번째 샬로타가 '고개를 끄덕이고 손짓을 하며 환하게 미소 짓고' 있었다.

샬로타가 숨을 몰아쉬며 말했다.

"아, 앤 아가씨, 부엌 창문으로 슬쩍 봤는데, 그분은 정말로 잘생겼고 마님이랑 나이도 맞아요. 아가씨, 문에서 엿들으면 안 될까요?"

앤이 단호하게 말했다.

"그건 절대로 안 될 일이야, 샬로타. 나랑 같이 유혹이 뻗치지 않는 곳으로 가자꾸나."

샬로타가 한숨을 쉬었다.

"전 아무것도 손에 잡히지 않아요. 하지만 가만히 기다리는 건 더욱 끔찍한 일이죠. 아가씨, 그분이 마님한테 청혼하지 않으면 어떡해요? 남자들은 믿을 수가 없잖아요. 우리 큰언니인 첫 번째 샬로타는 언젠가 어떤 남자하고 결혼을 약속했다고 생각했어요. 그런데 알고 보니까 그 남자 생각은 그게 아니었던 거예요. 큰언니는 다시는 남자를 믿지 않겠다고 했어요. 그리고 이런 얘기도 들은 적 있어요. 어떤 남자가 실제로는 동생을 좋아하면서도 겉으로는 언니를 좋아하는 척했다는 거예요. 아가씨, 어떻게 하면 여자가 남자에 대해 확신할 수 있는 거죠?"

"부엌에 가서 은수저나 닦자. 다행히 그건 아무 생각 없이 할

437

수 있는 일이잖아. 난 오늘 밤은 아무 생각도 할 수 없을 것 같아. 은수저를 닦다 보면 시간이 지나갈 거야."

한 시간이 지났다. 앤이 반짝이는 마지막 은수저를 내려놓았을 때 현관문이 닫히는 소리가 들렸다. 앤과 네 번째 샬로타는 서로의 눈을 쳐다보며 위안을 얻으려고 했다.

"아, 아가씨, 그분이 이렇게 일찍 돌아간다면 일이 잘됐을 리도 없고 앞으로 잘될 수도 없잖아요."

그들은 창가로 뛰어갔다. 어빙 씨는 가려는 것이 아니었다. 어빙 씨와 라벤더는 정원 가운데를 가로지르는 오솔길을 따라 돌 벤치가 있는 곳으로 천천히 걷고 있었다.

네 번째 샬로타가 즐겁게 속삭였다.

"아, 앤 아가씨, 그분이 마님의 허리에 팔을 둘렀어요. 그분이 청혼을 한 게 틀림없어요. 그렇지 않았다면 마님이 허락하지 않았을 거예요."

앤은 네 번째 샬로타의 통통한 허리를 잡고 숨이 찰 때까지 부엌을 빙 돌면서 춤을 추었다.

앤이 즐겁게 소리쳤다.

"아, 샬로타. 난 예언자도 아니고 예언자의 딸도 아니지만 예언을 하나 해볼게. 단풍잎이 빨갛게 물들기 전에 이 돌집에서 결혼식이 있을 거야. 쉬운 말로 풀어서 설명해 줄까, 샬로타?"

"아뇨. 이해할 수 있어요. 결혼식은 시적인 표현이 아니니까요. 아니, 아가씨, 왜 울어요?"

앤이 눈을 깜빡거리며 눈물을 떨어뜨렸다.

"아, 너무 아름다워서 그래. 동화 같고 너무도 낭만적이고 슬픈 이야기라서. 완벽하게 아름다운 이야기지만 약간 슬프기도 해."

네 번째 샬로타도 인정했다.

"물론 누구한테나 결혼은 위험한 일이에요. 하지만요, 아가씨, 살다 보면 남편보다 나쁜 것들도 많아요."

# 29

# 시와 산문

그다음 한 달 동안 앤은 에이번리를 설렘이 연속되는 곳이라고 부를 만큼 즐거운 시간을 보냈다. 레드먼드로 떠날 준비를 하는 것이 뒤로 밀려날 정도였다. 라벤더의 결혼 준비로 돌집에서는 의논과 계획이 끊임없이 이어졌고 네 번째 샬로타는 즐거움과 놀라움으로 주변을 바쁘게 오갔다. 그리고 재단사가 찾아오자 옷을 고르고 입어 보고 하느라 그곳은 기쁨이 넘쳐났다. 앤과 다이애나는 하루의 절반을 메아리 오두막에서 보냈다. 앤은 라벤더에게 신혼여행 때 입을 드레스로 짙은 감색보다 갈색을 고르라고 조언하고 회색 비단옷이 공주처럼 보일 거라고 말해 준 것이 잘한 일인지 고민하느라 잠을 설치기도 했다.

라벤더와 관련된 사람들은 모두 기뻐했다. 폴 어빙은 아버지에게 이야기를 듣자마자 앤에게 전해 주기 위해 초록 지붕 집으로 달려와 자랑스럽게 말했다.

"아빠가 멋진 새엄마를 골라 주실 줄 알았어요. 이렇게 믿음직한 아빠가 있다는 건 정말 좋은 일이에요. 선생님, 전 라벤더 아주머니를 사랑해요. 할머니도 기뻐하세요. 할머니는 아빠가 두 번째 부인으로 미국인을 고르지 않아서 정말로 잘된 일이래요. 첫 번째는 그래도 괜찮았지만 두 번째도 잘되리라는 보장이 없다고요. 린드 부인도 이 결혼에 전적으로 찬성이라면서 이제 라벤더 아주머니가 결혼을 하게 됐으니까 별난 생각을 버리고 다른 사람들처럼 평범하게 살 것 같대요. 선생님, 하지만 전 라벤더 아주머니가 별난 생각을 버리지 않았으면 좋겠어요. 전 라벤더 아주머니의 별난 생각이 좋고 아주머니가 다른 사람들처럼 되는 건 싫거든요. 그런 사람들은 세상에 너무 많잖아요. 선생님도 그렇죠?"

네 번째 샬로타 역시 기쁨으로 얼굴이 환해졌다.

"앤 아가씨, 모든 게 다 잘됐어요. 어빙 나리와 마님이 신혼여행에서 돌아오면 저도 그분들을 따라 보스턴으로 가서 살 거예요. 전 아직 열다섯 살인데 말이에요. 언니들은 열여섯 살이 돼서 보스턴으로 갔거든요. 어빙 나리는 정말로 멋지죠? 나리는 마님이 밟은 땅까지도 숭배한답니다. 나리가 마님을 바라보는 눈빛을 보면 가끔 제 마음이 이상해져요. 아가씨, 그 눈빛은 뭐라고 설명할 수가 없거든요. 두 분이 서로를 끔찍하게 사랑해서 정말 감사해요. 사랑 없이 살아갈 수 있는 사람들도 있지만 그래도 사랑하면서 살아가는 게 최고예요. 우리 숙모는 결혼을 세 번 했는데요, 첫 번째는 사랑 때문이었고 나머지 두 번은 돈 때문이었지만 장례식 때만 빼고는 세 남편들하고 모두 행복했대요. 하지만 그래도 전 숙모가 위험한 일을 한 거였다고 생각해요, 앤 아가씨."

그날 밤 앤이 마릴라에게 속삭였다.

"아, 정말로 낭만적이에요. 그날 킴벌네 집에 가면서 제가 길을 잘못 들지 않았다면 라벤더 아주머니를 만나지 못했겠죠. 그럼 폴을 거기에 데려가지도 못했을 테고요. 그리고 폴은 샌프란시스코로 떠나려는 어빙 씨에게 라벤더 아주머니를 만났다는 편지도 보내지 않았겠죠. 그 편지를 받은 어빙 씨는 동업자를 대신 샌프란시스코로 보내고 이리로 온 거래요. 어빙 씨는 15년 동안 라벤더 아주머니의 소식을 듣지 못했다고 해요. 15년 전에 누군가에게 라벤더 아주머니가 결혼한다는 이야기를 듣고는 그 후로 누구에게도 라벤더 아주머니에 대해 물어보지 않았대요. 이제야 모든 일이 제대로 됐어요. 저도 한몫을 했고요. 린드 아주머니의 말대로 모든 일은 예정되어 있고 일어날 일은 어떻게든 일어나게 되어 있나 봐요. 그래도 예정된 일이 일어날 수 있도록 도왔다는 게 기뻐요. 정말로 낭만적인 일이에요."

"뭐가 그렇게 낭만적인지 난 모르겠구나."

마릴라가 딱딱하게 말했다. 마릴라는 앤이 그 일에 지나치게 빠져 있다고 생각했다. 앤은 라벤더의 결혼 준비를 도와주느라 사흘에 이틀은 메아리 오두막을 '어슬렁거리고' 있었다. 대학에 가려면 준비할 것도 많은데 말이다.

"애초에 두 젊은 바보가 말다툼을 하고 토라졌다. 그래서 스티븐 어빙은 미국으로 떠났고 거기서 결혼해 모든 면에서 행복하게 잘 살았다. 그 후 아내가 죽었고 시간이 어느 정도 지난 후 고향으로 돌아와 첫사랑의 마음이 그대로인지 보려고 했다. 그동안 스티븐의 첫사랑은 마음에 드는 사람이 나타나지 않아서 혼자 살고 있었고 결국 다시 만난 두 사람은 결혼하기로 했다. 도대체 뭐가 낭만적이란 말이냐?"

앤이 마치 찬물을 뒤집어쓴 것처럼 숨을 헐떡였다.

"그렇게 말씀하시니까 정말 하나도 낭만적이지 않네요. 산문식으로 보면 그렇거든요. 하지만 시적으로 보면 완전히 달라요. 시적으로 보는 게 훨씬 더 멋져요."

앤은 다시금 눈빛을 반짝이며 뺨을 발그레 붉혔다.

마릴라는 환하게 빛나는 앤의 얼굴을 보고 더 이상 비꼬는 말은 하지 않았다. 어쩌면 앤처럼 '하늘이 준 상상력'을 가지는 편이 낫다는 사실을 깨달았는지도 몰랐다. 그것은 삶을 바꾸거나 새로운 시선으로 바라보는 힘이었다. 세상 모든 것이 천상의 빛으로 둘러싸여 있는 것처럼 느끼게 해주는 그 힘은 마릴라나 네 번째 샬로타처럼 세상을 오직 산문식으로만 바라보는 사람들에게는 보이지 않는 아름다움과 새로움을 안겨 주었다.

마릴라가 잠시 후 물었다.

"결혼식이 언제냐?"

"8월 마지막 주 수요일이에요. 정원의 인동덩굴 아래에서 결혼식이 열릴 거예요. 25년 전에 어빙 씨가 라벤더 아주머니에게 청혼했던 바로 그 자리예요. 마릴라 아주머니, 이건 산문식으로 표현해도 낭만적인 일이에요. 폴의 할머니, 폴, 길버트, 다이애나, 저, 라벤더 아주머니의 사촌들만 참석할 거예요. 두 분은 6시 기차로 태평양 연안으로 신혼여행을 떠날 거고요. 가을에 여행에서 돌아오면 폴하고 네 번째 샬로타도 두 분과 같이 보스턴으로 가서 살 거예요. 하지만 메아리 오두막은 그대로 남겨 둔대요. 물론 닭과 소들은 팔고 창문도 닫아 두겠지만요. 여름마다 거기로 와서 지낼 거래요. 정말 기쁘지 뭐예요. 겨울에 레드먼드에 있으면서 돌집이 버려졌다거나 더 나쁘게는 다른 사람이 살고 있다고 생각하면 정말 가슴이 아플 거예요. 하지만 이제는 돌집이 다시 생기와 웃음으로 되살아날 여름을 기다리면 되잖아요."

돌집 중년 연인들의 사랑 말고도 세상에는 낭만적인 사랑이 또 있었다. 앤은 어느 날 저녁, 숲속 지름길을 통해 과수원 길로 나가 배리네 정원에 접어들었을 때 그 사랑을 우연히 목격하게 되었다. 다이애나 배리와 프레드 라이트가 커다란 버드나무 아래에 함께 서 있었다. 다이애나는 잿빛 나무에 기댄 채 뺨을 붉게 물들이고 눈을 내리깔고 있었고, 프레드는 다이애나의 한 손을 잡은 채 낮고 간절한 목소리로 무슨 말을 중얼거리며 다이애나 쪽으로 고개를 숙였다. 그 마법의 순간에는 세상에 두 사람만 존재했다. 두 사람 모두 앤을 보지 못했다. 앤은 멍한 얼굴로 두 사람을 쳐다보고는 뒤돌아서 소리 없이 가문비나무 숲을 재빨리 지나 한 번도 쉬지 않고 방까지 돌아왔다. 가쁜 숨을 몰아쉬며 창가에 앉아 혼란스러운 머릿속을 정리하려고 애썼다.

"다이애나와 프레드가 사랑에 빠졌어. 아…… 이건…… 어른이 됐다는…… 어쩔 수 없는 증거야."

최근 들어 앤은 다이애나가 어릴 적부터 꿈꿔 온 바이런풍의 이상형을 버린 것 같다는 의심을 하기는 했었다. 하지만 '백문이 불여일견'이라는 말도 있듯이 의심만 했던 것을 직접 두 눈으로 확인하니 거의 충격에 가까울 정도로 놀랐다. 그 놀라움은 이상하고도 약간 외로운 느낌으로 이어졌다. 마치 다이애나가 앤을 혼자 두고 새로운 세상으로 가버린 기분이었다.

앤이 약간 서글프게 중얼거렸다.

"겁이 날 정도로 모든 게 빨리 바뀌는구나. 이번 일로 다이애나와 나 사이에도 조금의 변화가 생기겠지. 이제 다이애나에게 모든 비밀을 털어놓을 수 없겠네. 프레드한테 말할지도 모르니까. 다이애나는 프레드의 어디가 좋은 거지? 프레드는 착하고 재미있기는 하지만……, 그저 프레드 라이트일 뿐인데."

누가 누구를 왜 좋아하는가는 정말 알 수 없는 질문이었다. 하지만 어쩌면 다행스러운 일인지도 몰랐다. 모든 사람이 보는 눈이 똑같다면 '모두가 내 아내를 원한다'라는 인디언의 속담처럼 되어 버릴 테니까. 다이애나는 프레드에게서 앤이 보지 못한 무언가를 발견한 것이었다. 다이애나는 다음 날 저녁 초록 지붕 집으로 찾아왔다. 깊은 생각에 잠긴 듯 수줍어하는 다이애나는 어두컴컴하고 조용한 동쪽 지붕 방에서 앤에게 모든 이야기를 털어놓았다. 두 소녀는 소리를 지르기도 하고 입맞춤하기도 하며 웃음을 터뜨렸다.

다이애나가 말했다.

"난 너무 행복해. 하지만 내가 약혼한다니, 말도 안 되는 일처럼 느껴져."

앤이 신기한 듯 물었다.

"약혼하는 기분이 어때?"

"그건 누구하고 약혼하느냐에 따라 다르지."

먼저 약혼한 사람이 약혼하지 않은 사람에게 인생의 선배라도 된 것처럼 하듯이 다이애나도 그렇게 말했다.

"프레드하고 약혼하는 건 정말 행복하지만 상대가 다른 사람이라면 끔찍할 거야."

앤이 웃음을 터뜨렸다.

"그건 다른 사람들한테 하나도 위안이 되지 않는 말이잖아. 세상에는 프레드가 딱 한 명밖에 없으니까."

다이애나가 답답한 듯 말했다.

"아, 앤, 넌 몰라. 그런 뜻이 아니야. 설명하기가 무척 힘들어. 너도 때가 되면 이해하게 될 거야."

"맙소사, 사랑하는 다이애나, 난 지금도 이해해. 다른 사람의 눈으로 세상을 들여다볼 수 없다면 상상력이 다 무슨 소용이겠어?"

"앤, 내 들러리가 되어 줘야 해. 약속해. 내가 결혼할 때 네가 어디 있더라도."

"지구 반대편에 있어도 달려올 거야."

앤이 진지하게 약속하자 다이애나가 얼굴을 붉혔다.

"물론 영원한 작별은 아니야. 적어도 3년은 있어야 해. 난 아직 열여덟 살이고 엄마는 절대로 스물한 살이 되기 전에는 결혼시킬 수 없다고 하셔. 게다가 프레드의 아버지가 프레드한테 에이브러햄 플레처의 농장을 사주기로 했는데 농장 값의 3분의 2를 갚은 다음에 프레드의 명의로 해줄 거래. 3년이면 살림할 준비를 하기에도 결코 넉넉한 시간이 아니야. 난 수예품이 하나도 없거든. 하지만 내일부터 장식 덮개를 뜨기 시작할 거야. 미라 길리스 아주머니는 결혼할 때 장식 덮개가 서른일곱 개나 있었대. 나도 그만큼 준비할 생각이야."

앤의 표정은 진지하지만 눈빛은 즐거워 보였다.

"장식 덮개 서른일곱 개로 집 안을 꾸미는 건 어림도 없을 거야."

다이애나가 나무라듯 말했다.

"앤, 네가 나를 놀릴 줄 몰랐어."

앤이 미안해하며 큰 소리로 말했다.

"놀린 거 아니야! 살짝 장난친 거야. 난 네가 세상에서 가장 멋진 주부가 될 거라고 생각해. 벌써 꿈의 집을 계획하고 있다니 멋져."

앤은 '꿈의 집'이라는 말을 꺼내자마자 상상력이 발동되어 자기만의 꿈의 집을 그려 보기 시작했다. 물론 그 집에는 우수에 차고 당당한 이상형의 남편이 있었다. 그런데 길버트 블라이스가 앤을 도와 그림을 걸고 정원을 꾸미고 여러 가지 잡다한 일을 해주며 그 상상 속에서 어슬렁거렸다. 도도하고 우수에 찬 이상형에게는 어울리지 않는 일들을 해주며 말이다. 앤은 스페인에 있는 자기 성에서 길버트의 모습을 지워 버리려고 했지만 길버트는 계속 거기에 남아 있었다. 그래서 앤은 포기하고 다이애나가 다시 이야기를 시작하기 전에 서둘러 '꿈의 집'을 무사히 짓는 데 성공했다.

"넌 내가 늘 이상형으로 여겼던 키 크고 날씬한 남자와는 너무 다른 프레드를 좋아하는 게 재밌을 거야. 하지만 난 프레드가 키 크고 날씬해지기를 바라진 않아. 그러면 프레드가 아닐 테니까."

다이애나는 서글프게 덧붙였다.

"물론 우린 땅딸막한 부부가 될 거야. 하지만 한 사람이 키 작고 뚱뚱하고 한 사람은 키 크고 마른 것보다 나아. 모건 슬론 씨하고 그 부인처럼 말이야. 린드 부인은 그 부부를 볼 때마다 한 사람은 크고 한 사람은 작다는 생각을 하게 된대."

그날 밤 앤은 테두리에 금박을 입힌 거울 앞에서 머리를 빗으며 혼잣말을 했다.

"다이애나가 행복하고 만족해서 나도 기뻐. 하지만 내 차례가 언제일지 모르지만 만약에 내가 사랑에 빠지는 날이 온다면 좀 더 설레는 일이 생기면 좋겠어. 하지만 다이애나도 예전엔 그렇게 생각했겠지. 절대로 평범한 약혼은 하지 않을 거라고 수없이 말했으니까. 자기와 약혼할 남자는 자기를 차지할 만큼 훌륭해야 한다고 말이야. 하지만 다이애나는 변했어. 나도 변할지도 몰라. 하지만 난 변하지 않을 거야. 절대로 변하지 않을 거야. 아, 친한 친구가 약혼을 하면 엄청나게 불안해질 수밖에 없나 봐."

## 30

# 돌집에서 열린 결혼식

    드디어 8월 마지막 주가 되었다. 라벤더는 그 주에 결혼식을 올리고, 2주 후엔 앤과 길버트가 레드먼드 대학으로 떠날 터였다. 그리고 일주일 후면 레이철 린드 부인이 초록 지붕 집으로 들어와 이미 준비된 손님방에 살림살이를 들여놓을 터였다. 린드 부인은 필요 없는 살림살이를 전부 경매로 처분했고 지금은 앨런 목사 부부의 짐 싸는 일을 도와주고 있었다. 그 일이 성격에 맞는 일이라며 아주 즐거워했다. 앨런 목사는 일요일에 마지막 설교를 하기로 되어 있었다. 앤이 행복하고 설레던 일을 떠올리며 약간은 슬픈 기분에 젖어 있을 때, 옛 질서는 새 질서에 어느새 자리를 내어 주고 있었다.

    해리슨 씨가 철학적으로 말했다.

"변화란 꼭 즐거운 일은 아니지만 꼭 필요한 일이지. 2년이라는 세월은 변하지 않고 있기엔 너무 긴 시간이야. 변하지 않고 머물러 있으면 무엇이든 이끼로 뒤덮이게 마련이지."

해리슨 씨는 베란다에서 담배를 피우고 있었다. 해리슨 부인은 남편에게 창문을 열어 놓기만 한다면 집 안에서 담배를 피워도 된다고 한 걸음 양보했다. 대신 해리슨 씨는 맑은 날에는 완전히 밖으로 나가 담배를 피웠다. 서로 조금씩 양보한 것이었다.

앤은 노란 달리아를 얻으려고 해리슨 씨네를 방문했다. 앤과 다이애나는 내일이면 신부가 될 라벤더의 마지막 준비를 네 번째 샬로타와 함께 도와주기 위해 그날 밤 메아리 오두막에 갈 예정이었다. 라벤더는 달리아를 키운 적이 한 번도 없었다. 라벤더가 달리아를 좋아하지 않는 데다 라벤더의 고풍스러운 정원과 어울리지 않을 수도 있었다. 하지만 그해 여름에는 에이브 아저씨가 예측한 폭풍우가 닥치는 바람에 에이번리와 이웃 마을에는 어떤 종류건 꽃이 매우 귀했다. 앤과 다이애나는 평소 도넛을 담아 두는 크림색 돌항아리에 노란 달리아를 가득 담아 돌집의 어두운 계단 모퉁이에 놓아두면 빨간 벽지로 된 어두운 거실에 잘 어울릴 거라고 생각했다.

해리슨 씨의 말이 이어졌다.

"이제 2주만 있으면 대학에 가겠구나. 에밀리하고 나는 네가 무척 보고 싶을 게다. 이제 초록 지붕 집에는 린드 부인이 있겠구나. 너 대신 린드 부인이 있게 되다니, 이거 원."

해리슨 씨의 비꼬는 말투는 글로 표현할 수가 없었다. 해리슨 부인은 린드 부인과 무척 친한 사이였지만 상황이 바뀌었음에도 해리슨 씨와 린드 부인의 관계는 이전과 크게 달라지지 않았다.

"네, 저는 떠나요. 머릿속으로는 무척 기뻐요. 하지만 마음속으로는 섭섭해요."

"레드먼드 대학에서 상이란 상은 네가 죄다 쓸어 담을 것 같구나."

앤이 솔직하게 말했다.

"한두 개는 타려고 노력해야겠지요. 하지만 이젠 2년 전만큼 그런 것에 연연하지는 않아요. 제가 대학에서 얻고 싶은 건 훌륭하게 살아가는 데 필요한 지식과 그 지식을 가장 유용하게 쓰는 방법이니까요. 제 자신과 다른 사람들을 이해하고 도와주는 법을 배우고 싶어요."

해리슨 씨가 고개를 끄덕였다.

"바로 그거야. 대학은 그래야 해. 쓸데없이 학사들이나 잔뜩 만들어 내지 말고. 학사들이란 책만 파고들고 허영심만 많아서 다른 건 도통 배우질 못한다니까. 네 말이 맞다. 대학이 너한테는 그다지 해로울 것 같지 않구나."

다이애나와 앤은 차를 마신 후 각자의 집과 이웃 정원에서 구한 꽃을 가지고 오두막으로 마차를 몰았다. 돌집은 온통 들뜬 분위기였다. 네 번째 샬로타는 활기차고 재빠르게 움직여서 마치 파란 리본이 한꺼번에 어디에나 있을 수 있는 힘을 지닌 것만 같았다. 샬로타의 파란 리본은 나바라프랑스와 스페인의 국경 지대에 있던 옛 왕국: 옮긴이의 투구처럼 그 한바탕 소동 속에서 마구 흔들렸다.

네 번째 샬로타가 진심으로 말했다.

"와주셔서 정말 감사해요. 할 일이 태산 같거든요. 케이크에 입힌 설탕이 굳질 않아요. 은그릇도 하나도 안 닦았고요. 여행용 짐 가방도 챙겨야 하고, 닭고기 샐러드에 쓸 수탉은 아직도 닭장 너머에서 꼬꼬댁거리며 돌아다니고 있어요. 앤 아가씨, 라벤더 마님한테는 믿고 일을 맡길 수가 없어요. 방금 전 어빙나리가 오셔서 마님을 데리고 숲을 산책하려고 나갔는데 어찌나 다행이다 싶던지. 앤 아가씨, 결혼은 원래대로 진행될 건데 요리도 해야 하고 그릇도 닦으려니까 모든 게 엉망진창이에요. 그게 지금 제 생각이에요, 앤 아가씨."

앤과 다이애나가 열심히 도와준 덕분에 10시쯤에는 네 번째 샬로타도 만족할 정도가 되었다. 네 번째 샬로타는 머리를 셀 수 없이 많은 가닥으로 땋고는 지친 몸을 이끌고 잠자리에 들었다.

"하지만 앤 아가씨, 전 마지막 순간에 뭐가 잘못될까 봐 걱정

돼서 한숨도 못 잘 거예요. 크림에 거품이 일어나지 않거나 어빙 나리가 발작을 일으켜서 못 오신다거나."

다이애나가 입가의 보조개를 씰룩이며 물었다.

"어빙 씨한테는 습관성 발작이 없잖아, 그렇지?"

다이애나는 네 번째 샬로타가 미인은 아니어도 즐거움을 주는 사람이라고 생각했다.

네 번째 샬로타가 근엄하게 말했다.

"발작은 습관성이 아니에요. 갑자기 일어나는 거예요. 누구나 발작을 일으킬 수 있어요. 물론 일으키려고 배울 필요는 없지만. 어빙 나리는 점심 식사를 하려고 앉았을 때 발작을 일으킨 우리 삼촌이랑 많이 닮았거든요. 하지만 모두 다 잘될 거예요. 할 수 있는 데까지 모든 준비를 해놓고 만약의 경우에 대비한 뒤 그저 하늘에 맡기는 거예요."

다이애나가 말했다.

"내 걱정은 내일 날씨가 나쁘면 어쩌나 하는 것뿐이야. 에이브 아저씨가 주중에 비가 올 거라고 예보했거든. 폭풍우 이후로 에이브 아저씨의 말을 믿게 된다니까."

앤은 에이브 아저씨가 폭풍우와 얼마나 관계 있는지 다이애나보다 잘 알고 있었기 때문에 별로 걱정하지 않았다. 지쳐서 잠든 앤은 네 번째 샬로타가 깨우는 바람에 좀 이른 시간에 깨어났다.

열쇠 구멍에서 흐느끼는 소리가 들려왔다.

"앤 아가씨, 일찍 깨워서 죄송해요. 하지만 아직도 할 일이 너무 많아요. 그리고 아가씨, 비가 올까 봐 너무 걱정돼요. 아가씨가 일어나서 비가 안 올 거라고 말해 주세요."

앤은 네 번째 샬로타가 자기를 깨우기 위해서 한 말이기를 바라며 재빨리 창가로 달려갔다. 아아, 아침인데도 밖이 정말로 심상치 않았다. 창문 아래 라벤더의 정원에는 아침 햇살이 비추고 있어야 할 시간인데 바람 한 점 없이 흐릿했고 전나무 숲 위 하늘은 침울한 구름이 껴서 어두웠다.

다이애나가 말했다.

"이건 너무해!"

앤이 마음을 다잡고 말했다.

"잘되기를 기도하자. 비만 내리지 않는다면 이렇게 서늘한 잿빛 날씨가 햇볕 뜨거운 날씨보다는 나을 거야."

방으로 들어온 네 번째 샬로타의 머리는 그야말로 꼴불견이었다. 다닥다닥 땋아서 하얀 실로 묶었는데 머리카락이 여기저기 삐죽 삐져나와 있었다.

"하지만 비가 올 거예요. 결혼식 순간에 억수같이 비가 퍼부을 거예요. 모두들 비에 흠뻑 젖어 집 안에는 진흙 자국이 가득하고 인동덩굴 아래서 결혼식도 올릴 수 없게 되겠죠. 밝은 햇살이 신부를 비춰 주지 않다니 정말 운이 없어요. 앤 아가씨,

말 좀 해보세요. 어쩐지 모든 게 술술 잘 풀리더라니."

네 번째 샬로타는 엘리자 앤드루스의 비관적인 생각을 빌려 온 것 같았다.

비가 올 것만 같았지만 끝내는 오지 않았다. 정오 무렵에는 방을 다 장식하고 탁자도 아름답게 꾸몄다. 이층에는 '신랑을 위해 곱게 단장한' 신부가 기다리고 있었다.

앤이 황홀한 듯 말했다.

"정말 아름다워요."

다이애나도 이어서 감탄했다.

"정말 멋져요!"

"모든 게 다 준비됐어요, 앤 아가씨. 아직 끔찍한 일은 생기지 않았어요."

네 번째 샬로타가 옷을 갈아입으러 안쪽 방으로 가면서 쾌활하게 말했다. 샬로타는 다닥다닥 땋았던 머리를 풀고 정신없는 곱슬머리를 두 가닥으로 땋은 후 이번에는 두 개의 리본이 아니라 새로 산 밝은색 네 개의 리본으로 묶었다. 두 개는 위쪽에 묶어서 마치 샬로타의 목에서 라파엘 천사의 날개가 튀어나온 것 같았다. 샬로타는 그 모습이 아주 예쁘다고 생각했다. 샬로타는 풀을 많이 먹여서 가만히 세워 두어도 쓰러지지 않을 정도인 하얀 드레스를 바스락 소리를 내며 갈아입고는 크게 만족하면서 거울을 보았다. 하지만 그 만족감은 샬로타가 복도로 나왔을 때 손님방에서 몸에 달라붙는 드레스를 입고 부드럽게 물결치는 빨간 머리에 별 같은 하얀 꽃을 꽂은 키 큰 소녀를 보자 사라져 버렸다.

가엾은 샬로타가 체념하듯 말했다.

"난 절대로 앤 아가씨처럼 보일 수 없을 거야. 저런 분위기는 타고나는 거야. 아무리 연습해도 안 될 것 같아."

1시가 되자 앨런 목사 부부를 포함해 손님들이 왔다. 그래프턴 목사가 휴가로 자리를 비워서 앨런 목사가 주례를 서주기로 했다. 결혼식은 딱딱한 격식을 차리지 않고 이루어졌다. 라벤더가 계단 발치에서 기다리는 신랑에게로 내려왔다. 신랑이 신부의 손을 잡자 신부가 갈색 눈을 들어 올려다보았다. 그 모습은 네 번째 샬로타의 마음을 설레게 하기에 충분했다. 신랑과 신부는 앨런 목사가 기다리는 인동덩굴 그늘 아래로 걸어갔다. 손님들은 편하게 모여 있었다. 앤과 다이애나는 오래된 돌 벤치 옆에 섰고 그 사이에 서 있는 네 번째 샬로타의 차갑고 떨리는 작은 손을 꽉 쥐고 있었다.

앨런 목사는 파란색 책을 펼치고 결혼식을 시작했다. 라벤더와 스티븐 어빙이 서로를 남편과 아내로 받아들이겠다는 서약을 마치고 매우 아름답고도 상징적인 일이 일어났다. 갑자기 잿빛 하늘에서 행복한 신부에게로 눈부신 햇살이 내리쬔 것이었다. 정원에는 햇살이 반짝이고 그림자들이 춤추었다.

'정말 아름다운 징조야.'

앤은 신부에게 입 맞추기 위해 달려가며 생각했다. 세 소녀는 신랑 신부를 둘러싸고 웃고 있는 손님들을 두고 만찬 준비가 되었는지 보려고 집 안으로 달려갔다.

네 번째 샬로타가 숨을 내쉬었다.

"감사하게도 잘 끝났어요, 앤 아가씨. 이제 무슨 일이 일어날 지 모르지만 두 분의 결혼식은 무사히 끝났어요. 쌀자루는 식 품 저장실에 있고 헌 구두는 문 뒤에 있고 휘핑 크림은 지하실 계단에 있어요."

2시 30분에 어빙 부부가 떠났고 모두들 오후 기차를 타고 떠 나는 부부를 배웅하러 브라이트 강 역으로 갔다. 라벤더, 아니 어빙 부인이 돌집의 문을 열고 계단을 내려올 때 길버트와 소 녀들은 쌀을 뿌렸고 네 번째 샬로타는 헌 구두를 던졌는데 앨 런 목사의 머리를 정통으로 맞히고 말았다. 하지만 가장 사랑 스러운 배웅 인사는 폴이 해주었다. 폴은 식당 벽난로 선반에 장식되어 있었던 놋쇠로 된 커다란 식사종을 마구 울리면서 현 관으로 뛰어나갔다. 자신의 마음을 담은 기쁨의 소리를 내고 싶어서였다. 쨍그랑 종소리가 잦아들자 강 너머 산꼭대기와 산 굽이와 언덕에서 맑고 사랑스러운 '마법의 결혼 종소리'가 어렴 풋이 들려왔다. 마치 라벤더를 향해 라벤더가 사랑했던 메아리 가 작별 인사를 하는 것 같았다. 라벤더는 메아리가 보내는 축복을 받으며 꿈과 상상으로 가득했던 생활을 떠나 충만함으로 가득한 현실 세계로 떠났다.

두 시간 후 앤과 네 번째 샬로타는 다시 오솔길을 내려갔다. 길버트는 웨스트그래프턴으로 심부름을 갔고, 다이애나는 집에서 할 일이 있었다. 앤과 샬로타는 집을 정리하고 문을 잠가두기 위해서 돌집으로 돌아왔다. 정원은 오후의 황금빛 햇살로 가득했고 나비와 벌떼가 날아다녔다. 하지만 작은 돌집에는 축제가 끝난 뒤에 느껴지기 마련인 왠지 모를 쓸쓸함이 감돌기 시작했다.

역에서 집으로 돌아오는 길에 내내 울었던 네 번째 샬로타가 코를 훌쩍거리며 말했다.

"아, 집이 외로워 보이지 않아요? 끝나고 보니 결혼식이 장례식보다 즐겁지도 않네요, 앤 아가씨."

분주한 저녁이 이어졌다. 집 안을 장식했던 것들을 치우고 설거지를 하고 남은 음식은 샬로타 남동생들에게 가져다주려고 바구니에 챙겨 놓았다. 앤은 모든 것이 가지런히 정리될 때까지 쉬지 않았다. 샬로타가 음식을 가지고 집으로 돌아간 후 앤은 텅 빈 연회장을 걷는 기분으로 방들을 돌아다니며 창문 가리개를 내렸다. 그리고 현관문을 잠그고 은백색 포플러나무 아래에 앉아서 길버트를 기다렸다. 몸은 고단했지만 머릿속으로는 지칠 줄 모르고 '길고 긴 생각들'을 떠올렸다.

"무슨 생각을 하고 있어, 앤?"

길버트가 산책로를 내려오며 물었다. 말과 마차는 도로에 세워 두고 오는 길이었다.

앤이 꿈꾸듯 대답했다.

"라벤더 아주머니와 어빙 씨를 생각해. 오랫동안 오해로 헤어져 있었지만 다시 만나 결혼했으니 정말로 아름답지 않니?"

길버트는 흔들림 없는 시선으로 고개를 든 앤의 얼굴을 내려다보았다.

"그래, 아름다워. 하지만 앤, 두 분 사이에 오해도 없고 헤어짐도 없었다면 더 아름답지 않았을까? 두 사람이 함께였던 기억만 안고 지금까지 쭉 함께 살아왔다면 말이야."

그 순간 앤은 이상하게 가슴이 떨렸고 처음으로 길버트의 시선에 흔들려 창백한 얼굴이 장밋빛으로 물들었다. 마치 지금까지 마음속 깊은 곳에 드리워져 있던 베일이 걷히고 뜻밖의 감정과 진실이 드러난 것 같았다. 어쩌면 낭만적인 사랑은 백마 탄 기사님처럼 화려하고 요란하게 다가오는 것이 아니라 옆에 있는 오래된 친구처럼 조용하게 다가오는지도 몰랐다. 그리고 사랑은 예상치 못했을 때 빛처럼 나타나 시와 음악이 있는 책장을 넘겨 버리고 평범한 산문처럼 나타날지도 모른다. 마치 초록색 꽃망울이 황금빛을 띠는 장미꽃으로 바뀌는 것처럼.

그러고는 다시 막이 내렸다. 하지만 어두운 오솔길을 내려가는 앤은 더 이상 전날 명랑하게 마차를 몰고 그곳을 내려갔던 앤이 아니었다. 보이지 않는 손이 소녀 시절의 이야기가 담긴 책장을 넘겼고, 이제 앤 앞에는 매력과 신비함 그리고 아픔과 기쁨으로 가득한 여인 시절이 펼쳐졌다.

현명하게도 길버트는 아무 말도 하지 않았다. 그러나 길버트는 마음속으로 붉어진 앤의 얼굴을 떠올리며 앞으로의 4년에 대해 생각했다. 열심히 즐겁게 공부해서 쓸모 있는 지식과 사랑하는 여인을 얻는 모습을 떠올린 것이다.

뒤쪽 정원에 작은 돌집이 그림자에 둘러싸여 있었다. 돌집은 혼자였지만 버림받지는 않았다. 그곳에 남아 있는 꿈과 웃음과 삶의 즐거움은 끝난 것이 아니었다. 다가올 여름이 있었기에 기다리면 되었다. 자줏빛으로 물든 강 너머 메아리도 그때를 기다리고 있었다.